뜨겁지 않은 사랑

뜨겁지 않은 사랑

초판 1쇄 인쇄일 2021년 03월 03일
초판 1쇄 발행일 2021년 03월 26일

지은이 | 문사월
펴낸이 | 김기선

편집부 | 김아름, 박신혜, 신현정, 현혜원, 김수린, 한혜정
디자인 | 한주희

펴낸곳 | 와이엠북스(YMBOOKS)
출판등록 | 2012년 7월 17일 (제382-2012-000021호)
주소 | 서울시 도봉구 노해로 379, 802호(창동, 대성빌딩)
전화 | 02)906-7768 / **팩스** | 02)906-7769
E-mail | ymbooks@nate.com

ISBN 979-11-322-6059-2 03810

값 11,000원

뜨겁지 않은 사랑

문사월 장편소설

YMBOOKS ROMANCE STORY

ym
BOOKS

차 례

1. 수상한 남자

[오늘 즐거웠습니다. 조심히 들어가세요. ㅎㅎ]

이번 소개팅도 망했다. 애초에 괜찮은 남자가 나올 거라는 생각은 없었다만, 그렇다고 또 기대가 하나도 없었다면 거짓말이었다. 나름 신경 써서 화사한 원피스를 입고 나간 자리에는 연신 손수건으로 얼굴 땀을 닦아 내는, 셔츠 단추가 터질 듯 배 불룩한 남자가 앉아 있었다.

그는 점심에 먹은 칼국수가 맛있다는 얘기를 요리 평론가처럼 해 댔다. '다음에 만나면 그 칼국수를 먹으러 가자.'는 그의 애프터 문자에 최소한의 예의로 답장을 하려다가, 즐거웠다는 얘기도 빼고, 'ㅎㅎ'마저 지우고 전송했다.

여지를 주면 안 되지. 게다가 즐겁기는커녕 끔찍한 시간이었는데. 올해 들어 벌써 몇 번째 소개팅이던가. 이제는 주선자에게 뭐라고 따질 기운조차 들지 않는다.

사실 그렇게 외롭지는 않았다. 연애야 하면 좋고, 안 해도 좋고. 혼자 지내는 것도 꽤 즐거운 일이니까.

안정적인 직장을 다니고 있고, 가끔 친구들 만나서 수다도 떨고, 좋아하는 공연도 보러 가고, 남자 친구 없이도 충분히 잔잔하게 잘만 흘러가는 일상이었다.

몇 달 전, 지민이 결혼 소식을 전달하기 바로 전까지는 말이다.

'너, 아니 왜…… 아니, 언제……?'

축하한다는 말보다도 왜냐는 말이 먼저 나왔던, 나로선 황당하기 그지없는 소식이었다. 지난 연애 후 이젠 남자 못 믿겠다며, 자기 인생에 결혼은 없으니 같이 실버타운이나 알아보자던 지민은 그냥 어쩌다 보니 그렇게 됐다고 배시시 웃어 댈 뿐이었다.

그럼 그날 같이 술 마시며 네 구 남친이자, 이제 예비 신랑 될 사람을 같이 욕한 나는 뭐가 되는 거야……. 이래서 친구 연애사에 참견하면 안 되는 건데 참.

속에 있는 말들은 많았지만 이렇게 또 한 명의 친구가 기혼의 길로 가는구나, 하면서 축하의 맥주를 씁쓸하게 들이켰다. 기도를 타고 넘어간 맥주는 시원함을 넘어 싸하게 몸을 적셔 댔다.

'아 참. 근데 결혼식에 태훈 선배도 올 거야. 너 괜찮지?'

'뭐?'

내 목소리에 일순간 가게가 조용해졌다가 다시금 제 소리들을 찾아갔다. 난데없이 그 인간 이름이 왜 나와? 알딸딸하게 몽롱해지던 정신이 또렷해지는 순간이었다.

'사실 너한테는 일부러 말 안 했는데. 내 남친이랑 태훈 선배 같은 회사

다니거든. 몇 달 전에 이직했대. 나도 설마설마했는데 그 홍 선배 맞더라고. 깜짝 놀랐잖아. 나도.'

몇 년 전에 해외 지사로 나갔다는 소식까진 건너 건너 들었는데, 언제 한국에 들어와서 왜 하필 또 그 회사란 말인가. 아무리 세상이 좁대도 이런 식으로 마주치다니. 놀라서 다물지도 못하고 있는 입에 지민이 안주를 하나 넣어 주고는 어떻게 이런 우연이 있냐면서 얘기를 늘어놨지만, 한쪽 귀로 다시 빠져나갈 뿐이었다.

홍태훈.

내 싱그럽던 이십 대 청춘을 반짝이게 했고, 갖가지 색들로 물들게 했고, 뜨겁고도 달콤하게 했으나, 또 가장 비참하게 만든 사람.

그 사람을 다시 볼 기회가 찾아왔다. 그날을 얼마나 꿈꿔 왔던가. 이제는 색을 잃고 스러져 버린 줄만 알았던 그 감정이 다시금 살아나서, 설렘을 넘어선 분노, 아니 어쩌면 분노를 넘어선 설렘을 느끼고 있었다.

그렇게 그날 이후로 주말마다 정신없이 소개팅을 하기 시작했다. 이유는 단순했다. 지민의 결혼식 때 마주칠 홍태훈 눈앞에, 근사한 남자 친구와 함께 나타나고 싶었다. 홍태훈보다 더 키가 크고, 듬직하고, 번듯한 남자 친구. 그걸 지켜보는 홍태훈은 어떤 표정일까. 상상만 해도 짜릿했다.

상상으로 그쳐서 문제지.

지난 주말 소개팅을 회상하니 머리가 지끈지끈 아파 왔다. 이제 지민의 결혼식까지는 한 달여 시간밖에 남지 않았다. 남자 친구는 커녕 이제 소개팅도 접고 살이라도 빼야 하나, 머리를 새로 해야 하나, 생각하며 쳐다본 거울에는 저 멀리서 잇몸을 만개하며 다가오는 유 대리가 보였다. 머리가 더 아파져 온다.

"차 대리, 차 대리! 이번엔 어땠어?"

내 소개팅 얘기가 요즘 월요병을 낫게 해 주는 소식이라나 뭐라나. 월요일 오전 회의가 끝나자마자 내 자리로 손수 행차한 유 대리는 요즘 들어 더 부담스럽기 짝이 없다. 특히 저 눈빛. 망상 회로 잔뜩 돌리는 저 눈, 안경을 뚫고 반짝이는 저 눈!

"놉."

단호하게 고개를 저어 대는 나를 보며, 역시 그럴 줄 알았다는 유 대리가 주위 눈치를 봤다. 그리고 오늘 점심이나 같이하자며 의미심장한 표정을 짓더니 제자리를 찾아갔다. 웬일로 이렇게 쉽게 떨어지나 수상쩍다가도, 다가올 점심시간엔 또 얼마나 시달릴까 속이 답답해졌다. 뭐든 소화 잘 되는 걸로 빨리 먹고 빠져나와야지.

……보자, 보자. 오늘 중식 메뉴가 무엇인고.

그렇다고 내 사적인 얘기를, 특히 소개팅 얘기 같은 걸 회사 사람들에게 다 떠벌리고 싶진 않았다. 아무리 조심한다고 하더라도 새는 구멍은 있는 법. 그럼 구내식당은 피해야겠고, 저 짠돌이 유 대리가 밖에서 밥 사 먹을 성격도 아닌데…….

에잇, 까짓 거 내가 칼국수 한 그릇 사 주고 만다. 소개팅은 죽 쒔지만 소개팅남의 장황한 칼국수 이론에 사실은 주말 내내 칼국수 생각이 가득 찼던지라 이참에 잘됐다 싶었다. 유 대리가 칼국수를 좋아했던가.

먹을 걸 생각하자 허기짐이 느껴져 자세를 고쳐 앉았다. 일하는 척, 의미 없는 클릭질과 마우스 드래그질을 해 대는 중에 모니터 오른쪽 하단으로 유 대리 쪽지가 반짝이는 게 눈에 들어왔다.

[서점 맞은편 그 수제 돈가스집.]

[거기 가자고?]

[12시 콜.]

갑자기 웬 돈가스래.

사뭇 의아했지만 아무래도 면보다는 고기가 더 낫다 싶었다. 그 집 돈가스가 바삭바삭하고, 맛있긴 하지. 그럼 오랜만에 돈가스 덮밥을 먹어야겠다고 생각하며, 어느새 빨리 먹고 치워 버리겠다는 생각은 까맣게 잊은 채로 기다려지는 점심시간이었다.

"주문은 5분 뒤에 할게요."

먼저 식당에 가 있으라는 유 대리 말에, 일찍 서둘러서 돈가스집 창가에 자리를 잡고 앉았다. 유 대리와는 입사 동기로 대리도 같은 시기에 달았다. 회사 사람들은 우리가 꽤 친한 사이라고 생각하겠지만 유난히 붙임성 좋은 유 대리는 모든 이들과 원만한 관계를 유지하는 사람이었고, 나 역시 그런 사람들 중 하나일 뿐이었다. 뭐, 내 입장에서는 유 대리가 제일 편한 회사 사람이긴 했지만.

근무 연차가 쌓여 갈수록 대학 동기, 중고등학교 친구들과의 만남보다 회사 동료들끼리 마주 보는 날들이 늘고, 유 대리를 포함한 동기들끼리도 연애 얘기를 비롯한 시시콜콜한 얘기를 나누는 일도 자연스레 늘어 갔다.

가까이에서 지켜본 결과 유 대리는 조금 못생겼지만…… 아니, 조금보다는 더 못생겼지만 의외로 꽤나 진중하고, 인간적으로 괜찮은 사람이었다. 어쩌다 보니 그런 유 대리를 아끼는 후배에게 소개해 주는 자리가 생겼고, 둘은 그렇게 만난 지 몇 개월 만에 결혼했다.

여전히 행복해 보이는 둘이지만 나는 이따금씩 그 주선을 후회한다. 퇴사하면 그만일 관계를 계속 유지해야만 하는, 귀찮은 연결고리가 생겨 버렸기 때문이다. 이렇게 내 연애사에 이어 소개팅 얘기까지 털어놔야 하는, 귀찮은 관계. 아악!

이 인간은 빨리 온다더니, 뭐 하는 거야.

2층에서 내려다보는 거리엔 어느덧 벚꽃들이 너나없이 만개할 준비를 하고 있었고, 월요일 점심시간 사무실을 떠난 사람들의 표정도 광복을 맞이한 사람들 표정이 저랬을까 싶을 정도로 해사하게 빛났다. 괜스레 흥이 올라서 노래 몇 구절을 흥얼거리다가 여전히 유 대리 닮은 사람조차 보이지 않는 창밖에서 그를 눈으로 찾으며 전화를 걸어 볼까, 휴대폰을 찾으려던 찰나였다.

"차유진 대리님?"

낯선 향기와 기분 좋게 어우러지는 중저음의 목소리가 내 이름을 불러 왔다. 낯선 목소리를 쫓아 올려다보는 시간은 꽤나 길게만 느껴졌다. 구두에서 시작해 단정히 올려 빗은 머리칼까지는 눈짐작으로 대충 보더라도 족히 185센티는 되어 보였다.

어, 어디서 봤더라…….

기억이 날 듯 말 듯 한 내 표정에 오히려 다행이라는 듯이, 그는 살짝 웃으면서 앞자리에 자리 잡고 앉았다.

"민준혁입니다. 유 대리님께서 연락하셨다고 했는데."

"유 대리가요?"

그제야 확인한 휴대폰에는 밥은 둘이서 먹으라며, 파이팅 이모 티콘까지 붙인 유 대리 메시지가 정신 사납게 움직여 대고 있었다.

잠깐, 이게 뭐야. 소개팅이야? 예고도 없이 이게 무슨 짓인지…….

내가 난색을 표하는 걸 보고 고개를 살짝 옆으로 기울이던 그는 그저 메뉴판을 꺼내어 확인할 뿐이다.

"어…… 저는 이런 자리인 줄 몰랐거든요."

"뭐, 상관있나요? 일단 주문부터 할까요? 사람들이 점점 차는데."

키가 큰 낯선 남자는 여기 치즈 돈가스가 그렇게 맛있다고 들었 다면서, 눈인사로 종업원을 불러 두 개를 주문했다.

돈가스 덮밥 먹고 싶었는데…….

일방적인 그의 주문에 언짢아진 것도 잠시, 이 사람은 누군데 여기 내 앞에 앉아 있나 머리를 굴렸다. 주문을 받은 뒤 메뉴판을 정리하던 종업원에게 낮은 목소리로 '감사합니다.'를 읊조리던 그 는 아직도 얼떨떨한 내 표정을 보고 아까보단 좀 더 큰 웃음을 터 뜨렸다.

"아, 아직도 기억 안 나시나 보네요. 이거 은근 서운한데요."

"아니, 그게 아니라……."

"4년 전인가 한 번 뵀었죠. 그때 저 유 대리님이랑 프로젝트 같 이했었는데."

4년 전? 유 대리랑 같이 프로젝트를 했다고?

빠르게 머릿속 퍼즐을 맞춰 보았다. 유 대리가 다른 회사랑 같 이 프로젝트를 했던 적이라면…….

"아! 어? 그때 그분이라고요?"

4년 전, 그 인물의 잔상이 지금 내 앞에 있는 사람 위로 어렴풋이 겹쳐지면서 그때의 기억들도 물밀듯 쏟아졌다. 유 대리가 외부 업체를 끼고 진행했던 프로젝트라면, 사실 유 대리에겐 말아먹은 것이나 다름없는 흑역사였기에 우리끼린 일종의 언급 금지 대상이었다. 그 일을 망치고, 유 대리에게 사 준 위로주값만 해도 얼마던가.

어쨌거나 그때 회의도 몇 번 같이 들어갔던 터라, 이렇게 기억 못 할 리도 없었을 텐데…….

"제가 4년 전이랑 좀 달라졌죠?"

"와…… 네."

지나치게 솔직한 답변이라 말하고도 무안했지만, 그럴 줄 알았다면서 익숙한 듯 눈썹을 씰룩거리는 그의 태도엔 여유로움과 능글맞음이 혼재되어 있었다. 유 대리와 같이 그 프로젝트를 망친 공범치고는 어쩐지 제법 뻔뻔하다.

4년 전 그때의 민준혁과는 전혀 다른 사람 같았다. 그때도 비록 몇 번 스치듯이 본 게 전부이긴 했다만, 어딘가 모르게 어둡고 날선 분위기에 그 쾌활한 유 대리조차도 선뜻 다가가기 힘든 스타일이라고 하지 않았던가. 게다가 업무 미팅하러 오면서 지나치게 신경 쓰지 않았던 그의 외모는 또 어떠했던가.

그런데, 지금의 이 민준혁을 보라.

그때 답답하다시피 덥수룩했던 머리는 어디 가고, 단정한 포마드 머리에 떡 벌어진 어깨와 가슴 근육을 간신히 감당해 내는 듯한 하늘색 셔츠는 저절로 시선을 멈추게 만들었다. 또한 무엇보다 4년 전의 뿔테 안경을 걷어 낸 저 코는 수술로도 안 나오는 코임에 분명하다.

왜 그땐 이 잘난 인물을 몰라봤을까.

예전의 기억은 깨끗하게 다 지워 버리고 눈앞에 번듯하니 앉아 있는 준혁의 얼굴을 슬쩍슬쩍 몰래 훑던 내 시선이 그의 눈에 걸리자, 순간 얼굴이 달아올랐다.

"차 대리님은 여전하시네요."

"아니에요. 저도 4년간 많이 변했어요."

그쪽처럼 좋게 변한 건 아니지만.

요즘 부쩍 얼굴에서 나이가 보인다고, 눈 밑이 꺼져 가고 있어서 스트레스라고, 속에 있는 말이 그대로 나올 뻔했다. 괜히 자존심이 상했다. 굳이 남 앞에서 내 허물을 밝힐 것까지는 없었다. 그것도 저렇게 잘생긴 남자 앞에서는 더더욱.

"그런가?"

준혁이 상체를 기울여 내 얼굴을 자세히 들여다본다.

"아니 뭐, 뭐 그렇게 쳐다볼 것까지야……."

"더 멋있어지셨어요. 꼭 한 번 다시 보고 싶었습니다, 차유진 대리님."

준혁의 능글맞은 말에 순간 머리부터 발끝까지 찌릿, 전기라도 통하는 기분이 들었다. 멋있다는 말도 듣기 좋았지만 보고 싶었단 말에 눈동자의 방향성을 잃었다. 그는 그런 내 모습을 보고는 입꼬리를 당기며 미소 짓다가, 어서 먹으라는 듯이 눈썹을 올리며 내쪽 돈가스를 턱짓으로 가리켰다.

먹는 내내 이게 무슨 상황인지 묻고 싶었다. 젓가락으로 돈가스를 집으면서, 소스를 찍으면서, 입에 넣으면서 잠깐 맛에 감탄했다가, 오물오물 씹으면서 저 사람의 의도가 무엇일지 얼마 되지도 않는 그와의 기억들을 돌이켜 보았다. 돈가스의 조각이 줄어들수록 의심들은 그렇게 증식되었다.

보고 싶었다? 나를? 왜? 같이 일한 건 유 대리였지, 내가 아니었는데? 나는 회의 때 두세 번 만난 적밖에 없지 않나? 아니, 근데 유 대리는 왜 이 사람이랑 날 연결시키는 건데? 이거 혹시 보험 아니야? 그래, 이렇게 겉만 멀쩡해서 보험 권유하는 거네. 아니다…….

카드사? 그래 카드 맞네, 유 대리 이거 또 사람 순해 빠져 가지고 넘어갔네!

"이번에 유 대리님이랑 같이 일하게 됐어요."

지레짐작한 준혁의 저의는 그의 한마디에 돈가스와 같이 삼켜졌다.

"유 대리 일이면, 그 아시아드 건이요? 그 건 이번에 에스제이랑 한다고 알고 있는데요?"

"제가 바로 그 에스제이 팀장, 민준혁."

아, 그랬구나. 회사를 옮겼구나. 좋은 곳으로 갔네. 카드 영업으로 오해했던 게 순간 머쓱해졌다. 그래, 그때 그 성격으론 영업도 제대로 못 했을 게 분명한데 말이다.

그 후로 밥을 먹으러 온 건지, 소개팅을 하러 온 건지, 업무 미팅을 하러 온 건지 모를 시간들이 지나갔다. 지금 여기서 유 대리 대신 일하는 건가. 얼빠진 얼굴로 대충 고개를 끄덕이며 일 얘기를 하다가, 마지막 남은 돈가스 조각을 입에 넣었다.

"음, 다 드셨으면 나갈까요?"

왼손을 들어 시계를 확인하며 손가락으로 테이블을 톡톡거리던 준혁이, 나가잔 말과 동시에 외투를 챙기며 일어났다.

"네? 벌써요?"

이건 뭐, 물어보는 게 아니라 그냥 통보잖아.

급하게 티슈로 입가를 정리하고, 주섬주섬 옷을 챙겼다. 그의 일방적 주문으로 먹지 못한 돈가스 덮밥에 대한 아쉬움도 또 한 번 몰려왔다.

"다음 주엔 돈가스 덮밥 먹어요. 그것도 맛있다던데."

뭐야, 내 생각이 들리기라도 하는 것인가. 아니, 그것보다도…….

"다음 주요? 우리 다음 주도 봐요?"

"그 전에 보면 더 좋고요, 우리."

준혁이 입꼬리에 미소를 걸면서 내 손에 들린 계산서를 빼내어 1층으로 먼저 내려갔다. 그가 떠난 자리에 아직 향수의 잔향이 머물러 있었다. 코끝을 간지럽히는 그 잔향 때문인지, 이 정체 모를, 당황스러운 점심 때문인지 사고 회로가 그대로 멈춰 버린 기분이었다.

사무실로 복귀하고 나서도 멈춰진 사고 회로는 여전히 녹슨 채삐걱거렸고, 이를 비웃기라도 하는 것처럼 모니터 한쪽 구석에서 메신저 알림창이 쉴 새 없이 반짝거렸다.

……유 대리, 유 대리, 유 대리. 아악!

[어땠어??? 차 대리!! 궁금해 죽겠음.]

[??? 차 대리야~~~]

[바쁨???]

[혹시 화난 건 아니지, 차 대리?]

[나 회의 들어가. 끝나고 다시 말해. ㅠㅠ]

화난 건 아니었지만 그 이상하고도 뜬금없는 점심 식사에 대해 생각 정리를 할 시간이 필요했다. 그러니까 유 대리가 나랑 민준혁 씨를 엮는 상황인가? 그렇다면 민준혁 씨는 거기에 동의한 거고? 왜? 보고 싶었단 말은 뭐야? 아니, 다음 주에 보자는 말은 뭐야? 다음 주에 또 봐야 하는 상황이야?

엑셀 창에 의미 없는 자음들이 반복적으로 찍혔다가 없어지고, 또 새로운 글자를 창조해 냈다. 반쯤은 넋을 놓고 멍하니 일하고 있는 직장인 흉내를 낼 때쯤, 복도 끝에서 유 대리가 잔뜩 풀이 죽어서는 눈치 보며 다가오는 게 보였다.

"차 대리 화났구나, 미안……."

"아니, 유 대리님 우리 잠깐 대화를 나눠 볼까요?"

혼란스러운 와중에 마침 제 발로 찾아온 이 문제의 시발점의 팔을 잡아서 휴게 라운지로 이끌었다. 어색하게 활짝 웃으며 걷는 내내 유 대리가 연신 내 표정을 살피는 눈치였지만 유 대리와의 이런 갑을관계도 딱히 나쁘지는 않았다.

"내가 다 설명할게, 차 대리. 그게 어떻게 된 거냐면……."

"하나만 물어볼게. 나 다음 주에도 그런 식으로 점심 먹어?"

타박이라도 들을 줄 알았던 유 대리는 내 질문에 짐짓 놀란 눈치였다가, 이윽고 반색하며 또 눈빛이 반짝반짝 빛나기 시작했다.

……아, 잘못 건드렸다.

"왜? 왜? 또 먹자고 그래, 민 팀장이? 민 팀장 많이 변했지? 아니, 나는 못 알아봤다니까. 사람이 와, 진짜 무슨 연예인인 줄 알았잖아, 처음에. 와, 스타일만 좀 바뀐 거 같던데 그게 그렇게 달라지냐. 나도 키만 좀 컸으……."

"다음 주에 또 보자던데?"

쓸데없는 소리를 차단하자 이번엔 한결 더 신난 표정으로 물결을 그리면서 진짜냐고 묻는 유 대리 입이 찢어질 것만 같았다. 가만 보면 세상 호들갑은 전부 본인의 몫인 양 떨어 대고 있었다.

"민준혁 팀장이랑 월요일 오후마다 회의 진행하긴 할 건데, 그때마다 차 대리랑 점심 먹을 생각인가 보네."

유 대리는 잇몸을 한껏 드러내며 눈을 가늘게 뜨고는 내 팔을 슬쩍 쳤다. 나는 정말이지 이런 유 대리의 망상 회로가 싫었다. 회사 앞 카페에 새로 온 직원이 잘생겼다고 말만 해도, 마치 내가 그 사람 번호를 당장이라도 딸 것같이 구는 저 태도! 자기가 사랑의 큐피드야 뭐야.

"아니 가만있어 보자, 차 대리! 민 팀장한테 직접 물어보면 되잖아. 연락처 몰라?"

그러고 보니 아까부터 이상한 것이 바로 그거였다. 돈가스 계산을 마친 준혁에게 뭐라고 인사할 겨를도 없이, 그럼 다음에 보자며 그렇게 헤어졌던 점심시간이었다. 연락처를 물어본다거나, 명함을 준다거나 하는 일도 없이 그냥 그렇게 말이다. 유 대리라는 연결 고리가 있으니 연락처야 자연스레 알기 쉬운 일이지만, 뭐랄까……. 바삐 뛰어가는 그의 뒷모습을 황망히 쳐다보면서 거리에 남겨진 기분이 썩 유쾌하진 않았다.

"필요하면 또 연락 오겠지."

유 대리에겐 심드렁하게 대답했지만 그게 또 은근히 신경 쓰이는 것이었다. 그 전에 보면 더 좋단 건 뭐야. 또 볼 수도 있단 말인가. 민준혁의 그 서늘한 눈과 상반되는 미소가 떠오르자 괜스레 마음이 이상해져서 볼 안쪽을 잘근 씹었다.

'그 전에 보면 더 좋고요. 우리.'

그 말 한마디가 머릿속을 헤집어 놓았다. 누가 봐도 번듯하게 잘생긴 남자가 날 보고 싶었다며 또 보자는데, 신경이 안 쓰일 수가 없었다. 내가 단순히 남자 얼굴을 따져서 그런 게 아니었다. 얼굴도 얼굴이지만, 그 말을 하던 준혁의 목소리와 알 듯 말 듯 한 그 표정, 그리고 '우리'라는 단어로 엮어진 것까지. 나로선 헷갈리는 것투성이였다.

그때부터 괜히 폰을 더 자주 들여다보게 됐던 것 같다. 별거 아닌 광고 문자에 실망하는 횟수 또한 늘어만 갔다. 출근 준비할 때는 한 번 더 거울을 보며 착장을 확인했다. 중요한 행사가 있을 때만 신던 구두도 꺼내 신었고, 불편해서 잘 입지 않던 원피스도 입었다가, 퇴근해서 집에 와서는 다 부질없다며 신경질적으로 벗기도 했다. 딱 한 번이었던 그 이상한 점심 식사가 내 일상을 조금씩 불편하게 조여 왔다.

유 대리는 유 대리대로, 나도 나대로 회사 일이 바빠서 월요일 이후로 얘기를 나눌 기회가 없었다. 지방 출장을 다녀온 유 대리와 사무실에서 마주쳤을 때, 그래 내가 옷을 평소와는 좀 다르게 입었을 때, 눈을 가늘게 만들며 이상한 눈빛을 날리긴 했지만 나도 유 대리에게 딱히 민 팀장에 대한 말을 더 이상 꺼내진 않았다.

금요일이 되자 긴장 상태도 조금씩 누그러졌다. 오늘까지 따로 연락 없었으면 뭐, 월요일에 연락 오겠거니 생각하면서 나도 민 팀장에 대한 일말의 기대감이 반쯤은 없어진 상태였다.

"차 대리님, 저희 오늘 맛집 투어 갈 건데 같이 가실래요?"

"같이 가요! 오늘 저희 주꾸미 먹고, 카페 가서 딸기 수플레 먹을 거예요."

금요일 퇴근이라 기분이 한층 더 좋았는지 내려가는 엘리베이터 안에서 연신 까르르거리던 보영의 옆에서, 아름이 SNS에서 봤다며 딸기가 예쁘게 데커레이션 된 수플레 사진까지 보여 준다.

"난 오늘 좀 피곤하네. 먹어 보고 맛있으면 담에 같이 가."

그때 내가 쏘겠다는 말과 함께 주말 잘 보내라는 인사를 덧붙이면서 회사 건물을 등지고 지하철역으로 발걸음을 뗐다. 노을 진 하늘에 푸른 달이 걸린 시간이었다.

계단을 얼마 남겨 두지 않았을 때, 큼지막한 그림자가 앞에 나타나더니 낯설고도 익숙한 향기가 코를 타고 머리를 울렸다.

"또 보네요. 차 대리님."

"어…… 여긴 어쩐 일이세요?"

민준혁 팀장이었다. 순간 놀란 마음을 애써 감춘 채로 이건 또 무슨 저의인가 싶어 그를 쏘아봤지만, 준혁은 그냥 대답 없이 눈썹을 씰룩이더니 입꼬리를 싱긋 올리면서 나란히 옆에 섰다.

"지하철 퇴근?"

"네, 금요일엔 지하철 타요."

"그럼 저도 오랜만에 지하철이나 타 볼까요."

그러시든지. 입을 괜히 샐쭉거리며 계단을 내려갔다. 기껏 이렇게 만나려고 일주일 내내 신경 썼던 건 아니었는데 말이다.

아니, 이렇게 나타났으면 밥이라도 먹자고 해야 하는 거 아닌가? 진짜 지하철만 타러 가는 건가? 이렇게 올 거면 연락이라도 먼저 했어야 하는 거 아닌가?

개찰구를 통과해 지하철에 탑승했을 때까지도 준혁은 그냥 내 옆자리에서 일 얘기나 유 대리 얘기만 가끔 건넬 뿐이었다. 진짜 지하철만 타러 가는 게 맞다고 생각하자, 그 전에 보면 좋겠단 말은 예의상 하는 말이었구나 싶었다. 별말도 아니었는데 혼자 놀아났던 것 같아서 입술 사이로 불퉁한 말이 삐져나왔다.

"민 팀장님은 어디까지 가세요?"

"차 대리님은요?"

"제가 먼저 물었는데요?"

순간 정색하는 내 표정에 준혁이 눈썹을 들어 올리면서 마치 사나운 개를 진정시키는 듯한 액션을 취하더니, 그때서야 노선도를 확인하기 시작했다. 준혁의 시선을 따라간 눈길은 어느새 그의 얼굴에 찬찬히 따라붙었다.

손도 크네, 이 사람은. 키도 크고, 손도 크고, 가만 보면 눈도 길게 뻗은 것이 완전 내 스타일이고, 코도 매끈하니 잘생겼고, 입술도…….

"저는."

준혁의 입술에 머물렀던 시선이 그의 대답과 함께 포박당했다. 눈길을 들킨 것 같아서 귀가 빨갛게 달아올랐다.

"음……. 반대 방향이네요."

"헐, 그럼 다음에 내리셔야죠! 아니다, 환승하는 게 더 낫나? 어디신데요, 댁이? 어떡해요. 저 때문에."

순간 당황해서 얼굴이 벌겋게 된 채로 마구마구 말을 쏟아 내는 걸 보던 준혁의 얼굴이 웃음을 가득 머금었다. 놀리는 건가. 입술을 말아 물고 그를 올려다보는 와중에도, 눈을 접고 웃는 그의 모습에 달아오른 얼굴의 열기는 몸을 타고 아래로 계속 내려가는 것 같았다.

"차 대리님은?"

"저 뭐요?"

"어디까지 가냐고."

"다다다음에 내리죠, 저는."

쓸데없이 정확한 다다다음이었다. 다다다음을 입으로 되뇌면서 다시 노선도를 확인하던 준혁이, 자기도 거기서 내리면 되겠다고 고개를 앞뒤로 천천히 끄덕거렸다.

바로 다음 역에 내려서 반대 방향으로 타면 요즘은 추가 비용도 없다던데. 오지랖 좀 떨어 보고 싶었지만 지금 준혁의 반응으로 봐선 또 마냥 웃어 대기만 할 것 같아서 말았다.

그리고 무엇보다도, 꽤나 복잡한 지하철에서 사람들이 밀려들어 올 때마다 밀착된 준혁의 몸에서 더 진하게 코끝을 채워 오는 그의 향수 향이 딱히 싫지만도 않았고.

"그럼 저는 여기서 이만 가 볼게요."

다다다음 역은 생각보다 빨리 찾아왔다. 이대로 헤어지는 게 아쉽지 않았다면 거짓말이겠지만, 그렇다고 내가 먼저 뭘 하자고 하기엔 너무나 어색한 관계였다. 간간이 일 얘기나 하면서 계단을 올라 개찰구를 같이 통과한 후 준혁에게 먼저 인사를 건넸다.

"이왕 같이 내린 거 데려다줄게요."

"네? 안 그러셔도 되는데……."

그럴 필요까진 없다며 손사래를 치는 내게 준혁이 또 불쑥 유 대리와의 그 프로젝트 얘기를 시작하며 앞서 걷기 시작한다.

그쪽 출구로 가면 더 먼데…….

어쨌거나 저번 사건도 있고, 이번 유 대리 프로젝트는 나도 같이 일하는 동료이자 동기로서 잘되길 바라는 마음이 컸던지라, 업무 얘기를 또 신나게 늘어놓으며 그와 발을 맞춰 걸었다. 회사 사람이 아니었기에 더 편하게 주고받을 수 있는 얘기들도 있었고, 준혁이 일하는 회사는 업무를 떠나서도 따로 관심 가지고 있던 곳이기도 했기에 대화는 공백 없이 이어졌다.

"저희가 해마다 진행하는 행산데, 나름 저희에게는 큰 행사에다가 콘텐츠가 괜찮아서 시민 참여도 높은 편이에요. 이사장님도 신경 많이 쓰시기도 하고요."

"유 대리님 말론 차 대리님 아이디어도 많다던데요."

"저야 뭐, 아이디어일 뿐이죠. 공연 기획 파트는 따로 있으니."

"나라면 좀 욕심날 것 같은데."

그건 그렇긴 했지만. 일개 대리는 주어진 일을 열심히 맡아서 수행하며 살아갈 뿐이었다. 왜였을까. 준혁의 말에 욕심내지 않았던 게 부끄러워진 것도 같았다. 조금 자존심이 상했던 것도 같고.

"이 길로 쭉 가면 집이에요. 오늘 감사했습니다."

"아쉽네, 그죠?"

몸을 기울여 길 끄트머리를 확인하더니 고개를 끄덕이던 준혁이 툭 던지는 말에 눈을 올려서 그를 올려다봤다. 높은 구두를 신고도 한참이나 시선이 위에 있다.

"일 말이에요. 차 대리님 아이디어로 기획 공연도 준비하면 좋을 텐데."

"뭐, 회사 일이 다 그렇죠."

"주말엔 뭐 해요?"

"글쎄요, 내일은 소개팅이 하나 있고."

엇. 아무 생각 없이 소개팅이란 말을 뱉고 준혁의 눈치를 살폈다. 말실수한 거 아닌가 생각했지만 준혁의 표정은 꽤나 태연했다. 소개팅 상대 앞에서 다음 소개팅 얘기라니. 아니, 그것보다 우리가 한 게 소개팅이었던가.

"음. 오케이. 주말 잘 보내요, 차 대리님."

당황했던 게 무색하게도 그도 예의상 물어본 듯 내 대답에는 별 관심 없단 것처럼 인사를 건넸다. 그래, 내가 실수한 것도 아니지 뭐. 소개팅이 왜? 숨겨야 할 것도 아니잖아?

"네. 민 팀장님도요."

간단히 목 인사를 하고 이번엔 내가 준혁을 두고 먼저 등을 돌렸다. 한 발짝씩 뗄 때마다 마음이 이리저리 흔들렸다. 내가 소개팅을 한다고 해도 괜찮다는 저 남자는 도대체 무슨 의도로 내게 접근하는 것일까. 그냥 소개팅 상대가 아니라 업무적으로 만난 사이, 그 정도에 그치는 걸까. 그렇다면 월요일에 준혁이 점심을 샀으니, 내가 오늘 저녁이라도 샀어야 했나. 온갖 생각이 머리를 휘감았다.

그래, 나도 집에서 먹기 귀찮은데 같이 저녁 먹자고 해?

그 생각과 동시에 다시 왔던 길을 돌아섰지만, 이미 준혁의 모습은 온데간데없이 사라져 보이지도 않았다. 그래, 뭐 바쁘시겠죠.

또다시 거리에 혼자 남겨졌다. 도무지 이해할 수가 없는 남자였다.

이번 소개팅은 만나기도 전에 망해 버렸다. 상대가 이 여자, 저 여자를 재고 있었던 건지 내 이름을 다른 이름으로 불러 대더니, 약속 장소와 시간마저 착각하고 있었다. 날씨도 꾸물꾸물한데 이런 놈 만나 봤자 시간만 아깝기 마련이라, 그냥 약속을 취소해 버렸다.

간만에 붕 뜨는 주말이었다. 얼마만의 휴식이던가. 그동안 주말마다 소개팅하면서 어색한 대화를 이어 가느라 얼마나 피곤했는지 모른다.

이씨, 이게 다 홍태훈 때문이잖아.

짜증이 확 솟구쳤다. 홍태훈도 홍태훈이지만, 그를 의식하면서 행동한 내 자신에게 더 화가 났다. 고작 그놈 때문에 이 행복한 주말을 포기하고 소개팅을 몇 번이나 한 거야. 혼자가 뭐 어때서. 10년 가까운 세월이 지났음에도 그 사람과의 추억에 얽매이는 게 스스로도 참 웃겼다. 아직 어른 되려면 멀었다 싶었다.

그동안 밀린 옷장 정리도 하고, 청소도 하고, 드라마도 좀 보다 보니 금방 주말이 지나갔다. 평소 같았으면 내 소중한 주말 돌려내라며 출근하기 싫어서 징징댔을 텐데, 괜히 월요일 출근이 기다려졌다. 그러니까 내일이 바로 그 월요일이었으니까.

내일은 뭐 입지. 보영이 차 대리님이랑 너무 잘 어울린다며, 과한 칭찬을 해 대던 연보라색 블라우스를 만지작거렸다.

아직 이 블라우스를 입기엔 추울 텐데…….

쯧, 소리를 내면서 옷장 문을 닫았다. 내일 일은 내일 아침에 생각하자. 생각이 길어지면 오히려 독이 된다.

하지만 나는 어제 밤에 생각을 하고 잤어야 했다. 오늘따라 어쩐지 너무 상쾌하게 눈이 떠지더라니, 모닝콜 알람도 잠결에 끈 채로 8시가 다 되어서야 일어났다.

머리도 못 감고 세수와 양치만 겨우 한 채로, 아무렇게나 옷을 주워 입고 택시를 탔다. 기사님이 열심히 밟아 주신 덕에 지각은 면할 수 있었고, 숨을 헐떡이며 사무실에 들어와 자리에 앉자마자 거울을 확인했다. ……아니, 몰골을 확인했다고 해야 바른 표현일 거다.

미쳤어, 진짜. 좀처럼 늦잠 자는 일은 없었는데 왜 하필이면 그게 오늘이란 말인가. 오늘 민준혁 팀장이랑 만나기라도 하면 어떡해? 눈썹이라도 그리고 나올 것을. 괜히 예민해졌다.

그렇게 잔뜩 짜증 난 상태로 오전 회의까지 마치고 나오니, 벌써 11시였다. 옆 자리 김 대리가 오늘 점심 메뉴를 읊어 대기 시작하자, 괜히 휴대폰을 들어 연락이 온 건 없는지 한 번 더 확인해 봤다.

뭐야. 오늘 밥을 먹자는 거야, 말자는 거야.

유 대리에게라도 물어보려고 메신저를 확인해 봤지만 유 대리는 웬일로 오프라인 상태였다. 출근 안 했나, 오늘 민 팀장이랑 할 미팅 때문에라도 출근 안 할 리는 없을 텐데. 유 대리에게 먼저 연락해 볼까 하던 마음은 또 굳이 그렇게까지 해 가면서 민 팀장을 기다려야 하나, 싶은 자존심이 삼켜 버렸다.

어쩌면 이게 차라리 잘됐을지도 모르겠다. 오늘 같은 추레한 모습으로 준혁을 보는 건 싫었다.

11시 50분쯤 되자, 다들 점심을 먹으러 움직이기 시작했다. 혹시나 싶어서 휴대폰을 계속 붙들고 있었지만 오늘따라 그 흔한 광고 문자마저 오지 않았다.

"차 대리. 뭐 다른 약속 있어?"

엘리베이터를 타고 구내식당으로 이동하는 중에도 계속 초조하게 휴대폰을 확인하는 게 영 의아한 듯, 김 대리가 고개를 빼어 휴대폰 액정을 같이 쳐다보면서 물어 온다.

"어? 아니…… 그냥."

이쯤 되니 나도 모르겠다 싶다. 이게 약속인지 뭔지.

그렇게 오전 내내 신경 쓰이던 준혁의 연락은 12시를 한참 넘겨서도 오지 않았다. 구내식당 마니아인 유 대리도 오늘 점심시간엔 보이지 않는다.

"근데 유 대리는 오늘 안 보이네?"

"유 대리 오늘 연차. 집에 무슨 일 있다는 거 같던데."

"그럼 오후 미팅은?"

그건 자기도 잘 모르겠다면서 김 대리는 어깨를 한 번 으쓱거렸다. 그래서 연락이 없었던 거구만. 그럼 민준혁은 진짜 우리 회사 올 때 밥 친구나 하자는 거였던 건가. 어디서 나오는지 모를 심술에 애꿎은 반찬만 뒤적거렸다.

"근데 차 대리님. 그분 보셨어요?"

식판을 내려놓으면서 옆자리에 앉은 보영이 잔뜩 흥미로운 눈빛으로 말을 걸어왔다.

"왜 이번에 유 대리님이랑 같이 일하시는 분, 민준혁 팀장인가?"

보영의 입에서 준혁의 이름이 거론되자 맞은편 직원들까지 동조하기 시작했다.

"아, 그 키 크고 잘생기신 분?"

"맞아요. 저 지난주에 보고 개안하는 기분이었잖아요."

"오늘은 안 오시려나?"

에이, 뭐 그 정도까진 아니라고 꿍얼대던 남자 신입의 얼토당토 않은 말에 보영을 비롯한 직원들의 다들 한 목소리로 미쳤다고 외쳐 댄다.

"저는 우리 회사 사람들 얼굴만 보다가 그분 보니까 아, 회사 복지란 이런 거구나 싶었잖아요."

"그러니까요. 그 회사엔 다 그런 얼굴들만 있나?"

"그쪽이라고 뭐 별반 다를까요. 그냥 민 팀장이 특출난 거지."

"그래도 우리 회사보단 나을 것 같아. 거기는 배우들도 많이 볼 거 아냐."

당장이라도 복지 좋은 회사를 찾아 이직할 것만 같은 직원들의 말에 실없는 웃음이 터진 순간이었다.

"어? 저기 저분 아니에요?"

여전히 그 정도는 아니라고 질투 섞인 열등감을 표했다가, 못하는 말이 없다며 구박당하던 남자 신입이 내 어깨 뒤를 숟가락으로 가리켰다.

누구, 민준혁?

숟가락을 따라 돌아본 자리 그 끝으로 준혁이 송 차장, 하 과장과 함께 배식받는 모습이 시선에 걸렸다. 아, 그래서 연락도 없었던 건가. 하긴 송 차장이랑 있었으면 충분히 그럴 만도 했지. 행여나 준혁과 눈이라도 마주칠까, 급히 다시 등을 돌렸다.

"이야, 사람이 참 저렇게도 변하네."

몇 년 전 유 대리와의 일을 기억하고 있던 김 대리가 턱 끝으로 그를 가리키며 나지막이 말했다. 김 대리는 왜 너도 알지 않냐는 눈빛으로 내게 동조의 대답을 기다리는 듯했으나, 괜히 준혁이 이

쪽으로 주목하게 하고 싶진 않았기에 묵묵히 국만 떠먹을 뿐이었다.

"차 대리도 기억하지? 그때 그 민준혁 팀장?"

그러나 김 대리가 누구던가. 눈치라곤 떠먹여 줘도 못 받아먹을 사람이 아니던가. 굳이 날 콕 집어서 준혁에 대한 질문을 던지자, 신나게 그 잘생긴 민준혁에 대해서 떠들던 직원들의 시선이 내 얼굴에 꽂힌다.

"뭔데요, 뭔데요? 차 대리님 뭐 알고 계세요?"

우리 회사 얼굴 복지를 논하던 보영이 좀 더 큰 목소리를 냈다. 국에 파묻었던 고개를 들었다가 '차 대리' 소리에 우리 테이블을 쳐다보는 준혁과 눈이 마주쳤다. 표정 없이 고개를 끄덕, 가볍게 묵례를 하던 준혁을 따라 같이 고개를 숙였다가 이내 민망한 느낌에 급히 시선을 돌렸다. 오늘도 답답하기만 한 월요일 점심시간이었다.

밥을 먹고 나서는 남은 점심시간 내내 준혁의 팬클럽에게 시달렸다고 해도 과언이 아니었다. 세상 호들갑이란 호들갑은 다 떨던 그의 팬클럽은 잘생겼다는 말 한마디도 온갖 낯간지럽고 남사스러운 말로 쏟아 냈다. 입이 삐죽 튀어나온 김 대리가 4년 전엔 저러지 않았다면서 찬물을 뿌려 댔지만, 중요한 건 현재가 아니겠냐며 민준혁의 팬클럽은 김 대리를 철저하게 대화에서 소외시켰다.

어느새 알게 모르게 회사 사람들의 최대 관심사가 된 준혁이었다. 그런 사람과 사적으로 얽힐 듯 말 듯한 관계가 불편하다고 느껴져, 테이크아웃 한 아이스 아메리카노 빨대만 무심결에 잘근잘근 씹어 댔다. 아니, 그것보다도 어쩌면 구내식당에서의 짧은 눈인사가 더 신경 쓰였는지도 모르겠다.

역시 눈썹이라도 그릴 걸 그랬나. 왜 자꾸 몇 번 보지도 않은 준혁이 신경 쓰이는지, 차가운 걸 마셔도 갈증이 일었다.

이날 오후 민준혁의 동향은 굳이 먼저 묻지 않아도 내게 전해졌다. 보영을 포함한 그의 팬클럽 무리들이 어찌나 야단법석이었던지, 그들은 희귀생명체라도 발견한 것처럼 준혁의 발걸음 하나하나를 진기하다는 듯이 중계했다.

'민 팀장님 지금 송 차장이랑 회의실에 들어갔다.'는 얘기부터 시작해서 '아이스 아메리카노를 좋아하는 것 같다.'는 둥, '어떠한 향수를 쓰는 것 같다.'는 둥 사소하기 짝이 없는 부분들까지 쉴 새 없이 전하는 메시지에 나는 혀를 내두를 정도였다.

준혁이 이제 나간다는 메시지를 보영이 보냈을 땐, 오후 4시 남짓한 시간이었다. 어차피 유 대리, 송 차장 부서랑은 다른 층을 썼기에 준혁이 나가는 모습도 보진 못할 것이었지만, 마음 한구석엔 왠지 모를 아쉬움이 맴돌았다. 짧은 숨을 내쉬면서 보영의 메시지 창을 닫고 여전히 조용한 휴대폰도 한 번 더 확인했다.

뭐, 그래도 앞으로 영영 못 볼 사이는 아니니까. 지난주 이후로 계속 준혁을 신경 썼던 사람치고는 꽤 덤덤하게 생각하고 넘겼다가도, 문득 어쩌면 나도 준혁의 팬클럽에 들어야 하는 건 아닐지 쓴웃음을 삼켰다.

소식지 발행으로 한 달 중 제일 바쁠 때였다. 업체 수정안이 잘못된 게 있어서 그걸 바로잡고, 내일까지 기다리기엔 굳이 시간 끌면 안 될 거 같아 오늘 마저 끝낼 생각으로 초과 근무까지 달아 뒀다. 다들 정시 퇴근하고 혼자 남은 사무실에서 작게 타닥거리는 키보드 소리가 듣기 좋았다.

다 했다!

경쾌한 소리로 엔터를 치면서 업체에 컨펌 메일을 전송했다. 기지개를 펴면서 확인한 벽시계는 어느덧 8시를 넘기고 있었다. 대충 탕비실 간식으로 저녁을 때우긴 했지만, 막상 시간을 확인하자 배가 꼬르륵거리며 식량을 호출해 댄다. 집에 가서 떡볶이나 시켜 먹어야겠단 생각에, 곧바로 짐을 챙겨서 사무실을 나서 엘리베이터에 올랐다.

오늘은 할인 이벤트가 없는지 배달 어플을 살펴보는데, 지하 주차장으로 곧장 내려갈 줄 알았던 엘리베이터가 7층에서 섰다.

"어?"

민준혁 팀장이었다. 그도 순간 놀란 듯 눈을 댕그랗게 뜨더니, '야근?' 하면서 짧게 말을 던졌다.

"이제 집에 가려구요. 이 시간에 저희 회사에는 어쩐 일이에요?"

"놓고 간 서류가 있어서요. 송 차장님이 마침 야근한다고 하시길래."

손에 쥔 서류를 들어 보이는 준혁이 닫히는 엘리베이터 문에 가려졌다 싶던 순간, 문틈 사이로 팔이 불쑥 들어왔다. 놀란 마음에 열림 버튼을 누르면서 준혁의 팔을 끌어당겼다.

"팔 괜찮아요?"

"일부러 닫힘 버튼 누른 거 아니죠?"

준혁이 팔을 툴툴 털어 내면서 웃었다.

"괜찮은 모양이네요."

"덕분에."

평소엔 빨리 가던 엘리베이터가 왜 이렇게 더딘지. 내려가는 숫자만 하염없이 바라보다가도, 잠깐 잡았던 준혁의 팔이 생각나서 굳이 그럴 필요까진 없었는데 오버한 건 아닌가 싶어 귓등이 달아올랐다. 좁은 공간에서 준혁의 향수 향이 코끝을 간지럽히며 더운 공기를 만들어 냈다.

잠깐의 적막이 흐르고 지하 주차장에 도착했다는 경쾌한 소리와 함께 문이 열렸다. 긴장이 탁 풀리고 그제야 숨을 크게 내쉬었다.

"그럼 조심히 들어가세요."

"차 대리님."

짧게 묵례를 하고 돌아서는데 준혁이 불러 세웠다. 그 목소리에 가방을 쥔 손가락에 힘이 들어갔다.

"오늘은 차 갖고 왔어요?"

"네? 네. 오늘은 월요……."

아, 그러고 보니 오늘 나 지각해서 택시 탔지 참.

당황한 내 얼굴을 보던 민준혁은 잘됐단 표정으로 자기 차를 눈으로 가리키며 말했다.

"차 없으면 같이 가죠."

"아니, 그러실 필요까진 없는데요."

"어차피 저도 그쪽 부근에 볼일 있어요."

준혁이 성큼성큼 앞서더니 차 조수석 문을 열고 기다린다. 아, 기껏 엘리베이터에서 벗어났는데 또다시 둘만 있는 공간이라니. 오늘 머리도 안 감았는데.

"빨리 와요. 시간 없어요."

그 말에 괜스레 마음이 급해져 종종거리며 조수석에 올랐고, 서둘러 안전벨트까지 하는 모습에 준혁이 웃으면서 문을 닫았다.

준혁의 차 안에서는 기분 좋은 향기가 났다. 별다른 디퓨저는 안 보이는데 향수 냄새 같기도 하고. 이게 보영이 말하던 그 향수 향인가 싶어서 슬며시 킁킁거리기도 했다.

"야근 자주 하나 봐요."

"가끔요. 요즘은 좀 바쁠 때라."

"저도 지난주에 일이 좀 바빴어요."

왜 그런 것까지 보고하는 건가 생각하며 준혁을 쳐다봤다.

"혹시 내 연락 기다렸을까 봐."

내 시선을 느꼈음에도 전방을 주시하면서 내뱉은 준혁의 말에, 숨이 엇박을 타기 시작했다. 속마음을 들킨 것 같아서 차창 밖으로 시선을 돌렸다.

"저녁은."

"네?"

"저녁 먹었어요?"

"아, 아직이요."

흠. 작게 숨을 내쉬면서 핸들을 쥔 손가락을 잠깐 톡톡거리던 준혁이 '저녁 괜찮죠?'라고 묻더니, 급히 차선을 변경하여 좌회전을 하면서 길을 바꾼다. 괜찮다는 대답도 안 들었으면서 또 이런 식이다.

"바쁘다면서요."

"그러니까 간단히 저녁 먹어요, 우리. 여기서 얼마 안 걸려요."

내 생각을 또 읽은 걸까, 준혁은 이번엔 내 눈을 쳐다보면서 긍정의 답을 구하는 듯했다. 나는 그냥 고개를 끄덕였다. 밥 잘 사 주는 잘생긴 남자를 거부할 순 없었다.

공영 주차장에 차를 대고 준혁이 안내한 곳은 동네 분식집이었다. 단골집이라도 되는 듯 준혁은 익숙하게 떡볶이와 모둠 튀김을 주문하고, 콜라를 하나 꺼내 오면서 앞치마를 건넨다.

"떡볶이 좋아하죠?"

"이미 시키셨으면서 뭘."

이번엔 속에 있는 말이 그대로 나왔다. 준혁이 하긴 그렇긴 하다며 호탕하게 웃어 대는데, 메뉴 선택권을 두 번이나 뺏겼음에도 저 잘난 얼굴이 특효약이라도 되는지 뾰로통한 마음도 사르르 녹았다.

"유 대리는 오늘 집에 일이 있대요."

내가 바로 나온 떡볶이를 하나 집어 들면서, 먼저 대화의 물꼬를 텄다. 준혁은 알고 있다면서 고개를 그냥 두어 번 끄덕였다.

"소개팅은 잘 했어요?"

아니……. 좀 이런 얘기, 저런 얘기하다가 에둘러서 말할 수도 있지 않나? 준혁의 직구로 마시던 콜라에 사레들릴 뻔한 얼굴이 빨갛게 달아올랐다.

"만나지도 않았어요."

예상한 대답은 아니었는지, 준혁이 또 눈썹을 크게 들썩이더니 고개를 짧게 끄덕였다.

"이유는 안 물어봐요?"

"뭐, 이유가 있었겠죠?"

참 희한한 사람이었다. 질문에 대한 대답보다 질문을 한다는 것 자체에 의의를 두는 스타일인가. 나도 뭐 준혁의 앞에서 구질구질한 소개팅 펑크 사유를 말하긴 싫었고, 우리는 그냥 그렇게 떡볶이 떡 하나하나, 어묵 하나하나에 집중했다.

"근데 남자들은 보통 떡볶이 안 좋아하지 않아요?"

"여자들은 보통 떡볶이를 좋아하더라구요."

이것 봐, 이것 봐. 대답마저 모호하게 하는 스타일.

"아……. 여자 친구들이랑 많이 오셨나 보다."

"뭐 그것보단, 여자 친구랑도 같이 오고 싶었다고 해 두죠."

민준혁은 또 알쏭달쏭한 말로 씩 웃으며 답을 피해 갔다. 이젠 저런 화법도 그러려니 싶은 건 이 남자가 약간은 편해져서 그런 것 같기도 하고.

"맛있네요, 여기."

떡볶이 맛은 예술이었다. 시장이 반찬이라고 배가 고파서 더 그랬을지도 모르겠지만, 그걸 감안하고라도 충분히 맛집이었다. 쉴 새 없이 젓가락을 움직여 대다가 문득 준혁의 움직임이 멈춘 걸 보고 그에게 안 먹냐고 눈짓하자, 준혁이 빈 컵에 음료수를 채워 준다.

"천천히 먹어요."

"바쁘다면서요."

"그래도 여유 있어요. 그러다가 체해요."

고개를 끄덕거리면서 지난 일주간 설레발 떨었던 걸 생각하니 웃음이 비죽 삐져나왔다. 실컷 꾸미고 다닐 땐 연락도 없더니, 고작 이렇게 초췌한 모습으로 우연히 만나서 떡볶이나 먹을 줄이야. 그럼에도 이 시간이 나쁘진 않은 걸 보면 관심을 넘어선 호감인지도 모르겠다.

"다음엔 제가 밥 한번 살게요."

주차장에서 준혁의 차에 오르면서, 잘 먹었다는 말과 함께 그렇게 다음을 기약했다. 준혁은 그런 내 말에 또 싱긋이 웃으며 시동을 걸 뿐이었다. 쓸데없이 잘생긴 그 얼굴에 어쩐지 답답했던 공기도 조금은 느슨해지는 듯했다.

일주일 만에 벚꽃도 흐드러지게 피었다. 준혁의 차 안에서 보는 밤 벚꽃들은 어쩐지 더 로맨틱하게 느껴져, 나도 모르게 미소를 짓고 있었던 것도 같다. 준혁이 그 시선을 따라 좇으면서 말을 붙여 왔다.

"밤에 보는 벚꽃이 참 예쁘네요."

"그러니까요. 낮에 봐도 예쁘고, 밤에 보면 더 예뻐요."

"차 대리님처럼요?"

히익, 뭐야 이 느끼한 멘트는. 못 들을 말을 들은 것 같아서 잔뜩 일그러진 표정으로 쳐다본 운전석에는 본인도 내뱉어 놓고는 웃음을 겨우 참아 내는 얼굴의 준혁이 입술을 꽉 깨물고 있다.

"완전 느끼해요."

"왜요, 사실인데."

"놀리지 마요. 오늘 지각해서 화장도 안 했는데."

'머리도 안 감고'라는 말은 예의상 그냥 삼켰다.

"그래서 더 예뻐요."

"……어쨌든 오늘 이렇게 데려다주셔서 고마워요. 떡볶이도요."

느끼한 말은 저 사람이 했는데 왜 내가 부끄러워지는지 모르겠다. 열이 오른 얼굴을 들킬세라 창밖으로 고개를 급히 돌렸다. 익숙한 동네가 나오자, 준혁에게 다시 한번 감사 인사를 건네며 지하철역을 가리키고는 그 앞에 세워 달라고 덧붙였다.

"입구까지 들어가도 되는데."

"바쁘다고 그러셨잖아요."

"떡볶이 먹느라 이미 늦었어요."

그것 봐. 그렇게 늦장 부릴 때 알아봤다니까!

"아니, 그럼 진작에 얘기를 해야죠. 천천히 먹으래서 진짜 천천히 먹었는데."

"농담이에요. 지금 가도 충분해요. 여기서 세우면 되죠?"

별것도 아닌 걸로 왜 농담이야. 가는 눈으로 준혁을 흘겨보면서 인사를 건넸다.

"그럼 조심히 들어가세요."

"잘 자요."

라디오 디제이야, 뭐야. 준혁의 기름진 멘트에 몸을 살짝 떨면서 집으로 향했다. 집으로 가는 짧은 시간 동안 민준혁에게 들었던 예쁘단 말이 자꾸만 떠올랐다. 으윽, 못 들을 말을 들은 것 같아 고개를 흔들면서 떨쳐 보려 애썼지만, 괜스레 콧구멍도 같이 벌렁거렸다.

2. 그 밤

유 대리는 이틀 내내 연차를 썼다. 후배에게 들은 바론 아버님이 위독하시다고 했다. 그 덕에 유 대리가 하는 프로젝트도 내가 임시로 담당하게 되었다. 프로젝트 초반이기에 망정이었다. 중·후반부였다면 아니, 몇 주만 더 지났어도 당장의 담당자 교체란 웬 말이요, 유 대리는 연차의 '이응'도 꺼낼 수가 없었을 것이다.

물론, 나 또한 당황스러웠다. 연관 업무를 하고 있긴 하지만 유 대리와는 명백히 소속도 달랐고, 괜히 동료의 중요한 커리어를 뺏는 기분까지 느끼고 싶진 않았다. 몇 번이나 송 차장을 찾아갔지만 그 꼰대의 고집을 꺾을 수는 없었다. 송 차장에게 이건 임시로 맡는 거라며 소심하게 주장했지만, 그의 확답을 들을 수는 없었다.

아무튼 결론적으로 짧게 요약하자면 민준혁 팀장이랑 같이 일을 진행하게 되었고, 준혁의 명함을 손에 얻게 되었다는 것이다. 그러니까 아주 자연스럽게 그의 번호를 알게 된 셈이었다.

임시로 맡는 거라고 강조했기에 유 대리의 이 프로젝트를 빨리 진행할 생각은 없었다. 물론 송 차장, 하 과장이 쪼면 쪼는 대로 쪼여야 했지만 그냥 유 대리가 하던 대로 다음 주 월요일에 준혁과 회의하면서 진행하면 되겠지, 하는 생각이었다. 하 과장에게 건네받은 유 대리 자료들을 백업하고, 수정할 부분들은 따로 체크해 뒀고, 내가 가지고 있는 자료들 중에서 추가로 보완할 건 해 가면서.

그럼에도 불구하고 자세히 살펴볼수록 손을 대고 싶어지게 만드는 일이었다. 완벽한 계획주의자도 아니고, 그렇다고 해서 남의 일을 탁월하게 잘해 내고 싶단 애착도 없었지만.

"음…… 이걸 왜 이렇게 잡아 뒀지."

지금이야 입사 초기의 열정은 온데간데없이 사라졌다지만 원래부터 하고 싶었던 일이기도 했다. 행사를 기획하고, 공연을 채워 넣고……. 지금 업무에도 크게 불만은 없었지만 막상 하고 싶었던 일을 대행하려니 욕심이 생겨났다.

평소 같았으면 당장이라도 협력사 담당자에게 전화해서 따져 물을 일이었는데, 상대가 민준혁이라는 걸 알게 된 지금은 한 번 더 생각하게 되고 망설여진다.

못마땅한 얼굴로 펜을 딸깍딸깍하면서 다시 한번 더 고민하고 펜 끝으로 서류를 몇 번 두드려 보다가, 그래 까짓 거 뭐……. 민준혁이라고 못 할 거 없다는 생각으로 그의 명함을 찾아서 전화를 걸었다.

뚜르르, 뚜르르. 울리는 연결음에 심장 박동이 더 빨라지는 것만 같았다.

-네, 에스제이 경영 기획 팀장 민준혁입니다.

"안녕하세요. 문화재단 홍보 기획팀 대리 차유진입니다."

수화기 너머로 잠깐 당황한 기색이 전해지는 듯도 했다.

……차 대리님? 차 대리님이 어쩐 일이세요?

"아, 저 이번 아시아드 건으로 연락드렸습니다. 지금 통화 가능하신가요?"

그와 이렇게 사무적인 대화를 나누는 게 오히려 이상하게 느껴졌다. 나름의 친분이 있다고 해서 공과 사를 구분 못 하는 건, 나도 원하지는 않았지만. 특히나 그 민준혁이랑 같이 일한다면서 괜한 망상을 해 대는 포스트 유 대리인 옆자리 김 대리에게, 어떠한 여지도 남기고 싶지 않았다. 눈치는 없지만 입은 한없이 가벼운 김 대리였다.

-그럼 아카데미 부분은 회의 전에 검토 가능하게, 이번 주 내로 제가 정리해서 메일로 보내드릴게요.

"네, 제가 민 팀장님 명함에 있는 주소로 이메일 먼저 보내 드릴 테니 그쪽으로 답장 주시면 될 것 같아요."

역시나 '민 팀장'이란 말에 움찔해서 날 향하는 김 대리의 시선을 무시한 채로, 내 명함 스캔본과 함께 준혁에게 메일을 전송했다.

진작에 전화할걸. 별것도 아닌 걸로 고민했다 싶었다. 이렇게 목소리를 들으니 한결 마음도 편해진 기분이었다.

그날 밤늦게 유 대리의 부친상 부고 문자를 받았다. 회사에서는 다음 날 부서별 대표자들이 조문을 간다며 조의금을 걷었고, 나는 개인적으로 저녁에 조문을 간다고 전했다.

장례식장 앞에서 괜히 몇 번 숨을 골랐다. 언제 와도 적응 안 되는 곳이 바로 장례식장이었다. 상주 석에 나란히 앉아 있는 두 사람을 보자, 옛 기억에 숨이 턱 하니 막혀 왔다. 두 사람에게 짧게 조의를 표하고 벗어 둔 신발을 신으며 앉았다 가야 하나 망설이는데, 때마침 장례식장에 들어오는 준혁과 눈이 마주쳤다.

"어?"

준혁이 마치 1분만 기다리라는 듯 손가락 하나를 들어 보였다. 장례식장은 조문객으로 북적였다. 잠깐잠깐 유 대리의 이름이 들리는 걸로 봐서, 대부분 유 대리의 손님들일 것이다. 유 대리의 사람 좋음은 이런 때에 잘 드러나는 것 같았다.

문득 아빠 생각에 다리에 힘이 풀렸다. 향냄새와 국화 향기에 질식할 것만 같아 당장이라도 뛰쳐나가고 싶었다.

"나갈까요?"

조문을 끝낸 준혁이 내 낯빛이 파래진 걸 보고는 서둘러 밖으로 빠져나가자며 몸을 이끌었다. 머리가 핑 도는 듯했다. 준혁에겐 그냥 냄새 때문에 어지러웠던 거라고 변명하며, 쿵쿵 뛰는 심장을 진정시켰다.

기분 탓인지 저녁 공기도 꽤나 쌀쌀하게 내려앉았다. 같이 걷고 있는 준혁과의 공기도 더 무겁게 느껴졌다. 그래도 바다에 빠진 것처럼 답답했던 장례식장을 벗어나니 숨이 트이는 듯했다.

"차 갖고 오셨어요?"

"지하철 타려고요."

"내 차로 가요."

준혁의 말에 잠깐 멈칫했다. 왜 저 사람은 나한테 저런 호의를 보이는 건지. 보이지도 않던, 첨부터 존재하지도 않았던 경계선이 자꾸만 흐려지는 것 같았다.

"어차피 가는 길이잖아요. 가요."

그럼에도 어쩐지 제법 익숙한 느낌으로 또 준혁의 차에 올랐다. 다시 갑갑한 공기가 무겁게 숨통을 짓눌렀다. 빨리 집에 가서 자고 싶단 생각만 들었다.

"아직 밤은 좀 춥네요."

유난히 축 처진 분위기를 깨 보려는 것처럼 준혁이 눈치를 살피며 말을 붙인다.

"네, 딱 감기 걸리기 좋은 계절이죠."

늘 하는 뻔한 대답으로 얼버무리곤 창밖을 응시했다. 체한 것도 아닌데 머리가 울리고 속이 갑갑했다. 장례식장만 갔다 오면 한동안은 늘 이런 상태였다.

무거워진 공기를 다시 끌어 올릴 순 없겠다고 생각했는지, 준혁은 말없이 운전을 이어 갔다.

"민 팀장님은 운전할 때 노래 안 들으세요?"

이번엔 내가 긴 침묵을 깨고 물었다. 음악이라도 흘러야 이 어색한 공기의 흐름을 바꿀 수 있을 것 같았다.

"가요는 잘 안 듣는 편이라."

"괜찮아요. 아무거나 틀어도 돼요?"

준혁의 대답과는 상관없이 내가 먼저 버튼을 눌렀다. 아무거나 듣고 싶었다. 이내 조용한 공기를 뚫고 첼로와 피아노 소리가 조용히 차 안을 감쌌다.

"브람스 첼로 소나타네요. 2번인가, 1번인가."

'1번.'이라고 대답하는 준혁의 목소리는 사뭇 놀란 느낌이었다. 보통 때였으면 '왜 내가 이것도 모를까 봐?' 하고 쏘아붙였을 수도 있겠지만, 나도 잘 몰랐던 곡인 건 사실이었으니까. 나도 홍태훈 때문에 알게 된 곡이니까 뭐. 왜 또 여기서 홍태훈에 대한 기억이 떠오르는지 순간 짜증이 났다.

"민 팀장님도 브람스 좋아하세요?"

그렇게 말하려던 건 아니었지만 내 질문에도 그 짜증이 묻어 나왔다. 대충 너도 설마 그 새끼처럼 브람스 좋아하냐, 정도의 느낌이었을 거다.

"최근에 좀 듣고 있어요. 이쪽 일 하다 보니까 정보가 필요해서요."

평소와는 달리 질문의 요점을 잘 짚은 대답을 무덤덤하게 뱉어 내는 준혁을 보니, 방금 짜증 낸 게 미안해져서 '좋은 곡이죠.' 하고 작게 읊조렸다.

"갖고 있는 추억에 따라서, 나쁜 곡이 될 수도 있겠고요."

어째 한마디를 곧이듣는 법이 없는 사람이었다. 준혁의 말에 입술을 샐쭉하면서 다시 창밖을 응시했다. 추억에 따라 다르게 읽히는 곡이라. 곡은 아무 잘못이 없었지만 지난 기억의 단물이 쓰게 느껴졌다.

"유 대리님이랑은 많이 친하신가 봐요."

"아, 제가 유 대리 부부 이어 준 사람이거든요."

'제가 왜 그랬을까요. 내가 참 오지랖도 넓었죠, 내 코가 석 잔데…….'라는 속마음까진 이번엔 전달되지 않은 것 같았다. 준혁의 흥미롭다는 표정이 뒷얘기가 더 궁금하다는 의사를 비쳤다.

"친구?"

"대학 후배요."

"그렇게 가까운 사람 주선해 주는 거 쉽지 않은데."

"유 대리 좋은 사람이잖아요."

"좋은 사람이면 차 대리님이랑도 잘해 봤을 법도 한데."

진지하게 받아치는 준혁의 말에 경악했다.

"에엑? 왜 그래요? 아무리 유 대리가 좋은 사람이어도, 남자로는 전혀 아니죠."

이 사람이 날 뭘로 보고. 실제로 유 대리는 그랬다. 내 스타일과는 전혀 다른 방향의 사람이었다. 사실 그래서 후배에게 소개해 줄때도 많이 망설였다. 막상 후배는 자기 이상형이었다며 나를 당황스럽게 만들었다만.

세상엔 참 다양한 취향들이 있는 법이라며 넘기긴 했으나, 나로선 절대 용납 못할 그런 유 대리의 눈, 코, 입을 생각하며 고개를 절레절레 흔들었다. 사람이 꼭 인물을 보고 만나는 건 아니었지만, 그래도 아닌 건 아닌 거니까. 적어도 키스 정도는 할 수 있는 얼굴이어야지, 라고 생각했다가 자리에 없는 사람 뒷담 같아서 더 이상 말하진 않았다.

"그럼 차 대리님은 어떤 남자 좋아하시는데요?"

"그거야 코가 반듯하고, 쌍꺼풀 없이 적당히 큰 눈에, 키도 크고, 어깨도 넓어서 셔츠가 잘 어울리고⋯⋯."

줄줄이 이상형 조건을 더 말할 수도 있었지만, 말할 때마다 준혁의 고개가 마치 합격을 말하는 듯 끄덕여져서 말끝이 점점 늘어졌다.

그도 그럴 것이 내가 말한 조건들을 준혁은 이미 다 충족하고 있지 않은가. 절대로 준혁이 내 이상형이어서 말한 게 아니라 원래 내 이상형 조건이 그러했다. 그리고 그걸 민준혁이 하나씩 충족하고 있을 뿐.

"그거면 돼요, 차유진 씨의 남자 친구?"

"아니요, 그건 예선전에 불과하죠."

웃기려고 한 말은 아니었는데, '예선전'이라는 단어에 준혁은 또 크게 한바탕 웃어 댔다.

"그럼 나는 어쨌든 본선까진 진출할 수 있겠네요."

이게 바로 가진 자의 여유란 말인가. 준혁이 또 능글맞게 웃음 지으며 이내 또 농담이라고 무마할 걸 알았지만, 나도 이번엔 그의 장난에 휘말리고 싶지 않았다.

"뭐, 우수한 성적으로 예선 통과라고 해 두죠."

말이 씨가 된다고 일교차가 큰 날씨에 덜컥 감기에 걸려 버렸다. 목요일 하루는 온종일 약 기운에 해롱거렸고, 다음 날인 오늘은 약간의 미열까지 느껴졌다.

"차 대리, 병원 가야 하는 거 아냐?"

김 대리가 걱정된다며 물어 왔지만, 지금 같아선 병원이고 뭐고 그냥 집에서 누워 있고 싶었다. 철마다 앓고 지나가는 감기였기에 그냥 집에서 좀 쉬면 낫겠거니 생각하면서, 그냥 빨리 퇴근 시간이 다가오기만을 기다렸다.

수요일에 장례식장에서 준혁을 만난 뒤로 사적인 연락은 따로 하지 않았다. 서로 개인 폰 번호는 알고 있었지만, 업무적인 연락은 회사에서 주고받으면 충분했기에 따로 개인 연락처를 저장할 생각까진 들지 않았다. 뭐, 필요하면 저장해야만 하는 순간은 오겠지만.

그럼에도 준혁이 먼저 연락해 오진 않을까, 하는 기대감도 있었으나 그는 역시나 예상 범위에 있는 사람은 아니었다. 지난주 금요일에는 민준혁이랑 같이 퇴근했는데……. 몸이 아프니 별별 생각이 다 들었다.

연신 코를 훌쩍이던 나를 혀를 차며 보던 박 부장에게서, 오늘은 그만 마무리하고 얼른 집에 들어가라는 핀잔 섞인 지시를 받았다. 잔소리 좋아하는 박 부장은 분명 다음 주 회의에서 자기 컨디션 관리도 업무의 일환이라는 말들을 해 댈 것이다.

그러거나 말거나. '감사합니다!'를 외치고 서둘러 가방을 챙겨 회사를 빠져나왔다. 휴대폰을 들어 확인한 시간은 5시 반. 고작 30분 일찍 나온 걸로 박 부장은 더럽게 생색내겠지. 쯧.

택시를 타려고 몇 번이나 어플을 새로 고침 했지만, 금요일 퇴근 시간이어서 그런지 도통 잡히질 않았다. 어쩔 수 없이 천근만근인 몸을 이끌고 지하철로 향하는데, 휴대폰이 징징 대며 울었다.

"여보세요."

나는 어지간해서는 모르는 번호의 전화는 잘 받지 않는 편이다. 업무 시간 외에는 더더욱. 그런데 이번에는 무언가에 홀렸던 것일까.

-어? 밖이에요?

"……민 팀장님?"

몸이 아파서 그런 건지 준혁의 목소리에 순간 반가운 마음이 들었다. 마치 수학여행을 가서 엄마랑 통화했을 때처럼, 별 이유 없는데도 엄마 목소리를 들으니 속에서 뭔가가 울컥했던, 그런 기분이었다.

-벌써 퇴근해요?

"이제 지하철 타러 가려구요."

-잠깐만 거기에서 기다려요.

"어디요?"

-거기 그대로.

어디서 기다리라는 거야. 몸이 자꾸만 땅으로 꺼지는 기분이었다. 준혁의 말대로 가던 길을 멈추고 멍하니 있는데, 저 멀리 횡단보도에서 손을 높이 흔들며 성큼성큼 뛰어오는 준혁이 보였다.

참 잘생겼네. 보영의 말대로 제대로 안구가 정화되는 느낌이었다.

"……하마터면 같이 못 갈 뻔했네."

숨을 몰아서 내뱉으며 말하는 준혁이 왠지 섹시하게 느껴졌다면 내 기분 탓이었을까.

"마침 근처에 외부 미팅이 있었거든요."

묻지도 않은 얘기를 먼저 조잘거리면서 같이 지하철 타자는 그가 귀엽게 느껴진 것도 내 기분 탓이었을까.

언제나 그랬듯 지하철에는 사람이 득실거렸다. 좀 시간이 걸려도 택시를 기다려 볼걸, 잠깐 후회도 됐지만 옆에 같이 서 있는 준혁과 팔이 살짝살짝 부딪치는 게 은근히 또 설레었다.

별다른 말은 하지 않았다. 이따금씩 일 얘기를 하다가, 또 열차 내 고등학생들이 별것도 아닌 걸로 티격태격하는 걸 보고 서로 눈을 마주치며 살짝 웃기도 했다.

그것마저도 열 때문에 몸이 이완되면서 눈꺼풀이 조금씩 풀려서는 준혁의 질문에 대답하는 속도가 늦어지고, 밀폐된 공간에서 숨이 답답해져서 살짝 비틀거렸던 것도 같다.

"괜찮아요?"

사뭇 심각한 표정의 준혁이 고개를 살짝 숙인 채, 얼굴을 들이밀며 물었다.

"아…… 감기 기운 때문에 좀 어지러워서요."

별거 아니란 듯이 웃어 보였지만 준혁의 표정이 조금 굳어졌다. 아, 괜히 약한 척한 거 같잖아. 겨우 이 정도로.

민망해서 왼손으로 잡고 있던 봉에 습관처럼 이마를 살짝 댔다. 그 순간 차가운 느낌이 내 손끝부터 감돌더니 이윽고 오른손 전체를 감싸 안았다. 낯선 감촉에 손을 한 번, 그리고 고개를 들어 준혁을 한 번 쳐다봤다. 준혁은 눈은 마주치지 않고 고개를 정면으로 고정한 채로 말했다.

"이렇게 가요. 어지러우니까."

잠깐 물에 빠진 것처럼 숨 쉬는 법을 잊어버렸던 것 같다. 민준혁과 손을 잡고 있다는 걸 인지하자마자 손이 찌릿찌릿해지더니, 감각마저 없어져 내 머릿속까지 마비되는 느낌이었다. 얼굴이 더 달아오르는 것도 같았다. 열 때문일 거야. 침을 괜히 꼴깍 삼켰다. 그 소리가 지하철 칸을 가득 채울까 봐 두려웠다. 봉을 잡은 왼손에 힘이 잔뜩 들어갔다.

"저 이제 내릴게요."

콩닥거리는 소리 사이로 다음 역 안내 음성이 들리자 빠르게 정신을 차렸다. 준혁의 손아귀에서 손을 빼고 인사하려 했지만, 오히려 더 세게 쥐어 오던 준혁이 문이 열리자마자 손을 끌고 같이 내렸다.

"저 혼자 갈 수 있어요. 민 팀장님은 다음 차 타세요."

"아까 쓰러질 뻔했잖아요."

아니, 쓰러지는 것까진 아니었는데……. 준혁이 다른 손으로 내 이마를 짚더니 인상을 찡그렸다. 예고도 없이 다가온 큰 손이 눈까지 덮었다.

"이것 봐. 열 많이 나잖아."

"많이까진 아닌데."

"이럴 땐 택시 타야지. 첨부터 나한테 말이라도 했으면 좋았잖아요."

준혁이 한숨을 작게 내쉬었다. 왜 자꾸 자기가 짜증 내는지 모르겠다.

"괜찮아요."

"일단 병원 가요. 응급실을 가든."

"무슨 이 정도로 응급실을 가요. 그냥 집에 가서 쉬면 돼요."

"그럼 빨리 집에 가요."

"그러니까 혼자 갈 수 있다니까요."

"사람들 쳐다보잖아."

그제야 주변 사람들이 힐끔거리는 게 느껴져서 민망해졌다. 누가 봐도 별거 아닌 투정이 멈추자, 준혁이 잡은 손을 이끌어서 계단을 올랐다. 개찰구를 통과하면서 잠깐 놓았던 손을, 준혁이 깍지까지 끼면서 다시 잡아 왔다.

준혁은 우리 집으로 가는 길이 제법 익숙하단 듯이 나보다 반걸음 앞서 걸었다. 준혁의 큰 보폭을 따라가려는 내 구두가 요란한 소리를 내며 겨우 뒤따랐다.

출구를 빠져나오자 찬바람이 몸 구석구석을 휘감았고, 이내 몸이 부르르 떨려 왔다. 습관처럼 튀어나온 춥다는 말에 준혁이 입고 있던 외투를 벗더니 내 코트 위로 걸쳐 주었다.

"으……. 미, 민 팀장님도 추, 춥잖아요."

급기야 내가 이를 달달거리면서 떠는 걸 보고, 준혁이 황당한 듯 실소를 터뜨렸다.

"난 괜찮으니까 그냥 입어요."

"저도 괜찮은데요."

"이대로 병원 끌고 가기 전에 입어요."

아니, 난 미안해서 그러는 거지……. 입술을 씹으면서 준혁이 한 번 더 여며 주는 옷을 붙들어 잡았다. 어쨌든 그의 배운 매너 덕에 금세 몸이 따뜻해졌다.

옷을 벗느라 잠깐 놓았던 손은 갈 곳을 잃어버렸다. 무겁고도 든든한 갑옷을 한 겹 걸친 채 또각또각 들리던 발자국 소리가 지난주에 헤어졌던 그 골목길 자리에서 멈췄다.

"이제 그만 가 볼게요. 어서 들어가 보세요."

다시금 황당하게 쳐다보는 준혁에게 옷을 벗어 건네려고 하자, 준혁이 짜증 난 듯 소리쳤다.

"그냥 좀! 가만히 입고 있어요."

뭔데 나한테 이러는 거야. 생각지도 못한 호통에 순간 놀라서 어버버거렸다. 아픈 사람은 난데.

"아니, 그게 아니라, 아니……. 왜, 왜 소리를 질러요?"

나는 회사에선 물론이고, 이성에게도 내가 불리할 때 눈물로 호소하는 스타일은 아니다, 절대로. 하지만 이 순간은 마비된 뇌가 신호를 잘못 보냈던 건지, 준혁에게 예상치 못한 호통을 들으니 눈물이 마구 솟구쳤다.

이씨, 나 바보같이 왜 울어. 이 상황에…….

차라리 콧물을 흘리는 편이 나았을 거다. 스스로도 이 상황이 너무 당황스러웠는데, 민준혁은 말도 못 했을 거다. 눈물이 차오르는 내 눈을 보자마자 안절부절못하던 준혁의 두 눈동자에 지진이 일었으니까.

"이제 다 울었어요?"

놀이터 벤치에 10분 정도 서로 말없이 나란히 앉아 있었던 것 같다. 사실 눈물은 진작 그쳤지만 이 뻘쭘한 상황을 어떻게 끝내야 할지 몰랐다. 놀이터 그네가 바람결에 삐거덕대는 소리만 되돌아왔다.

"아픈 사람이 자꾸 괜찮은 척하니까. 순간 화가 났어요."

"……."

"큰소리 내서 미안해요."

이럴 땐 '알겠다.' 하고 받아 주는 게 쿨한 모습이었을 수도 있다. 그렇지만 나는 또 그렇게 쿨한 사람이 아니다. 아픈 사람은 난데 자기가 왜 난리인가 싶어, 더 마음이 꽁해져서 코만 홀쩍였다.

"날도 추운데, 이제 그만 들어가죠?"

준혁은 이번에도 내 대답은 상관없단 듯 벤치에서 먼저 일어났다. 아직 뽀로통하게 앉아서 발끝만 쳐다보자, 준혁이 상체를 기울여서 눈을 맞추며 한 번 더 말했다.

"응? 감기 더 심해질라."

모든 건 타이밍이다. 지금 일어나지 않으면 또다시 어색한 침묵만 남을 게 뻔했다. 마지못해 준혁이 내민 손을 잡고 일어났다. 준혁의 손이 아까보다 더 차갑게 느껴졌다. 그러고 보니 이 사람 외투도 아직 내가 입고 있는데, 셔츠 차림으로 놀이터에 앉아 있었으니 제법 추웠을 거다.

그냥 바로 집으로 뛰어갈 걸 그랬나. 그러게 거기서 눈물이 왜 나와. 준혁의 손에서 냉기가 가시질 않자 미안한 마음이 더 커졌다.

"미안해요."

"뭐가요?"

"팀장님 손 되게 차가운데, 지금…… 춥죠, 나 때문에."

"원래 찬 편이에요."

그래도 아까 잡았을 때보다 훨씬 차가운데. 조금이라도 더 따뜻해지라고 미약하게나마 손에 힘을 더 주었다. 나란히 걷던 준혁이 쳐다보는 게 느껴졌지만 애써 시선을 돌렸다.

"지금 좀 부끄러워하는 거 같은데."

"뭐가요?"

"얼굴도 빨개지고."

"열나서 그래요."

아프다는 건 얼마나 좋은 핑계인가.

준혁이 걸음을 멈추고 내 앞에 섰다. 훗훗해진 얼굴을 차마 들수가 없었다. 눈앞 가득 준혁의 가슴팍만 보였다. 준혁의 다른 한 손이 이마를 짚었다. 다가오는 손길에 순간 놀라서 숨을 참았다.

"열은 이제 좀 내려간 거 같은데."

"팀장님 손이 차가워서 그래요."

"지금 볼만 빨간데."

이마를 짚은 준혁의 손이 내려와서 손등으로 볼을 만지더니, 손가락으로 볼을 감싸 왔다.

"이러고 있으면 볼에도 열이 내려가려나."

내려가긴 개뿔이. 예상 못 한 터치에 얼굴이 더 달아오르는 기분이었다. 눈동자를 급히 굴리다가 집 앞에 다 온 걸 깨닫고는 준혁의 손을 놓았다.

"다 왔어요, 이제."

준혁의 눈을 피하면서 그의 옷을 벗어 건넸다.

"아, 여기구나."

건네받은 옷을 다시 입으며 오피스텔을 위로 올려다보는 준혁의 코끝이 빨개져 있었다. 저러다 자기가 감기 걸리는 거 아닌가 걱정됐다.

"들어가요, 어서."

"그…… 올라가서 따뜻한 차라도 마시고 갈래요?"

무슨 용기로 그 말이 튀어나왔는지는 모르겠다. 나는 진심으로 준혁의 빨간 코끝을 보고 따뜻한 차를 대접하고 싶었을 뿐이지, 다른 의미 같은 것은 생각지도 않았다. 진심으로.

준혁은 순간 눈썹을 살짝 들어 올리더니 이내 고개를 젓는다.

"다음에. 다음에 초대해 줘요."

입술을 앙다물고 고개를 끄덕였다.

"오늘 데려다줘서 고마웠어요."

"약 먹고, 푹 쉬어요."

준혁에게 꾸벅 인사하고 미친 듯이 뛰는 심장 소리에 맞춰서 집으로 휘달렸다. 집에 들어오자마자 코트만 벗고 소파로 쓰러지듯 엎드려서, 내가 좀 전에 무슨 말을 했는지 다시 되뇌어 봤다.

미쳤나 봐! 차 마시고 가라는 말이 왜 나와.

주책을 부린 것 같아서 귀가 빨갛게 달아올랐다. 아니, 그렇다고 그렇게 바로 거절할 건 또 뭐야. 내 호의를 그렇게 거절하다니, 한편으론 괘씸한 마음도 들었다. 한참을 그렇게 '미쳤어, 미쳤어.'만 외쳐 댔더니, 잊고 있던 허기가 밀려왔다.

아, 그러고 보니 민준혁 나 때문에 저녁까지 못 먹었겠구나.

차가 아니라 밥을 먹고 가라 했어야 했나, 생각했다가 또 주접이라고 고개를 절레절레 흔들며 준혁에 대한 생각을 떨쳐 내려고 애썼다.

지난주를 기점으로 잡아 둔 소개팅 일정을 모두 취소했다. 매주 마음에 안 차는, 예선전도 통과 못 하는 남자들 만나는 데 시간 낭비하는 것에 지쳤다. 그리고 뭣보다 홍태훈에 대한 내 감정, 왜 내가 그깟 홍태훈 때문에 소개팅을 해야 하는가 같은, 그런 감정의 변화도 있었다. 그리고 지금 이렇게 내 눈앞에 있는 민준혁이라는 존재가 나타난 것도 나름의 큰 이유였다.

준혁은 토요일 낮 11시가 조금 지난 시간에 메시지를 보내왔다.

[일어났어요? 몸은 좀 어때요?]

[약 먹고 늦잠 잤더니 좀 괜찮아졌어요.]

[30분쯤 뒤에 도착할 것 같은데. 시간 괜찮죠?]

준혁의 메시지를 보자마자 허리에 스프링이라도 달린 듯 침대에서 벌떡 일어났다.

아니, 잠깐. 30분? 왜? 우리 집에 온다고? 내가 어제 차 마시고 가라 했다고? 그렇다고 이렇게 당장 오는 건 아니지 않나?

그러면서도 어제저녁 아무렇게나 던져둔 옷가지들을 급하게 발로 정리했다.

[집에 안 들어가니까 걱정 말고. 집 앞에서 봐요.]

진작에 말할 것이지. 그의 문자에 한결 안심했다가, 급하게 칫솔부터 찾아 씻기 시작했다.

30분이라는 시간은 나에게 얼마만큼의 여유가 있는 시간일까. 긴 머리를 감고 다 말린 뒤에 나가기엔 턱없이 부족한 시간이었다. 급히 양치와 세수부터 하고 기초와 선크림을 바르니, 어느새 15분가량이 지났다. 눈썹을 그릴까 말까 고민하다가 그래, 어차피 전에 지각한 날 눈썹 없는 모습도 봤을 텐데 뭔 소용인가 싶어서, 모자만 눌러쓴 채 동네 마실용 편한 원피스를 입고 오피스텔을 나섰다.

시간이 얼마나 지났을까. 저 멀리서 걸어오는 준혁이 보였다. 손을 들어서 여기 있다며 표시를 하자, 준혁이 발걸음을 재촉하더니 이내 뛰어오기 시작한다.

"왜 나와 있어요. 연락하면 나오지."

"그냥. 근데 그건 뭐예요?"

준혁의 손에 들린 봉투를 가리키며 물었다.

"죽. 아파서 밥도 못 먹었을 거 아니에요."

아. 이분 나를 너무 과소평가하시네. 아픈 와중에도 어제 잘 챙겨 먹은 저녁이 무색해졌다.

"뭐, 오늘은 감동의 눈물 같은 거 없나."

준혁이 내게 고개를 기울이며 장난스럽게 물었다.

"장난치지 마요. 민망하니까."

씨익 웃던 준혁이 내 모자를 들어 올리더니 이마를 짚었다.

"열은 다 내렸네."

"거봐요. 집에서 쉬면 된댔잖아요."

"볼은 여전히 빨갛고."

민망함에 준혁의 팔을 살짝 때리자, 준혁이 가볍게 웃으며 죽 봉투를 건넸다.

"들어가요."

"그냥 가게요?"

이렇게 가겠다고? 나한테 죽 주려고 여기까지 온 거야?

의아한 표정으로 눈을 깜빡이며 준혁을 쳐다보자, 그 역시 멀뚱 거리며 딱히 할 말을 잃은 눈치였다.

"커피라도 마시고 가요. 그, 그 여기 밑에 카페에서!"

어제저녁의 당돌한 말이 생각나서, 굳이 '카페'라는 말을 덧붙였다. 준혁은 내가 굳이 '카페'를 붙인 이유를 알기라도 한다는 것처럼 또 장난스러운 미소를 입에 걸었다. 고개를 끄덕이던 준혁은 내손에 쥐어진 봉투를 제 손에 가져가 들고는 나머지 한 손으로 자연스럽게 내 손을 잡았다. 준혁의 차가운 손에 마음이 살랑거렸다.

준혁과 보내는 토요일은 서로의 복장만큼이나 편안한 기분이었다. 늘 보던 정장 차림 대신 맨투맨 티를 입은 그의 모습이나, 불편한 구두를 벗어 던지고 편한 운동화에 모자까지 눌러쓰고 후드 원피스를 입은 내 모습이나, 직장인의 그 사무적인 분위기와는 사뭇 다른 느낌이었다.

"그럼 이번 아시아드 건은 계속 유진 씨가 맡는 거예요?"

그런 생각도 잠시 다시 직장인 차유진으로 돌아오게 만드는 준혁의 말에 눈썹을 찌푸리며 강하게 '아니요.'라고 대답했지만, 회사 내부 분위기는 이미 그렇게 흘러가고 있었다. 아니, 송 차장이 자기 멋대로 그렇게 만들었다.

에휴. 일 생각에 한숨이 절로 나왔다.

"흐음. 난 유진 씨랑 일하게 돼서 더 좋은데."

내 한숨 소리에 섭섭하다는 듯, 준혁이 오버하면서 우는 표정을 지었다.

그건 4년 전에 송 차장을 못 겪어서 하는 말이지, 하면서 송 차장의 극악무도함에 대해서 말을 꺼내고 싶었지만, 내 평화로운 주말을 송 차장 생각으로 버리고 싶진 않았기에 더 이상 말을 꺼내진 않았다.

"근데 왜 자꾸 제 이름 불러요?"

그것보다도 자꾸만 '유진 씨'라고 부르는 준혁의 말이 신경 쓰였다.

"유진 씨 맞잖아요."

"저는 꼬박꼬박 민 팀장님이라고 부르잖아요."

"그럼, 이제부터 내 이름 불러요. 유진 씨도."

그러게. 나도 '준혁 씨'라고 부르면 될 일이네.

회사에선 '민 팀장', 밖에선 '준혁 씨'라고 정해 주는 명쾌한 답에 더 이상 할 말이 없었다.

"밖에서 볼 일이 얼마나 된다고."

"지금도 보고 있는데."

"그거야……."

눈동자를 데구루루 굴리면서 괜히 다 마신 커피 잔을 들어 남은 커피를 확인해 보곤, 허탈한 표정으로 테이블에 내려놓았다.

"다 마셨으면 일어날까요? 얼른 죽 먹어야지."

준혁은 테이블 한쪽에 세워 둔 죽 봉투가 어지간히도 신경 쓰이는 모양이었다.

"식으면 맛없어요."

"이미 다 식었을 텐데."

"그러니까. 얼른 들어가야지."

준혁이 트레이에 다 마신 커피 잔을 올리면서 일어섰다.

"사실 차 빼기가 애매해서 죽집 근처에 아무렇게나 급하게 주차하고 왔거든요."

견인된 건 아닌가 모르겠다는 준혁을 보고 있던 내가 더 아연실색하며 황급히 일어났다. 오피스텔까지 차 끌고 오면 되는데, 왜 그런 짓을.

"전 알아서 갈 테니까 팀장님은 빨리 차에 가 봐요. 뭐 연락 온 거 없어요?"

"농담이에요."

트레이를 반납대에 올려놓은 준혁이 웃으면서 죽 봉투를 다시 제 손에 들었다. 그리곤 다른 한 손을 자연스럽게 내밀었다.

"뭐요."

"손. 아직 환자잖아요."

"핑계 대지 마요."

"핑계 안 대면 안 잡아 줄 거잖아."

"내가 그런 거에 넘어갈⋯⋯ 으악!"

도도하게 말하면서 계단을 내려가려는데, 순간 발이 꼬여서 넘어질 뻔한 걸 계단 손잡이 덕에 겨우 모면했다. 준혁이 그것 보라며 자연스럽게 손을 잡아 왔다.

"일부러 넘어지는 척한 거 아닌가."

"아니에요. 그런 거."

"일부러 어지러운 척하고."

"아니라니까."

"내가 먼저 손 안 잡았으면 어쩔 뻔했을까."

"아잇, 진짜. 그럼 놔요, 손."

집으로 걷는 내내 준혁이 아까 넘어지려던 상황을 놀려 대자, 가던 길을 멈추고 손을 놓은 뒤 쏘아봤다.

"화났어요?"

"자꾸 놀리지 마요."

"응, 안 놀릴게."

"왜 자꾸 반말해요."

"내가 두 살 더 많으니까."

"사회에서 그런 게 어디 있어."

"차유진 씨가 아직 잘 모르나 본데. 오늘은 토요일이고, 회사도 아니고, 또 우리는⋯⋯."

준혁이 말꼬리를 흐리면서 웃음을 머금었다.

"우리는 뭐요. 왜 말을 하다 말아요."

"손도 잡은 사이라고."

준혁이 다시 손을 잡아 오면서 발걸음을 떼었다. 왜 자꾸 준혁에게 말리는 기분인지 모르겠다. 내딛는 걸음마다 벚꽃잎들이 바람에 휘날렸다.

"얼른 들어가서 죽 먹어요."

"농담 아니죠? 차?"

오피스텔 입구 앞에서 가자미눈으로 준혁을 흘겨보자, 그는 눈동자를 크게 굴리더니 손에 죽을 건네주면서 어서 들어가라며 웃었다. 아, 어디까지가 농담인 거야. 이 사람 참.

"아, 잠시만."

준혁이 내 모자를 다시 들어 올려서 이마를 짚었다. 그의 큰 손에 이마부터 눈까지 다 가려졌다. 열은 진작 내린 거 알면서 뻔한 수작질이다.

"일부러 이러는 거죠."

"응."

준혁이 웃으면서 발그레 달아오른 볼에 손등을 갖다 댔다.

"아직 열이 안 내린 건가."

"내렸어요."

"그럼 나 때문인가."

자꾸 민망하게 만드는 준혁의 손을 밀어냈다.

"어서 차에 가 봐요."

"들어가는 거 보고."

"다시 연락해요. 차 어떻게 됐는지."

준혁은 눈을 느리게 살짝 감았다 뜨더니, 알겠다는 뉘앙스로 두어 번 고개를 끄덕였다. 출입문 현관 비밀번호를 누르고 들어가면서 등을 살짝 돌려 준혁을 쳐다봤다. 준혁이 웃으면서 손을 흔들었고, 나도 같이 작게 손을 흔들어 보이며 엘리베이터 쪽으로 향했다.

집에 도착하자마자 전자레인지에 죽을 데웠다. 그러고 보니 내가 언제 아팠나 싶을 만큼 오늘은 몸도 한결 가벼운 것이 기분까지 상쾌해졌다. 기분 탓인가? 약이 효과가 있었나? 아무렴 어때. 아프다는 핑계로 이렇게 민준혁에게 죽도 받아 보고 말이야.

죽 한 그릇을 금세 뚝딱 해결하고 디저트로 젤리까지 입에 털어 넣고 있을 때쯤, 준혁에게서 문자가 왔다.

[다행히도 차는 무사. 안전 귀가.]

마치 인증 샷인 듯 준혁이 셀카와 함께 메시지를 보내왔다. 그의 얼굴 뒤로 살짝 보이는 거실은 멀끔한 얼굴만큼이나 정리된 모습이었다.

갑자기 무슨 셀카야. 괜히 낯간지러워서 입술을 말아 물었다가, 나도 죽 맛있게 먹었다고 인증 샷을 보내야 하나 하는 생각에 집 안을 둘러보곤 이내 좌절했다.

어떻게 집 안을 이 꼴로 만들어 놓고, 차 마시고 가란 말이 나왔던 건가. 양심도 없었다면서 식탁 한구석을 적당히 정리한 뒤 깨끗하게 비운 죽 용기를 찍어서 전송하자마자, 휴대폰 화면에 준혁의 이름 석 자와 함께 벨 소리가 울렸다.

"갑자기 뭐예요."

-나야말로 뭐예요. 나는 내 사진까지 보내 줬는데, 돌아오는 건 겨우 죽 사진?

다분히 의도적인 준혁의 메시지를 본인 입으로 직접 확인시켜 주니 새삼스레 쑥스러워져 눈동자를 데구루루 굴렸다. 조금 전까지 코앞에서 봤던 사람인데 손바닥만 한 휴대폰을 거쳐서 들리는 그의 음성이 또 색다르게 느껴졌다.

"아까 실컷 봤으면서, 뭘."

-죽은 싹 비운 거 확인했고, 이제 한숨 푹 자요.

"먹고 바로 자면 역류성 식도염 걸려요."

아무리 와식 생활을 좋아하는 집순이지만 그래도 위장에 대한 최소한의 예의 정도는 갖추고 있단 내 말에, 준혁이 또 웃어 댔다. 안 봐도 그가 어떤 표정을 하고 있을지 눈에 선했다. 그 모습이 머리에 그려지자 열도 다 내렸는데 귀 끝이 붉게 물드는 기분이었다.

-그럼 이제 뭐 할 거예요?

"뭐, 책도 읽고…… 이것저것."

거짓말이다. 침대에 누워 미국 드라마나 보다가 그대로 잠들 계획이었다. 작정하고 자는 거랑 나도 모르게 잠드는 건 또 다른 거니까.

-무슨 책?

눈동자를 크게 굴려 보다가, 책장에 꽂힌 책 이름 중 하나를 아무거나 대충 내뱉었다. 준혁은 자기도 예전에 읽어 본 책이라며 조금 말이 빨라지는 듯했다.

아…… 책 읽는 거 좋아하는구나, 민준혁.

준혁에 대해 조금 더 알고 싶어졌다. 그가 설명해 주는 책 이야기가 듣기 좋았다. 이렇게 목소리가 좋은 사람이었나. 나지막한 목소리에 심장이 간질거렸다.

오랜만에 기분 좋은 꿈을 꾼 것도 같았다. 꿈결에 나도 모르게 아이처럼 웃었던 것도 같고. 어느새 해가 진 듯, 창밖으로 하늘에 어둠이 내린 게 보였다.

오늘 밤에 잠은 다 잤구나. 웃차, 하고 기지개를 켜면서 상체를 일으키자, 가슴팍에서 휴대폰이 떨어졌다.

엇, 그러고 보니 민준혁이랑 통화 중이었는데!

준혁과 통화하다가 목소리에 취한 듯 그대로 잠이 들었던 모양이다. 어디까지 얘기했었지? '통화 시간 32분'을 보고 나니 혹여나 잠꼬대를 한 건 아닌지, 코를 골았던 건 아닌지 걱정이 되기 시작한다.

뭐라고 메시지라도 보내 볼까 몇 글자를 찍어 보다가, 그랬다간 행여나 긁어 부스럼일 것만 같아서 대화창을 빠져나왔다가, 다시 스크롤을 올렸다. 괜히 사진 속 준혁의 얼굴을 엄지로 쓸어 본다. 어쩐지 조금은 더 가까워진 것 같다.

"요즘 얼굴 좋아 보인다? 연애해?"

오랜만에 만난 지민에게서 청첩장을 건네받았다. 연애는 무슨. 거짓말을 한 것도 아닌데 입술이 살짝 건조해지는 듯했다. '아님 말고.' 하면서 지민은 별 대수롭지 않게 자기가 요즘 결혼 준비로 얼마나 힘들었는지에 대해서 일장 연설을 늘어놓았다.

일요일 낮 번화가 카페의 수많은 목소리들 사이에서 지민의 설렘 가득하고도 예민한 목소리가 더 쨍하게 느껴졌다. 신혼 가구는 어디 브랜드가 좋으며 신혼집 인테리어는 요즘 어떤 게 유행인지, 나아가서는 예단·예물의 유무가 결혼 생활에 얼마나 영향을 끼치는지에 대해 세뇌당하고 있을 때쯤 민준혁에게서 전화가 걸려 왔다.

"여보세요."

-푹 잤어요?

준혁의 목소리에 나도 모르게 샐쭉이 웃으면서 지민에게 잠깐만이라는 눈짓을 하곤, 야외 테라스로 슬며시 자리를 옮겼다.

"어제는 나도 모르게 잠들었나 봐요."

-금세 코 골던데?

이제 준혁이 하는 농담쯤은 구별 가능할 것도 같았다. 특유의 그 웃음 섞인 어조에 나도 입술 한쪽이 들썩였다.

"난 오늘 친구 청첩장 받으러 나왔어요. 준혁 씨는요?"

덧붙인 질문에 준혁이 왠지 한 톤 높아진 목소리로 마트에 장 보러 나왔다며, 오늘 고기가 싸다느니, 무슨 상품이 세일 중이라느니, 묻지도 않은 얘기를 한참 떠들어 댔다. 그러더니 '유진 씨.' 하곤 잠깐 말을 고르는 듯했다.

-오늘 저녁에 별 약속 없으면 같이 집에서 밥 먹을래요?

"우리 집이요?"

-아니, 우리 집. 내가 사는 집.

"아⋯⋯."

-시간 안 되면 말고.

"아니, 시간 괜찮아요. 갈게요."

무작정 간다고 내뱉고는 아무 생각 없이 간다고 한 건가 후회했다. 조금 고민하는 티라도 냈어야 했나.

준혁의 집은 지민과의 약속 장소에서 멀지 않은 곳에 있었고, 또 우리 집과는 전혀 반대 방향이었다. 내가 있는 곳으로 데리러 오겠다는 준혁을 마다한 채, 그의 집으로 향하는 발길이 목적지에 한 걸음씩 가까워질수록 더 무거워졌다.

장장 1시간은 더 돌아가는 거리였다. 굳이 날 데려다주려고 그 거리를 돌아갔나 싶어, 미안한 마음과 고마운 마음이 앞서거니 뒤서거니 했다.

초대받은 집에 빈손으로 가는 건 예의가 아닌지라, 근처 베이커리에서 작은 케이크를 하나 사서 준혁의 집 현관문 앞에 섰다. 몇 번이고 메시지에 적힌 동·호수를 확인하며 이 집이 맞는지 확인하고서도, 쉽사리 벨을 누를 용기가 생기지 않았다.

긴장할 거 없어. 그냥, 그냥 식사 초대받은 거잖아?

숨을 크게 한 번 내쉬고 손가락을 오므렸다가 벨을 눌렀다. 몇 초 지나지 않아서 준혁 역시 다소 상기된 표정으로 문을 열었다.

준혁의 집에서는 차에서 맡았던 그의 향기가 은은하게 풍겨 왔다. 잡지에서 볼 법한 군더더기 없이 깔끔한 그의 집 인테리어와도 잘 어울리는 향이었다.

"어떻게 알았어요? 내 생일인 거."

더없이 어색하게 쭈뼛쭈뼛 집에 들어서는 걸 보던 준혁이 내 손에 들린 케이크를 보더니 놀란 눈치로 말했다.

"오늘 준혁 씨 생일이에요?"

나는 그보다 한결 더 놀란 눈으로 준혁을 쳐다봤다. 내 반응에 오히려 다행이라며 준혁이 짧게 숨을 뱉더니, 케이크를 조심히 받아 거실 테이블에 가져다 두었다.

"미리 말을 하죠. 그럼 내가 생일 밥이라도 샀을 텐데!"

"이렇게 밥 같이 먹으러 와 줬잖아요."

어이없어서 눈만 깜빡이는 날 보며 준혁이 싱그럽게 웃었다. 그리고 내 외투도 받아 들더니, 욕실은 저쪽이라며 얼른 손 씻고 오라고 등을 살짝 떠밀었다.

아니, 왜 이렇게 사람을 놀라게 하는 거야. 욕실 거울 속 내 얼굴이 당황스러움으로 붉게 물들어 있었다.

손부채질로 얼굴의 열을 어느 정도 식히고 욕실 문을 열자, 기분 좋게 향긋한 고기 냄새가 코끝에 다가왔다. 향에 이끌려 주방에 들어서서 미리 세팅된 식탁에 어정쩡하게 자리 잡고 앉자, 분주한 준혁의 뒷모습이 눈에 들어온다.

뭐라도 도와줘야 하나 싶어서 자리에서 다시 일어나려는데, 인기척을 느낀 준혁이 몸을 살짝 틀어 날 확인하더니 다 됐다면서 앉아 있으라 눈짓했다. 이내 준혁이 어설프게 플레이팅된 스테이크 두 접시를 양손에 들고 자리에 앉았다.

"미디움, 괜찮죠?"

이것 봐. 또 다 구워서 가져와 놓고는 물어본다니까.

"잘 먹겠습니다."

하지만 미디움이면 어떻고, 레어면 어떻겠는가. 고기는 늘 옳은 존재인데. 잔뜩 설렌 표정으로 스테이크를 썰어 한 입 물었다. 아, 이

황홀한 맛은 분명 한우가 틀림없다.

미간을 찌푸려 가면서 얼굴의 모든 근육으로 맛있음을 표현하는 날 보던 준혁의 입꼬리가 올라가더니, 그제야 다시 자세를 고쳐 앉고 스테이크를 썰기 시작한다.

"오늘 이렇게 와 줘서 고마워요."

조용히 칼질 소리만 이따금씩 들리는 시간이었다. 평소와는 다르게 무거움이 내려앉은 준혁의 목소리에서 어쩐지 촉촉함이 느껴지는 듯도 했다. '생일 축하해요.'라는 말이 입 속에서 빙빙 맴돌다가 다시금 목을 타고 흘러 내려갔다.

"왜…… 왜 거짓말했어요?"

이 상황에서 무슨 말을 할까 머릿속을 빠르게 헤집다가 나온 말은 겨우 그거였다. 준혁이 무슨 소리를 하는 거냐는 표정으로 고개를 갸우뚱거렸다.

"집이요. 우리 집이랑 한참 반대 방향이잖아요."

"난 반대 방향이라고 했는데, 처음부터."

아, 그랬지 참.

다시 할 말이 없어져서 고개를 숙여 뭐라고 해야 할지 다음 말을 찾는데, 그가 심드렁하니 고기를 썰며 말했다.

"유진 씨랑 같이 가고 싶어서 일부러 그랬는데."

"……."

"떡볶이도 일부러 같이 먹고."

"……."

"금요일에도 일부러 전화하고."

준혁의 말에 기껏 식혔던 얼굴이 다시 이상 온도를 내뿜으며 달아올라선, 눈도 마주치지 못하고 고개를 숙인 채 애꿎은 가니쉬만 포크로 들척거렸다. 양파며, 아스파라거스며 포크로 찍어 대다가 옆에 있는 방울토마토를 찍는 순간, 과즙이 터지면서 준혁의 흰 니트에 사선으로 그림을 그렸다.

"으악, 어떡해요!"

토마토 물들면 잘 안 지워지는데! 당황한 내가 당장 옆에 보이는 티슈를 몇 개 뽑아서 준혁의 곁으로 가 앉아 니트에 묻은 과즙을 닦아 내려 했지만, 닦아 낼수록 더 번지기만 할 뿐이었다.

"어, 더 번졌어. 어떡해요……."

준혁의 옆에서 한쪽 무릎을 꿇은 채로 올려다보자, 어쩐지 초점을 잃은 눈이 나를 내려다봤다. 옷을 닦아 내던 내 손 위로 준혁이 손을 올려 감싸 잡았다.

예상치 못한 행동에 꿀깍 침 삼키는 소리가 그의 귀에도 닿았을 것만 같아 모르는 척 일어서려는데, 준혁이 잡은 손에 힘을 주더니 다른 한 손으로 내 목뒤를 슬며시 감싸 왔다.

차가운 손길이 느껴지자 목뒤 살갗이 돋아나는 느낌에 나도 몰래 숨을 흡, 들이켜며 눈을 감았다. 내뱉는 숨에 감았던 눈꺼풀을 들어 올리자, 어느새 준혁의 얼굴이 코와 코가 마주칠 거리에까지 다가와 있었다.

심장이 미친 듯이 요동쳤다. 준혁의 손끝에 내 맥박이 느껴질 것 같았다. 그의 눈빛이 탐미하듯 내 입술과 눈을 번갈아 쳐다봤다. 나 역시도 그런 준혁의 눈빛을 좇아서 그의 눈과 입술에 시선이 닿았다.

"키스, 해도 되나."

준혁이 마른 입술을 떼어 내더니 건조한 목소리로 나지막하게 물어 왔다. 이번에도 대답을 기다리는 질문은 아닐 줄 알았는데, 내 대답을 원한다는 듯 준혁이 빤히 내 눈을 쳐다봤다. 준혁의 눈과 입술을 번갈아 보다가, 대답 대신 닿을 듯 말 듯 했던 그의 입술을 찾아 부딪쳤다.

누가 더 원했는지 경쟁이라도 하는 것처럼 한 사람이 아랫입술을 빨아올리면 다른 한 사람이 상대의 입술을 물었다. 그의 차가운 손끝이 내 목뒤에서 점점 등줄기를 타고 내려가자 옅은 숨을 토해 냈고, 준혁은 이 순간을 놓칠세라 벌어진 입술 사이로 혀를 밀어 넣어 숨쉬기도 힘들 만큼 입 속을 휘저었다.

"자, 잠깐."

잡히지 않은 한 손으로 강하게 몰아붙이는 그의 가슴팍을 밀어 겨우 떼어 내고 숨을 고르려 해 봤지만, 준혁은 어림도 없다는 듯 손등을 감쌌던 손을 돌려 깍지를 끼며 이전보다 더 강하게 입술을 부딪쳐 왔다. 등줄기를 타고 내려가던 그의 손이 더 이상 아래로 내려가지 못하자, 그 손으로 허리를 휘감더니 내 몸을 일으켜 세우며 같이 일어났다.

하아. 참으려고 부단히 애썼지만 닿는 손끝 하나하나마다 세포가 새롭게 반응하여 농염한 소리가 저절로 입술 사이로 빠져나왔다.

준혁은 내 허리를 감싸 안았던 손을 풀더니, 식탁에 있는 접시를 살짝 밀어내고 그 위로 나를 앉혔다. 입술이 잠깐 떨어진 동안 서로 거친 숨을 몰아쉬었다. 준혁의 진득한 눈빛이 내 얼굴을 훑더니, 깍지 낀 손을 자신의 한쪽 어깨 근처에 가져다 놓았다. 나는 나머지 한 손을 마저 들어 그의 어깨에 올려 둔 채 그의 목뒤를 살며시 끌어안았다.

준혁은 사정없이 내 입술을 감싸 왔고, 나도 그런 준혁의 입술을 열렬히 탐했다. 그의 큰 손이 허리춤에서 올라와서 가슴께로 조심스럽게 닿자 몸이 살짝 움찔거렸다. 괴롭히듯 혀를 쫓던 준혁이 내 아랫입술을 살포시 빨더니 입술을 떼어 낼 듯 말 듯 붙인 채로 말했다.

"여기, 아니면 침대로?"

"침대, 웃."

답을 제대로 듣지도 않은 준혁이 강하게 끌어당기듯이 키스했다. 내 가슴께를 조심스럽게 어루만지며 옷 속에 있는 갈비뼈 하나하나의 감각을 끌어 올리던 준혁의 손이 허리춤을 잡더니, 힘을 줘 두 손으로 날 들어 올렸다. 본능적으로 몸의 균형을 찾고자 두 다리로 그를 감싸 안았다.

준혁이 한 발씩 떼며 침실로 향하자, 서로의 몸이 더 밀착되어 움직여서 더 야릇하게 느껴졌다. 성난 파도처럼 나를 삼키던 그의 입술이 이번엔 내 목선을 타고 쇄골을 부드럽게 어루만졌다.

하아. 간지러움을 동반한 쾌락에 어깨가 움찔거렸다. 그는 잠시 입술을 떼어 내더니 다시 부드럽게 입술을 감싸면서 그대로 침대에 나를 내려놓았다. 등 쪽에서부터 과하도록 폭신하게 느껴지는 침구 탓에 퓨즈가 나간 듯 벌써부터 정신이 혼미해질 지경이었다.

준혁은 내 위로 올라와 내려다보며 이마부터 시작하여 점점 아래를 향해 눈으로 핥아 내려갔다. 가만히 누워 끈적한 그의 눈빛을 따라가자니 내 얼굴이 더 붉어지는 듯해서 그를 잡아당겨 입을 맞췄다.

두 팔로 자신의 몸을 지탱하던 준혁이 이번에는 망설임 없이 내 가슴을 어루만지다가, 안 되겠다는 듯 이미 치마 위로 빠져나온 블라우스 속으로 손을 넣었다. 그의 차가운 손끝에 다시금 가쁜 숨을 내뱉었다. 내 숨소리가 가빠질 때마다 그는 희롱하듯이 정점을 찾아 쓸어 내려갔다.

-♩♬♪

뜨거운 숨소리가 불규칙적으로 서로의 귀를 자극할 때, 휴대폰 벨 소리가 규칙적으로 울렸다. 벨 소리는 한참을 방해하듯이 울려 댔지만, 이미 반쯤은 풀어 헤쳐진 내 가슴 위로 고개를 묻어 본인의 흔적을 새기던 그는 그런 소리 같은 건 들리지 않는 것처럼 자신의 행위에 몰입했다.

"웃……. 준혁 씨, 전화."

준혁이 한 손으로 내 가슴을 감싸며 봉긋한 부위를 혀로 놀려 대자, 다시 참아 둔 숨을 토해 내며 그에게 전화 왔다는 언질을 주었다.

"상관없어."

준혁은 방해 말라는 듯 내 입술을 강하게 빨아 당겼다. 준혁의 한쪽 손이 내 허벅지를 타고 치마 속으로 점점 올라오자, 긴장감에 발가락 끝이 오므라지고 허리가 말렸다. 뻣뻣해진 허벅지를 그도 느꼈는지 다시 부드럽게 내 가슴을 어루만지며 키스했다.

-♩♬♪

다시 또 시작된 벨 소리. 이번에는 준혁도 소리가 거슬린다는 듯 반사적으로 입술을 떼어 냈다.

"받아 봐요. 급한 일이면 어떡해."

내 말에 잠깐 눈빛이 흔들리던 준혁이 입을 쪽 맞추며 '미안.'이라고 내뱉고는 거실로 급하게 걸어 나갔다. 그의 몸이 떨어지자 가슴팍에 썰렁한 기운이 감돌았다. 좀 전까지의 본능에 충실했던 내 모습이 떠오르자 순간 부끄러워졌다. 이 자세 이대로 가만히 기다려야 하나, 좀 이상하지 않나 생각해 보는데, 밖에서 그의 낮은 음성이 들려왔다.

"네, 아버지."

'아버지' 소리에 침대에서 벌떡 상체를 들어 올렸다. 천년의 욕정도 식는 기분이었다. 준혁이 뭐라고 하는지 귀를 기울였지만, '네, 네.' 이외에는 별다른 말이 들리진 않았다. 여기서 다시 시작하기엔 분위기가 다 깨져 버린 것 같아서, 흐트러진 옷매무새를 정리하고 살며시 거실로 나갔다.

막 전화를 끊은 준혁이 내 모습을 보더니, 난처하다는 듯 눈썹을 긁었다.

"……어떡하지. 진짜 급한 일이었네."

데려다주겠다며 차 키를 찾던 준혁에게 무슨 일이냐고 묻고 싶었지만, 왠지 정신이 없어 보여 차마 입이 떨어지지 않았다. 아까 가져갔던 내 외투를 가지고 나오는 준혁의 얼룩진 니트를 살짝 잡아 쥐었다.

"준혁 씨, 옷 갈아입어야지."

아, 짧게 탄식하던 준혁이 잠깐만 기다려 달라고 말하며 다시 등을 돌렸다. 이렇게 급하게 집에 갈 줄은 아니, 이렇게 급하게 분위기가 달아오를 줄은 생각지도 못했다. 이 모든 게 그 토마토 얼룩 때문이라고 생각했다.

그래도 스테이크까지 준비해 줬는데…… 괜히 주방으로 가서 그릇들을 정리하다가, 좀 전까지 그와 여기서 농밀한 키스를 나눈 게 떠올라서 다시 볼이 훗훗해졌다.

그 순간 인기척이 느껴질 겨를도 없이 뒤에서 준혁이 다가와 허리를 감싸 안았다. 못내 아쉽다는 듯, 내 어깨에 준혁이 얼굴을 묻었다.

"하, 이렇게 보내고. 미안해서 어떡하지……."

"괜찮아요."

한 손으로 내 어깨에 묻은 준혁의 머리칼을 쓰다듬으면서 '오늘만 날은 아니니까.' 하고 작게 속삭였다. 이 상황에서 할 수 있는 최선의 말이었던 것 같은데 그 말이 묘하게 또 그를 자극시킨 건지, 뒤에서 감은 손을 풀더니 날 돌려세우면서 눈을 마주쳤다.

"오늘이 아니면?"

"다음에 또……."

준혁이 만든 공간에 꼼짝없이 갇혀서 '다음'을 외치고는 눈을 굴리며 시선을 피했다.

"약속."

"무슨 약속까지야."

"눈 돌리지 말고."

준혁을 다시 쳐다보자, 약속했다면서 살짝 미소 지은 뒤 내 턱을 손으로 들어 고정하고는 입을 가볍게 맞췄다.

"생일 축하해요."

아쉽게 떨어진 입술로 준혁의 눈을 마주쳤다가 내리깔면서 오늘이 지나면 못 할 축하 인사를 건넸다. 떨어졌던 준혁의 입술이 미련을 버리지 못하고 다시 내려앉았다.

　민준혁과의 회의는 월요일 오후 2시에 진행하기로 했다. 어제저
녁 준혁을 겨우 떼어 놓으며 헤어졌는데 다음 날 회의실에서 마주
할 것을 생각하니, 오전부터 낯이 간지러워 어쩔 줄을 몰랐다. 그
생각에 회의 자료를 정리하다 몇 번이나 '미쳤다'고 혼잣말을 하
자, 옆자리 김 대리가 큼큼거리면서 눈치를 줬다.

　아니나 다를까 주간 회의에서 박 부장은 나에게 눈치를 주며, 컨
디션 관리도 현대 직장인의 중요한 소양이라는 말을 10분에 걸쳐서
떠들어 댔다. 다른 직원들이 또 시작이라면서 고개를 살짝 흔들었지
만, 나는 차라리 박 부장의 잔소리가 잡생각을 지워 줘서 이번만큼
은 고맙다는 생각마저 들 정도였다.

　"어휴, 부장님 또 왜 그러신대요? 차 대리님, 몸은 좀 괜찮으세
요?"

　잔소리로 가득 찬 주간 회의는 무려 11시 40분이 되어서야 끝났
다. 애교 많고 싹싹한 후배 보영이 내 눈치를 살피면서 말을 걸어
왔다. 이젠 별 대수롭지도 않은 일인지라 '그 인간이야 원래 그렇
지.' 하고 받아치자, '그렇긴 하다.'고 맞장구치던 보영은 구내식당
에 가는 내내 어제 본 드라마 얘기를 좋알좋알 꺼내며 내 기분을
풀어 주려고 애썼다.

　"근데 오늘 그 존잘님 오시는 날 맞죠?"

　정작 지금 내 기분이 무엇 때문에 엉망진창인지 모르는 보영이
민준혁의 얘기를 꺼냈다.

　"오늘도 구내식당에서 식사하시려나?"

"다른 약속 있대."

주위를 두리번거리며 그를 찾던 보영이 내 대답에 눈이 동그래져서는 어떻게 알고 있냐는 표정으로 눈을 깜빡거린다. 보영의 반응에 괜히 마음이 놀라서는 프로젝트로 연락하다가 알게 됐다며 중언부언 말을 더 늘려 댔다. 왠지 수상쩍은 웃음이 보영의 얼굴에 비친 것도 같다.

"그런데요, 차 대리님. 그 민 팀장님이랑요……."

이번엔 또 무슨 말을 할까 벌써 놀라서는 밥 먹던 숟가락을 놓고 보영을 쳐다보자, 보영은 해사하게 웃으면서 에잇, 아니라며 하려던 말을 삼켰다. 평소 같았으면 끝까지 말하라면서 선배 노릇을 해 댔을 텐데, 이번에는 침묵으로 삼키는 보영의 싱거운 말이 왠지 다행이었다.

회의실에는 나를 포함해서 네 사람이 들어갔다. 나랑 하 과장, 송 차장 그리고 민준혁 팀장. 오늘 출근을 준비하는 순간부터 이 상황을 미리 상상하며 긴장한 나와는 달리, 민준혁은 날 보자마자 고개만 까딱하며 목 인사를 건넸다. 괜히 나 혼자 뻘쭘한 분위기를 상상했던 걸까 머쓱해졌다.

송 차장은 바퀴 달린 의자에 거만하게 앉아서 몸을 뒤척였고, 하 과장과 나란히 앉은 나는 맞은편의 민준혁을 보며 이번 프로젝트에 관한 얘기들을 꺼내 놓았다. 그는 그런 나를 한 번, 내 손이 가리키는 자료를 한 번 번갈아 쳐다보며 이따금씩 고개를 끄덕거렸다.

"이야, 역시 우리 차 대리 일 참 잘해. 시키지도 않은 건데, 어찌 그리 잘 찾아내는지."

회의를 끝내고 마무리 정리는 알아서들 하라며 일어서던 하 과장이 두툼한 손으로 내 어깨를 툭툭 두드리듯 꽉 감싸 오자, 그 모습을 보던 민준혁의 눈썹이 순간 꿈틀거렸다.

"선배님, 이런 것도 상당히 불쾌하거든요?"

나는 여전히 내 어깨 위에 걸쳐진 하 과장의 손을 응시하며 쏘아붙였다. 하 과장은 '그래, 너 잘났다.' 하고 한마디 뱉더니 회의실을 빠져나갔다. 남겨진 서류들을 모아서 가지런히 정리하는데, 민준혁이 조금은 날카로운 목소리로 말을 꺼냈다.

"자주 저럽니까?"

레이저라도 나올 듯 방금 하 과장의 손이 닿았던 내 어깨를 노려보던 준혁에게 아니라면서 말을 얼버무렸다. 사실 하 과장은 사내 여자 직원들에게 선을 넘을 듯 말 듯 성희롱과 다름없는 농담을 던진다거나, 좀 전처럼 은근히 어깨를 만진다거나 하는 추태로 기피 대상으로 소문나 있는 사람이었다. 언젠가부터는 그 정도가 심해져 녹음을 한다거나 하는 식으로 성희롱 증거를 모으는 중이기도 했는데, 하상준 특유의 그 뺀질거림을 가장한 수작질을 민준혁이 눈치채지 못할 리가 없었다.

깔끔하지 못한 대답에 준혁의 인상이 조금 구겨졌다. 어색한 분위기를 무마하고 싶은 마음에, 정리된 서류 뭉치와 파일을 들고 자리에서 일어나 회의실 문 쪽으로 나가며 준혁의 손을 슬쩍 잡았다 놓았다. 피식 웃는 그를 뒤로 한 채 문을 열고 기다리자, 준혁이 마지못해 일어나면서 의자를 정리하고는 성큼성큼 회의실을 빠져나갔다.

어쨌거나 나는 외부 손님인 준혁을 응당 배웅할 의무가 있었고, 다른 사람들 눈이 의식되어 일정 간격을 띄우고 있었지만 단둘이서 엘리베이터를 기다리는 시간은 고역이었다. 이날따라 저 위층에서 멈춰진 엘리베이터가 내려올 생각을 하지 않았다.

"유진 씨."

입술을 잘근잘근 씹으며 초조하게 엘리베이터 위만 쳐다보는데, 준혁이 다정하게 내 이름을 불렀다. 누가 들었을까 화들짝 놀라서 주위를 살펴보다가 눈썹을 찡그리며 응석부리는 얼굴로 준혁을 쳐다보자, 그가 입술을 말며 장난스레 웃었다.

"그렇게 부르지 마요, 회사에서."

"왜, 차유진 씨 맞잖아."

마침 도착한 텅 빈 엘리베이터에 준혁을 끌어다 밀어 넣은 뒤 지하 2층 버튼까지 눌러 주고 어서 나오려는데, 준혁이 내 손을 쥐어 잡아당기고는 서둘러 닫힘 버튼을 눌렀다. 예상치 못한 그의 행동에 손을 빼 보려고 꿈틀거렸지만, 오히려 준혁은 힘을 쥐 더 조일 뿐이었다.

"여기 CCTV 있어요."

"그래서 겨우 손만 잡고 있는 거예요."

그의 말뜻이 무엇을 의미하는지 알았기에, 손을 빼내려는 몸부림도 소용없다는 걸 깨닫고 가만히 지하 주차장까지 향했다.

"오늘 회식 있어요, 나는."

"네."

"연락 못 할 수도 있어."

"응."

주차장에 도착하자마자 슬며시 손을 풀어 준 준혁이 다시 10층 버튼을 누르곤 눈인사를 건넸다. 저릿한 손끝에 그의 향기가 남아 감돌았다.

준혁은 퇴근 시간쯤 조심히 들어가라며 메시지를 보내왔다. 메시지 끝에 붙인, 그와는 조금 어울리지 않는 귀여운 이모티콘을 보니 웃음이 비죽 새어 나왔다.

퇴근 후, 집에 도착해서 저녁을 먹었다. 그리고 주말 동안 아프다는 핑계로 대충 하고 넘겼던 방 정리도 꼼꼼하게 하고, 다시 냅다 소파로 뛰어들어 누웠다. 어느덧 시계는 9시를 향하고 있었다.

연락 못 할 수도 있다고는 했지만 혹시나 하는 마음에 휴대폰을 손에서 놓지 않았다. 한참을 리모컨으로 채널을 돌려 대다가 딱히 눈길 끄는 게 없어 TV를 껐다. 잡다한 소음이 한순간에 끊기고 고요한 적막이 감돌았다.

이대로 자기엔 아깝다는 생각에 준혁이 전화로 말해 주던 책을 책장에서 꺼냈다. 사실 표지가 예뻐서 사 놓고는 내가 이해하기에는 너무 복잡한 내용이라 몇 장 읽다가 말았던 책이었다. 다시 한 장, 한 장 읽어 나가자 자기는 이 구절이 특히 좋았다는 준혁의 목소리가 귓가에 들리는 듯했다. 음, 뭐 이렇게 읽으니까 재밌는 거 같기도 하고.

몇 장을 읽었을까. 휴대폰이 징징 진동 소리를 내며, 그의 이름 '민준혁' 세 글자를 반갑게 띄우고 있었다.

"회식 끝났어요?"

-응. 집이에요?

"응, 저번에 준혁 씨가 말한 그 책 읽고 있어요. 이게 근데……"

-난 지금, 유진 씨 집 앞인데.

내 말을 마저 듣지도 않은 채 우리 집 앞이라는 준혁의 말에 화들짝 놀라서 창가로 향했다. 가로등 밑에서 한 손으로 휴대폰을 들고는 어지러운 듯이 몸을 조금 비틀거리는 준혁이 보였다.

준혁에게 잠깐 기다리라고 한 후, 아무거나 급히 옷을 하나 걸치고 1층으로 내려갔다. 곧바로 나가려다가 뒷걸음질 쳐서 공동 현관에 있는 거울을 보며 얼굴을 잠깐 확인하곤, 다시 준혁에게로 달려 나갔다.

"준혁 씨?"

밖에 나가자마자 차가운 밤공기가 넉넉한 후드 티 소매통 사이로 들어왔다. 위에서 내려다본 그 자리에서 여전히 취기 어린 숨을 후후 내뱉던 준혁이 내 목소리를 듣더니 고개를 들어 환하게 웃는다. 준혁에게 다가가자마자 술 냄새가 확 느껴졌다.

"어우, 술 많이 마셨어요?"

"쪼오금."

인상을 찌푸리는 내게 준혁은 조금 마셨다는 걸 강조하면서 엄지와 검지로 소주잔 높이만큼을 표현하더니, 두 팔로 내 허리를 감싸 안으며 눈을 마주쳤다. 올려다보느라 빳빳해져 버린 뒷목 탓에 준혁의 큰 키가 제대로 느껴졌다.

"……보고 싶었어."

"우리 아까도 봤는데."

준혁이 눈을 천천히 감았다 뜨면서 끄덕거렸다. 그의 숨소리에 쓰디쓴 소주 냄새가 가득 묻어 나왔다. 준혁은 다시 큰 숨을 내쉬더니 상체를 숙여 이마를 내 어깨에 기댔다.

"우리 집에 올라갈래요?"

준혁의 귓가에 살며시 속삭이듯 말하자 고개를 든 그의 고요한 눈동자에 내 얼굴이 가득 담겼다. 선뜻 답하지도 못하는 준혁을 보고, 내 허리를 감싸던 그의 손을 풀어 깍지를 끼고는 집으로 향했다.

비틀거리는 준혁을 소파에 앉혀 두고 냉장고 서랍에 있던 배즙을 하나 꺼내서 컵에 따랐다. 준혁은 관자놀이 부근을 손으로 누르면서 아직 취기가 가시지 않는다는 듯이 연신 큰 숨을 몇 번 내쉬었다.

"이거 마셔요."

갈증이 일었는지 준혁은 내가 건넨 배즙을 무엇인지 묻지도 않고, 단숨에 쭉 들이켰다. 그래, 여기까지는 엘리베이터를 타고 올라오면서 예상한 시나리오였다.

"물, 시원한 물 더 줘요?"

이제 뭘 해야 하나, 얼음물이라도 더 갖다줘야 하나 쭈뼛거리는데, 준혁이 손을 뻗어 내 팔을 잡아당겼다. 균형을 잃은 몸이 기우뚱거리며 그의 옆으로 털썩 주저앉았다.

"그냥 여기 있어요."

여전히 힘든지 두 손으로 얼굴을 감싸더니 세수하듯 얼굴을 쓸어내리던 준혁은 술기운 때문에 힘든 게 아니었다. 준혁은 지금 술을 빌려 힘든 걸 표현하고 있었다. 어쩐지 익숙한 모습에 심장이 저릿해졌다.

난 어릴 때부터 남을 위로하는 데에는 젬병이었다. 그런 상황 자체를 피할 수만 있다면 피하고 싶었다. 늘 당연히 위로를 받는 것에만 익숙했던 나에게 이번에는 조금 다른 마음이 생겼다.

가만히 옆에서 준혁을 바라보다가 그의 얼굴로 손을 가져갔다. 어떻게든 위로해 주고 싶었다. 내 손길이 닿자 준혁의 시선이 내 손으로 향하더니, 손바닥 끝에 가만히 입을 맞췄다.

어쩌면 준혁에게 내 모습을 투영했을지도 모르겠다. 무엇이 그를 이리도 힘들게 하는지, 혹시 어제 일과 관련 있는 것인지 묻고 싶은 게 많았다. 저 낮은 곳으로 내려앉은 준혁을 어떻게든 끌어올리고 싶어졌다. 준혁에게 살며시 다가가서 입술을 겹쳤다. 아랫입술을 혀끝으로 건드리면서 물었다가 윗입술을 가볍게 빨았다. 가만히 내 입술을 받아 주던 준혁이 마지못해 떼어 냈다.

"술 냄새 날 텐데."

그런 것쯤은 상관없었다. 준혁의 뒷머리에 손을 넣고 더 잡아당기면서 그에게 혀를 밀어 넣었다. 금방 마신 배즙의 달달함이 입 안 구석구석에서 느껴졌다. 입천장을 핥았다가, 치열을 훑었다가……. 한참을 그를 위로하듯 어루만지다가, 부드럽게 그의 입술을 핥고는 쪽 소리를 내면서 떼어 냈다.

조금 전까지만 해도 술 냄새를 걱정하던 준혁이 아쉬워하며 다시 입술을 붙였다. 차가운 손이 후드 티 안으로 들어와서 맨살을 간지럽혔다.

"씻고, 웃."

자잘한 키스가 턱선을 따라왔다.

"씻고, 자고 가요."

다시 다가오려는 그를 살짝 밀어내며 자고 가라고 말하자, 준혁의 눈동자가 잠깐 흔들리더니 빠르게 자리를 찾고는 욕실로 향했다.

준혁이 씻으러 간 사이 옷장을 뒤져서 그나마 긴 운동복 바지랑 그나마 큰 반팔티를 찾아내어 욕실 앞에 살포시 내려놓았다. 그리고는 후다닥 소파로 달려와 가만히 앉아 멀뚱히 눈만 깜빡이며 귀를 쫑긋거렸다. 샤워기 물소리가 더 이상 들리지 않자 가슴이 콩닥콩닥 뛰었다. 문 열리는 소리가 나자마자 소파에서 외쳤다.

"문 앞에 옷 뒀으니까 그거 입어요!"

내 말이 끝나자마자 저벅저벅 물기 어린 그의 발자국 소리가 들려왔다.

"오, 옷 거기!"

혹시나 벗고 나오는 건 아닌지 후다닥 뛰어갔더니, 타월을 허리춤에 두른 그가 옷을 손에 들고 '이거?' 하면서 웃어 보였다. 준비도 없이 만난 그의 반나체를 보고 깜짝 놀라 당황해서는 냅다 욕실로 들어가 문을 잠갔다. 문밖으로 준혁이 크게 웃는 소리가 들렸다.

놀란 맘을 진정시키면서 서둘러 양치를 하고 화장을 지워 냈다. 손동작이 빨라졌다가 느려졌다가, 도통 알 수 없는 마음처럼 제 속도를 잊어버렸다. 준혁이 여전히 그 상태로 있으면 어떡하나 아니, 타월까지 벗고 있다면 어떡하지. 그러니까 그런 의미로 자고 가라고 한 건 맞는데⋯⋯.

심호흡을 크게 하고 문을 열었다. 하지만 웬걸. 내가 준 옷으로 갈아입은 준혁이 얌전히 소파에 누워 잠들어 있었다. 내 노란색 운동복 바지가 그에겐 너무나도 설명했다.

준혁을 깨워 침대에 가서 자라고 할 심산으로 가까이 다가갔지만, 막상 어린아이처럼 쌕쌕거리면서 자고 있는 그를 보니 깨우지 않고 이대로 두는 게 낫겠다는 생각이 들었다. 준혁의 이마 위로 덮인 머리카락을 쓸어 올리며 자고 있는 그의 속눈썹, 코, 입술을 가만히 내려다보았다.

이렇게 보니 더 잘생겼네. 당장이라도 준혁을 먼저 덮치고 싶다는 발칙한 유혹마저 일었지만, 그건 내가 너무 오랜만에 남자에게 마음이 동해서일 거라 애써 진정시켰다.

침대에 누워서도 준혁이 바깥에서 자고 있다는 생각에 잠이 도통 오지 않았다. 그렇다고 나도 거실에서 잘 수도 없는 노릇이고. 아까 봤던 준혁의 벗은 상체가 눈앞에 아른거려 침대에서 한참을 이리 뒤척, 저리 뒤척 하다가 1시를 넘기는 걸 보고 겨우 잠들었다.

몸 위로 무언가 닿는 간지러운 느낌에 눈을 살짝 떴을 때도, 여전히 해 뜰 시간은 멀었다는 듯 깜깜한 새벽이었다.

"이제야 깼네."

어둠 속에서 준혁이 나긋하게 속삭이며 옆으로 말고 누워 있던 내 몸을 바로 눕혔다. 무슨 상황인지 파악할 겨를도 주지 않고, 내 위에 올라탄 준혁의 입술이 찬찬히 목부터 시작해서 쇄골로 내려 앉았다. 어디가 좀 더 예민한지, 어디에서 허리를 더 트는지 이미 알고 있는 준혁이었다.

얇은 잠옷 티 사이로 그의 손이 바로 들어오자 옅은 숨을 뱉었다. 그 숨이 그대로 준혁의 입술 사이로 빨려 들어갔다. 눈꺼풀이 채 떠지지도 않은 상태로 꿈결같이 나른한 키스가 시작되었다.

"으응, 준혁 씨."

"이제 좀 정신이 드나 보네."

꿈같기도 한 현실에 여전히 몽롱해져서, 그의 손놀림에 그대로 몸을 맡길 수밖에 없었다. 큰 손으로 가슴을 감싸 쥐던 준혁이 그대로 말려 올라간 내 윗옷을 단숨에 벗겨 냈다. 옷을 벗느라 귀 옆으로 올라간 두 팔을 준혁이 다른 한 손으로 잡아 뒀다. 꼼짝없이 양손이 그에게 묶여 버린 상태가 되었다.

"하아…… 읏."

준혁이 쇄골부터 입을 맞추면서 다시 살갗 곳곳을 자극하기 시작하자 옅은 탄성이 나왔다. 그는 만족스럽다는 듯이 한 손으로 봉긋한 가슴을 주무르더니, 다른 쪽을 입으로 가져가 가벼이 물었다.

그의 손과 혀의 놀림에 정신이 혼미해졌다. 왼손으로 유두를 튕겨 내듯이 만지면서, 혀로는 오른쪽 정점을 눌렀다가 사탕을 물 듯 입에 넣었다. 손을 빼서 잠깐만이라도 준혁을 멈추게 하고 싶었지만, 그럴 때마다 그는 손목에 더 힘을 주며 빠져나갈 수 없게 만들었다. 얄궂은 저항이 막힐수록 어째서인지 더 흥분되어, 발가락 끝까지 힘이 들어갔다 빠졌다를 반복했다.

가슴을 애무하던 왼손이 배꼽을 지나서 바지 속으로 들어오자 나는 한층 더 미칠 것만 같은 노릇이었다. 배꼽 밑이 찌르르 울렸다.

바지 속에 들어온 손이 허벅지를 타고 내려가자 전에도 그러했듯 긴장감에 뻣뻣해졌다가, 준혁의 손길에 묘한 소리를 내며 풀렸다. 그가 천천히 내 속옷 위로 손을 가져다 댔다.

"벌써……."

진작에 준비를 끝내고 그가 들어오기만을 기다리고 있던 곳이었다. 준혁의 손에 제법 물기가 느껴지자, 바지 속에 있던 손을 꺼내어 바지와 속옷을 단번에 끌어 내렸다.

그제야 내 손목을 쥔 그의 손에 힘이 풀렸다. 하지만 해방감도 잠시, 다리 사이로 얼굴을 들이민 준혁이 촉촉하게 젖은 그곳을 부드럽게 핥기 시작했다. 차라리 힘을 못 쓰게 고정되어 있을 때가 나았다고 느낄 만큼 온몸이 달아올라 자꾸만 혼자 달싹거렸다.

"흐읏!"

준혁이 부푼 살점을 혀로 굴렸다가 내려가서 작은 구멍 바깥을 혀로 풀었다. 질에서부터 시작된 원초적인 욕구는 머리끝까지 전달되었다가 빠르게 회귀하여 끝없는 피드백을 주고받으며 스스로 움직였다.

"하, 준혁…… 으응."

침대 시트를 꽉 쥐며 앙다문 입술 사이로 삐져나오는 신음을 참았다. 그러다가 못 참겠단 생각에 결국에는 아래에서 혀를 움직이던 그의 얼굴을 두 손으로 끌어 올려 눈을 맞췄다.

어둠 속에서 준혁을 보는 내 눈에 살짝 눈물이 고였다. 그는 부드럽게 내 입술을 감쌌다가 떼곤, 손을 엑스 자로 만들면서 티를 가뿐하게 벗어 냈다. 그리고는 바지까지 벗고 언제 준비했는지도 모를 콘돔을 씌웠다.

어둠에 익숙해진 눈이 준혁의 벗은 몸을 좇았다. 넓은 어깨 아래로 탄탄한 가슴팍에, 군살 없는 배, 그 밑으로 보이는 저것은……. 잠깐만. 경험이 없는 건 아니지만 그래도 오랜만인데, 저 정도는 너무 버거울 사이즈가 아닐까.

놀란 마음도 잠시, 준혁의 차가운 손끝이 다시 내 몸을 스치듯 부드럽게 타고 내려가자, 이미 달아오를 대로 달아오른 몸이 준혁의 손끝을 따뜻하게 물들일 것도 같았다. 허리가 뒤틀리며 내뱉는 숨이 더욱더 격해졌고, 나는 재촉하듯 그의 등을 끌어안았다.

입구를 몇 번 문지르던 것이 천천히 젖은 점막을 어르고 달래면서 들어온다.

"힘 빼고."

나지막한 그의 목소리가 목덜미에 내려앉고, 가슴이 그의 손에 갇히고, 몇 번의 움직임 끝에 묵직한 것이 빈틈없이 채워졌다. 준혁은 천천히, 천천히 아직 남은 밤은 길다는 듯 몸을 움직였다.

참으로 오랜만에 느껴 보는 통증이었다. 충분히 준비가 됐다고 생각했는데, 그를 온전히 받아들이기엔 너무 버거웠다. 이따금씩 인상을 찌푸릴 때면 준혁은 다시 부드럽게 입술을 물어 삼켰다. 준혁이 깊숙이 들어올수록 그를 더 강하게 끌어안았다. 고통은 쾌감으로 승화되었고 그 쾌감은 그를 더 원하게 만들었다.

어둠 속에서도 나를 내려다보는 준혁의 눈빛이 생생하게 반짝거렸다. 아니, 오히려 방 안의 빛들을 다 흡수한 듯 그의 눈동자만 형형하게 빛나고 있었던 것 같다.

"하……."

"흐응, 읏!"

찌푸린 미간에 준혁의 입술이 닿았다. 잇새로 참다못한 신음이 빠져나가자 준혁이 입을 맞추며 소리를 묻었다. 준혁이 허리를 치받을수록 입 안에선 혀가 난잡하게 뒹굴었다.

"아읏!"

준혁이 깊은 곳을 찌를 듯이 들어오자 질끈 감았던 눈이 번쩍 떠지면서 허리가 틀어졌다. 놀랄 만큼 격한 신음에, 나도 모르게 준혁의 목을 끌어당기면서 입술을 삼켰다. 혀를 물어 빨던 것도 아래의 움직임이 커지자 저절로 놓아졌다.

다시금 준혁의 목덜미를 손으로 감싸면서 반동으로 상체를 일으켜 그와 마주 보며 몸을 겹쳐 앉았다. 준혁의 허벅지 위로 자연스레 올라간 다리를 침대에 더 편하게 내려놓았다.

준혁이 가슴을 베어 물 듯이 삼켰다. 혀로 유두를 촉촉하게 감싸자 질이 다시금 수축하면서 그를 조였다. 따로 몸을 움직이지 않아도 그의 입술이 닿는 곳마다 몸이 저절로 달아오르면서 흔들렸다. 두 사람의 짙은 호흡이 방 안을 가득 채웠다.

무릎을 침대에 완전히 붙이고 몇 번 몸을 위아래로 움직이자, 준혁이 질 안을 빠듯하게 채워 왔고 놓치지 않겠다는 것처럼 아래가 강하게 그를 붙들었다. 탁한 숨소리와 함께 가슴에서 머리를 뗀 준혁의 가슴팍을 밀어서 뒤로 눕혔다. 꼼짝없이 역전된 자세에 진한 숨을 내쉰 준혁은 다리를 펴며 바로 누워선 내가 오르기 편한 자세를 만들었다.

인간은 적응의 동물이라고 했던가. 오랫동안 쓰지 않았지만 준혁이 하나하나 일깨워 준 근육들은 다시 제 역할을 찾아 움직이기 시작했다. 준혁의 탄탄한 가슴팍에 팔을 놓고 지탱하며 허리 아래를 움직이니, 가슴도 같은 리듬을 타며 작게 흔들렸다. 그의 손이 내 가슴의 리듬을 멈추려는 듯 크게 감쌌다가, 이내 두 손으로 허리 줄기를 타고 내려오며 옆구리에 손을 얹었다. 간지러운 손길에 또 허리를 움찔거리며 균형을 잃자, 허리춤에 있던 준혁의 손이 깍지를 끼면서 손을 고정시켰다.

"하윽."

준혁의 위에서 여유롭게 즐기면서 흥분된 그의 표정을 관찰하고 싶었지만, 자세를 바꿔 허리를 움직이니 그가 더 묵직이 두둑하게 채워 와 어쩔 줄을 몰랐다. 준혁이 엉덩이를 살짝 들어 올려서 더 깊게 들어오자 순간 헉, 소리를 내면서 그의 가슴팍으로 쓰러졌다.

"난 아직이야."

흥분감에 날 선 숨을 내뱉는 내 등을 어루만지면서 어깨에 키스를 퍼붓던 준혁이 낮게 읊조리더니 순식간에 몸을 틀어 뒤에 자리 잡았다. 무릎 꿇은 허벅지에 힘이 빠져 잠깐 비틀거리자, 그가 내 팔을 들어 침대 헤드에 가져다 두고는 숨 고를 새도 없이 다시 깊숙하게 들어왔다.

"하윽, 준혁! 훗."

"힘 빼야지."

허리를 잡아 고정시켰던 준혁의 손이 가슴을 덮었다. 차가운 손에 몸이 움찔 놀라면서 질 내벽이 수축하는 게 느껴졌다.

"아읏, 너무…… 하읏."

"맞아. 하아, 너무 좋아."

준혁이 아래로 매달리듯 달린 유두를 손으로 굴렸다가 쥐어짜듯이 가슴을 손아귀에 넣으면서 어깨에 입술을 내렸다. 곳곳에서 느껴지는 감각들에 몸이 점점 더 열려 왔다. 허벅지를 타고 애액이 넘쳐흐르는 게 느껴졌다.

"하……. 이제 좀 괜찮지."

"아니, 흑, 하앗."

아직이라며 고개를 도리도리 흔들었지만, 어깨에 잇자국을 내던 준혁은 못 본 것 같았다. 허벅지의 살들이 부딪치는 소리가 초침 소리 사이로 빨라졌다, 느려졌다를 반복했다. 침대 헤드를 간신히 잡고 있었지만 침범하듯 들어오는 그를 온전히 받아 내기엔 힘들었다.

이전보다 강한 자극에 점점 얼굴이 침대로 향했다. 침대 헤드를 겨우 부여잡던 손도 떨어지자, 그는 한 팔로 내 가슴께를 감싸 끌어 올리며 그의 몸과 더 밀착시켰다.

"하아……."

그의 숨소리가 바로 귓가에서 들려오자 여전히 흥분될 세포가 남았다는 듯 살갗에 소름이 돋아난다. 준혁이 혀로 귓불을 살짝 물자 나도 미처 몰랐던 교성이 터졌고 밑은 더 조여 왔다. 그는 그게 마음에 들었는지 혀로 귀를 할짝거리며 끌어안은 손끝에 닿은 젖꼭지를 희롱하듯 만져 댔다.

틈 없이 이어진 부분이 마찰할 때마다 내가 장조로 내뱉는 신음을 준혁이 단조로 받아치며, 허리 아래로는 완벽한 화음을 쌓아 올리고 있었다.

"하응, 제발."

모든 감각을 총동원하여 그를 받아 내고 있었다. 간지러움도 어디선 고문의 방식으로 썼다지. 쾌감의 절정을 실토해야 하는 고문을 당하고 있는 것만 같았다. '제발'을 외치는 내 말에 준혁의 움직임이 잠깐 멈추더니, 그가 나를 뒤에서 안은 그대로 옆으로 몸을 뉘었다.

하지만 준혁은 쉬이 멈출 생각이 없어 보였다. 옆으로 누운 그 상태로 그가 또 허리를 움직였다. 그의 손이 뒤에서 들어와 말캉한 가슴을 어루만지며 어깨에 다시 고개를 묻었다.

전기가 나가면 암전이 되어 앞이 깜깜해지는데, 왜 뇌의 퓨즈가 나간 듯 절정이 다가올수록 눈앞은 하얘지는 걸까. 눈앞이 일단 깜깜하게 변해서 별이 번쩍이고, 그게 지금 눈앞을 하얗게 만드는 것인가. 뭐가 됐든, 어쨌든 나는 지금 절정에 이르고 있었다.

긴 새벽 끝에 이미 동이 텄다는 걸 알리듯 하늘이 푸르스름해졌다. 요란한 알람 소리에 겨우 눈을 떴다. 2시간도 채 못 잔 것 같았다.

허리에 올려져 있는 준혁의 손을 가지런히 내려놓은 채, 몸을 일으켜 여전히 잠에 빠진 그의 얼굴을 가만히 쳐다봤다. 귀한 조각이라도 되는 양 그의 눈, 코를 손가락으로 천천히 쓸어 내려가다가, 결국 입술에 이르자 준혁이 눈썹을 꿈틀거리더니 눈꺼풀이 마지못해 반쯤 올라갔다.

"출근 준비해야죠."

준혁은 여전히 무거운 눈을 찌푸린 채로 알겠다는 듯 고개를 끄덕였다. 어차피 욕실은 하나니까 내가 먼저 후딱 씻고 나와야겠다 싶어 서둘렀다.

빠르게 샤워를 하고 머리를 수건으로 돌돌 말고 샤워 가운을 입고 나가자, 고소한 냄새가 집 안 가득 어색하게 퍼져 있었다.

"뭐예요?"

"토스트. 아침 먹어야죠."

내 노란 바지만 입고 있던 준혁은 냉장고에 있는 재료 그냥 썼다면서 괜찮냐고 묻고는 얼른 식탁에 앉으라며 눈짓했다. 사실 아침을 잘 챙겨 먹는 편이 아닌 터라 낯설기만 한 그림이다. 뭐, 다른 직장인들이 하는 말처럼 아침에는 속에 음식이 안 받아서가 아니라, 챙겨 먹는 것보단 몇 분이라도 더 자는 편이 좋다는 단순한 이유에서였지만.

"근데 준혁 씨는 출근 준비 안 해요?"

그래도 이렇게 남이 챙겨 주는 아침이 얼마 만이던가. 기분 좋게 토스트를 베어 무는 날 지켜보던 준혁에게 물었다.

"나는 오늘 쉬는 날."

"뭐야, 그래서 밤에……."

'밤에 나를 그렇게 괴롭혔던 거구나.' 하고 말하고 싶었지만 뒷말은 소심하게도 입 속에서 사라져 버렸다.

"그래서 밤에 뭐?"

준혁이 강아지처럼 고개를 갸우뚱거리면서 장난치듯 물어 댔지만, 나는 대답 없이 토스트만 와작와작 마저 씹어 넘긴 뒤 머리를 말리려고 화장대로 향했다.

"밤에 뭐, 뭐?"

하면서 짓궂게 따라오던 대형견이 화장대 뒤쪽 침대에 걸터앉았다.

"내가 머리 말려 줄게요."

그래, 차라리 머리나 말리라는 심산으로 준혁에게 드라이어를 건네주었다. 조심스럽게 머리를 말리는 그의 손길에 잠이 밀려들면서 노곤해졌다. 아, 이대로 1시간만 더 자고 싶다는 생각도 잠시……. 나도 모르게 스르르 내려간 샤워 가운에 어깨가 무방비로 노출되고, 뒤이어 준혁의 입술이 어깨에 닿았다.

"밤에 했던 거 아침에도 잘하는데, 나는."

"미쳤나 봐."

얄궂은 준혁의 말에 손바닥으로 그를 찰싹찰싹 때려 대자, 준혁은 손을 들어 항복 표시를 하더니 다시 머리 말리는 데에 집중했다. '진짜 미쳤나 봐.' 하며 내려간 샤워 가운을 다시 올리는 내 얼굴에도 당황스러움만은 아닌 웃음이 묻어 나왔다.

"이제 옷 갈아입을 거예요."

"응."

"그러고 계속 있으려구요?"

옷 갈아입을 테니 비켜 달란 말이었는데, 준혁은 오히려 관람할 준비라도 하는 것 같은 자세로 자리를 잡았다.

"그냥 손 안 대고, 구경만 할게요."

"당연한 소리를 대단한 선의를 베풀 듯 말하면 안 돼요."

"그래. 그럼 구경만 할게."

"그 말이 아니…… 아, 얼른 나가요."

준혁의 손을 잡아서 방문 밖으로 빼내려고 하자, 그대로 몸이 빙그르르 돌아 그의 품에 안긴 자세가 되었다.

"시간 없어요. 출근해야 해."

"알았어."

"알았다면서…… 흐응, 손 빼, 요. 얼른."

"응."

준혁의 손이 엉덩이를 억세게 한번 쥐었다가 떨어졌다.

"옷 입혀 줄까."

"아니."

"입혀 줄게."

"아니…… 훗."

"응?"

"아니, 흐응, 알았어요."

그러니까 어서 이것 좀……. 샤워 가운 사이로 들어왔던 손을 빼낸 준혁이 천천히 리본을 풀고는 오늘 입으려고 침대 위에 놓아 두었던 팬티를 잡아 들고 몸을 숙였다.

"시간 없어요."

"알았어. 발."

준혁의 말에 맞춰서 발을 넣고 나머지 발 한 쪽도 끼우자, 그대로 팬티가 올려졌다. 이게 무슨 수치스러운 호강이지. 눈을 질끈 감았다.

"팔 내리고."

가슴을 가리고 있던 팔을 내리자, 그대로 팔 한쪽씩 브래지어가 채워졌다. 어렸을 때 보던 만화 영화 주인공이 변신하는 것 같았다.

"눈 떠야지."

입술을 잘근 깨물면서 눈을 뜨자 준혁의 입술이 얼굴 곳곳에 닿았다.

"화장도 해야 하고, 시간 없어요. 진짜."

"알겠어. 뭐 입을지 골라요."

준혁이 뒤에서 몸을 감싸더니 발을 떼어 움직이면서 옷장 문을 열었다. 내가 뒤적거리면서 옷을 고르는 동안 준혁의 손이 아랫배를 감쌌다가, 가슴으로 올라왔다가 쉴 새 없이 지분거렸다.

"……간지러워."

"그렇게 입을 거예요?"

여전히 몸을 간질이는 준혁의 손길에 허리를 틀면서 고개를 끄덕였다. 준혁이 알겠다면서 옷가지를 챙겼다. 그리곤 뒤에서 무게로 밀어 대면서, 전신 거울 앞으로 나를 이끌었다.

"내가 입을게요."

"그럼 속옷부터 혼자 입었어야지, 이제 와서."

전신 거울 속 속옷만 입은 여자의 얼굴이 붉게 달아올랐다.

"왜 자꾸 놀려."

"미안. 팔 넣고 얼른."

다시금 조종되듯이 준혁의 말에 따르면서 블라우스에 팔을 끼워 넣었다. 준혁이 거울을 보면서 단추를 하나씩 채워 나가자, 그 틈에 바지로 손을 뻗어 재빨리 다리를 집어넣고 지퍼까지 채웠다.

"잽싸네."

"얼른 단추나 채워요."

준혁이 마지막 단추를 채우면서 볼에 입을 맞췄다. 다 채워진 블라우스를 바지 속으로 넣고 매무새를 정리하는 동안은 얼굴에 내려앉는 자잘한 키스를 딱히 막아 낼 도리도, 또 딱히 그럴 마음도 없었다.

한바탕 요란했던 출근 준비를 끝냈지만, 준혁은 전혀 집에 갈 생각이 없어 보였다. 오히려 집에 남겨지는 게 더 익숙해 보이는 그에게 다녀오겠다고 해야 하나, 잠깐 망설여지기까지 했다.

"얼른 집에 가요."

뭐라고 해야 할까 고민하다가 내뱉은 말에 준혁은 현관에서 내 손을 끌어당겨 안으며 잘 갔다 오라고 속삭였다.

잠을 통 못 잤더니 안 그래도 갑갑한 사무실에서는 하품만 가득

했다. 속으로 하품을 참아 내다가 딱 눈이 마주친 박 부장이 또 쯧
쯧쯧, 혀 차는 소리를 내며 지나갔다. 자기는 사무실에서 손톱도
깎으면서. 하품은 정말 통제 불가능한 생리적인 현상인데. 그래도
오늘은 박 부장의 저 까칠함마저도 귀엽게만 느껴진다.

준혁은 때때로 지금 설거지 중이라든가, 청소 중이라든가 하는
메시지를 보내왔다. 그의 메시지 하나에 피로 회복제 수십 병은 들
이부은 기분이었다.

이 좋은 연애를 왜 안 하고 살았지.

문득 후회가 밀려왔다. 홍태훈과 헤어지고 남자를 안 만난 건
아니었다. 처음엔 홍태훈을 잊고자 이 남자, 저 남자 나름 가리지
않고 만나 봤으나 길어 봤자 6개월이었다. 나는 늘 새로운 남자 친
구들에게서 홍태훈의 모습을 찾으려 애썼고, 그럴 때마다 그들은
내 모습에 진저리 치면서 떠나갔다.

하지만 민준혁은……

민준혁에게서 홍태훈을 본 적이 있었던가. 있었다면 차 안에서
들었던 브람스 소나타 정도였을 거다. 그렇대도 거기에서 홍태훈
의 흔적이라곤 볼 수 없었다. 내가 먼저 관심 끌고자 억지로 만들
어 냈던 홍태훈과의 접점이었다.

어쨌거나 민준혁과의 관계가 급속도로 깊어지고 나서는 지민의
결혼식에 대한 불안함과 그때 홍태훈을 만나 보기 좋게 복수할 거
라는 생각까지도 깨끗하게 지워져 버렸다.

[마트 가는 길. 유진 씨 퇴근하고 오면 시간 엇비슷할 거 같아요.]

6시가 되자마자 같이 저녁 먹자고 보내온 그의 메시지에 곧장
전화를 걸었다. 내가 마트로 데리러 가겠다고 그랬지만, 그는 바로

코앞이라며 조심히 운전해서 오라고 전했다. 혹시나 몰라서 준혁에게 현관 비밀번호를 다시 알려 주고는 열심히 밟아 오피스텔 지하 주차장에 도착했을 때였다.

왠지 익숙한 실루엣이 엘리베이터를 기다리며 어슬렁거렸다. 또각또각 다가가는 내 구두 소리에 뒤를 돌아본 실루엣과 눈이 마주쳤다.

내가 지금 꿈을 꾸고 있는 걸까.

"차유진?"

그래서 가위라도 눌리고 있는 걸까.

몇 년을 이렇게 우연이라도 마주치길 간절히 기도하고, 기대하며, 기다렸는데. 막상 그 순간이 오니 귀신이라도 본 것처럼 얼어 버렸다.

아무 말도 나오지 않았다. 악귀라면 쫓아야 하는데. 꿈이라면 여기서 깨야 하는데. 깰 수 없는 꿈이었다. 자그마치 10년 만에 만난 첫사랑이었다.

가끔씩 훔쳐보던, 그 흔한 셀카 하나 없이 외국 풍경밖에 없던 홍태훈의 SNS 염탐을 끊은 지도 벌써 몇 년. 잊어 보려고 갖은 애를 쓰던 존재였다. 그런데 그를, 이렇게 하필이면 우리 집 주차장에서 만나다니.

기도에도 유통기한이 있는 법인데.

"이야, 그새 까먹었냐? 나 홍태훈이잖아."

이미 다 묻혀 썩은 기도였는데.

3. 그날

　그날은 유난히 운수가 좋은 날이었다. 신호등 신호도 바로 초록불로 바뀌었고, 엘리베이터도 기다리지 않아도 됐었다. 그래, 길에서 천 원도 주웠다. 바로 눈앞에 있던 편의점에서는 들어서자마자 좋아하는 노래가 나왔고, 천 원으로 좋아하는 사탕도 샀다. 그리고 과외하는 학생 성적이 잘 나왔다며 학생 어머니께 보너스까지 받았다.

　취업 준비로 매일매일이 힘든 하루였다.

　'고진감래가 이런 거구나. 보너스 받은 걸로 오빠랑 맛있는 거 먹어야지.'

　그냥 그렇게 생각했다.

　과외를 끝내고 확인한 휴대폰에는 지민의 전화 11통, 해준의 전화 3통, 그 외에도 동아리 사람들의 전화 여러 통이 부재중으로 찍혀 있었다. 읽지 않은 메시지들도 21개였다. 이때까지만 해도 나는 별거 아닐 거라고 생각했다. 별거 아닌 것이어야 했다.

-야, 차유진!!!

신호음이 3초는 울렸을까. '여보세요.'라는 말을 하기도 전에 지민이 소리쳤다.

홍태훈이 증발했다. 아니, 증발했단다. 나는 그냥 '오빠가 뭘 했다고?' 하고 물었다. 홍 선배가 연락을 안 받는다고, 아니 전화번호도 바꾼 거 같다고, 없는 번호라고 나온다고, 자취방에도 짐이 다 빠졌다고, 나한테는 무슨 연락 없었냐며 지민이 알 수 없는 얘기를 떠들었다.

그런데 바보같이 그때까지만 해도 장난치는 줄로만 알았다. 오늘 무슨 날도 아닌데 서프라이즈 파티라도 하는 건가. 며칠 전에 싸웠던 걸 이렇게 푸는 건가.

정말로 없었다. 자취방이며, 동아리방이며, 그가 갈 만한 곳은 전부 샅샅이 찾아봤는데 다들 모른단다. 사람들은 네가 모르는데 난들 어찌 알겠냐며 오히려 날 다그쳤다.

항간에는 아버지 사업이 망해서 야반도주했단 말이 돌았고, 또 누군가는 로또에 당첨돼서 잠수 탄 거라고 그랬다. 이유는 중요하지 않았다. 홍태훈이 증발했다. 나한테 아무런 말도 없이.

일주일이 지나자 비로소 실감이 났다. 나는 그 길로 휴학하고 부산으로 내려갔다. 우선 취업 준비라는 합리적인 핑곗거리가 있었고, 사람들의 동정 어린 시선이 싫었고, 무엇보다 함께했던 곳곳에 홍태훈이 더 이상 없다는 게 끔찍했다. 엄마한테는 멀리 떨어져 있다 보니 태훈과도 헤어지게 됐다고 변명했다. 아무것도 모르던 엄마는, 나보다도 태훈이 더 좋다던 우리 엄마는 나 대신 눈물을 글썽였다.

나는 그래도 한 번쯤은 연락이 올 줄 알았다. 그렇게 사라졌으면 적어도 나한테 미안하다는 말이라도 해야 하는 거 아닌가. 연락할 방법은 차고 넘쳤다. 나는 기다렸다. 무슨 이유가 있을 거라고, 가장 유력했던 아버지 사업 부도설도 1년간 믿고 기다렸다.

몇 번의 서류 탈락과 면접 탈락의 고배를 마시고 지금 직장에 겨우 합격했고, 취업 턱을 내려고 만난 동기 모임에서 우연히 홍태훈의 근황을 들었다. 미국에 갔단다. 야반도주로 무슨 미국을 가. 게다가 부도는 무슨, 아버지 사업도 더 번창 중이란다. 무슨 잡지에도 나왔단다.

그제야 참아 왔던 눈물이 터졌다. 친구들이 다 욕할 때도 무슨 사정이 있었을 거라며 태훈을 두둔하던 나였다.

홍태훈 때문에 흘렸던 눈물은 분노로, 분노는 증오로, 증오는 저주로 변했다. 사람은 사람으로 잊는 거라면서 다가오는 남자들을 마다하지 않았지만 그럴 때마다 저주가 증오로, 증오가 분노로, 분노가 눈물이 되었다.

몇 년 뒤 그가 한국에 왔다는 소식을 건너 들었을 때도 내겐 연락한 통 없었다는 걸 깨달은 순간, 나는 드디어 태훈과 헤어졌음을 인정했다.

그런데 이렇게, 여기서 아무렇지도 않게 만나는 건 반칙이잖아.

태훈이 반갑다면서 포옹이라도 할 것처럼 다가오자, 나도 모르게 뒷걸음질 쳤다. 미국 가서 살더니 여기가 할리우드야 뭐야. 우리가 이렇게 반갑게 안으면서 인사할 사이는 아니잖아.

"여기는 어쩐 일이에요?"

어색한 존대만큼이나 어색해진 손바닥을 허공에서 잠깐 펼쳤다가 쥔 태훈에게, 나조차도 불퉁스러운 목소리가 박혔다.

"그냥 볼일이 있어서. 여기 살아?"

태훈의 질문에 고개를 끄덕이다가 마침 도착한 엘리베이터에 올랐다. 그가 뒤따라 오르며 잘됐다고 작게 덧붙였지만, 뭐가 잘됐다는 건지 더 이상 말을 붙이고 싶지도 않았다. 빨리 이 순간을 벗어나 집으로 가서 민준혁을 보고 싶었다.

지하에서 각자 10층, 12층을 누른 엘리베이터가 올라가던 것도 잠시, '1층입니다.' 하고 경쾌한 소리를 내며 문이 열렸다. 한 손에 잔뜩 짐을 든 준혁이 눈앞에 나타나더니, 나를 보면서 알은체를 한다.

"어! 시간 딱 맞췄네."

얄궂은 타이밍이었다. 준혁이 선드러지게 웃으면서 홍태훈과 나 사이에 위치했다. 홍태훈이 옆으로 쳐다보는 시선이 느껴지자, 나는 보란 듯이 준혁의 손을 잡았다. 그렇게라도 해야 그대로 지하 주차장에 곤두박인 심장이 진정되는 기분이었다. 아무것도 모르는 준혁은 그냥 손가락을 얽어 왔다.

"다음에 또 보자, 유진아."

탈출하듯 내린 엘리베이터 문 뒤로 홍태훈의 목소리가 뒤통수를 때렸다. 준혁은 뒤를 돌아보며 남은 소리를 확인하려 했지만, 움찔하며 멈췄던 내 걸음이 다시 속도를 내자 이내 걸음을 맞추며 엘리베이터에서 멀어졌다.

"아는 사람이에요, 방금?"

의아하게 물어보는 준혁을 뒤로한 채, 잠금 해제를 알리며 열린 현관문 사이로 말없이 들어갔다. 뭐랄까, 이 감정은. 단순히 놀라서였을까 아니면 반가움이었을까. 심장이 높은 곳에서 쿵 하고 떨어져서 짓이겨지는 기분이었다.

준혁은 더 이상 태훈에 대해 묻지는 않았다. 그냥 장 봐 온 것들을 정리하고, 자기가 저녁까지 책임진다면서 나를 식탁에 앉혀 둔 채로 뚝딱거렸다.

그의 뒷모습을 보고 있으니 괜스레 미안한 마음이 커졌다. 홍태훈으로부터 비롯된 분노를 괜히 준혁에게 표출하고 있는 꼴이 아닌가. 당황스러운 건 저 사람도 마찬가지일 텐데……. 묻고 싶은 게 많을 텐데 조용히 이렇게 저녁까지 하고 있는 준혁을 보자니 마음이 불편해져서 입술을 몇 번이고 깨물었다.

나는 아침은 물론이요, 저녁도 집에서 해 먹는 경우는 드물었다. 가끔 엄마가 부산에서 택배로 보내 주시는 반찬들이나 먹고 간단히 라면이나 파스타 같은 것만 해 먹지, 이렇게 된장찌개 같은 건 생각조차 해 보지 않았다. 준혁이 차려 준 이 완벽한 집밥에 어떤 감정에서 비롯된 것인지 모를 눈물이 핑 돌았다.

"어, 이번엔 감동의 눈물인가."

준혁이 장난기 어린 말로 수저를 챙겨 주며 들이미는 고개를 외면한 채, 아니라고 밥을 욱여넣으며 눈물을 삼켰다. 호박이며, 감자며 어디에 뒀는지도 몰랐던 엄마 된장까지 찾아서 완성한 된장찌개를 한 입 떠먹으면서 맛있다는 표정을 짓자, 만족스러운 표정이 번진 준혁도 그때서야 수저를 든다.

아니, 요리까지 잘하면 어쩌겠다는 거야. 엄마한테 집에서 절대 찌개 같은 건 안 해 먹을 거라고, 나는 된장찌개는 특히나 싫어하니 된장 같은 건 보내지도 말라고 그랬던 게 무색하게도, 먹을수록 감탄만 나오는 된장찌개를 계속 떠먹었다. 절대로 민준혁 앞에서

요리할 일을 만들지 않아야겠다고 생각하면서.

"어릴 때 엄마가 집을 오래 비우셨거든."

이것도 먹어 보라며 반찬을 집어 주는 준혁의 차분한 목소리가 귓가에 내려앉았다.

"그래서 초등학교 때부터 내가 밥해서 동생 챙겨 먹이고 살았지. 이 정도쯤이야 가뿐해요."

아…… 그랬구나. 동생이 있구나.

이럴 때는 뭐라고 받아쳐야 할지 몰라 그냥 고개를 끄덕거리면서 있었더니, 준혁이 싱긋 웃으며 어서 마저 먹으라고 눈짓했다.

"나는, 요리를 못해요."

무슨 말이라도 해야겠다 싶어서 꺼낸 말이었지만, 내가 뱉어 놓고도 웃긴 말이었다. 준혁 역시 휘어진 눈으로 '그러시구나.' 하고 입술을 늘여 가며 웃었다. 그렇다고 그렇게 웃을 일은 아니지. 따지고 보면 나는 요리를 못하는 게 아니라 안 하는 건데. 혹시 또 모르지. 내가 하기만 하면 장금이 뺨칠 정도의 실력일 수도 있지 않나.

"못해도 돼. 내가 잘하니까."

뾰로통해진 내 표정에 준혁이 입꼬리를 올리면서 불고기를 밥 위로 올려 줬다. 고마움인지, 부끄러움인지 아니면 미안한 마음인지 모를 감정에, 귀 끝 저 언저리부터 달궈지는 기분이었다.

저녁 설거지를 누가 하니, 마니 아옹거리다가 결국 둘이 같이 하는 걸로 타협해서 끝냈다. 그리고는 소파에 앉아 철 지난 예능 재방송을 보며 둘이서 깔깔대고 한참을 웃었다. 제 어깨에 기댄 내 머리카락을 한 손으로 쓸던 준혁이 슬쩍 눈치를 보더니 조심스레 운을 띄운다.

"이제 기분 좀 괜찮아졌어요?"

준혁의 질문에 뭐라고 답해야 할지 몰랐다. 그는 지금 내 기분을 묻고 있다기보다도 아까 엘리베이터의 상황에 대한 얘기가 듣고 싶었을 것이다. 준혁의 반대쪽 손을 꼼지락대던 내 손의 움직임이 멈췄다. 준혁에게 말해야 했다. 아니 말해 주고 싶었다. 말 못 할 이유도 없었다.

"대학 다닐 때 만난 사람이에요. 아까 그 사람."

막상 말하고 나니 그간의 세월이 얼마나 길었는지 느껴져 나도 모르게 허탈한 웃음을 내뱉었다. 대학 다닐 때라니. 지금 내 나이가 몇 살인데. 그 세월을 고작 저 홍태훈 기억에 빠져서 살았다니.

그의 손을 다시 만지작거리면서 입술을 달싹이듯 떼어 냈다.

"4학년 때 헤어지고 그때 이후로 처음 봤어요, 나도."

"반가웠겠네."

무슨 소리. 어쩐지 시무룩해진 준혁의 목소리에 몸을 틀어 그런 거 아니라며 눈썹을 내리고 입술을 말아 문 채로 그를 올려다봤다. 억지 울상을 짓는 표정에 코를 찡긋하며 웃던 준혁이 그대로 내 목뒤를 한 손으로 감싸며 입을 맞춰 왔다.

그의 입술이 왠지 쓰게 느껴졌다면 기분 탓이었을까. 그런 거라면 내 기분은 지금 어디를 헤매고 있는 걸까. 혀가 얽히는 것처럼 복잡한 생각들이 꼬리에 꼬리를 물며 얽혀 왔다. 그것마저도 깊어진 키스에 곧 흩어져 버리긴 했지만 말이다.

평소보다 일찍 출근한 사무실엔 아무도 없었다. 오늘은 결재 올릴 것도 있었고, 오늘 안에 끝낼 일이 많았다. 간만에 조용한 사무실이 좋아서 콧노래를 흥얼거리는데, '출근 완료.'라는 준혁의 메시지에 빙그레 웃음이 번진다. 아직 다들 출근하기엔 이른 시간이니까. 시계를 한번 확인하고는 준혁에게 바로 전화를 걸었다.

"나도 출근 완료."

-오늘은 일찍 도착했네?

"응. 오늘 할 일이 좀 많아서 서둘렀어요."

-그럼 오늘 늦게 끝나요?

그건 아니라며 왜냐고 묻자 준혁이 그럼 오늘 밖에서 저녁 먹자고, 이번엔 스테이크를 제대로 먹자고 대답했다. '제대로'라는 말에 지난 일요일 그의 집에서의 기억이 떠올라서 볼이 또 달아오른다.

"엇, 사람들 들어온다. 끊어요."

때마침 출근하는 김 대리를 보면서 급히 전화를 끊었다. 눈치 없는 김 대리는 얼굴이 붉어진 나를 보더니, 오늘 날씨가 완전 여름이라 덥다며 또 말을 길게 늘어놓기 시작했다.

하루가 어떻게 지나갔는지 모를 정도로 바빴다. 하루 종일 층을 오가면서 이 부서, 저 부서를 뛰어다녔고, 이사장님 퇴근 전에 최종 결재 승인을 받느라 휴대폰을 들여다볼 시간도 없었다.

간신히 숨을 고르고, 그제야 휴대폰에서 오늘 약속 장소가 적힌 준혁의 메시지를 확인했다. 스테이크 생각에…… 아니, 아니 그를 만날 생각에 입이 헤벌쭉 귀에 걸렸다.

준혁은 차가 조금 막힌다며 레스토랑에 먼저 들어가 있으라고 했다. 내 이름으로 예약된 자리에 앉아서 준혁을 기다리자니, 처음 돈가스집에서 그를 만났던 생각이 나서 나도 모르게 웃음이 새어 나왔다. 준혁이 오면 우리가 왜 그때 그런 식으로 만나게 됐는지 따져 물을 속셈이었다. 그때 보고 싶었다는 말은 뭐였는지, 4년 전에 기억하는 나는 어땠는지 다 물어볼 생각이었다.

"여기서 또 보네?"

그 순간 준혁이 아닌 것만은 분명한, 익숙한 목소리가 허락받지도 않은 내 앞자리에 앉았다.

"뭐야?"

홍태훈이었다. 태훈이 '누구 기다리나 봐.'라는 시건방진 한마디를 내뱉고는 의자를 당겨서 내게 더 가까이 다가왔다.

"거기 오빠 자리 아니니까 얼른 일어나."

"오면 비켜 줄게."

조금 있으면 준혁이 올 텐데 괜히 준혁에게 홍태훈과의 모습을 보이기 싫었고, 보여서도 안 됐다. 그렇다고 이곳에서 홍태훈과 실랑이하면서 시끄럽게 만들고 싶지도 않았다. 그냥 조용히 아무 일도 없었던 것처럼 어서 내 시야에서 꺼져 주길 바랐다.

"나는 차유진 네 생각 많이 했어."

혹시나 준혁이 오지 않을까 뒤를 보던 두 눈이 태훈에게 꽂혔다. 태훈이 보고 싶었다고, 쓰디쓴 말을 덧붙인다. 헛웃음이 나왔다. 내가 얼마나 듣고 싶은 말이었는데. 왜 하필이면 이런 타이밍에 나타난 건데. 조금만 더 빨리 나타나지. 2년만 더 일찍…… 아니, 1년만 더 일찍. 아니, 차라리 나타나지 말지 그랬냐고 원망스러운 마음이 저 속 깊은 곳에서 끓어올랐다.

"나는 오빠 생각 안 해, 이제."

"이제? 어쨌든 했다는 말이네."

태훈이 내가 그렇게도 좋아했던 10년 전의 그 모습으로 웃었다. 그 모습을 보자 마치 10년 전으로 돌아간 것만 같은 착각마저 일었다. 저 모습에 반해서 쫓아다녔는데. 저 모습을 가까이에서 보고 싶어서 농구 동아리도 들었는데. 저 모습을 보려고 내가…….

"이제 그만 일어나시죠?"

어느새 다가온 준혁의 목소리가 태훈의 의자 옆에 차갑게 내려앉았다. 언제 들어온 거야? 결국은 셋이 만나게 된 상황에 난감해져서 머리를 한번 쓸어 올렸다. 태훈은 눈썹을 치켜올렸다가 어깨를 위로 으쓱, 별것도 아닌 것처럼 굴더니 흔쾌히 일어났다.

"그럼 지민이 결혼식 때 또 보자."

끝까지 친한 척하면서 가는 태훈의 뒷모습을 노려보던 준혁이 제 시야에서 태훈이 사라지자 그때서야 의자에 앉았다.

개강을 맞이한 대학가 술집들은 연신 북적였고 테이블마다 부어라, 마셔라 하면서 그 어느 때보다 뜨겁게 끓었다. 밖은 아직 겨울 같았다. 어딘가는 때 아닌 대설 특보도 내렸다고 했다.

아직 젖살도 안 빠진 것같이 볼은 통통하니 뽀얗고 자기 딴에는 한껏 멋을 부린, 여전히 고등학생 같은 신입생이 나를 조용히 술집 밖으로 불러내더니 '저 선배님이 좋아요.' 하고 고백을 했다.

"어……. 미안."

술 때문인지 아니면 꽃샘추위 때문인지, 발그레한 얼굴의 신입생은 내가 뭐라고 더 말할 것도 없이 '죄송합니다.'라는 말과 동시에 도망치듯 다시 안으로 들어갔다.

"픕."

참았던 웃음이 새어 나오더니 이내 푸하하, 웃어 대는 남자의 웃음소리가 밤공기를 울렸다.

"들었어요?"

"그것도 안 들리면 병원 가야지."

태훈이 담배를 비벼 껐다. 요즘 애들 참 당돌하단 말이야. 본 지 얼마나 됐다고 좋아한다고 고백이야? 이해가 안 간다는 듯 고개를 절레절레 젓는 태훈이다.

"모르는 척해요. 민망할 텐데."

안 그래도 인원이 부족한 동아리 신입생들인데. 농구할 만큼은 머리가 차야 할 거 아냐. 나는 고백 거절에 다칠 그 아이의 마음보다 그로 인한 파장으로 동아리 탈퇴한다는 말이 나올까 지레 겁났다.

"보자, 우리 유진이가 그 정도로 매력이 있단 말이야?"

태훈이 몸을 숙여 내 얼굴을 찬찬히 들여다보았다. 흐음, 탄식인 듯, 무엇인가 뱉어 내는 숨에 담배 냄새가 진하게 풍겼다. 나는 그것마저도 좋았다. '우리 유진이'라는 말만큼이나 설레었다.

"너 나 좋아하지?"

"……누가 그래요?"

"동아리에 소문 다 났던데."

태훈이 짓궂게 웃었다. 모를 거라 생각하고 숨겼던 것은 아니었지만 내 널뛰는 감정이 저 사람에게는 한낱 안줏거리였겠구나, 하는 창피함에 입술을 깨문 자리가 얼얼하니 피가 날 것 같았다.

그래, 이왕 이렇게 된 거 밑져야 본전이었다.

"네, 좋아해요."

더 이상 부끄러울 것도 없었다. 터질 듯한 심장은 숨긴 채로 고개를 들어 당당히 태훈을 바라봤다. 꿈틀거리는 눈썹 밑으로 날카로운 눈매가 서늘하게 움직였다

내가 너 좋다는데, 그래서 뭐. 네가 어쩔 건데.

고백이라기엔 전투적인 나의 시선에, 태훈은 피식거리곤 춥다며 안으로 들어가자고 했다.

거절인가……? 거절이겠지.

술이나 진탕 마셔야겠다, 생각했다. 그런데 먼저 들어간 태훈이 내 가방과 옷가지들을 챙기며 동아리 사람들에게 소리쳤다.

"나 오늘부터 차유진이랑 1일이다!"

몇 초간의 정적 후, '우오오!' 하는 들소 같은 함성 소리가 술집을 울렸다. 태훈은 적장에서 승리한 장군처럼 손을 들어 보였다. 신입생의 얼굴이 시뻘겋게 끓어오르는 게 보였다. 태훈은 그런 건 신경도 안 쓴다는 듯, 내 손을 잡고 술집을 빠져나왔다.

겨울 같던 봄이었다. 홍태훈은 내게 그런 사람이었다.

자리에 앉은 준혁은 아무런 표정도, 말도 없었다. 다만 메뉴를 확인한 뒤 내게 이건 어떠냐고 묻고, 직원을 불러 주문하는, 그런 기계적인 과정만 있었다.

나는 준혁의 눈치를 살피면서 버터를 바른 식전 빵만 뜯어 댔다. 차라리 준혁이 방금 전 상황에 대해서 따진다거나, 차라리 화를 내는 게 더 마음이 편할 거라고 생각했다. 그렇다고 내가 여기서 먼저 홍태훈에 대한 얘기를 꺼내는 건 바보나 하는 짓일 것이다.

"아까 그 사람은……."

불행히도 나는 바보였다. 해명할 일도 아니었지만, 뭐라도 해명하고 빨리 이 숨 막히는 분위기를 풀어내고 싶었다. 조용히 샐러드를 집던 준혁이 손을 멈추고 날 쳐다본다.

뭐라고 해야 하나…….

그냥 우연히 만났다고, 그 사람이 먼저 알은체하면서 막무가내로 앉은 거라고 해야 하는데, 준혁의 표정 없는 얼굴을 보고 있자니 얼어붙은 입술이 마저 떨어지지 않았다.

"오늘은 우리 얘기만 하죠."

"……네."

준혁의 말에 기어들어 가는 목소리로 대답하며 다음 할 말을 찾아보려고 했지만, 아무리 머리를 쥐어짜 내도 무슨 말을 해야 이 어색한 분위기가 풀어질지 생각이 나질 않았다. 그저 우리 둘의 포크 소리와 옆자리 테이블의 간간한 웃음소리, 레스토랑의 재즈풍 음악 소리만이 들려올 뿐이었다.

"내일 현장 미팅 있는 거 알아요?"

어색함을 깬 건 준혁이었다. 준혁의 말에 순간적으로 움찔하며 놀라서, 그가 뭐라고 했는지 파악하는 데 버퍼링이 걸렸다.

"현장 미팅이요? 난 못 들었는데?"

"하 과장님이 말 안 해 줬나 보네."

"하 과장님이요?"

오늘 하루 종일 정신없어서 내가 연락을 못 받은 걸까. ……아니다. 하 과장이라면 분명히 일부러 말 안 해 줬을 게 틀림없었다. 얍삽하고도 비겁한 인간. 순간적인 분노로 이글대는 내 표정을 보던 준혁의 입꼬리에 그때서야 희미한 웃음이 비쳤다.

"내일 오후 4시쯤에 몇 군데 가 보기로 했어요. 하 과장님이 차 대리님 시간은 아마 괜찮을 거라고 하던데."

"괜찮긴 한데……."

준혁의 입에서 나오는 '차 대리'라는 말에 심장이 저릿했다. 아무리 일 얘기를 하는 중이라지만, 코앞에 마주하고 앉은 준혁과의 거리가 갑자기 100미터는 멀어진 기분이었다.

그렇게 일 얘기가 몇 번 오가자 마침 스테이크가 나왔고, 몇 주간 드라이 에이징 했으며, 몇 도에서 구워졌는지, 소스는 또 어떤 건지 직원의 자부심이 넘치는, 장황한 스테이크 소개를 들은 후에야 바로 그 제대로 된 스테이크를 먹을 수 있었다.

준혁은 이따금씩 맛있냐고 물어봤고 나는 그렇다고 끄덕였다. 엄청나게 맛있는 스테이크였고 또 동시에 최악의 스테이크였다. 혀의 모든 감각이 기립 박수를 치며 브라보를 외쳤지만, 막상 무표정으로 칼질을 하고 있는 그를 보자니 저절로 고개를 숙이게 되는 맛이었다. 그래도 디저트까지 야무지게 챙겨 먹고 당이 차오르자, 웬걸 아까의 그 왠지 모를 쭈뼛거림은 사라지고 한결 뻔뻔해졌다.

계산을 마친 뒤, 자기는 택시 타고 왔다며 내 차로 데려다주겠다는 준혁에게 알겠다고 끄덕이면서 자연스레 팔짱을 꼈다. 제 팔에 끼워진 내 팔을 잠깐 내려다보던 준혁은 싫지만은 않았던지 팔짱 낀 팔이 더 편하도록 팔을 올려 주면서 주차장으로 향했다.

집으로 가는 시간은 라디오가 아니었다면 못 견뎠을 시간이었다. 내가 별거 아닌 질문들을 던지면 그렇다, 아니다, 맞다 등의 단답만 하는 준혁의 표정에선 화도, 짜증도, 아니 질투심 같은 것도 따로 느껴지진 않았다. 어쩌면 반응 없는 그에게 오히려 내가 화가 났던 것 같다.

"올라갔다 갈래요?"

"오늘은 집에서 할 일이 많아서. 다음에요."

지하 주차장에서 차 키를 건네주던 준혁이 숨을 한번 크게 들이 쉬더니 고개를 가볍게 흔들고는 올라가자는 제안을 거절했다. 예 상치 못한 거절에 뭐라고 말도 하지 못했지만 서운함 혹은 당혹스 러움이 여실히 드러난 내 얼굴에, 준혁이 오늘은 좀 피곤하니 내일 제대로 보자면서 이마에 가볍이 입을 맞췄다. 그 짧고도 씁쓸한 입 맞춤에 두려워 굳었던 마음이 그나마 녹아내렸다.

하상준은 입사 1년 선배로, 사내 정치에 재능이 있어 여기저기 줄을 잘 타더니 그의 동기들 중 제일 빠르게 과장을 달았다. 얄밉 게도 업무적인 능력이 없지만은 않았다. 업무 능력에 부스터를 달 아 주는 눈치와 아부에 능한 처세술로, 남의 공은 후려치기 하고 제 공은 올려치기 하는 데 달인이었다.

오늘 이 외부 미팅도 그랬다. 내가 민준혁을 통해 미리 듣지 않 았다면 또 준비 못 한 나는 뒤로 세우고, 모두 하상준의 공이 되었 을 것이다.

원래라면 나도 진작에 달아야 했을 과장 자리였다. 유 대리야 4년 전 그 일로 윗분들 눈 밖에 났고 스스로의 멘탈 회복에도 시간이 걸 렸다지만, 나는 근무 평가도 꽤 좋았음에도 불구하고 저번 진급에서 보기 좋게 다른 남자 동기에게 밀리고 말았다. 거지 같은 업무 분장 을 뚫고 내가 유 대리 대신 이 프로젝트를 해야 하는 거라면, 보란 듯이 잘 해내서 이번엔 꼭 과장을 달고도 싶었다.

뭐 그런 걸 차치하고서라도 공연 기획은 내가 하고 싶은 일이기도 했으니까. 잘 해내고 싶었다.

현장 미팅은 생각보다 순조롭게 진행되었다. 예상했던 견적가를 최대한 맞출 수 있었고, 행사 진행할 현장 분위기도 괜찮았다. 민준혁, 아니 민 팀장은 나도 예상하지 못했던 디테일한 부분들까지 만약이라는 가정하에 시나리오를 대여섯 개는 돌렸는데, 그런 그에게 직장인으로서 경외감까지 들었다.

그럼에도 마음 한구석에서는 대체 4년 전에는 무슨 일이 있었기에 그 큰 프로젝트를 말아먹었던 건지 의구심이 생겨났다.

"자, 오늘은 이쯤에서 마무리하고…… 셋이 맥주, 콜?"

현장 미팅이 마무리되어 가자 하상준이 나와 민준혁을 끌고 제멋대로 근처 맥줏집으로 향했다. 준혁과 내 표정이 그대로 썩어 들어갔다. 원래라면 지금 우리는 호텔로 직행할 예정이었다.

준혁은 차도 있고, 대리 운전은 불편해서 싫다며, 술을 사양한 채 기어코 잔을 엎어 두었다. 말린 시래기 같은 표정을 짓던 하상준이 방향을 틀어, 너는 오늘 차 없으니까 괜찮지 않냐며 내게 술을 따랐다.

"그건 그렇고, 차 대리 남친 생겼냐?"

하상준의 뜬금없는 말에 안주로 먼저 나온 프레첼 과자를 쥔 손이 잠깐 놀라 멈췄다. 준혁은 듣던 중 제일 흥미롭다는 표정으로 하상준의 말에 집중하기 시작했다.

"남친은, 제가 무슨! 그런 거 없어요."

"그렇지? 다들 너 예뻐졌다면서 연애하는 거 아니냐고 하던데, 내가 아는 차유진은 그럴 리가 없다 그랬지."

어쩐지 준혁의 서늘한 시선이 내 얼굴에 내려앉았다.

"아니, 이래 보여도 얘가…… 아니 차 대리가, 남자에 관심이 없어요."

참나. 코웃음을 치는 날 보고 있던 준혁이 눈동자를 굴리며 살짝 웃는 게 보였다.

"민 팀장이 보기에도 차 대리 괜찮지 않나? 얼굴도 이만하면 예뻐, 이만하면 뭐…… 몸매도 됐고."

하상준이 마치 대단한 칭찬이라도 하는 것처럼 내 어깨를 감싸듯 두드렸다. 할 수만 있다면 여기 안주를 다 하상준 입에 털어 넣어 버리고 싶었다.

"즉등흐 흐스요."

이를 꽉 물고 하상준에게 말하자, 오히려 내 반응에 더 신난 하상준이 이번에는 아예 어깨동무한 채로 계속 입을 놀렸다.

"내가 사실 얘 입사했을 때, 뭐 좀 잘해 보려는 맘이 아주 약간은 있었어요."

몸을 비틀어 털어 낸 하상준의 손이 다시 내 어깨로 올라왔다. 사실이었다. 하상준은 내가 입사하자마자 자기가 나를 마음에 들어 한다는 걸 은연중에 계속 표시했었다. 회식 자리에서도 늘 내 옆자리를 사수했고, 흑기사도 자처했으며, 급기야는 그 눈치 없는 김 대리도 알아챌 만큼 행동했다.

하지만 그때는 내가 홍태훈과의 이별 후유증이 중증에 달한 상태였다. 홍태훈보다 키도 훨씬 작고, 머리숱도 적은 하상준이 내 마음을 파고들 확률은 사실상 제로에 가까웠다. 아무리 이 남자, 저 남자

가리진 않았어도 땅에 떨어져 썩은 것까지 주워 먹을 정도는 아니었다.

자꾸만 떼어 내도 찰거머리처럼 내 어깨로 다시 올라오는 하상준의 손에 준혁의 시선이 내리 박혔다.

"얘가 또 눈은 얼마나 높은지. 다른 직원들이 그러어엏게 소개팅을 해 준다고 해도 뭐, 자기는 대학 때 첫사랑을 못 잊었다나?"

'첫사랑'이라는 단어에 민준혁이 살짝 미간을 찌푸렸다.

"맞다, 너 그때 회식 기억나냐?"

하상준 이 인간은 도대체 언제 적 얘기를 떠드는 건가, 골이 아파 왔다. 맥주잔으로 저 인간 머리 깨고, 내 인생도 그냥 깨 버릴까.

"회식 때 얘가 울며불며 첫사랑이란 사람이……."

"그만하시죠?"

벌써 혼자 취기가 오른 듯 추태를 부리는 하상준을 더 이상 못 참겠어서 뭐라고 하려는 찰나, 준혁의 날카로운 음성이 공기를 가르며 내려앉았다. 일순간 사람들의 목소리가 음소거되고 시끄러운 음악 소리에 맞춰 심장만 동동 울렸다.

"그 손 말입니다. 싫다지 않습니까, 차 대리님이."

준혁이 짜증 난다는 듯 내 어깨를 쳐다보며 말했다. 하상준은 바람 빠진 풍선 소리를 내며 그제야 어깨 위에서 손을 치웠다.

"오늘은 이만 가 보는 게 좋을 거 같네요. 차 대리님, 일어나시죠."

내 옷가지와 가방을 챙겨 든 준혁이 어서, 하는 표정으로 눈짓했다. 여전히 상황이 파악이 되지 않는다는 듯 코웃음 치는 하상준에게 고개를 꾸벅이면서 일어서자, 옆에 있던 준혁이 계산은 자기가 하겠다며 짧게 묵례를 하곤 성큼성큼 앞서 걸었다.

준혁의 큰 보폭을 따라잡으려고 잰걸음으로 뛰듯 뒤따랐다.

"타요."

먼저 주차장으로 걸어간 준혁이 조수석 문을 열며 타라고 고갯짓을 했다. 하지만 이대로 차에 타서 또다시 찾아올 긴 정적을 견뎌 낼 자신은 없었다.

"우리 얘기 좀 해요."

"그러니까. 얘기 좀 하게 타라고."

어떻게든 여기서 먼저 풀고 싶었지만, 굳어 있는 그의 표정에 더 이상의 실랑이는 소용없다는 걸 알고 차에 올랐다. 원래라면, 계획대로라면 오늘 같이 미팅을 끝낸 후 저녁 먹고 호캉스를 할 예정이었다. 금요일 연차도 미리 올려놨고, 준혁 역시 금요일엔 반차를 쓰고 목요일 밤은 호텔에서 아주 그냥 격정의 밤을 보낼 생각이었다. 그럼 자연스레 레스토랑에서의 찜찜함도 다 풀릴 줄 알았다.

그런데, 이게 뭐람. 하상준이랑 같이 맥주를 마시러 가는 게 아니었다. 그 인간의 추태를 한두 번 본 것도 아닌데, 내가 먼저 끊었어야 했다. 모든 흥이 다 깨져 버렸다. 예약해 둔 호텔 방향과 차가 멀어지자 야심 차게 준비한 속옷도 부질없어졌다고 생각했다. 하상준 개새끼. 언제 꼭 한 번 들이받아야 할 인물이다.

조용히 달리던 차는 그의 아파트에 멈췄다. 우리는 그의 집에 올라가서 문을 열고 들어갈 때까지도 말없이 그렇게 따로 걸었다.

준혁이 신경질적으로 넥타이를 풀면서 욕실로 들어가 손을 씻었다. 나는 순간 불청객이 된 기분으로 현관에 가만히 섰다. 오랫

동안 움직임이 없자 현관 센서 등이 꺼지면서 집 안에 어둠이 내려앉는다.

"나 들어가요, 말아요?"

현관에 있는 나는 아랑곳하지도 않은 채 물기 어린 제 손만 닦아 내던 준혁을 보고, 한 번 더 물었다.

"그냥 갈까요? 그랬으면 좋겠어요?"

잔뜩 성난 준혁의 등이 크게 한숨을 내쉬었다. 이내 그가 등을 돌려 성큼 다가와 두 손으로 내 팔뚝을 거칠게 잡았다.

"그런 거 아니라는 거 잘 알잖아."

준혁의 움직임에 현관 센서 등이 켜지며 그의 얼굴을 비추자, 저절로 시선이 저 밑으로 깔렸다. 준혁이 말할 때마다 그의 손이 더욱 억세게 팔뚝을 옥죄어 와 얼얼해졌다.

"나도 준혁 씨가 뭐 때문에 화났는지 알아요. 아는데, 근데……."

"맞아요. 유진 씨 잘못 아닌 거."

준혁의 손아귀에 살짝 힘이 풀리는 것 같았다. 그럼 대체 이 상황은 뭔데. 우리는 왜 지금 여기 이 현관에서 이러고 있는 건데. 알다가도 모를 그의 마음처럼 센서 등이 나를 놀리듯이 꺼졌다, 켜졌다를 반복했다.

"그냥 나한테 좀 화가 났어요."

"……."

"나 봐요. 유진 씨."

지금 혼나고 있는 사람은 나 같은데 되레 상처받은 듯한 준혁의 눈동자에 바짝 마른 입술만 자근자근 씹어 댔다. 내 팔을 감싸던 그의 손끝에 다시 힘이 들어가는 게 느껴진다.

"우리 무슨 사이예요?"

"그게 무슨……?"

"나는 우리가…… 아니, 유진 씨는 그럴지 몰라도, 나는 우리가 단지 섹스만 하고 말 사이는 아니었으면 좋겠어요."

준혁의 입술에서 토하듯이 튀어나온 생경한 단어가 황당하게만 느껴져서 눈이 커졌다. 뭐라고?

"근데 유진 씨가 나한테 원하는 게 그런 것뿐이라면."

여전히 준혁의 입에서 나오는 말들을 이해할 수가 없었다.

"원하는 대로 할 수밖에."

준혁이 그대로 목을 끌어당겨 입을 맞췄다. 아니, 입술을 집어삼키듯 물었다. 난데없는 키스에 준혁을 밀어내리던 손이 그의 왼손에 그대로 잡혀 밀쳐진 벽에 고정되었다. 먹잇감을 발견한 배곯은 맹수처럼 준혁의 혀가 달려들어 도망가는 내 혀를 옭아맸다.

그가 나머지 한 손으로 블라우스 위로 가슴을 뭉그러뜨릴 듯이 움켜쥐더니, 성에 안 찬다는 듯 열린 블라우스 사이로 손을 집어넣었다. 단추들이 힘을 감당하지 못하고 투두둑 소리를 내며 떨어졌다. 그런 것쯤은 중요한 것도 아니라는 듯이 그는 아랑곳하지 않고 브래지어 훅까지 단숨에 풀어낸 채 가슴으로 입술을 가져다 댔다.

이전과는 다른 움직임이었다. 조심스럽게 내 반응을 살피며 흥분되는 곳을 찾아내던 것과는 달리, '너 여기 좋아 죽잖아.' 하는 식으로 사정없이 가슴팍에 흔적을 남겨 대고 있었다.

준혁이 예민한 부위를 깨물자 눈치 없게도 몸이 움찔거리며 뜨거운 숨을 뱉었다. 다른 손으로 준혁의 얼굴을 밀어내자, 그가 다시 얼굴을 들어 입술을 부딪치며 혀마저 포박하려고 했다. 잔뜩 흥분한 짐승 같은 그를 막아 낼 재간이 없었다. 밀어내면 더 강한 힘으로 제압해 왔다.

더 이상의 저항이 의미 없다고 느껴지는 순간, 그의 손이 치마 속으로 거칠게 들어왔다. 준혁의 입술을 겨우 떼어 놓으면서 젖은 목소리로 그를 밀어냈다.

"……싫어."

"거짓말. 벌써 이렇게 젖었잖아."

준혁이 혀뿌리까지 삼킬 것처럼 다시 입술을 물었다. 허벅지를 쓸고 아래를 지나 엉덩이를 움켜잡은 손이 거추장스러운 스타킹과 팬티를 내리려 들었다. 그의 가슴팍을 두드리던 주먹 쥔 손을 내려 준혁의 손을 저지했다. 현관 전신 거울로 트렌치코트는 한쪽이 벗겨지고 블라우스는 뜯겨져 가슴이 반쯤 드러난 여자가 보였다.

"여기선 싫어."

그가 힐긋 거울을 쳐다보더니, 무슨 말인지 알겠다며 고개를 주억거렸다. 그리고 내 손을 잡아 거칠게 침실로 이끌었다. 침대가 보이자마자 내 외투를 급하게 벗기던 준혁이 자신의 셔츠 단추도 한 손으로 풀기 시작했다.

그가 날 무게로 짓누르듯 침대에 쓰러트린 후 그 위로 올라왔다. 준혁의 혀가 거칠게 얽혀 들어왔다. 이런 밤을 원했던 건 아니었지만, 웃기게도 이 상황이 싫지만은 않았다. 그의 손놀림에 몸이 절로 달아올랐다. 저돌적으로 탐닉하면서도, 한편으론 다치지 않게 배려하고 있다는 게 느껴져 그게 또 애달팠다. 허벅지를 타고 이미 돌돌 말려진 치마 사이로 들어온 그의 손이 북, 소리를 내며 스타킹을 찢었다.

"하…….."

찢어진 사이로 야시시한 레이스 팬티가 드러나자, 준혁이 허탈한 숨을 내뱉더니 얇디얇은 천을 옆으로 제쳤다. 이내 그의 손이 갈라진 곳을 벌리고 들어와서는 이미 애액으로 촉촉해진 입구에 손가락을 넣었다.

갑자기 들어온 손가락에 아래도 놀란 모양인지, 강하게 수축하며 손가락을 잡아 물었다. 준혁은 긴장된 몸을 풀어 주려는 듯이 부드럽게 입을 맞춰 왔다. 그것도 잠시 준혁의 입술이 다시 목선을 타고 훑어 내려가자, 질구는 본능적으로 그의 손가락을 빠듯하게 더욱 조였다.

그는 그 작은 압박감을 즐기기라도 하는 듯이 더 빠르게 손을 움직여 댔다. 또 다른 자아가 그를 물었다가 놔줬다가 빨아들였다가 팔딱거렸다. 그 자아에 굴복당한 뇌가 눈앞을 하얗게 혹은 까맣게 만들면서 잇새로 젖은 숨소리를 내보냈다.

"아웃! 아, 흐응."

"벌써 가면 안 되지."

기다란 손가락이 하나 더 들어와서 안을 넓히면서 움직였다. 엉덩이까지 흘러넘친 애액 때문에 절걱이는 소리가 귀를 자극했다. 잔뜩 젖은 손가락이 좁은 곳에서 빠졌다가 부풀어 오른 살점을 자극했다.

"아응……. 준혁, 하웃!"

몸이 달아오를수록 손톱이 그의 어깨를 파고들었다. 다시 손가락 두 개가 질 내벽을 긁으면서 엄지로 클리토리스를 돌리듯이 뭉

갰다. 달달 떨리던 허벅지가 더 벌어지더니 허리가 저절로 뒤틀렸다. 머릿속이 전율했다.

"하아, 이제 제발."

이대로는 실수라도 할 것 같은 느낌에 다리를 틀면서 그에게 애원했다.

"아직 아니잖아."

"으응, 빨리……."

질구는 손가락으로는 모자라다면서, 어서 다른 걸 넣어 달라고 뻐금대며 외치고 있었다. 얼른 그를 내 안으로 밀어 넣어서 가득 채우고 싶었다.

준혁이 뒷말을 기다린다는 듯이 움직임을 멈추고 내 눈을 응시했다. 손을 뻗어 준혁의 바지 버클로 갖다 댔다. 내 서툰 손길을 비웃기라도 하는 것처럼 그가 스스로 바지를 벗었고, 마저 벗지 않은 그의 드로어즈 아래로 이미 잔뜩 흥분할 대로 흥분한 페니스가 꺼떡이며 드러났다.

순간 민망해져서 고개를 돌리니, 옅게 웃던 준혁이 서랍을 찾아 콘돔을 씌우고 다가와 자세를 잡았다. 아까의 흥분이 가시지 않은 상태에서 빨리 그를 받아들이고 싶었지만, 그는 입구에서 깔짝거리면서 그리 쉽게는 안 줄 거라는 듯이 날 애타게 할 뿐이었다.

"어떻게 해 줄까."

그가 페니스를 맞대어 문지르며 내게 물었다. 단단하게 발기한 것이 클리토리스까지 길게 훑자 더 애가 달았다. 준혁의 목에 팔을 둘러서 키스를 하며 그를 끌어당겼다. 그럼에도 여전히 들어올 듯 말 듯 애태우는 그의 입술을 살짝 깨물면서 떼어 냈다.

그는 오히려 태연한 표정으로 고개를 갸우뚱거리면서 아직 벗기지 못한 팬티를 옆으로 고정시킨 채, 갈라진 곳을 손으로 쓸어 올렸다. 흘러넘칠 듯한 애액이 그의 손을 타고 번들거렸다.

"······빨리 넣어 줘."

메마른 목소리가 공기를 흔들자 벌겋게 달아오른 볼에 입술이 닿으며 그가 깊숙하게 몸을 밀어 넣었고, 뻐근한 감각에 벌어지던 입처럼 다리를 더 벌려 그의 허리를 감았다.

몇 번이나 시야가 뒤집히면서도 허리 아래를 움직였다. 여전히 그의 것이 버거워 미간이라도 살짝 찌푸리면 준혁은 속도를 조금 늦추면서 내 표정을 관찰했는데, 그럴 때마다 나는 그를 바짝 안으며 움직임을 재촉했다. 그럼 또 준혁은 야만적으로 달려들어 야살스러운 소리를 내뱉을 수밖에 없도록 만들었다.

맞추기라도 한 것처럼 서로의 몸이 절정으로 치닫자, 그때서야 긴장이 풀려서 침대로 쓰러지듯 누웠다. 그게 벌써 세 번째였다.

내 몸 위로 겹쳐지듯 쓰러진 그가 이마 끝에서부터 턱 끝까지 입술로 잘게 키스하며 내려왔다. 온몸이 땀투성이였다. 유두를 다루던 그의 입술이 가슴 쪽에서 조금은 찐득하게 붙자, 급히 그를 떼어 내면서 상체를 일으켰다.

"샤워하고 올게요."

대답을 들을 새도 없이 몸이 공중에 들려, 준혁의 품에 안긴 채로 안방 욕실로 향했다. 갑자기 몸이 들려 놀란 것도 잠시, 그의 목에 팔을 둘러서 균형을 찾았다.

샤워 부스에 같이 들어간 준혁이 샤워 볼에 거품을 잔뜩 내어 몸 구석구석을 닦아 주었다. 그의 손길이 장난치는 듯이 등줄기를 타고 쓸어내려 갈 때마다 살갗이 도로록 돋아났다. 그의 손이 다리 사이로 들어와 배꼽 아래까지 올라왔다. 또 몸이 녹아내리는 기분에 곧장 뒤를 돌아 샤워 볼을 뺏어 들어서, 준혁의 등에 거품 칠을 했다.

"왜, 또 흥분됐어?"

준혁의 간지러운 목소리가 귓가에 닿았다.

"아니야."

"난 흥분됐는데."

준혁의 등을 찰싹거리며 때렸다.

"난 더 못해."

"알아."

등을 돌린 준혁의 아래가 다시 커진 게 눈에 보였다. 갈 곳 잃은 눈동자로 샤워기를 얼른 빼 들어 물을 틀었다. 몸에 있는 거품을 닦아 내자 그의 피식거리는 웃음이 물줄기 소리 사이로 빠져나간다.

"로션 발라 줄게요."

거품기가 대충 제거되자마자 샤워 부스 문을 열고 나온 등 뒤로, 그가 나지막이 말했다. 수건으로 물기를 톡톡 제거하고서는 선반에 있는 바디 로션을 짠 뒤 두 손으로 마사지하듯 날갯죽지를 쓸어내렸다. 준혁에게서 늘 풍기던 그 향이었다. 아, 향수가 아니라 바디 로션이었구나.

"흡……."

등줄기를 따라 천천히 로션을 바르던 그의 손이 등 어딘가의 예민한 곳에 닿자, 방심한 듯 또 신음이 터져 나왔다. 몇 번 등을 스쳐 지나가던 준혁의 손이 부드럽게 이동하여 가슴을 감싸 왔다. 아직 김이 뿌옇게 서린 거울에 상아색 실루엣이 너울너울 움직였다.

그가 뒤에서 끌어안은 채로 목선을 입술로 훑으며 혀로 지분거리자, 거칠어진 호흡에 준혁의 손바닥 아래의 가슴이 위로 오르락내리락했다. 손가락 사이에 걸린 유두가 뻣뻣해졌다.

"으흣, 흐응."

"쉿. 여기 방음 안 돼."

"하아⋯⋯."

입술을 여전히 내 어깨에 붙인 채로 속삭이는 준혁의 말에 한 손으로 입을 틀어막았다. 방음 안 된다면서 이렇게 계속 괴롭혀 대는 건, 무슨 놀부 심보란 말인가.

준혁의 손이 가슴을 지나서 허리 그리고 엉덩이까지 자꾸 훑고 내려가더니, 급기야는 엉덩이 사이로 손이 들어갔다. 엉덩이에 그의 것이 찌를 듯이 자꾸 닿았다. 위아래로 계속되는 애무에 새어 나오는 소리를 감추느라 입술을 꽉 깨물었다. 손가락이 달싹이는 질구를 벌리려고 하자 두 손으로 그의 손목을 붙들었지만 소용은 없었다.

"로션 발라 준, 다고, 하아⋯⋯ 는 거. 순전히, 흐응, 핑계야."

"맞아."

"훗, 이제 그만."

"⋯⋯나도 더 이상 못 참겠는데."

어깨에 고개를 묻으면서 깊은 숨을 내쉬는 준혁을 보자 괜한 장난기가 일었다. 등을 돌려서 그와 마주 보고, 이미 발딱 선 그의 페니스에 가만히 손을 올려 온전히 다 쥐어지지도 않는 손바닥으로 감싸 잡았다.

천천히 손을 위아래로 움직이자 짐짓 놀란 눈치였던 준혁은 이내 움직임을 받아들이면서 눈을 감았다. 그의 호흡이 점점 더 거칠어졌고, 감은 눈의 속눈썹이 파르르 떨려 왔다. 한 손으로는 그의 페니스를 쥐어 움직이면서 그의 가슴팍에 입술까지 갖다 대어 혀를 놀리자, 준혁이 참고 있던 숨을 마지못해 뱉어 냈다.

"하아……."

"쉿. 여기 방음 안 된다네요."

이번엔 내가 놀리듯이 그의 말을 따라 하며 손가락을 그의 입술에 붙이자, 준혁이 눈을 번쩍 떴다. 그리곤 손을 뻗어 욕실 수납장 문을 확 열더니, 무언가를 찾는 듯 몇 번을 뒤적거렸다. 이내 그가 콘돔을 흔들어 보이더니 입술을 말면서 웃었다.

이젠 힘들어서 더 이상 못한다고 말할 겨를도 없이, 준혁이 뒤에서 강하게 안아 왔다. 뻐금거리던 점막으로 굵은 살점이 들어오자, 토해 내듯 나온 소리에 손으로 입을 막았다.

바디 로션과 물기로 촉촉한 몸들이 부딪치며 야한 선율을 연주했지만, 손으로 막은 입을 비집고 새어 나오는 소리가 오히려 더 야하게 느껴졌다. 한 손은 입을 부여잡고, 한 손은 내 허리를 잡은 준혁의 손 위로 포갠 채, 위태롭게 그의 움직임을 버티고 있었다.

그는 좀 더 편한 자세를 찾고자 거울 쪽으로 몸을 붙였다. 입을 막고 있던 손으로 거울을 짚자, 어른거리던 거울이 손바닥 모양대로 선명해졌다. 준혁이 손을 뻗어 큰 손으로 거울에 서린 김을 닦아 내니, 거울 속에 겹쳐진 두 사람의 몸이 적나라하게 드러났다.

"앞에 봐요."

내가 민망함에 고개를 숙이자 준혁이 내 상체를 들어 올리며 귀에 대고 속삭였다.

"어서. 얼마나 야한지……. 봐 봐."

귓가에 붙은 그의 목소리를 따라서 시선을 들어 올렸다. 모든 게 야했다. 그의 움직임을 타고 움직이는 내 가슴, 살 부딪치는 소리, 간간이 몰아 뱉는 그의 젖은 신음, 내 입 속으로 들어온 그의 손가락을 교태스럽게 빨고 있는 나.

얼마 지나지 않아 뜨거운 열기를 못 참겠다는 듯 다시 거울은 뿌옇게 변했고, 내 몸에서 느껴지는 그의 향에 질식하듯 흐느끼며 몸을 달싹거렸다.

본능이 뒤흔든 자리에 이성만 남은 두 사람이 부자연스러운 공기의 흐름을 만들어 내고 있었다. 또 한 번 같이 샤워하자는 준혁을 겨우 내보내고, 종종거리는 마음으로 씻고 나갔다. 바깥 욕실에서 씻은 건지 어느새 멀끔해진 준혁이 와인을 들고 서 있었다.

"치즈 괜찮죠?"

뭐 이번에도 내 대답은 필요 없는 것 같았지만, 쭈뼛거리며 서 있다가 준혁의 손에 이끌려 소파에 자리 잡고 앉았다. 와인 잔이 서로 부딪치는 소리를 끝으로 또 정적이 흘렀다. 공복에 와인이 목구멍을 타고 내려가자 속이 뜨거워졌다.

치즈로 향하던 서로의 손이 닿자 새삼스럽게 전기라도 통한 것처럼 찌릿하면서 심장이 콩닥거렸다. 섹스까지 한 사이에 고작 손가락 하나 닿았다고 이러는 건 도대체 뭔지.

……섹스. 그래, 아까 민준혁이 뭐라고 했더라. 섹스만 하고 말 사이라고 했던가.

"아까 그 말은 뭐예요?"

불현듯 떠오른 그의 말에 따지듯이 물었다.

"아까 내가 섹…… 잠만 자려고 한다는 거요."

아까 그 거칠던 사람은 어디로 간 건지, 티 없이 맑은 표정으로 물음표를 띄우는 준혁에게 '섹스'라는 단어를 차마 다 뱉지도 못하고 말을 돌렸다. 준혁은 와인 잔을 살짝 기울이며 잠깐 생각에 잠기는 듯 눈을 내리깔았다.

"뭐, 난 괜찮아요. 유진 씨가 나를 그렇게 이용해도."

준혁이 담담한 얼굴로 자기가 무슨 피해자인 것처럼 굴어 대자, 복장이 터지는 게 이런 건가 싶어 어이없는 웃음이 흘러나왔다. 더는 힘들어서 못하겠다는 사람을 붙잡고 늘어지던 게 누군데 지금 와서 이렇게.

"아니, 왜 갑자기 그런 말을 해요?"

"그러니까 저런 것도 준비하고."

준혁이 한쪽에 잘 개켜진 옷가지들과 그 위로 가지런히 놓인 내 속옷을 턱 끝으로 가리키며 말했다. 아니 저걸 왜 저렇게…… 남사스러운 광경에 낯빛이 붉게 달아올랐다.

"저건 그냥, 오늘 호텔에서……."

그러니까……. 준혁이 한층 더 깊어진 수심 가득한 표정으로 고개를 끄덕거렸다. 아니, 그래 뭐. 저 속옷은 그런 용도로 준비한 건 맞지만, 그게 꼭 내가 민준혁을 뭐 심심풀이 섹스 파트너로만 생각해서는 아니었다. 물론 잠자리 상대로도 더할 나위 없이 훌륭한 사람이기도 했지만 말이다.

"그러는 준혁 씨야말로, 나랑 어떻게 해 보려고 만나는 거예요?"

정말이지 어이가 없어서. 나는 풀 죽은 준혁에게 되레 발끈했다. 준혁의 짙은 눈썹이 삽시간에 찌푸려졌다.

"내가 고작 그런 놈으로 보여요?"

폭풍 전야처럼 고요했던 준혁의 눈동자에 내 모습이 일렁인다.

"나는 준혁 씨가 헷갈려요. 좋아하면 좋아한다고 고백을 하든가, 질투가 나면 그렇다고 하든가. 어제만 해도 그래요. 레스토랑에서 그 사람 봤으면 그냥 차라리 나한테 저 새끼 뭐 하는 놈이냐, 여기 왜 온 거냐, 둘이 무슨 말 했냐, 따져야 정상 아닌가."

장대비처럼 다다다 쏟아붓는 말을 가만히 듣고 있던 준혁이 일그러진 표정을 애써 바로잡으며 한숨을 내쉬었다. 억지로 폈던 미간의 주름이 다시 선명해진다.

"나도 따지고 싶었고, 질투도 났어."

"……"

"아까 하상준 그 새끼가 자꾸 좆같이 굴 때는 미쳐 버리는 줄 알았다고, 나도."

"……"

"근데 아무 사이도 아닌 내가 나설 수가 없었으니까."

아무 사이가 아니면 도대체 우리는 무슨 사인지. 설마 내가 하상준 앞에서 남자 친구 없다고 했다고 이러는 건지. 그런 거라면 회사에는 내 연애사 하나하나를 알리고 싶지 않아서 그런 거라고. 머릿속에서 하고 싶은 말들과 해야 할 말들이 뒤섞였다.

"그 사람을 아직 못 잊은 것 같았으니까."

입술을 달싹거리던 그 순간, 예상치 못한 준혁의 말에 심장이 저 높은 곳에서 떨어졌다. 어째서 내가 아직 그 사람을 못 잊었다고 느끼는 걸까. 홍태훈과 헤어지고 몇 명의 남자들과 짧은 연애를 끝내면서 수도 없이 들었던 말이었다. 그들에게서 홍태훈을 보려고 했던 것은 사실이나, 적어도 민준혁을 만날 때는 아니었다.

"많이 좋아해요, 유진 씨를."

혼란스러운 머릿속을 붙들기라도 하는 것처럼 준혁이 내 손을 잡으면서 나직이 말했다. 추락한 심장이 더 밑바닥으로 굴러떨어졌다.

"갑자기 시작된 감정도 아니고, 내가 뭐 유진 씨를 어떻게 해 보겠다고 그러는 것도 아니에요."

도대체 내가 그 사람을 못 잊었다고 생각하는 이유는 뭔지, 그 사람이 누군 줄 알고 그러는 건지. 아니, 그걸 떠나서 내가 못 잊었다고 생각하면서 이렇게 고백하는 준혁은 또 무슨 생각인지. 알 수 없는 감정이 몰아쳐서 눈을 질끈 감았다.

"눈 떠요."

준혁이 자신을 보라고 말했지만, 이대로 눈을 뜨면 눈물이 떨어질 것 같아서 입술만 깨물었다.

"응? 눈 떠서 내 얼굴 봐."

"……"

"그 사람 못 잊어도 괜찮아. 그냥 천천히 나한테 오면 돼."

그런 게 아닌데. 못 잊은 게 아닌데, 분명…….

"내 속도에 맞출 필요는 없으니까. 끓는점이 다를 뿐이니까, 우리는."

귀에 내려앉는 준혁의 나긋한 목소리에 이대로 엉엉 목 놓아 울고만 싶었다. 좋아한단 고백을 받아 감동해서 그런 것도, 태훈에 대한 감정으로 미안해서 그런 것도 아니었다. 오히려 무서웠던 것 같다. 그 예전에 바다에 빠졌을 때도 그러했듯, 이대로 혼자 흘러가 버릴까 봐 두려움에서 비롯된 눈물이었다.

그렁그렁 눈물이 차올랐던 눈을 뜨자, 기다렸다는 듯이 눈물이 볼을 타고 흘러내렸다. 준혁이 두 손으로 내 얼굴을 감싸서 눈물을 쓱 닦아 내더니, 품에 안고 등을 도닥여 주었다. 참았던 눈물들이 폭풍같이 쏟아졌다.

그가 등을 토닥일 때마다 생각하고 싶지 않던 옛 기억들이 떠올랐고, 그 기억들은 준혁의 다른 손이 다정하게 볼을 어루만질 때마다 흩어져 사라졌다. 준혁의 품에 안겨 그렇게 쏟아 낸 두려움들은 어느새 안도감의 눈물로 바뀌어 있었다.

"되게 의외네."

일회용 장갑을 끼고 야무지게 닭발을 뜯는 걸 보고 준혁이 사뭇 놀란 듯했다.

"닭발 먹는 여자 처음 봐요?"

한참을 울어 댔더니 긴장이 풀려서인지, 배가 꼬르륵 허기지다는 신호를 보내왔다. 그것도 그럴 것이 아까 맥줏집에서 시킨 것을 제대로 먹지도 못했고, 집에 오자마자 몇 번이나 그를 안았고, 그 후에 간단히 먹으려던 눈앞의 치즈까지도 예상치 못한 눈물 파티에 제대로 한 입 하지도 못했었다.

"아니. 그냥 겉으로만 보면 음식 많이 가릴 거 같았는데."

그렇게 해서 시킨 매운 닭발이었다. 이런 날은 꼭 먹어 줘야 하는.

"난 어지간하면 안 가리고 다 잘 먹어요."

"또 뭐 좋아해요?"

"음, 그건 그때그때 기분에 따라 달라요."

"오늘은 이거 먹고 싶은 기분이었나 보네."

퉁퉁 부은 눈을 들어 올려 준혁과 눈을 마주했다. 그 모습이 웃긴지 슬며시 웃음 짓던 준혁이 눈 밑에 떨어진 속눈썹을 떼어 준다.

"닭발은 우리 엄마, 아빠가 좋아하시던 건데, 가끔 멀리서 서러울 때나 엄마 보고 싶을 때 닭발 먹어요."

"어머님은 다른 곳에 계시나 보네."

체할 것 같다며 물도 같이 마시라면서 준혁이 입에 물을 대어 줬다.

"엄마 아니, 가족들은 다 부산에 있어요."

"아, 유진 씨 부산 사람이었어요?"

사투리가 하나도 안 묻어 나와서 몰랐다며, 준혁이 전혀 예상 못 했던 것처럼 놀란 얼굴로 쳐다봤다. 나도 서울에서 살아남으려고 서울말 어렵게 배운 거지 뭐. 보통 이쯤에서 남자들은 사투리를 한번 해 보라고 종용하곤 했다. 특히 '오빠야'라고 불러 보라면서 어쭙잖은 애교를 말이다.

내가 처음 동아리에 들어갔을 때 홍태훈 역시도 그랬다. 내가 부산에서 왔다는 걸 알고 그놈의 '오빠야'를 들려 달라던 그의 말에, 나는 또 수줍게 웃으면서 사촌 오빠 이외에는 한 번도 불러 본 적 없던 '오빠야'를 뱉었지. 태훈은 그럼 귀엽다면서 기껏 빗은 머리카락을 흩뜨려 놓기도 했다. 재수 없게. 그래, 그 감정은 설렘이 아니라 재수가 없었어야 했던 게 맞다.

준혁은 재수 없던 태훈과는 질적으로 달랐다. 그는 그저 고개만 끄덕이더니 별다른 말을 붙이지는 않았다. 그런 준혁이 오히려 더 어색했지만 편안했다.

"준혁 씨 가족들은 다 서울에 계세요?"

반사적으로 물어 놓고도 아차 싶었다. 전에 아버지 전화를 받고 급하게 달려갔던 일이 생각났다. 지금은 괜찮냐고, 무슨 일이었냐고, 물어보고 싶은 게 많았지만 애써 삼켰다. 가족 얘기는 언제나 늘 조심스럽다. 먼저 털어놓기 전까지는 건드리지 않는 게 옳았다. 다년간의 경험으로 빚어낸 쓰디쓴 팁이기도 했다.

"음……. 아버지는 청주에, 엄마는 서울에, 동생은 미국에."

"일 때문에 모두 흩어져 계시는구나."

내 대답에 준혁이 멋쩍은 웃음을 보이며 부모님은 이혼하셨다고 말했다. 순간 갈 곳 잃은 눈동자가 크게 포물선을 그렸다.

"아……."

말실수한 건가, 내가.

"엄마한테 다른 남자가 있었거든요."

눈동자가 반대 방향으로 또 포물선을 그렸다. 뭐라고 해야 하지? 이 상황에는…….

"다 지난 일이에요, 뭐. 지금은 아버지도 다른 분 만나시고."

멋쩍은 웃음이 공기 중에 퍼졌다. 내가 '그럼, 그날은…….' 하고 운을 띄우자, 눈썹 언저리를 긁던 준혁의 손이 잠깐 움찔했다.

"아, 그날은. 아버지가 만나시는 분이 좀 편찮으세요. 병원에 계시는데……."

그 여사님께서 편찮으셔서 한 번씩 아버지 호출로 병원에 간다고. 이럴 때가 유일하게 아들 노릇 할 수 있는 때라며, 겨우 내뱉은 준혁의 말이 마무리되지 못하고 흩어졌다.

"고마워요."

준혁이 의아하다는 듯이 눈썹을 들썩이며 고개를 기울였다.

"나한테 그렇게 속 얘기 털어놔 줘서. 고마워요."

진심이었다. 가족 이야기를 담담하게 털어놓기까지, 얼마나 마음이 고되었을까. 슬픔은 나누면 반이 된다고 했던가. 아픈 얘기는 남들한테 털어놓을수록 그 순간은 덤덤해지긴 하지만, 그만큼 속으로 다른 상처를 더 만드는 법이다.

그 마음을 누구보다 더 잘 알기에 준혁에게 고마운 마음이 먼저 들었다. 내가 뭐라고. 물에 빠진 것처럼 숨통이 조이고 목이 메어 왔다.

준혁이 씁쓸히 웃으면서 어서 손에 든 거 먹으라는 식으로 눈짓했다. 준혁을 보면서 어색하게 코를 찡긋하며 닭발을 뜯었다.

태훈이 겨울 같은 봄이었다면, 준혁은 장마철이 끝나 가는 여름 같았다. 어딘지 모르게 여전히 습했고, 그게 또 무겁게 더웠다.

"이거 입어요."

아직 샤워 가운만 걸치고 있는 내 앞에, 준혁이 남자 트렁크와 반팔 티셔츠를 고이 대령했다. 나는 트렁크를 엄지와 검지로 집어 들며 물었다.

"이것만 입으라고요?"

"새거니까 괜찮아."

'뭐 싫으면 윗옷만 입든가, 둘 다 입지 말든가.' 하고 뻔뻔하게 대답하는 준혁이 이제는 더 편해졌다면, 어쩌면 나는…….

준혁의 옷을 입고 우스꽝스럽게 나타나자 준혁이 그걸 보고 큭큭 웃어 댔다. 내가 의기소침해진 탓에 '웃지 마!'를 외치면서 이미 자리 잡은 그의 침대 옆에 누우려고 하자, 준혁의 한쪽 팔이 팔베개처럼 둘러졌다.

"오늘은 그냥 이러고 잘 거예요."

"누가 뭐래요?"

"그러니까 자극하지 마."

떡 줄 사람은 생각도 안 했는데. 그리고 이미 많이 먹었는데.

혼자 김칫국 마시는 준혁에게로 바짝 다가가 안겼다. 그의 품에서 나는 바디 로션 향이 더 진하게 코를 간지럽혔다. 고개를 들어 확인한 준혁은 이미 눈을 감고 잠을 청하고 있었다.

그렇게 준혁의 얼굴을 가만히 눈으로 훑자니, 또 괜한 도전 의식이 생겼다. 아무리 그래도 내가 바로 옆에 누워 있는데 잠이 오냐고.

준혁의 티셔츠 사이로 살며시 손을 집어넣어서 배꼽 부근부터 간지럽히듯 올라갔다. 손가락을 움직일 때마다 고개를 들어 그의 표정을 살폈지만, 이미 잠에 든 것인지 별 반응을 보이지 않는다. 손가락이 복근을 타고 점점 올라가 가슴께로 닿았다.

이래도 참을 수 있다고? 그의 가슴 중앙까지 발칙한 손이 스치자 준혁의 눈이 번쩍 뜨였다. 그리고는 장난치던 손을 휘어잡아 몸을 돌렸다. 어느새 준혁의 몸이 천장을 가렸다.

"먼저 시작한 거야."

준혁이 다가와 입술을 간지럽히듯 키스했다. 맹세코 이런 걸 원해서 그를 건드린 것은 아니었지만, 결단코 아니었지만.

부드럽게 감겨 오는 그의 혀에 나도 모르게 슬그머니 웃으며 눈을 감았다.

그래, 어쩌면……. 나는 벌써 이 남자를 사랑하게 된 걸지도 모르겠다.

4. 스무 살, 그리고

엄마는 내게 대학 가면 잘생긴 사람들이 길에 널렸을 거라고 그랬다. 선생님들도 그랬다. 사실 생각해 보면 고등학교 때 그 남자애들이 똑같이 대학 가는 건데, 걔네들이 대학 간다고 갑자기 잘생겨지진 않을 건데 말이다. 어쨌든 난 그 말을 어느 정도 믿고 공부했고, 서울에 있는 대학에 들어갔다.

어쩌다보니 신입생 OT에서 만난 지민과 단짝이 되었다. 지민은 나랑은 달리 엄청난 에너지를 가진 애였다. 단과대 동아리도 몇 개나 들더니, 중앙 동아리도 기웃거렸다. 키 크고 잘생긴 오빠들 많다며, 2학기 때는 농구 동아리도 들었다.

9월의 어느 날. 지민이 오늘 농구 연습 날인데, 선배들이 친구 데려오랬다고 같이 구경 가지 않겠냐며 물어 왔다. 기숙사로 가 봤자 재미도 없는데, 그래…… 그 전설 속에나 존재할 법한 키 크고 잘생긴 오빠들 구경이나 하자는 생각으로 갔었다.

거기서 홍태훈을 처음 봤다. 뛸 때마다 찰랑거리며 날리는 머릿결. 3점 슛을 넣고 웃는 서늘한 눈매. 반짝거리던 땀방울까지. 아, 대학 가면 있다는 키 크고 잘생긴 오빠가 바로 저기 있었구나, 실존하는 인물이었구나, 싶었다.

남자를 보고 그만큼 설레었던 건 고등학교 체육 선생님 이후로 처음이었다. 저 오빠랑 친해져야지. 그렇게 농구 동아리에 가입했고, 내 짝사랑이 시작되었다.

"어? 차유진 머리 잘랐네? 이야, 웬일이래."

태훈이 단발머리를 좋아한다는 말에 은근슬쩍 머리를 잘랐다. 다른 선배들 입에서는 잘만 나오던 잘 어울린다는 말을 태훈에게서는 들을 수 없었다. 태훈은 그냥 슬쩍 나를 아래위로 쳐다보고는 다시 슈팅 연습을 했다. 하루는 다리가 길어 보이게 구두를 신고 갔더니, 농구 코트 망가진다고 혼까지 났다.

농구 동아리에서 여자 매니저인 내가 하는 일은 별로 없었다. 학기마다 있던 학동배를 준비하고, 농구 연습하는 선배들 옆에서 자유투를 배워 보고……. 뭐 그런 정도였다. 그래도 홍태훈이 뛰는 걸 옆에서 지켜보는 게 좋았다. 기록지에 홍태훈 경기 성적을 체크하고 있노라면 나도 모르게 웃음이 나왔다.

홍태훈이 학교 오는 시간에 맞춰서, 나도 기숙사에서 나왔다. 강의실에서 마주쳤을 때 태훈과 나눈 그 짧은 인사에 하루 종일 설레었다. 어쩌다가 홍태훈이 자판기에서 음료수라도 하나 사 주면 그게 그렇게 달달했다.

"재미는 없을 텐데, 시간 되면 오든가."

홍태훈의 누나가 바이올린 전공이라는 걸 알게 되자, 동아리 선배

들은 졸업 연주회 초대를 종용했다. 속셈이야 뻔했다. 환상 속의 음대생 언니들을 구경이라도 해 보겠다는 마음이었겠지. 이유야 어찌되었건 홍태훈은 속이 시커멓던 그들에게 초대권을 뿌렸고, 나도 덩달아 초대권을 받았다.

처음이었다. 연주회도, 브람스 소나타도. 다른 곡은 어려워서 잘 모르겠지만 브람스만은 좋다던 홍태훈 말이 머릿속에 잔상을 그리는 듯했다. 그때부터였을 것이다. 내가 브람스 소나타를 재생 목록 1번에 추가했던 것은.

홍태훈은 생긴 것처럼 말수가 그리 많은 편은 아니었고, 나 역시 지민처럼 살가운 편은 아니었다. 뭣보다도 흥분하면 아직 튀어나오는 사투리 때문에 말을 아껴서 했다. 동아리 밖에서 우리 둘의 대화는 시험 범위나 과제 체크, 족보 공유……. 겨우 그 정도였다.

시험 기간에는 중앙 도서관에서 종종 마주쳤다. 처음에는 칸막이 자리였다가, 반대 테이블이었다가, 옆 테이블이었다가, 어쩌다 보니 마주 보는 자리에서 공부하게 되었다.

한 번은 잠 깨느라 열람실을 나갔다 왔더니 자리 위에 캔 커피가 하나 놓여 있었다. 태훈이 그걸 뚫어져라 쳐다보는 걸 보니 자기가 사 준 모양이었다.

〈잘 마실게요.〉

포스트잇에 써서 건넸더니, 그가 피식 웃고는 뭐라고 끄적인 뒤 돌려줬다.

〈학식 사라.〉

부잣집 아들이라면서 고작 커피 하나 사 줘 놓고 밥을 사라니. 얄밉긴 했지만, 한편으론 또 그렇게 같이 밥을 먹을 수 있어서 좋았다.

그날 석식 이후로 열람실 밖으로 나가서 같이 커피를 마신다거나, 저녁에 학교 식당을 같이 간다거나, 과도서관에서 과제를 한다거나, 둘이서 붙어 다니는 시간이 길어졌다. 누가 봐도 허우대만큼은 멀쩡했던 홍태훈은 옆에 내가 있음에도 불구하고, 종종 번호를 따인다거나 하는 일이 생기곤 했다. 그리고 그럴 때마다 홍태훈은 옆에 있는 날 핑계 삼아 거절했다.

"근데 선배는 왜 맨날 나 팔아먹어요?"

"내가 뭘."

"맨날 번호 따일 때마다, 내가 여자 친구라고 팔아먹잖아요."

태훈이 웃으면서 그래서 싫냐고 물었다. 당연히 싫지 않았다. 그럼에도 점점 태훈이 좋아지는 내 마음을 조롱받는 기분이어서 우울했다.

"아까 그 언니는 좀 괜찮던데."

"괜찮으면 네가 만나 보든가."

태훈이 귀찮다는 듯이 대답했다. 아, 이게 잘생긴 남자의 삶인가. 그 언니 정도면 괜찮은 정도가 아니라, 솔직히 홍태훈보다 아까울 정도의 여신님 수준이었는데…… 듣자 하니 연예인 지망생이라던데.

설마 홍태훈, 혹시 여자 안 좋아하는 건가.

"선배, 혹시…… 여자 안 좋아해요?"

태훈이 뭔 소리냐면서 역정을 냈다. 아님 말 것이지, 뭘 저렇게까지 흥분을 해?

"이상하네. 강한 부정은 강한 긍정이랬는데."

"어우, 씨. 아니다, 너. 네가 생각하는 거 아니다. 나 여자 완전 좋아해."

자기는 여자에 환장한다고, 어떻게 증명할 수도 없다며 억울해서 펄펄 뛰는 홍태훈이 꼭 덩치 큰 강아지라 착각 중인 포메라니안 같았다.

"근데 왜 연애 안 해요? 나 같으면 예쁜 여자들 오면 그냥 사귀겠는데."

"예쁘기는 퍽이나."

그게 여자들 눈에는 예쁘냐고 묻는 태훈이 짜증 났다. 그 얼굴이 안 예쁘면 눈이 얼마나 위에 달린 거야. 나 같은 건 보이지도 않겠네.

"나는 다음 생엔 잘생긴 남자로 태어날 거예요. 그래서 인생 편하게 살 거야."

"지금 네 인생이나 잘 챙겨."

"이 여자, 저 여자 다 만나고 살 거야. 예쁜 여자들이 얼마나 많은데."

"그러는 너는, 왜 남자 안 만나는데."

"나는……."

'좋아하는 사람 있어요.'라고 끝까지 말하고 싶었다. '그게 바로 홍태훈 너.'라고 고백하지 않았던 건 내 자존심 때문이었을까. 쌓아 둔 내 감정이 거절 한 번에 무너질까 봐 겁났다.

"지금은 연애할 때가 아니에요. 이번엔 꼭 장학금 타야 해서."

사실이기도 했다. 학비 걱정은 하지 말라면서 서울로 보내 주시긴 했지만, 그래도 장학금이라도 받으면 엄마가 숨 돌릴 수 있는 시간이 늘어날 것이었다. 태훈은 그럼 어서 공부하러 들어가자며 열람실로 등을 돌렸다.

우리가 사귈 때 기억보다도 어쩌면 더 선명하게 남아 있는 기억들이었다. 그때의 저녁 공기. 같이 밥 챙겨 주던 고양이. 예쁘게 하늘을 수놓았던 노을. 가끔 학식 대신 갔던 백반집 순두부찌개. 후식으로 먹던 아이스크림. 걸을 때 살짝씩 스치던 팔. 그때 기억들만큼은 너무나 선명했다.

정신을 차리고 눈을 떴을 때는 정오쯤이었다. 어제 너무 무리해서 달렸던 건지, 정말이지 이건 흡사 하프 마라톤 정도 했을 때의 체력 소모가 아닐까 싶은데. 뻐근해진 몸을 겨우 일으켜 세웠더니 옆자리의 허전함이 그대로 느껴졌다.

그러고 보니 잠결에 뭐라고 하는 소리를 들은 것도 같고.

체력이 너무 떨어진 듯한데, 홍삼이라도 먹어야 하나. 허리를 비틀면서 삐거덕거리는 몸을 이끌고 방을 나갔더니, 식탁 쪽에 무언가 고이 덮여 있는 게 눈에 들어온다.

《밥은 밥솥에, 국은 전자레인지 안에. 혹시나 밥이 싫다면 냉장고에 샌드위치도 있으니 참고하도록.》

'급한 일이 생겨서 먼저 출근한다.'는 말도 덧붙인 쪽지가 정갈하게 담긴 반찬들 옆에 깜찍하게 놓여 있었다. 밥도 먹고 후식으로 샌드위치도 먹어야겠다며, 쪽지 끝에 걸린 투박한 하트처럼 마음이 부풀었다.

남자 집에 이렇게 혼자, 그것도 그 사람 옷을 입고, 미리 차려진 밥을 먹는다는 게 이질감이 들었다. 꿈인가? 꿈이라면 깨기 싫었다. 이런 게 결혼이라면 한 번쯤은 해 봐도…….

미쳤어, 차유진. 벌써 무슨 결혼이야?

제 속도를 가누지 못하고 질주하는 감정에 얼굴이 벌겋게 달아

올라, 보는 사람도 없는데 괜히 큼큼 목을 가다듬었다. 그러다가도 밥을 한 숟가락, 국을 한 숟가락, 반찬을 한 젓가락 할 때마다, 준혁의 얼굴과 어젯밤이 떠올라서 혼자 웃음이 실실 새어 나왔다.

이건 다 준혁이 잘생겨서 그런 것이다. 나는 원래 이렇게 막 누군가를 쉽게 좋아하고, 키스하고, 자고 이러는 편이 아닌데⋯⋯. 이게 다 낯짝 가리는 내 눈 때문에!

아주 잘했어, 차유진. 낯은 안 가리더라도, 낯짝은 가려야지.

배를 채우고 준혁의 집에 한없이 늘어져 있다 보니, 어느덧 3시를 넘긴 시간이었다. 준혁 없는 준혁의 집에서는 더 이상의 흥밋거리를 찾지 못했다. 하다못해 전 여친들의 흔적이라거나, 전 여친의 흔적, 그리고 전 여친의 흔적, 뭐 그런 것들을 찾아보려 했지만, 지나치리만큼 깔끔한 모델하우스 같은 집에서는 그런 게 나올 리 만무했다.

어슬렁거리다가 책이나 읽어야지 싶어 책장 앞에 섰다.

여기 있다!

그때 읽던 책을 마저 읽어야겠다 싶어 꺼냈는데, 책 사이 어딘가에 꽂혀 있던 사진 한 장이 아주 우연히, 그리고 아주 진부하게 떨어졌다.

나 이런 상황 드라마에서 많이 봤어. 보통은 출생의 비밀이라거나, 첫사랑 아니면 내연녀라거나⋯⋯. 아무튼 이런 사진은 주로 비밀에 관한 것이었는데.

바닥에 떨어진 사진 뒷장이 애처롭게 '저를 어서 뒤집어 주세요.'라고 소리치고 있었다.

별거 아닐 수도 있지. 뭐 학교 다닐 때 사진이라거나. 그렇다기엔 사진 찍는 취미는 딱히 없는 사람 같았는데. 그래, 그러니까 이렇게 책에 넣어 놓…….

여자 사진이었다.

내가 지금 뭘 본 건가. 사진을 다시 자세히 들여다봤다. 어딘가 처연하게 다른 곳을 보고 있는 여자의 옆모습. 단발머리의 여자가 사진 속에서 조용히 웃고 있었다.

4년 전쯤의 내 얼굴이었다.

아무렇게나 사진을 넣어 두고 다시 책장에 꽂은 책을 한참 동안 쳐다봤다. 대체 준혁이 내 사진을 왜 가지고 있지? 그것도 나는 찍힌 줄도 모르는 옛날 사진을?

순간 드라마 주인공이 된 듯한 기분이었다. 그 드라마는 절절한 멜로가 되었다가, 수사물이 되었다가, 추리물이 되었다가……. 온 갖 장르를 다 섭렵하고 있을 때쯤 울리는 전화벨 소리에 순간 '악!' 하는 고함소리가 절로 나왔다.

"엄마?"

-니 어데고? 회사가?

"그렇지?"

눈동자를 한번 빙 굴렸다.

-엄마 내일 결혼식 있어가, 서울 올라가는 중이다.

"갑자기? 아니, 지금 오고 있다고?"

-그래, 너거 집에 줄 반찬 가꼬 완는데. 오늘 일찍 퇴근하제?

곧 서울역에 도착하니까 데리러 올 건 없다는 엄마 말에, 머리 가 굳어서 돌아가지 않았다.

어, 어떡하지? 집에, 집에 빨리 가야겠다는 생각이 들었다. 집에 가서, 그러니까 집에 가서 내 차가……. 아, 내 차 회사에 있지 참.

택시를 타고 집에 가려니 엄마가 차는 어디에 뒀냐고 할 게 분명했다. 정비 맡겼다거나 하는 그럴듯한 핑곗거리는 당장 생각나지 않았다. 일단 차가 있어야 엄마랑 이동하기에도 편하니까. 회사에 가서 차를 타고 집으로 가야겠다고 생각하며 옷을 찾았다.

아, 블라우스.

어제 준혁이 뜯다시피 벗긴 블라우스였다. 이걸 입고 엄마를 만날 순 없었다. 등 뒤로 흐르는 시계 초침소리가 정신을 어지럽혔다. 시간은 계속 흐르고 있고 나도 모르겠다 싶어, 준혁의 옷장을 뒤졌다. 마침 눈앞에 그의 생일날 그가 입었던, 토마토 얼룩은 말끔히 지워진 채로 잘 개켜진 하얀 니트를 주워 들었다.

택시를 타고 회사까지 가서 주위 눈치를 살피며 주차장으로 진입했다. 다행스럽게도 아무도 마주치진 않았다. 안도의 숨을 내쉬면서 무사히 빠져나가 오피스텔 주차장까지 빠르게 도착했다. 마지막 주 금요일은 4시에 퇴근한다는 걸 알고 있는 엄마였다.

겨우 대충 시간 맞춘 거 같다고 안도하며 주차장에서 내리려는데, 저 멀리서 엄마가 다른 사내의 차에서 내리는 게 시선에 걸렸다.

"엄마?"

"어, 유진아! 여기 태훈이 왔다!"

엄마가 세상 반갑고 인자한 표정으로, 고맙다며 어쩜 이렇게 그대로냐고 등을 두드리는 사내는 홍태훈이었다. 저 사람이 왜 또 여기서 나와? 엄마가 왜 저 사람 차에서 내려?

'더 멋있어졌다, 그쟈.'라며 그에 대한 내 동조를 강요하는 엄마가 싫어졌다. 예비 사위라도 본 것같이 엄마를 웃게 만든 홍태훈이 더 혐오스러워졌다.

"지하철역에서 걸어 올라오시길래 내가 태워 드렸어."

"그렇다고 오빠가 왜?"

"아이고, 태후이한테 왜 그라노. 내가 태아 달라 했다. 나도 짐도 무겁고, 어깨도 아프고, 태훈이 반가워 가꼬…… 내가 탔다."

참으로 얄궂은 타이밍이었다. 나보다도 우리 엄마를 챙기던 사람이 홍태훈이었고, 나보다도 홍태훈을 챙기던 사람이 바로 우리 엄마였다. 그러던 홍태훈이 왜 하필 지금 엄마 눈앞에 나타났을까.

홍태훈과 또 여기서 마주친 것도, 엄마가 홍태훈을 '태훈이', '태후이' 하면서 싸고도는 이 모든 상황이 역겨웠다. 애초에 믿지도 않았지만 신은 없다고 생각했다. 아주 조악하고도 조잡한 타이밍이었다.

"아, 됐다. 그냥 얼른 올라가자. 엄마."

엄마의 짐을 낚아채듯 받아 들고 엘리베이터로 향하는데, 태훈이 계속해서 뒤를 따라왔다. 홱 등을 돌려서 왜 따라오냐고 빈정거리자, 오히려 엄마가 내 등짝을 때려 댄다.

"왜 따라오기는! 태훈이 여기 산다이가."

"뭐?"

"여기로 이사 왔어, 오늘."

엄마 옆에서 유난히 당당해 보이는 태훈의 말이 내 귀에서 천둥 치듯 울렸다.

대학교 3학년 때까지만 해도 나는 방학 때만 되면 부산으로 내려

가서 지냈다. 엄마는 부산에서 고깃집을 크게 하셨는데, 가게 일을 돕는다는 목적으로 홀에서 바쁜 척 좀 깔짝대면 딸내미가 고생이 많다고 단골 아저씨 손님들이 찔러 주는 용돈 몇 푼이 꽤 쏠쏠했다.

2학년 여름방학 때, 그러니까 우리가 사귀기로 하고 맞는 첫 방학 때. 태훈은 부산 어딘가의 친척집에서 머무를 거라며 부산에 같이 내려왔고, 나는 심심하다는 그를 식당으로 초대했다. 고기나 먹고 가라고 할 심산이었다.

엄마한테 남자 친구라며 태훈을 소개하자, 댕그랗고도 모나게 변하던 엄마의 눈을 아직도 기억한다. 그리고 태훈이 자기도 돕겠다며 손수 앞치마를 둘러맸을 때, '부잣집 도련님같이 생긴 아한테 뭘 시킨다고.' 하면서 못마땅하게 혀를 차던 것도 기억한다.

태훈은 일주일 정도 그렇게 내가 식당에 나가는 시간에 맞춰 같이 출근했다. 고맙고 미안하다는 내 말에 태훈은 별거 안 하고 공짜 고기 먹어서 좋다고, 근데 부산에서 횟집이 아니라 왜 육고깃집이냐며 진지하게 물었다.

아마도 그렇게 출근했던 마지막 날이었을 것이다. 주문받은 걸 주방에 전달하고 나오는데, 홀 쪽에서 큰소리가 났다. 술이 거나하게 취한 단골 아저씨들이 태훈에게 소리치고 있었다.

"마, 어데서 대가리에 피도 안 마른 스애끼가 으른한테⋯⋯. 어?"

"니 뭐라 핸노, 아까 한 말 다시 해 봐라."

아저씨가 상추로 태훈의 얼굴을 툭툭 쳤다.

"다 처드셨으면, 그냥 꺼지시라고요. 안 들리면 다시 말해 드려요?"

태훈이 지지 않겠다는 듯 눈을 부라렸다. 나는 급히 태훈을 말렸고, 아저씨에게 사과했다. 옆에 있던 다른 알바생은 태훈이 형이 잘못한 거 아니라고 거들었지만, 일단 단골이던 아저씨에게 내가 대신 사과했다.

여전히 씩씩거리는 태훈을 억지로 이끌어서 밖으로 나가는 내 등 뒤로, 아저씨가 빈정거리며 한소리 더 들먹였다. 정확한 말은 기억나지 않는다. 그냥 내 다리가 어쩌고저쩌고, 발랑 까졌니 어쩌니……. 그런 말이었던 것 같다. 태훈은 욕을 내뱉으며 다시 아저씨에게로 향했다. 결국 우리는 식당 출입 금지를 당했으며, 아저씨들도 단골 가게 하나를 잃었고, 엄마는 단골손님들을 귀신 쫓듯이 소금 쳐 가며 추방시켰다.

알바생이 전하기론 아저씨들끼리 내가 태훈과 잤을지, 안 잤을지 내기하면서 태훈을 불렀다고 했다. 평소에도 그 아저씨들이 누나 뒤에서 이상한 말을 엄청 했다면서, 태훈이 형이 그래도 많이 참은 거라고 그랬다.

그날 이후로 우리는 식당에 못 가는 대신, 집에서 데이트하라는 엄마의 허락을 받았다. 엄마는 태훈을 큰아들 삼았고, 태훈은 우리 엄마를 '엄마'라고 부르기 시작했다.

나중에 그 얘기가 다시 화두에 올랐을 때, 태훈은 그때 우리가 잤던 사이라면 그렇게 억울하지나 않았겠다고 나불댔다.

미친놈. 그 미친놈이 여기로 이사를 와?

홍태훈에게 반찬이라도 좀 나눠 주겠다는 엄마를 겨우 뜯어말리고 집으로 들어왔다.

서울에 하고많은 오피스텔 중에 왜 여기로? 내가 여기 산다는 걸 알면서도 여기로 이사를 왔다고? 어이가 없었다.

이게 무슨 지독한 설정이야. 10년을 눈앞에 안 보여서 애태워놓고는, 이제 남은 10년은 내가 원하지 않아도 눈앞에 나타나겠다는 건가. 그런 거라면 저 사람은 귀신이 맞다. 나는 며칠째 악몽을 꾸고 있는 것이다.

손도 안 씻은 채로 어이없다며 헛웃음만 짓고 있자, 위아래로 훑어보는 엄마의 시선이 따갑게 느껴졌다.

"니는 근데 요새 그게 서울에서 유행하는 서타일이가."

엄마 말에 옷을 한번 내려다봤다. 아, 니트. 엄마 말에 대충 얼버무리며 그렇다고 대답하자, 의심스러운 눈초리가 이내 서울 아가씨 되려면 아직 멀었다는 핀잔으로 바뀐다.

"니는 언제 결혼할 거고."

엄마에게 집이 이게 무슨 꼴이고, 냉장고 안은 왜 이러며, 욕실은 또 왜 저러냐는 등의 갖가지 잔소리 폭격을 맞고 녹초가 된 채, 이제야 겨우 이른 저녁을 차려 한 숟가락 뜨려던 참이었다. 밥상 앞에서 다시 또 시작된 결혼 공격에, 남은 넋도 빠져나갈 듯 맥이 탁 풀렸다.

"아, 다 내 알아서 한다."

"태훈이도 아직 결혼 안 했다 하드라."

그 짧은 거리를 타고 오면서 무슨 말을 어디까지 나눈 거야. 콧김을 길게 내뿜으며 한숨을 크게 쉬었다. 태훈이 그렇게 갑자기 사라진 걸 여전히 알지 못하는 엄마다. 나는 과연 누굴 위해서 그렇게 나쁜 놈을 감싸기 위해 열심히 포장을 했던 걸까. 다시 한숨을 크게 내뱉었다. 그래, 우리 엄마한텐 잘했으니까. 엄마한테 좋은 추억을 굳이 내가 망칠 필요가 없…….

"니 만날라꼬 한국 들어왔다 하드라."

"지랄하네!"

엄마가 앞에 있다는 것도 망각한 채 내뱉어 놓고, 아차 싶어서 엄마 눈치를 살폈다. 가시나, 엄마 앞에서 말 가리라고 할 줄 알았던 엄마는 웬일로 마치 내 말에 동조한다는 것처럼 묵묵히 숟가락만 움직이신다.

미친놈. 알고는 있었지만 훨씬 더 나쁜 새끼였다. 아무리 그래도 지가 우리 엄마한테 그러면 안 되지. 우리 엄마가 자기를 얼마나 좋아했는데.

'니 만날라고 한국 들어왔다 하드라.'

엄마 말이 귓속에서 메아리치듯 반복됐다. 사탕 발린 달콤한 말로 엄마를 녹인 거라면 홍태훈은 개새끼였고, 그 말이 사실이라면…… 완전 돌아이 새끼 아니냐 이거?

자고 가라는 내 말을 엄마는 한사코 거절하면서, 저녁만 먹고는 혜숙이 이모네 집으로 갔다. 혜숙이 이모네로 모셔다 드린대도, 됐다며 택시 탄다고, 일하느라 피곤했을 건데 쉬라고 딸 걱정하는 엄마 말에 또 울컥했다. 하지만 이내 우연찮게 꺼낸 지민의 결혼 얘기에, 또 결혼 잔소리가 시작되었다. 득도하는 기분으로 대충대충 듣고 넘기다가도, 심심하면 태훈이랑 놀고 그러라는 엄마 말에 소리를 빽 질렀다.

"엄마, 혜숙이 이모 집 도착하면 연락 꼭 해리."

딸 집에서 쫓겨나듯 출발하는 택시 뒤를 멍하니 지켜보다가 다시 오피스텔 쪽으로 옮기는 그림자에, 큰 그림자가 하나 더해졌다.

"너 사투리 쓰는 거 오랜만에 들어 본다?"

어디서부터 본 건지 모를 홍태훈이 불쑥 나타나서는 '뭐 만난 것부터가 오랜만이지만.'이라고 덧붙인다. 편의점 봉투가 태훈의 손에서 달랑거렸다. 지긋지긋하다, 정말.

"엄마도 여전하시더라. 10년 만인데도 금방 알아뵀어."

"……."

"너랑 자매 소리 들을 거 같아, 엄마."

"……."

"뭐 그렇다고 네가 늙었다는 건 아니고."

"……."

"아, 엄마가 해 주시는 반찬 먹고 싶다."

"그 엄마 소리 좀 제발 그만해!"

태훈의 입에서 나오는 '엄마'라는 말에 진절머리가 났다. 태훈이 놀리듯이 '엄마, 엄마.'를 몇 번이나 주절거렸다. 나이를 10년 동안 어디로 처먹은 거야. 이런 사람이 뭐가 좋았다고, 내가 미쳤지.

"엄마가 뭐라고 안 하셨어?"

"뭘."

"내가 너 보러 한국 왔다는 거."

날카로운 눈이 태훈에게 향했다. '그거 진짠데.'라고 말하는 태훈은 제법 진지해 보여서 더 끔찍했다. 차라리 농담이라고 말해 줬으면 싶었다.

뭐 하자는 인간이야. 누구는 헤어지고 나서도 친구처럼 지낸다지만, 나는 달랐다. 아니, 상식적으로 당연했다. 10년간 돌연 증발했다가 제멋대로 다시 나타난 사람과 아무 일 없단 듯 잘 지낼 사람은 없었다. 오히려 어느 신문의 사건·사고면에서 만날 법한 사이라면 모를까. 태훈과 나는 누가 생각해도 농 따먹을 정도로 편해질 수 없는 사이였다. 신경질적으로 그를 위아래로 노려보다가 태훈의 손에 들린 맥주에 시선이 꽂혔다.

"시간 있으면 얘기나 해."

"나야 좋지."

'그럼 네 집으로 갈까?' 하고 묻는 태훈의 팔을 잡아서, 놀이터로 이끌어 벤치에 앉았다. 태훈의 손에 들린 맥주를 빼 들었다. 타들어 가는 속만큼이나 목이 탔다. 태훈과의 깔끔한 관계 정리가 필요했다. 어쩌면 오늘이 제대로 헤어지는 날일지도 모른다.

가타부타 더 붙일 것도 없었다. 그냥 우린 이미 10년 전에 끝났고, 그것도 아주 일방적으로 끝났고, 이제는 서로 모른 척하면서 살면 될 일이었다. 어차피 우리가 만난 기간보다 헤어져 있던 시간이 몇 배는 더 길었다. 그러니 내 눈에 더 이상 띄지 말고, 혹시나 날 우연히 보더라도 그냥 지나가라고, 쉬지 않고 쏟아 냈다.

태훈의 귀에 반은 들어가고, 나머진 빠져나간 것 같았다. 그는 이따금씩 내 말에 피식거렸다. 남은 맥주를 털어 넣고 벤치에서 일어났다. 이게 우리의 마지막이어야만 했다.

"그럼 갈게. 잘 지내."

쉬웠다. 속이 텅 빈 듯 후련했다. 여전히 멀뚱멀뚱 쳐다보는 태훈의 눈동자가 겨울밤 공기처럼 공허했다. 이대로 진짜 끝이었다.

"난 아직 할 말 남았으니까, 듣고 가."

놀이터를 빠져나가는 내 등 뒤로 그가 소리치듯 말하자 길고양이가 에옹, 하며 흩어졌다. 들을 가치도 없었다. 이제 와서 뭐. 무슨 할 말이 있다고.

"그때, 내가 말도 없이 사라졌던 거."

태훈의 말이 떠나는 발길을 족쇄처럼 잡아맸다. 여기서 말리면 안 되는데, 저 뒤의 말이 무엇일까 또 궁금해지는 것이었다. 태훈이 앉아서 들으라는 식으로 오라고 눈짓했다.

참으로 궁색한 족쇄였다. 하마터면 홀린 듯이 다가가 앉을 뻔했다. 그래, 뭐 때문이었는지 들어나 보자고. 왜 그런 식으로 사라져야만 했던 건지. 화내고, 때리고. 내가 얼마나 힘들었을 줄은 상상이나 해 봤냐고. 다른 사람과는 하던 연락을 왜 나한테는 못 했냐고. 하나부터 열까지 다 따져 묻고도 싶었다.

근데 그 이유를 지금 와서 들어서 뭐 어쩔 건데. 달라질 것도 없었다. 어떤 이유를 갖다 대도 납득 가능한 이유가 될 수 없었다. 태훈에게 달려들고 싶은 발걸음을, 간신히 냉철한 이성으로 붙들었다.

"이제 그딴 거 안 궁금해."

"궁금하잖아."

"안다고 달라질 거 없어. 그리고 나 만나는 사람 있어."

그때 그 사람이냐는 소슬한 소리가 바람에 날렸다.

"알 거 없잖아."

"너 그 사람 너무 믿지 마라."

지랄하네, 진짜.

그게 무슨 말이냐는 듯 태훈을 쏘아봤다. 남자들 다 똑같다고, 네가 나중에 상처받을까 그런다며, 같잖은 소리를 내뱉었다. 자신은 남은 맥주 더 깔 테니 들어가라며, 지랄도 가지가지로 떨어 대는 태훈을 뒤로 하고 집으로 향했다.

무슨 말인지 따져 물을 걸 그랬다. 10년 전에 떠났던 이유보다도 준혁을 믿지 말란 말이 무엇인지 더 궁금해졌다. 지가 준혁 씨에 대해 알면 뭘 얼마나 안다고 그래. 뒷조사라도 했냐? 그저 남자들 특유의 같잖은 충고려니 생각하면서도 어딘지 찝찝해지는 기분에, 그래……. 그의 집에서 본 내 사진이 여전히 마음에 걸려서, 온갖 드라마 같은 상상들에 잠식되었다.

손톱을 질근질근 물면서 오피스텔에 다다랐을 때쯤, '빵!' 하고 울리는 클랙슨 소리에 겨우 정신이 또렷해졌다.

"……준혁 씨?"

준혁이 운전석에서 내려 차에 타라며 눈짓했다. 혹시 홍태훈이랑 있던 걸 보기라도 한 걸까, 길에 그대로 얼어붙었다가 준혁의 손에 이끌려 구겨지듯 조수석에 들어갔다. 조수석 차 문을 닫은 준혁이 서너 걸음 만에 운전석으로 들어오더니, 문을 닫자마자 말을 쏟아 냈다.

"왜 전화를 안 받아? 집에 가면 간다고 말을 해야 할 거 아냐."

아, 전화! 그러고 보니 엄마의 갑작스러운 연락에, 준혁 씨한테 뭐라고 연락도 못 남기고 나왔다.

"엄마가 갑자기 올라오셔서 정신이 없었어요. 그래서 지금 나 걱정돼서 온 거예요?"

"그걸 지금 말이라고 해? 내가 전화를 몇 번이나 한 줄 알아요? 우리 집에도 없고, 유진 씨 집에도 없고."

여전히 씩씩대며 말하는 준혁이 좀 귀엽게 느껴졌다. 이렇게 날 신경 써 주는 사람이 우리 엄마 말고 또 있었네. 화내는 사람 앞에 선 좀 미안한 말이었지만, 준혁이 화낼 때마다 비눗방울 터지듯 잇 새로 웃음이 터졌다.

"웃지 마, 그렇게. 난 진짜 무슨 일이라도 생긴 줄 알고……."

5살 아이처럼 잔뜩 심통 난 준혁의 화난 볼이 귀여워, 급기야는 그대로 달려들어 볼에 쪽 하고 입을 맞췄다. 준혁이 어이없단 듯 쳐다보자, 이번엔 토라진 입술에 한 번 더 쪽 하고 입을 맞췄다 떨 어졌다.

아, 귀여우면 지는 거랬는데. 끝이랬는데…….

"이런다고 쉽게 안 풀려요. 전화는 도대체 왜 안 받은 건데?"

손에 아무 것도 없다는 듯 빈손을 들어 보이자, 준혁이 그제야 안도의 한숨을 뱉어 냈다.

"그 옷은 뭐예요."

준혁의 시선이 내가 입고 있는 옷에 머물렀다.

"아, 이거?"

"내 옷 같은데?"

"어제 웬 발정 난 고양이가 블라우스를 찢었거든요."

눈을 가늘게 뜨며 '발정 난'이라는 말을 강조하듯 음절마다 손 가락으로 톡톡톡, 준혁의 어깨를 건드렸다. 발정 났다는 말엔 공감 할 텐데, 오히려 고양이라는 말에 자존심이 상한 것처럼 눈을 배로 키우더니 앙칼지게 달려들었다. 그런 준혁의 손을 잡으며 눈을 맞 췄다.

"이제 안 그럴게요. 연락도 꼭 하고."

"약속."

준혁의 눈이 제법 진지하게 견고했다.

"응. 약속."

강강하던 준혁의 얼굴이 반쯤은 사르르 풀리더니, 자신의 볼을 들이밀어 손가락으로 톡톡거리며 '도장.' 하고 내뱉는다.

도장. 쪽.

"복사도 해야지."

준혁의 말에 두 손으로 그의 얼굴을 감싸고 다른 볼에도 입을 맞췄다. 그 뒤로 수십 번의 복사가 서로의 얼굴에 내려앉았다.

그래. 준혁은 분명 나를 촉매 삼아 빠르게 끓고 있었고, 나를 보고 뜨거운 김을 내뿜고 있었다. 뭐가 어떻든, 적어도 지금은 그 사실 하나로 충분했다.

엄마가 태훈을 좋아하기 시작한 이유에 그때 고깃집 사건도 있긴 했지만, 태훈이 자기 하고 싶은 대로 행동하는 사람이어서이기도 했다. 그러니까 엄마 말을 빌리자면 집안에 여자만 있다고 얕보고 무시하는 사람들에게 내세우기 좋은 창이자 방패 같은 남자였다.

아빠는 항해사였고, 집을 오래 비우는 경우가 많았다. 아빠가 집에 올 때마다 두 손 가득 들고 오는 선물들이 좋아서 아빠에게 언제 배 타러 가냐고, 또 배 타러 가라던 철없던 아이는 머리가 커 갈수록 집안에서 아빠의, 남자의 빈자리를 몸소 느꼈다. 집 수도관에 문제가 생겼을 때, 새 냉장고로 바꿨을 때, 윗집 아저씨가 술 먹고 내려왔을 때, 택배 사고가 있었을 때……. 그럴 때. 그렇게나 소소할 때.

태훈은 그런 우리 집에 갑자기 나타난 남자였다. 그것도 참지 않는 남자. 체격 좋은 든든한 남자. 태훈은 제 성질을 못 이겨 내서 버럭 댄 거겠지만, 태훈 앞에서는 관리소 직원이, 윗집 아저씨가, 택배 아저씨가 순한 양처럼 얌전해졌고, 나는 그게 참 같잖게 웃겼다.

하상준 과장도 딱 그런 윗집 아저씨 같은 부류였다. 전형적인 강약약강. 강한 사람 앞에선 약하고, 약한 사람 앞에선 강했다.

"아니, 그건 아시아드 측에서 이미 안 된다고 못 박았고…… 요. 우리도 시립이랑 맞춘 대관 앞뒤 날짜 빼는 것도 힘들고…… 요."

목요일 그 사건 이후로 혹시나 월요일 회의 때 싸움이라도 나는 거 아닐까 혼자 맘 졸이며 걱정했던 게 무색하게도, 하상준은 회의 내내 쥐 죽은 듯 준혁의 말에 얌전히 '네, 네.' 거리기만 했다. 내 앞에서는 그렇게 자존심을 세우다가도, 준혁을 보면 꼬리 내리는 모양새가 퍽이나 웃겼다.

"그럼 저희 쪽에서도 최대한 수정안으로 추진은 해 보겠습니다. 무용 감독님 의견도 중요하니까요."

"민 팀장님께서 연출 감독님도 한번 만나 보시는 게……."

"네. 제가 감독님 두 분께 따로 연락드리겠습니다."

"그럼 뭐 저희야 감사……."

"차 대리님은 현수막 시안들 다시 확인 부탁드릴게요. 저희 쪽에서 뭔가 착오가 많았네요. 죄송합니다."

"네. 제가 다시 검토해서 보도 자료랑 같이 연락드리겠습니다."

분명히 하상준 의견대로 흘러가고 있었지만, 희한하게 준혁이 이기고 있는 듯한 분위기였다.

준혁의 사과에 자존심을 약간 회복한 듯한 하상준이 우쭐거리며 회의를 서둘러 끝내고 나가려고 하자, 서류를 정리하던 준혁이 하상준을 불러 세운다.

"그런데, 하 과장님."

"예?"

하상준이 눈을 끔뻑거리며 침을 꼴딱 삼켰다.

"하실 말씀 없으십니까?"

"저요? 제가 뭘요?"

나에게로 내려앉은 준혁의 시선을 같이 따라온 하상준이 내 얼굴을 보고 '뭘?' 하고 무음으로 물었다.

"하 과장님도 사과하셔야죠. 목요일 일 말입니다."

준혁을 제외한 네 개의 눈이 준혁에게 쏠렸다. 긴장감에 입이 탔다. 준혁과 나를 번갈아 보던 하상준이 끝내는 준혁의 눈치를 보면서 우물쭈물 그날은 미안했다고 사과했을 때, 나는 어쩐지 통쾌함보다는 약간의 절망감을 느꼈을지도 모르겠다.

"아이스 아메리카노 하나, 따뜻한 라테 하나 테이크아웃이요."

손님을 배웅한다는 명목으로 준혁과 회사 근처 카페에 같이 들어가서 계산하는 그의 등 뒤를 가만히 쳐다봤다. 왠지 모를 이 패배감은 무얼까.

"그럴 필요까진 없었어요."

진동 벨을 들고 텀블러 전시대 쪽으로 다가오는 준혁에게 토라진 목소리가 불쑥 나갔다. 준혁이 무슨 말이냐는 얼굴로 옆에 선다.

"하 과장. 내가 해결할 문제였어. 언제라도."

"내가 실수한 것 같지는 않은데?"

"그건 아닌데. 저러고 뒤에서 뭐라고 딴소리할지 모르는 인간이니까요."

내가 머리를 쓸어 넘기자 준혁이 남은 머리칼을 정리해 주는 게 이제는 꽤나 자연스럽다.

"뭔 짓 하면 그만두면 되지."

"그게 말처럼 쉽나, 그만두면 난 어디로 가요?"

"나."

그늘진 얼굴이 금세 경악하는 표정으로 바뀌었지만, 그 대답이 딱히 싫지는 않아서 하하, 웃었다.

"우리 회사로 와도 되고. 얼굴 복지 좋은 회사라던데."

내 눈이 댕그랗게 변했다. 그 소리는 또 언제 들었대?

"다 들리게 말하던데, 뭘."

준혁이 웃으면서 마침 빨간 빛을 내뿜으며 울려 대는 진동 벨을 들고 픽업대로 향한다. 아, 잘생긴 남자의 삶이란. 나는 진짜 다음에 태어나면 잘생긴 남자로 태어나야지. 준혁의 저 자신감 넘치는 모습에 실없는 웃음이 터졌다.

"뭐, 진짜?"

준혁을 보낸 뒤, 잠깐 휴게 라운지로 부른 유 대리에게 준혁과의 연애를 알렸다.

"웬일이야 웬일! 언제 그렇게 됐냐, 둘이."

"그냥 그렇게 됐어."

아이스 아메리카노의 얼음들이 유 대리의 손에서 유 대리만큼이나 오두방정을 떨며 요란한 소리를 냈다.

"어쨌든 고마워. 오늘 커피는 준혁 씨가 산 거고, 다음에 밥 한 번 살게."

"준혁 씨이이……?"

끝을 모르고 올라간 입꼬리가 곧 귀에 걸릴 듯하던 유 대리는 치솟은 광대를 제어하려 한 손으로 광대를 눌렀다. 남의 연애 소식이 저리도 좋을 일일까.

"밥은 무슨. 차 대리야, 나는 뷔페든 갈비탕이든 가리지 않는다? 얼른 결혼부터 해."

밥 한번 사겠다는 한마디가 결혼으로 돌아오다니. 지독한 결혼 전도사의 시선을 외면하면서 남은 커피를 홀짝였다.

"결혼은 무슨. 이제 막 만났는데."

"에이, 차 대리야. 확 불붙었을 때 그때, 딱 뭣 모를 때 해야 더 잘 사는 법이다?"

본인 얘기를 하는 건가 싶어서 피식거리며 괜히 손에 들린 컵을 빙글빙글 돌렸다.

"뭐, 민 팀장님은 오래 좋아한 것 같더라만. 왜 그때 4년 전에도 내가 이상하다고 생각하긴 했어. 우리 그때 회식했을 때 생각나지? 아, 차 대리는 모를 수도 있어. 그 기억은 안 꺼내는 게 좋아. 아무튼 그때 나는 딱 느꼈다니까?"

"회식?"

"이번에도 그래. 에스제이에서 연락 왔을 때, 난 또 누군가 했지. 근데 민 팀장이 차 대리 네 얘기부터 묻는데, 나는 나 몰래 그동안 둘이 뭐라도 있는 줄 알았잖아. 4년 동안이나 사귀면서 속인 건가 했지. 하마터면 우리 우정에 금 갈 뻔했어!"

"그게 무슨……?"

"어쨌든 서로 이제 좋은 사람 만났으니까, 둘이 잘 만나다가 어서 결혼해. 아, 차 대리 결혼 생각 없었나? 그래도 다시 생각해 봐. 결혼하면 좋은 점도 많아. 내가 다 눈물이 나려 그런다, 차 대리야. 차 대리가 결혼이라니."

"아니, 그게 뭔……."

"엇, 박 부장님!"

유 대리가 브레이크 없이 자기 할 말만 늘어놓으니, 그 속도를 따라잡는 데 시간이 꽤나 필요했다. 무슨 말이냐고 물어보려는 것도 잠시, 먼발치서 둘을 쳐다보며 쯧쯧대는 박 부장이 보이자 유 대리가 눈치를 보더니 먼저 일어나 달려갔다. 도대체 유 대리가 무슨 소리를 하고 간 건지 도통 정리가 되질 않았다.

"4년 전 회식?"

유 대리와 했던…… 아니, 일방적으로 유 대리가 떠들었던 얘기를 되뇌다가 결국은 생각이 입 밖으로 나왔다. 그러자 옆자리 김 대리가 자기 부른 거냐며 의자를 길게 빼서 다가왔다.

아니, 꼭 그런 건 아니었지만…….

"김 대리. 우리 왜 4년 전에 재일 쪽이랑 작업한 적 있잖아."

김 대리가 도움을 줄 수는 있지. 김 대리가 누구던가. 눈치는 없지만 사소한 거 하나하나는 다 기억하는 사람이었다. 그래서 눈치가 없는 사람.

"재일이 어디더라. 아, 그 유 대리 그거? 민 팀장이랑?"

"응, 그때도 우리가 회식을 했었던가?"

"글쎄, 재일 쪽에서 워낙 그런 거 싫어했던 거 같은데. 일이 잘 풀렸던 것도 아니고."

아무리 생각해도 도통 떠오르지 않는 기억이었다. 4년 전에 내가 회식 자리에서 민준혁을 본 적이 있었던가.

"아, 그때 말하는 건가? 차 대리 또 깽판 친 날."

'내가?'라고 말하는 눈빛이 흔들렸다. 내가 깽판을? 술자리에서? 민준혁 앞에서? 그럴 리가 없다고 애써 웃는 입매가 경련으로 떨렸다.

"그때 차 대리 참 볼만했지."

김 대리가 팔짱을 끼더니, 그때 일을 회상이라도 하는 것처럼 눈을 감고 고개를 좌우로 절레절레 흔들었다. 나는 그런 김 대리의 의자를 잡고 양옆으로 흔들었다.

"왜? 내가 뭘 했는데……?"

나는 절대로 주사는 없는 편이지만 회식 자리만 가면 가끔, 아주 가끔 그렇게 연례행사로 돌아 버릴 때가 있었다. 아니, 기억은 안 나지만 그렇다고들 한다. 송 차장, 하 과장이 옆에 있을 때라거나 비슷한 종류의 인간들로 둘러싸였을 때, 뭐 그럴 때. 주위가 암전일 때.

"나는 말 못 해. 이거 우리끼리 절대 말 안 하기로 했어. 무덤까지 갖고 가야 해. 알면 또 퇴사하니, 어쩌니 그럴 거잖아."

이 입 싼 인간이 쓸데없는 지조를 지키고 있어.

"차 대리, 아무튼 술 끊던가 적당히 마셔. 차 대리 때문에 우리끼리 술도 잘 안 하는 거야."

김 대리가 새침하고 가는 눈빛으로 내 얼굴을 찬찬히 훑었다. 이건 또 무슨 소리란 말인가. 내가 대체 그날 무슨 짓을 한 건데.

"그날 유 대리랑 또 누구 있었지? 여하튼 우리끼리 소수 정예로 모였던 게 다행이었지. 만약 하상준이라도 있었어 봐. 회사에 또 소문 다 나고 윗분들 귀에 들어가고. 어휴, 차 대리 인생 끝났지 뭐."

'나는 그 꼴 못 본다.' 하면서 고개를 흔드는 김 대리가 섬뜩하게 만 느껴졌다. 4년 전 술자리라니. 내가 도대체 무슨 실수를 한 거 야.

하여튼 술이 원수였다. 기억조차 나지 않는 4년 전에도, 신입 때 했던 그 회식도, 그리고 20살 그때도.

농구 동아리는 매주 금요일마다 연습 경기가 있었다. 경기라기엔 우리끼리 팀을 나누어 하던 게 전부였지만. 특출난 실력은 없어도 농 구에 대한 열정만은 가득한 사람들이 한바탕 저품질의 게임을 하고 나면, 뒤풀이 모임을 늦게까지 가졌다.

대학 가서 배운 술은 참 쓰디썼지만 홍태훈과 함께하는 자리는 대 체로 즐거웠다. 동아리 밖에서는 도서관을 다닌다는 이유로 그와 붙 어 다녔지만, 동아리 안에서는 워낙 남자들 따로, 여자들 따로 놀던 분위기였던지라 붙어 다닐 기회는 없었다. 그랬기에 태훈을 짝사랑 중인 내 입장에선 그 뒤풀이 자리가 더없이 소중했다.

1학년 11월쯤, 교내 큰 경기는 다 치르고 하던 뒤풀이였을 것이다. 일 찌감치 토너먼트에서 떨어진 우리 동아리의 참패 요인을 분석하느라 주 위는 시끌벅적했고, 그 사이에서 홀짝거리던 소맥 몇 잔에 적당히 알딸 딸해진 상태였다.

"저는 그만 들어가 보겠습니다아."

밀린 과제도 있었고 곧 파하는 분위기라 꾸벅 인사하고 일어서는데, 테이블이 빙빙 돌았다. '차유진 쟤 취했다!'는 소리가 귀에 웅웅거렸다.

취했다는 말을 들으니, 그런 것 같기도 했다. 눈을 끔뻑끔뻑 감았다 뜨는 속도가 현저하게 느려졌다. 감았다 뜰 때마다 홍태훈으로 보이는 형체가 가까워졌다.

"내가 얘 데려다줄게."

"어, 호옹!"

홍태훈을 눈에 담았던 고개가 다시 천천히 아래로 떨어졌다. 짧게 한숨을 내쉰 홍태훈이 내 어깨를 감싸고 밖으로 나갔다.

나는 비틀거렸고, 그럴 때마다 취기를 빌려 홍태훈에게 안겨 걸었다.

"선배, 땅이 올라와서 인사해요."

"응, 인사해."

"선배, 나무가 구부러졌어요."

"응, 다시 펴면 돼."

"선배, 어지러워요. 선배, 선배, 선배."

어쩌면 '선배 좋아해요.'라는 말을 했을지도 모르겠다.

드문드문 찾은 그날의 기억 끝에서, 나는 어느새 홍태훈과 기숙사 근처 벤치였다.

"토할 거 같으면 등 두드려 줘?"

고개를 흔들자 뇌까지 흔들리는 듯했다. 뇌가 흔들리는 기분이 들자 심장이 간질간질해서, 할 수만 있다면 꺼내서 벅벅 긁고 싶었다.

"어서 들어가라. 날이 춥다."

"네에."

"대답만 하지 말고."

"네에……."

내가 염소 같은 대답을 하고 일어서며 돌아서 '감사합니다.' 하고 몸을 숙이자, 그대로 고꾸라질 뻔한 걸 홍태훈이 잡아당겼다. 단단한 허벅지 위에 앉으니 홍태훈의 얼굴이 지나치게 가까웠다.

아, 가까이에서 보면 홍태훈이 이렇게 생겼구나.

짙은 눈썹. 날렵한 눈매. 속쌍꺼풀이 있었구나. 속눈썹도 길고. 코도 예쁘고. 그리고 입술. 입술. 입술…….

'그만 일어나시지.'라고 달싹거리는 그의 입술에 그대로 돌진했다. 술김에 그런 건가, 아니다. 술기운을 빌린 비겁한 용기였다.

기억은 거기서 끊겼고, 다행인지 뭔지 홍태훈은 그날 밤에 대해서 더 이상 언급하지 않았다. 우린 아무렇지도 않은 사이로 돌아갔다. 아니, 그때만 해도 아무 사이가 아니었으니 돌아가고 말고 할 것도 없었다. 나는 많이 취했었고, 기억 안 난다고 치부하면 될 것이었다.

그래, 모든 건 다 술이 문제였다.

솔직히 말하자면 홍태훈이 증발했을 때 우린 권태기였고, 사라지기 며칠 전에도 크게 싸워서 아예 연락도 안 하고 있었다. 자존심에 먼저 연락은 안 했지만, 으레 그래 왔던 일이었기에 그러다가 또 풀리겠거니 생각했다.

연애 3년 차에 접어들자 싸우는 날은 더 많아졌고, 여느 커플이 그러하듯 보통 아주 사소한 것에서부터 싸움은 시작되었다. 어떤 날은 내가 세일가로 사 온 저지방 우유를 트집 잡는 것부터 시작됐는데, 이 기억은 지금까지 저지방 우유만 보면 치를 떨게 만들었다.

"차유진 너, 내가 저지방 우유 안 먹는다고 하지 않았냐?"

"오빠가 살 뺀다며."

"내가 언제? 그냥 쪘다고 했지."

"그게 뺀다는 말 아냐."

"왜? 너는 내가 빼길 바라는 거야?"

"아니? 난 지금 오빠 몸이 딱 좋은데?"

"딱 좋다는 건 전에는 싫었다는 거고?"

"말꼬리 잡지 마. 왜 그렇게 유치해? 나이도 많으면서?"

"너야말로 말 돌리지 마. 전에는 내 몸이 싫었냐고. 그리고 세 살 차이거든, 우리?"

이 싸움은 무려 3일을 가서 주위 사람들까지 질려 버리게 만들었고, 결국 내가 혼자 우유를 다 마셔 버린 뒤에야 겨우 끝이 났다. 그래, 솔직히 더럽게 맛없었다. 인정.

하루는 롯데 자이언츠 경기 직관을 갔다가 유니폼 마킹 문제로 싸웠고, 이것도 내 말대로 강민호 대신 손아섭으로 마킹하길 잘했지. 또 어떤 날은 라면에 수프 먼저 넣니, 면부터 넣니로 싸웠고, 휴대폰 기종 문제로 싸운 것도 예사요. 심지어는 자기 누나가 낳은 애가 누굴 더 닮았냐는 걸로 싸우기도 했다.

우리는 이런 사소한 것들이 쌓여서, 결국은 헤어지고 말 인연이었을지도 모른다고 생각했다. 태훈과 잘 맞는다고 생각했던 것들은 사실 내가 억지로 끼워 맞춰서 맞는다고 착각하던 것이었고, 우리는 정말로 완벽하게 안 맞았다.

홍태훈의 취향이라고 해서 시작한 것들은 어느새 내 취향이 되었고, 나만의 취미가 되었다. 가령 홍태훈이 좋아한다고 해서 듣기 시작한 브람스는 지금 일을 선택하는 데 영향을 줬을 정도로, 내게 클래식 음악에 대한 견문을 열어 주었다. 하지만 아이러니하게도 홍태훈 본인은 클래식에 취미가 도저히 생기지 않았고, 처음에는 같이 보러 다니던 공연들을 어느 순간 나 혼자 보러 다니기 시작했다.

클래식뿐만이 아니었다. 뮤지컬, 보드게임, 러닝, 자전거, 야구 등등…… 우리가 함께하던 것들에서 홍태훈은 언제나 먼저 지쳐 떨어졌고, 홍태훈은 그렇게 자기가 돌아갈 곳은 애초에 거기였다는 것처럼 매번 홀린 듯이 농구로 돌아갔다. 농구 동아리 출신이 이런 말하면 웃기지만, 나는 그 농구에는 끝까지 흥미가 생기지 않았다. 여전히 턴 오버가 헷갈릴 만큼.

그럼에도 3년이나 사귈 수 있었던 건 어떻게 보면 그래, 딱 하나. 섹스 할 때는 잘 맞았기 때문이다.

나는 물론이었고 의외로 홍태훈도 처음이었던, 그 여름날 밤. 모든 게 서툴렀던 그 밤에 하나만은 본능적으로 느낄 수 있었다. 꼭 그것 때문에 못 헤어졌다곤 볼 순 없지만, 어쨌거나 불행히도 우린 궁합이 더럽게 잘 맞았다.

"……으앗."

허벅지를 타고 올라가며 곳곳에 입을 맞추던 준혁이 다시 올라와서 귓불을 잘근 깨물었다.

"딴생각한 벌."

준혁이 혀로 귓바퀴를 살짝 쓸면서 핥더니, 다시 턱을 타고 와서 아랫입술을 진하게 물고 입술을 붙인 채 말했다. 한 손은 여전히 허벅지 여린 살을 간지럽히면서 그곳에 닿을 듯 말 듯 간을 보더니, 이내 갈라진 부분에 자리 잡고 엄지로 조금씩 원을 그렸다.

"딴생각, 안…… 했어."

준혁의 목에 팔을 두르며 눈을 맞췄다.

"거짓말."

이번엔 거짓말한 벌이라며 손가락이 하나 더 들어왔다. 차가운 손을 감싸듯이 아래가 강하게 조였고, 허리를 말며 짧게 들이마신 숨은 그대로 준혁의 입으로 빨려 들어갔다.

아래로 들어간 손가락이 여린 살을 긁어내듯 구부렸다가, 천천히 뺐다가 넣기를 반복했다. 긁어낼수록 시원함은커녕 오히려 더한 걸 갖고 싶은 갈증이 일었다. 어서 빨리 넣어 달라며 주인 보고 꼬리 치는 강아지처럼 아래가 전율했다.

손의 움직임이 빨라질수록 토해 내는 숨이 더 가빠졌다. 혀뿌리까지 깊게 들어왔던 준혁이 순식간에 빠져나가더니, 목선을 끈적하게 타고 가슴으로 내려가 유두를 입에 물었다.

애액으로 벌써 흠뻑 젖은 곳에서 금세 찰박거리는 소리가 났다. 준혁이 혀로 유두를 놀리자 소리는 더 커졌고, 그게 귀를 더 자극해서 발가락 끝까지 전기가 통하게 만들었다.

내가 이렇게 유연했던가. 허리를 반대로 접으면서 준혁의 목에 두른 손으로 그를 끌어 올려 반쯤은 풀린 준혁의 눈동자에 내 얼굴을 비추었다. 좁은 곳에서 겨우 빠져나온 그의 손가락이 이번엔 다리 사이를 쑥 훑고 올라와서 가슴을 미끄러지듯이 어루만지더니 힘을 줘 움켜잡았다.

"준혁 씨 생각했……."

찡그린 표정으로 미처 말을 끝낼 새도 없이 다시 입술을 삼키듯 혀가 얽어매어 왔다. 혀를 밀어내면 다시 밀려 들어오고, 돌려서 빠져나가려 하면 끝까지 쫓아왔다. 아래가 파닥거리는 기분이었다.

할 수 없다 생각하며, 준혁의 얼굴을 감싸던 한 손을 내려 그의 페니스를 찾았다. 마주했던 준혁의 얼굴이 드디어 떨어지고, 그의 몸이 잽싸게 밀고 들어왔다. 둔통으로 접힌 미간에 준혁이 짧게 입을 맞췄다.

그의 팔뚝을 잡은 손가락 끝에서 근육의 움직임이 전해졌다. 더 깊게 들어올수록 근육은 한층 더 팽팽해졌고, 팽팽한 것도 아래로 더 깊게 들어왔다. 아직 다 들어온 것 같지도 않은데 벌써 벅차서 준혁의 등을 할퀴듯 감싸고, 다리로 그의 골반을 옭아매듯 감았다. 여전히 위에서 아래로 내려다보는 그의 눈 속에 내가 담겨 있다.

"진짜, 읏! 준혁 씨…… 생각했어."

흔들리는 몸을 타고 내 말이, 내 진심이, 진실이 왜곡되게 들렸다. 준혁이 허리춤에 감긴 내 왼쪽 다리를 풀어 자신의 팔로 감싸 잡았다. 더 벌어진 몸이 마치 물 위를 대롱대롱 매달려 건너는 사람처럼 준혁을 놓지 않으려고 애타게 받아들였다.

내가 '진짜'라고 다시 입술을 떼자, 그의 손가락이 입 속으로 들어왔다. 갑자기 들어온 이방인에 당황한 혀가 도망치다가도 쫓아내려는 듯이 손가락을 밀어냈지만, 결국은 꼼짝없이 손가락을 빨고 있는 꼴이 되었다.

준혁이 잡았던 왼쪽 다리를 풀어서 발목을 잡아 입을 맞췄다. 그리고 그가 자신의 어깨 위로 내 다리를 올리자 이번엔 끝까지 밀어붙여 들어왔다. 들어올 때 숨이 헉 하고 막혔다가 다시 밭은 숨을 내쉬자, 입 속에서 놀던 손가락이 빠져나와 가슴을 움켜쥐었다. 감전이라도 된 것처럼 눈물이 찔끔 고였다.

준혁의 눈동자 저 깊은 곳 어딘가에도 다른 생각이 일렁이는 것 같았다. 여전히 헷갈렸다. 좋아한다고 말하고 내 말, 손짓 하나에 끓는 몸을 보면 진심인 건 분명한데, 그 시작점이 어디인지 모르는 것투성이였다. 같은 곳을 보고 있어도, 준혁은 내가 보는 것 그 이상, 아주 깊은 구석까지 면면을 살펴보는 느낌이었다.

"또 딴생각하지."

'아니.'라고 말하는 입술을 삼킬 듯이 달려들었다. 벌어진 입술 사이로 들어온 혀가 치열 하나하나를 살피고 살이 퍽퍽 부딪치는 소리의 주기가 빨라지자, 웅얼대는 소리는 마주한 입 안에서 교성으로 바뀌었다.

"진짜, 로……."

준혁은 내가 말할 때마다 입술을 부딪쳐 다음 말을 삼키게 했고, 무슨 오기였는지 나는 입술이 떨어질 때마다 내 말을 전하려고 했다. 그것마저도 반복된 움직임에 교란된 정신이 아득해지면서 머릿속에서 불꽃놀이 하듯 무언가가 팡팡 터지자, 어쩔 수 없이 야릇한 소리로 자동 전환되었다. 아니, 그것밖에 할 수가 없었다.

"아까 진짜 준혁 씨 생각했어."

"한 번 더 하고 싶단 말이지."

뒤에서 끌어안은 채 가슴을 주물럭대던 준혁의 손이 내 볼멘소리에 슬금슬금 허리를 지나 엉덩이를 쥐어 잡았다가 골 사이로 들어가려 했고, 나는 그 손등을 찰싹 쳤다.

"우리 처음엔 어떻게 만났나, 뭐 그런 생각했어."

"어쨌든 딴생각이네."

준혁이 내 목덜미에 고개를 묻으면서 본격적으로 입술을 붙였다 떼며 자리를 옮기자, 닿은 자리마다 아직 더운 숨이 남았다. 간지러움에 어깨를 움찔거리면서 그때 돈가스집은 뭐였냐고 물었다.

"내가 유 대리한테 다리 놔 달라 했지."

준혁이 가슴을 한 손으로 크게 움켜잡았다가 손가락 사이로 튕기듯 나오는 유두를 엄지랑 검지로 한 바퀴 굴리면서 귓불을 빨았다.

'왜?'라는 질문 같은 대답이 옅은 호흡과 함께 입술 사이로 새어 나왔다.

"다시 보고 싶어서?"

준혁의 손이 가슴을 지나 배꼽 밑으로 향하자, 배가 찌르르 울리며 살갗이 도독도독 올라온다.

"그…… 윗! 술자리 말이야, 4년 전에."

나는 기억도 안 나는 그날. 목덜미에 묻힌 준혁의 입술과 다리 사이로 들어간 손이 그대로 멈췄다.

"내가 그때, 준혁 씨한테 뭐 실수했어요?"

아, 실수는 지금이다. 이렇게 떠보는 게 아닌데.

"나한테는 아니었어."

입술을 말며 피식 웃던 준혁이 몸을 돌려서 나를 바로 눕혔다. 혼란스러운 눈에 준혁이 입을 맞춰 왔다. 역시 그날 뭔가 있었던 게 틀림없다. 이 사람이 기억하는 나는 대체 누굴까. 도대체 내가 어떤 진상을 부린 거지. 도대체 얼마나 추악한 아니, 추한…….

"하…….."

자연스럽게 다시 올라타서 가슴을 입에 물던 준혁이 본격적으로 혀를 놀렸다. 이미 도드라진 유두를 살짝 물었다가 까슬한 혀로 부드럽게 감싸 오자, 절정의 늪에서 해방된 지 얼마 되지 않은 몸이 벌써 달아올라서 아까의 절정을 다시 갈구하듯 움찔거렸다.

그러니까 그 술자리가 문제였다. 그때 내가 뭔가를 실수했고, 그걸 빌미로 준혁이 내게 연락을…….

"딴생각 금지."

준혁이 유두를 살짝 깨물 듯이 베어 물었던 가슴을 지나, 허리가 들려 드러난 갈비뼈 곳곳에 입을 맞췄다. 그리곤 점점 아래로 내려가서 엉덩이를 손으로 받치듯 쓸며 다리를 벌려 세우고, 그 사이에 얼굴을 묻었다. 부푼 곳을 혀로 건드리자 야살스러운 신음이 절로 터졌다.

"딴생각 아니래도오."

이번에도 벌인지 모를 준혁의 움직임이 아까보다 더 거세지는 듯 속살을 깊게 핥았다. 이내 그가 다시 혀로 희롱하며 둥글게 한 번 쓸고 혀끝으로 간지럽히자 허벅지 근육이 경직되는 듯 떨렸다. 무릎을 오므리며 준혁의 뒷머리를 손으로 부여잡자, 준혁이 손을 떼어 깍지를 껴서 허리 옆으로 뒀다.

"그 사진, 봤어……. 으응!"

준혁이 이번에도 별거 아니란 듯이 '무슨 사진?' 하고 덧붙였다. 깍지 낀 손에 힘이 들어갔다.

"그, 흐응, 책에 있던…… 내 사진. 옛날 사진."

아. 이번엔 별거다.

준혁이 움직임을 멈추고 얼굴을 들었다. 마주친 두 눈에 침묵이 흘렀다. 막상 준혁의 저 냉담한 표정을 보니, 내가 잘못한 것처럼 긴장이 돼 침이 꼴깍 넘어갔다. 도둑이 제 발 저리는 꼴이랄까. 금방이라도 타오를 것같이 화하던 아래가 썰렁해졌다.

"그게, 내가 일부러 보려고 한 건 아닌데."

사실 일부러 책을 꺼낸 건 맞다.

"그러니까, 그때 준혁 씨 집에서 하도 심심해서 방을 뒤지다가……."

뒤지다가? 아니, 뒤졌다고 하면 안 되는데.

"어, 그게 책에서 떨어질 줄은……."

"……."

"미안해요."

"미안."

내가 미안할 일은 분명 아니다. 하지만 여전히 싸늘한 그를 보니 사과하는 게 맞는 걸까. 급히 내뱉은 내 말이 준혁의 말과 겹쳐 울렸다.

"미안해요."

준혁이 겹쳤던 몸을 떼고 옆자리에 앉으며 다시 미안하다고 말하자, 나도 덩달아 상체를 일으켜 마주 앉았다.

"뭐가요?"

"허락 없이 사진 찍은 거."

"괜찮…… 근데 왜 그랬어요?"

괜찮지만 괜찮지 않았다. 작게 한숨을 내쉬면서 마른세수를 하는 준혁의 귀가 조금 붉어졌다.

"그냥. 예뻐서."

"예뻐서?"

단지 예뻐서? 이번엔 내 볼이 조금 더 빨갛게 달아올랐다. '예뻐서.'라고 다시 덧붙이는 준혁이 왠지 허탈한 웃음을 머금고 있는 것 같았다.

"그냥, 미팅 때는 벌레 씹은 표정이던 사람이 옥상에서는 웃길래. 그게 궁금하고 예뻐서."

벌레 씹은……? 가늘어진 눈이 준혁을 쏘아봤다.

"나도 모르게 한 장 찍었는데, 업무 자료 인화하다가 그 사진도 같이 뽑혔어."

"거짓말."

눈이 한 번 더 가늘어졌다.

"맞아. 일부러 같이 뽑았어."

준혁이 웃으면서 키스하려고 달려들었다. 준혁의 가슴팍을 찰싹대던 손가락 사이사이로 슬며시 깍지가 끼어져 왔다.

"웃을 때 얼마나 예쁜지 모르지?"

"웃을 때만?"

"이렇게 벗겨 놓으면 더 예쁘고."

준혁의 시선이 천천히 벗은 몸을 위아래로 훑으며 지나갔다.

미쳤어. 두 손으로 그의 몸을 밀어내자, 준혁이 땀에 젖은 머리칼을 그대로 찰랑거리며 쓰러지듯 천천히 누웠다. 제법 그럴듯하게 무서운 표정으로 준혁의 몸 옆으로 무릎 한쪽씩을 두고 위로 올라갔다.

"또 숨기는 거 있으면 지금 말해요."

잔잔하던 준혁의 짙은 눈동자가 옆으로 흔들리는 고갯짓에 같이 흔들렸다.

"없어."

가늘어진 눈으로 준혁을 훑었다. '진짜!'라고 말하면서 가슴을 감싸 오는 두 손이 마치 장난이라고 말하는 것 같았다.

"약속."

준혁이 약속이라고 내뱉으며 등을 안아 당겼다. 맞닿은 가슴에서 누구 것인지 모를 심장소리가 콩닥거렸다.

"어떻게, 도장은 밑으로 박아?"

남사스럽고 뻔뻔한 표현이 귓속으로 인위적인 바람과 함께 전해졌다. 소름 돋는 기분에 벌떡 몸을 세우자, 등허리에 있던 그의 손이 점점 엉덩이 부근으로 내려왔다.

"되게 뻔뻔한 거, 자기도 알죠?"

이제 내 몸을 구석구석 너무나 잘 알고 있는 준혁이다. 예민한 곳을 찾아 손을 스치자 몸이 움찔거리며 그대로 쓰러지듯 준혁의 몸 위로 겹쳐졌다.

"그러게, 누가 이렇게 야하게 있으랬나."

준혁이 다시 내 몸을 세워 봉긋하게 솟은 가슴을 베어 물었다가 돋아난 곳을 이로 살짝 깨물자, 잠든 세포 곳곳이 깨어나는 듯 등줄기가 찌릿해졌다.

"이건, 몰래 사진 찍은 벌."

가슴을 물던 준혁의 얼굴을 떼어 내 그의 입술을 장난치듯 살짝 깨물었다. 벌어진 입술 사이로 혀를 넣어서 안쪽을 깊게 훑었다가 아랫입술을 길게 늘어뜨린 후, 반들거리는 입술로 그의 몸에 자국을 내면서 내려갔다. 단단한 가슴팍을 혀로 쓸자 준혁이 간지러운지 낮은 웃음을 내뱉었다. 그가 얼마 못 가 참지 못하고 그대로 내 몸을 돌려 눕혔다. 준혁이 위에서 내려다보며 입을 진하게 맞췄다가 뗐다.

"이건, 예쁜 벌."

"완전 느끼해."

준혁의 입에서 나오는 예쁘단 말은 왜 이렇게 적응이 안 되게 낯간지러운 건지. 새삼스럽게 느껴지는 부끄러움에 두 손으로 얼굴을 가리자, 손가락 마디마다 그의 입술이 닿았다.

"사랑하면 원래 느끼해져."

준혁이 입 맞추며 지나간 자리마다 버터 두른 듯 반질해지는 몸이 점점 가볍게 떨려 왔다. 허벅지 근육이 다시 긴장되듯이 굳었다가 그의 손짓에 사르르 풀렸다. 음미하듯 느긋하게 하나하나 모든 감각을 열어 받아들이는 달콤한 형벌이었다.

5. 이상한 여자

그러니까 처음은 그냥 호기심이었다.

회의실 책상 끝에 대각선으로 마주하고 앉은 여자. 어쩐지 나른해 보이는 얇은 쌍꺼풀의 눈. 단정한 콧대. 졸고 있는 건가 했더니, 묻는 질문엔 새치름하게 살짝 올라간 눈으로 또박또박, 혹은 따박따박 대답을 잘한다. 그러다가 다시 또 사라지는 표정.

어깨선이 예쁘게 떨어진 셔츠 밑으로 툭 불거진 손목 뼈. 그 손목 아래 하얗고 긴 손가락으로 조금 긴 단발머리를 쓸어 넘기니, 가는 목선이 드러났다.

목에서부터 턱을 타고 따라간 시선 끝에, 여자 입꼬리의 한쪽이 살짝 들렸다. 뭐지, 저건? 비웃음? 누군가가 회의에 도움 안 되는 쓸모없는 얘기를 할 때마다 여자는 소리 없이 몰래 조소를 흘리고 있다.

입술을 달싹거리는 게, 뭐라고 하는 거 같기도 하고. 방금은 욕을 한 거 같은데. 바쁘게 달싹이는 입술에 비해 여전히 태연한 여자의 얼굴이 왠지 재밌었다. 저러다 누구한테 걸리면 어떡하나, 괜히 눈치도 보이는 와중에 마침 누군가가 여자를 불렀다.

"차 대리, 그때 잡은 언론 인터뷰는 어때?"

차 대리라는 여자는 이번에도 당황하지 않고, 예상한 질문이라는 듯 대답을 술술 늘어놓는다. 말이 끝나기 무섭게 내리깐 눈에서 코랄 빛 섀도의 은은한 반짝거림이 여자가 가진 분위기와 제법 잘 어우러졌다.

여자는 다시 표정을 숨기고 아니, 한쪽으로만 숨긴 채 이내 벌레 씹은 표정에 집중한다. 뭐야, 저 여자. 뻔뻔한 프로다.

전체 미팅 때 두어 번 본 여자, 차 대리는 그렇게 잠깐 머릿속에 발자국을 찍고 사라졌다.

2년 반 정도 사내 연애 하던 여자 친구가 돌연 이별을 고했다. 꽤나 진지하게 만나 오면서 적당한 때가 되면 결혼까지 하겠거니, 생각했기에 충격이 컸다. 이미 얼어붙은 여자 친구의 마음은 갖은 수를 써도 녹일 수 없었고, 다른 남자 있다는 말을 듣고 나서야 마음을 다잡았다. 아이러니하게도 아버지보다 엄마 생각이 났다.

엄마를 뵈러 집으로 가는 길에 신호 대기 중인 횡단보도에서 여자 친구, 아니 전 여자 친구와 같이 서 있던 남자를 봤다. 남자는 친한 선배이자 회사 대표, 윤재일이었다. 둘은 오래된 연인처럼 깔깔대며 끈적한 자세로 내 차 앞을 지나갔다. 지난 몇 달 간의 수상했던 것들이 모두 풀렸다. 속 깊은 곳에서 부아가 치밀어서 핸들을 내리쳤다. 이 쓰레기들.

뒤집어엎고 싶은 마음을 간신히 숨긴 채 대표에게 사직서를 제출했더니, 새 프로젝트는 제대로 끝내고 가라는, 책임감도 없냐는 조롱 섞인 질책이 떨어졌다. 앞에선 부들거리는 주먹을 숨기고 알겠다고 했지만, 뒤돌아서서 이 개새끼한테 어떻게 복수할지를 생각해 봤다. 아버지처럼 마냥 참고 살 순 없었다.

그래, 재일에서 하고 있는 이 프로젝트부터 멋들어지게 망쳐 주겠다. 재단에 있는 유 대리라는 인간이 사람이 좋아 보여 안쓰럽긴 했지만, 그건 내가 상관할 일이 아니었다. 내 신용과 커리어도 같이 무너진대도 이직할 곳은 많았다. 까짓것 잘 안 되면 이 정도 회사쯤은 내가 하나 차리면 그만이다. 그만한 자본은 이미 충분하다.

선배랍시고 다른 스카우트도 거절하고 '대표님, 대표님' 해 줬더니, 돌아오는 게 겨우 이런 치정 싸움이라니. 굳이 내가 손쓰지 않아도 언제라도 망할 회사였다. 공모 사업 비리 자료들은 차고 넘쳤다.

이쪽 일이라는 게 원래 관료적 색채가 짙은 일이다. 창의성을 표방하며 '예술, 예술'거리지만 알고 보면 고인물 중의 고인물인 보수적인 곳. 작은 협력사 하나가 사고 쳐 봤자 계란으로 바위 치기다. 어차피 손해는 재일만 입는다. 죄책감도 덜었다.

특별할 것도 없었다. 예산과 민원이 성패를 좌우하는 프로젝트. 관련 교수를 비롯한 관계자들, 기자들에게 여기저기 소스를 흘렸고, 지역 언론에서 미끼를 물었다. 한동안 시끄럽나 했더니 관할 구청장을 포함한 정치인, 지역 유지들과 얘기가 잘된 모양인지 장기 프로젝트의 내부 비리는 그대로 묻혔고, 재일만 그대로 망했다. 거의 손도 안 대고 코 푼 격인 완벽한 복수였다.

유 대리에겐 미안한 마음이 컸다. 이건 앞으로 어떻게든 갚을 일이 있을 거라고 생각했다. 망한 프로젝트도 갈무리는 필요했고, 아무래도 재단 사무실은 불편해서 유 대리를 기다리며 옥상 정원 벤치에 앉았다. 먼 구석에 낯익은 얼굴의 여자가 보였다.

단발머리에 벌레 씹은 표정의 여자. 차 대리라고 했던가.

친구와 통화 중인지 왔다 갔다, 설렁설렁 움직이자 살구색 와이드 슬랙스가 바람에 날려 긴 다리 라인을 드러나게 한다. 여자가 바람에 날린 머리를 또 쓸어 넘겨 목선을 보였다.

심각한 일이라도 있는 듯 인상을 썼다가 이내 또 웃는 소리가 들린다. 웃을 땐 저렇게 생겼구나. 눈꼬리가 휘어지게 웃는 것이 회의 때와는 전혀 다른 모습이었다. 그게 자꾸 슬쩍슬쩍 시선이 갔다.

몇 번의 노골적으로 힐끔거리는 시선을 거두라는 듯, 휴대폰 진동이 울리며 '수용'이라는 이름이 떴다.

"어, 수용아. 오늘 저녁 어떠냐."

"글쎄, 난 오늘 떡볶이 먹으려구."

휴대폰에서 들려야 할 수용의 대답 대신, 어느새 코앞까지 가까이 다가온 여자의 목소리가 먼저 들렸다.

-저녁 못 하겠고, 너 빨리 그 서류부터 보내야겠다.

'무슨 서류?' 하고 수용에게 묻는 내 목소리에 여자가 놀라더니, 방해해서 미안하다는 듯 묵례하고는 다시 발걸음을 옮겨 옥상 구석으로 멀어진다. 아마 내가 있는 줄 모르고 통화하면서 왔다 갔다 하다가 말이 겹친 모양이다. 여자는 다시 옥상을 또각또각 오가면서 웃고 있다.

-민준혁! 듣고 있어?

"어, 내가 지금 바로 찍어서 보낼게. 폰으로 대충 스캔해도 상관 없지?"

뭐가 됐든 빨리 보내라는 수용의 대답을 듣고, 종료 버튼을 눌렀다. 또각또각 느린 구두 소리를 내면서 여자는 걸음을 옮기고 있었다.

"아니, 전에 시킨 곳은 별로였어. 난 쌀떡파잖아, 밀떡은 별로."

떡볶이 얘기에 저렇게 웃을 일인가. 심각한 얘기인 줄 알았더니 별거 아닌 대화 내용에, 피식 웃음이 나왔다.

브리프 케이스에서 서류를 펼쳐 놓고 스캔 어플을 열어서 사진을 찍었다. 셔터 음 사이로 여자 목소리가 드문드문, 기분 좋게 들렸다가 흩어졌다.

해 방향 때문에 그늘이 져서 그림자가 들지 않게 서류를 정면으로 들고 휴대폰을 들자, 앵글 한쪽 구석에 여자가 잡혔다. 여자의 웃음소리가 다시 들렸다. 그때 무슨 충동에 휩싸였는지 여자의 웃는 모습을 찍고 싶다는 생각이 일었다.

미쳤다고 생각했을 땐 이미 여자의 사진을 찍은 후였다. 정신 차리고 삭제 버튼을 눌러 사진을 지우려는 순간 유 대리가 왔고, 혹시나 봤을까 봐 그대로 휴대폰을 덮었다.

유 대리와 남은 작업을 하고, 회포도 풀 겸 둘이서 간단히 1차를 하고 옮긴 맥줏집에 유 대리 쪽 회사 직원들 몇몇이 모여 있었다. 벌써 어느 정도 취한 거 같은 그 여자도 같이 있었다. 유 대리가 불편하지 않으면—사실 유 대리는 나랑 있는 게 불편해야 하는 게 맞을 거 같지만—합석이 가능하냐고 물었고, 유 대리에게는 만년 채무자일 것 같은 나는 흔쾌히 좋다고 그랬다.

술이 몇 잔 더 들어가고 몇몇은 담배 피우러 밖에, 누군가는 화장실에 갔다. 테이블엔 여자와 나, 둘만 남았다.

꽤 취한 듯 조용히 고개를 숙이고 있던 차 대리라는 여자가 같은 말을 되풀이하기 시작했다. 이미 한바탕 울기라도 했는지 번진 눈물 자국이 선명하다. 단발머리 밑으로 빨개진 목이 드러났다. 문득 저기에 얼굴을 묻고 싶다는 생각이 들었다. 저길 더듬고 입을 맞추면 저 도톰한 입술에선 어떤 소리가 나올까.

……하, 미쳤구나. 이런 생각이 드는 스스로가 소름 돋게 웃겼다. 술이 들어가서 이러는 걸까, 아니면 진짜 미친 걸까. 모르는 여자를 두고 이따위 더러운 생각을. 이건 다, 믿었던 이들에게 배신당한 충격이 빚어낸 애꿎은 발정이었다. 순간 어이없어 실소가 터지자 여자가 고개를 든다.

"왜 웃어요?"

"네?"

"그쪽도 내가 웃겨요?"

분명 취한 거 같은데 꽤나 정확한 발음이다. 여자가 눈을 찌푸리며 앞에 앉은 내가 누군지 기억하려는 모양이었다.

"재일에서 일하는…… 아니, 일하던 민준혁입니다."

여자가 그런 건 관심 없다는 듯 손을 절레절레 흔들더니 빤히 쳐다봤다.

"눈 많이 나빠요?"

여자가 인상을 잔뜩 찌푸리면서 내가 할 법한 질문을 했다.

"많이는 안 나쁩니다만."

"그럼, 그 안경 좀 벗어 봐요."

이 여자는 주사가 외모 지적질인가. 여자가 답은 필요 없다는 듯이 안경을 채 갔다. 불쾌한 것도 잠시, 훨씬 낫다면서 지그시 쳐다보는 여자의 갈색 눈동자에 잠깐 홀렸다. 여자가 손가락 두 개를 까딱까딱하면서 가까이 와 보라고 하자, 거기에 또 홀린 듯이 가까이 다가갔다.

"그 이마요."

"네?"

이마를 이렇게, 이렇게 까 보라며 얘기하더니 답답한지 여자가 몸을 숙이며 더 다가와서 직접 손으로 내 앞머리를 넘겨 줬다. 잘 모르는 사람한테도 원래 이러나? 이 여자의 거침없는 행동이 불안하다가도 어이없게 귀여웠다.

"훨씬, 낫네."

"훨씬 낫습니까."

여자가 끄덕거린다. 이미 술에 취해 눈꺼풀은 무거워 깜빡이는 속도가 느린데도, 눈동자는 반짝이는 게 희한하게 이질적이었다. 여자는 머리칼을 쓸어 넘겼던 손을 턱에 괴고, 이제는 노골적으로 얼굴을 훑듯이 나른하게 쳐다본다.

여자의 시선에 질세라, 나도 여자의 얼굴을 눈으로 훑었다. 작은 코 밑의 도톰한 입술이 더 빨개져서 말간 피부와 대비됐다. 뭐라고 말하는 듯 달싹이는 입술에 닿았던 시선을 다시 위로 올려 눈을 마주쳤다.

깜빡깜빡 눈을 몇 번 느리게 감았다 뜨던 여자의 입술이 내 입술에 그대로 닿았다. 이건 뭐 숫총각도 아닌데, 놀란 맘에 벌떡 일어나서 안경을 챙겨 밖으로 빠져나왔다. 뭐 저런 사람이 다 있을까. 밖에 있는 유 대리에게 먼저 가 보겠다며, 안에 차 대리님 많이 취하신 거 같다고 했더니, 다른 여자 직원이 얼굴이 하얗게 질려 들어갔다.

"쯧쯧, 차 대리 또 오랜만에 시작이네. 어째 시작부터 들이붓는다 했어."

유 대리 옆에 있던 김 대리라는 사람이 보이지도 않는 안쪽을 슬쩍 쳐다보면서 혀를 찼다. 유 대리는 내가 불편한 듯 애써 여자를 포장했다.

"원래 저렇게 막 주사 부리는 사람은 아닌데, 최근에 좀 안 좋은 일이 있다네요."

"그 남친이랑 헤어졌다지 않았어? 남친이 바람났댔나."

아, 바람. 애인이 바람나면 저렇게 취하는 게 정상인가. 묘한 동질감, 연민이 느껴졌다. 동병상련, 뭐 그런 건가.

"그건 아니고…… 김 대리, 뭐 암튼 그런 일이 있다네."

어쩌다가 지난번에 내 연애사까지 듣게 된 유 대리가 '바람'이라는 단어에 내 눈치를 보면서 말을 돌리자, 화풀이를 왜 우리한테 하고 난리냐며 김 대리가 툴툴거렸다.

"차 대리 신입 때 이후로 저러는 거 오랜만에 보긴 해. 그때도 울고불고 첫사랑 얘기하다가 뜬금없이 그, 누구더라? 농구 했다는 신입한테 사귀자고 했잖아. 어휴, 가관이었지."

왜 그때 얼마 못 버티고 퇴사한 신입 기억나지 않냐며, 김 대리가 고개를 절레절레 흔들었다.

"오늘은 그래도 우리랑 있으니, 다짜고짜 고백은 안 하겠지. 근데 차 대리 어차피 저러고 기억도 못 해. 비밀로 해 줘. 또 멘붕 와서는 그때처럼 퇴사한다고 난리칠까 그게 무섭다, 나는."

몇 년 전을 회상하던 김 대리가 소름 돋는다는 듯이 몸을 부르르 떨더니, '그렇지, 입 무거운 내가 참아야지.'라며 사뭇 비장하게 말했다.

"그래서 이번엔 또 김 대리한테 뭐라디."

"나? 이목구비 주차가 영 엉성하니까, 옷이라도 화려한 걸 입으라던가."

"주차가 엉성해?"

유 대리가 실실거리며 웃었다.

"왕초보 수준이라나. 그래도 작년에 송 차장한테 했던 말에 비하면 달콤하지. 가발 얘기했다고 삐쳐 가지고 아직도 차 대리 괴롭히는 거잖아, 송 차장이."

"송 차장님 은근히 뒤끝 있으시네."

"은근히는 무슨 대놓곤데. 차 대리만 몰라. 하여튼 근데 따지고 보면, 차 대리 말도 틀린 건 아니야. 그래서 짜증 난다니까? 얼굴 반반한 사람이 그러니까 그런가 보다, 또 집중해서 듣게 돼. 아까도 '아, 그럼 이제 꽃무늬 옷이라도 입어야 하나.' 하는 생각 들었잖아. 일리가 있으니 되게 묘하게 짜증 나. 송 차장도 그때 이후로 가발 슬쩍 바꿨잖아. 지독하게 맞는 말만 하는 여자야."

김 대리가 담배를 비벼 끄다가 멀뚱히 서 있는 내 쪽을 쳐다봤다.

"혹시 뭐……. 차 대리가 그쪽한테도 실수했다거나, 그런 건 아니죠?"

"그래도 차 대리는 남자 얼굴 봐 가면서 지적질하는 스타일인데."

유 대리가 덧붙였다.

여자의 입술이 닿았던 입술을 가만히 손으로 만져 봤다. 입술의 감촉이 생각나자 마치 사춘기 소년으로 돌아간 것처럼 발끝까지 찌릿했다.

"네, 실수는 안 하신 것 같네요."

지독한 탐미주의자에게 거슬렸던 건 고작 안경과 머리뿐이었나. 왠지 모를 자신감에 작은 웃음이 비죽 삐져나왔다.

6. 여름

어쨌든 지민의 결혼식에 남자 친구를 대동해서 홍태훈에게 짜릿한 복수를 하겠다는 계획은 반은 성공했고, 반은 실패했다. 결혼식 전에 홍태훈에게 준혁과 있는 모습을 보여 줬으니 반은 성공한 셈이고, 정작 그 결혼식에 갈 일이 없어졌으니 반은 자연적으로 실패한 셈이다.

지민이 결혼식을 일주일 정도 앞두고 파혼했다.

"그 개새끼가 알고 보니까, 그 첫사랑이라는 누나랑 3일 전까지도 연락을 주고받고 그랬더라고."

파혼 사유는 바람난 현장 적발. 호텔에서 여자랑 팔짱 끼고 나오는 걸, 마침 또 지민이 제 엄마랑 같이 봤다고. 어떻게 둘러댈 수도 없이 누가 봐도 거시기한 분위기를 풍겨서, 그 자리에서 완전히 결혼이 파투 났다고 했다.

체면 차리던 엄마가 그렇게 주위 눈치 안 보고 화내는 건 처음

봤다면서, 지민이 당시 상황을 굳이 직원들 1, 2, 3 반응까지 재연했다. 분노로 욕을 쏟아 내던 지민이 맥주 캔을 쾅하고 내려놓자, 거품이 눈물 대신 흘러넘쳤다.

"지민아."

"개새끼. 다 정리한다고 그랬으면서. 첫사랑? 웃기고 있어, 미친 것들이."

"지민아."

"나랑 신혼 가구 고르러 갔을 때도, 뒤로는 그년이랑 호텔 예약했더라?"

"지민아, 울고 싶으면 울어. 울어도 돼."

그제야 지민의 코가 빨갛게 변하더니 눈가까지 번졌다. 울음을 참는 듯 속에서 울컥한 걸 입술 아래를 들썩이며 미운 입을 만들자마자 눈에 눈물이 차올랐다.

"그 개새끼 부메랑 맞을 거야."

지민을 안고 등을 토닥이자 이제 대놓고 꺽꺽 우는 소리가 나더니, 어깨가 금세 축축하게 젖어 들었다. 집에서 보자고 한 게 다행이었다. 그래야 이렇게 사람들 시선 신경 안 쓰고 목 놓아 울 수도 있지. 토닥이는 손길이 지민의 눈물 버튼이라도 누른 것처럼 한참을 그렇게 껴안고 울어 댔다.

"이제 다 울었어?"

소파 밑에 기대어 잔울음을 삼키던 지민이 별안간 깔깔 마녀처럼 웃더니, 손을 뻗어 빈 캔들 사이로 새 맥주를 찾아냈다. 그래 미칠 때도 됐지. 나였어도 그러지.

"첫사랑은 개뿌울!"

"맞아, 개뿔이야."

"첫사랑 그런 거 다 자기 연민이야."

"맞아, 자기 연민이야."

"그런 거 다 콤플렉스야."

"응, 콤플렉스야."

"이 개새끼들."

지민이 다시 욕을 내뱉으며 맥주를 삼켰다.

"차유진 너도 그러는 거 아니야."

"갑자기 화살이 왜 여기로 튀어?"

파혼의 후유증을 그사이에 극복하기라도 한 걸까. 지민이 눈을 흘기면서 자세를 고쳐 잡는다.

"너 솔직히 말해. 홍태훈 아직 못 잊었지?"

"아, 무슨 소리야. 갑자기?"

지민이 자기 눈을 똑바로 쳐다보라면서 억지로 눈을 맞추더니, 고개를 절레절레 흔들면서 맥주를 들이켰다.

"난 도통 차유진 네가 이해가 안 된다. 10년이면 세월이 얼마야."

지민이 10년이면 자그마치 갤럭시가 몇 대나 바뀌었냐. 그 혁신의 아이콘이던 애플도 이제 시들해진 시대다. 귀에는 다들 콩나물 같은 거 달고 다닌다. 우리 자주 가던 그 파스타집은 치킨집이 되었다가 망하고, 도시락집이 되었다가 또 망하고, 결국 돈가스집이 되었다가 또 임대 종이가 붙었다. 10년 동안 어느 친구의 언니는 이혼을 한 번 하고 연하남이랑 재혼해서 애를 셋이나 낳았는데, 첫째가 벌써 초등학생이다, 하는 얘기까지 줄줄 늘어놓았다.

그렇구나, 타깃이 이제 나로구나. 오늘만큼은 실컷 물어뜯겨 줘야겠구나.

"그 이십 대 풋사랑 연애 몇 년이 대체 뭐라고, 아직까지 네 발목을 잡고 있냐 말이다, 차차. 응? 이 언니가 참으로 답답하다."

지민이 말도 틀린 게 아니었다. 그게 대체 뭐였다고, 이렇게 그 기억 속에서 헤맸던 걸까.

"싸우기는 또 얼마나 싸웠어, 너네. 나는 네가 선배랑 그렇게 오래 사귄 것도 신기할 지경이다."

"그 정도였던가."

이건 뭐 맥주가 쓴 건지, 기억이 쓴 건지.

"그래. 야, 내가 너였으면 홍태훈이고 뭐고 진작에 잊었어. 홍태훈이 뭐가 잘났냐? 잘생기길 했냐…… 잘생기긴 했지. 키가 크길 하냐…… 키는 크지, 몸도 좋고. 돈이 많길 했냐…… 돈이 많긴 했어, 그래. 뭐 성격도 서글서글해서 괜찮긴 했지. 둘 다 진짜 왜 그렇게 싸웠어?"

뭐야, 그게. 씁쓸한 웃음이 터졌다.

"참 다이내믹하고 엄청 떠들썩하게 사귀긴 했어, 너희. 너 왜, 홍태훈이 손잡고서 '1일'이라며 외치고 간 그날도, 다들 뒤집어졌잖아."

그날 그렇게 나가서 너희 뭐 했냐는 지민의 시선이 음흉해졌다.

아, 그날.

우리가 뭘 했더라. 손을 잡고 어디론가 뛰어갔던 것 같은데.

"암튼. 그 정도면 이제 그만 잊어도 돼. 막말로 죽은 사람도 너 정도로 붙들고 살진 않아."

"그렇지."

"요즘 세상에 첫사랑이 뭐가 대수야. 나는 첫사랑 얼굴 기억도 안 난다, 야."

그래, 그깟 첫사랑. 풋사랑. 그게 뭐라고.

모든 색채는 빛의 고통이라고 했던가.

홍태훈을 다시 만나고 나서야 깨달았다. 내 청춘에 홍태훈이라는 색깔을 입힌 거라고 생각했는데, 알고 보니 내가 스스로 물들었던 찬란한 색깔이었다. 그게 멍으로 파랗게 물든 것이든 뭐였든, 모든 건 빛나던 첫사랑의 열병으로 만들어 낸 푸른 청춘의 내 색깔이었음을.

어쩌면 내가 10년간 그리워했던 건, 홍태훈이라는 사람보다는 그 시절의 나였을지도 모른다. 그 사람과 함께했던 일상 속의 반짝이던 내 모습, 그 자체가 그리웠던 것뿐이다. 그 자리를 완벽히 다시 채울 수 있는 건, 오직 현재의 나뿐이었다. 내가 놓아줘야 할 건 홍태훈이 아니라 과거의 차유진이다. 그걸 바보같이 10년이나 지난 지금에서야 깨달았다.

"그러게. 막상 다시 보니까 내가 그동안 뭐 했나 싶더라."

어느새 맥주 한 캔을 다 비우고 새 캔을 따던 지민이의 눈이 똥그랗게 변했다.

"다시 봐? 누굴, 홍 선배를? 둘이 만났어?"

"같은 오피스텔로 이사 들어왔더라고."

"대박!"

지민이 다음 말을 기다린다는 듯이 눈을 깜빡거렸다. 눈가에 흐르지 않고 남은 눈물이, 지민의 눈을 유난히 생기 있어 보이게 만든다.

"그게 끝."

"끝?"

"응, 끝. 그냥 모르는 사이처럼 지내자고 했어."

지민의 입에서 다시 한번 '대박!'이라는 탄성이 터졌다. 어찌 보면 환호에 가까운 소리였다.

"그 또라이 새끼, 그때는 왜 잠수 탄 거라니?"

"몰라. 내가 그냥 안 듣고 싶댔어."

머리가 어지러워서 고개를 뒤로 기대자, 홍태훈과의 일들이 쏟아지듯 흘러내렸다.

"그래, 그럴 수도 있지."

고개를 끄덕거리던 지민이 소파 옆자리로 자리 잡았다.

"그래도 왜 그랬는지 안 궁금하디?"

"궁금했지. 근데 그거 들어 봤자, 이제 와서 무슨 소용인가 싶기도 하고."

"그건 그렇지."

지민이 고개를 크게 한번 끄덕이더니 손을 잡았다.

"야, 차유진. 완전 잘했어."

"나 잘한 거 맞지?"

"완전 잘했어. 내가 본 것 중에 제일 잘했어."

지민이 잡은 손 위로 다른 한 손을 겹쳐서 잡더니, 마치 국가 정상 회담 사진이라도 찍는 것처럼 흔들었다.

"너도 잘했어, 배지민. 난 그 새끼 첨부터 맘에 안 들었어."

지민과 같이 자축하며 신나게 맥주 캔을 부딪쳤다. 맥주가 유난히 시원하게 넘어갔다.

"그럼 이제 우리 실버타운 같이 들어가는 거다?"

지민의 난데없는 말에, 마주 보고 웃던 얼굴이 점차 굳으며 입꼬리가 떨려 왔다. 지민의 표정도 점점 굳었다. 조금 전까지만 해도 시원하게 넘어가던 맥주가 목구멍에서 뜨겁게 번졌다.

"야, 이…… 차유진 이 배신자! 너 진짜 연애해?"

왜 남자 친구 생긴 거 말 안 했냐는 지민에게 네가 결혼 준비 한다고 바쁘지 않았냐며, 그동안 있었던 준혁과의 이야기들을 다 풀어놓았다. 다시 한바탕 눈물 파티가 시작되었다가, 바람난 남친 욕파티가 시작되었다가……. 그렇게 한참을 울고 웃고 욕하고 났더니, 벌써 자정을 넘겼다.

[지민이 겨우 잠들었어.]

지민이 잠든 걸 확인하고 침대에 엎드려 준혁에게 메시지를 보냈다. 그러자마자 마치 기다리고 있었다는 듯이 숫자가 빠르게 없어지더니 바로 답장이 왔다.

[데리러 갈까?]

[아니. 여기서 같이 잘 거야.]

[나는?]

[준혁 씨, 뭐?]

[나는 누구랑 자.]

뭐래, 하면서도 웃음이 새어 나와 입이 저절로 씰룩거렸다.

[안녕히 주무세요.]

[우리 일주일이나 섹스 못 했어.]

'미쳤나 봐.' 하고 휴대폰을 던지듯 내려놓자 킥킥대던 소리에 깼는지 아니면 휴대폰에서 새어 나오던 불빛에 깼는지, 옆으로 비스듬히 누워서 턱을 괴고 쳐다보는 지민이 눈에 들어왔다.

"아, 깜짝이야! 잠든 거 아니었어?"

"좋냐? 좋아?"

잠긴 목소리로 말하던 지민이 이내 결심했다는 듯 끄응, 소리를 내며 몸을 일으켰다. 그리고는 아직 술인지, 잠인지 덜 깬 상태로 방을 나가서 내 가방을 챙겨 왔다.

"배신자, 차차. 그냥 가."

지민이 여전히 눈을 반쯤 감은 상태로 가방을 내밀었다.

"어딜 가. 안 가. 오늘 배지민 너랑 잘 거야."

"아, 됐네요. 이 사람아. 어서 가서 그 사람이랑 물고, 빨고 해."

어머. 얘가 못 하는 말이 없어.

"파혼한 친구 내버려 두고 남자 만나러 가는, 경우 없는 친구 만들지 마."

"됐고요, 내 아픔은 이제 내가 알아서 치료할게요. 이만하면 충분합니다, 친구여."

지민이 거실에 쌓인 맥주 캔 더미를 가리키더니, 그 팔을 그대로 벌리며 다가와서 날 껴안았다.

"왜 이래 갑자기?"

"우리 예쁜 차차. 네가 오랜만에 연애하면서 웃는 거 보니까, 이 언니가 다 행복하네."

괜히 울컥 올라오는 걸 숨기고 술 많이 취했다며 지민을 밀어 내자, 지민이 다시 한번 꽉 안았다. 그리곤 현관문으로 내 등을 떠밀더니, 어서 가서 물고 빨라며 손수 신발까지 신겨 주었다. 지민의 성화에 할 수 없이 집을 나섰지만, 어쩐지 흐뭇한 표정은 서로

닮아 있었다.

'나 오늘부터 차유진이랑 1일이다!'

그날 태훈의 손을 잡고 뛰는 내내 그 말이 귓속에서 웅웅 맴돌았다. 아무 말 없이 계속 손만 잡고 뛰다 보니 기숙사 근처였다. 태훈이 뛰던 걸음을 멈추고 앞으로 다가와 마주 봤다. 한참을 달려서 그런지 심장이 빠르게 콩콩거렸다.

태훈이 한쪽 손으로 머리 뒤를 감쌌고, 키가 커서 한참 올려다봐야 했던 그 얼굴이 점점 내려와 시선이 가까워졌다. 코끝이 방향을 비틀면서 닿았고, 입술이 닿으려는 순간.

"잠깐만요."

때 아닌 봄눈이 내리고 있었다. 서울에도 오늘 눈 소식이 있었던가. 진눈깨비로 도로가 마비되는 부산 사람에겐 언제 봐도 기분 좋은 눈이었다. 태훈을 살짝 밀어내고 목을 꺾어 눈 내리는 밤하늘을 올려다보다가, 잡고 있던 손을 놓아 눈꽃송이가 앉도록 손바닥을 내밀었다. 손에 닿자 체온에 그대로 사르르 녹아 버리는 눈꽃송이. 처음 눈 구경하는 애처럼 그게 그렇게 좋아서, 콩콩거리며 뛰었다.

올해도 그런 봄눈이 왔었나. 벌써 5월. 눈 내리듯 꽃잎을 날리던 벚꽃나무도 언제 벚꽃 같은 게 피었냐는 듯이 푸르른 잎으로 뒤덮인 밤이었다. 조금 쌀쌀한가 싶지만 그렇다고 춥지는 않은, 딱 적당한 새벽 공기.

봄은 스치듯 가 버렸고, 이제 여름을 맞을 준비를 해야겠다.

멀리서 준혁의 차가 다가오는 게 보였다. 나는 그의 차를 향해 여기 있다고 손을 흔들었다.

"많이 기다렸지?"

"음…… 조금?"

"추웠겠네."

"으음, 조금?"

"뭐야."

준혁이 웃으면서 안전벨트를 채우기 전에 가볍게 입을 맞췄다. 맥주 탓인지 맞대어진 입술 사이로 실없는 웃음만 삐져나왔다. 준혁의 볼을 손으로 감싸서 떨어지는 입술을 다시 물자, 멈칫하던 곳에서 말캉한 살이 입 속으로 들어왔다. 이번 여름은 왠지 뜨겁게 더워도 좋을 것 같았다.

"여기 우리 회사 근처예요!"

월요일 미팅이 오후 일찍 잡혀서 준혁과 둘이 점심을 먹고 나왔다. 탄수화물이 들어가고 심신의 안정을 찾아 너무 신난 나머지 자연스럽게 준혁의 손을 잡았다가, 소스라치게 놀라서 70년대 정극 연기하는 배우처럼 손을 뿌리쳤다. 내가 먼저 깍지까지 껴 놓고, 혼자 놀라는 꼴이 조금 웃기긴 했지만.

"난 상관없는데."

"난 회사 사람들이 아는 거 싫단 말이야."

회사 사람들은 대부분 구내식당에 있을 거고, 거리가 있는 곳이라 굳이 여기까지 오지는 않을 테지만 혹시나 아는 직원들을 만날까 봐 목을 좌우로 돌리며 두리번거렸다.

"유 대리한테는 말했잖아."

"그거야, 유 대리니까."

"유 대리랑은 뭐 특별한 게 있나 봐? 좀 질투 나는데."

그답지 않게 퉁명스러운 준혁을 쳐다봤다. 웃겨 정말, 자기가 유 대리한테 소개해 달랬다면서.

"그러는 준혁 씨야말로 유 대리한테 왜 그렇게 잘해 줘요?"

지난번에 유 대리와 셋이 밥 먹었을 때가 생각났다. 마치 아기 새 챙겨 주듯이 유 대리를 챙겨 주던 그 다정함. 깻잎 한 장, 한 장 젓가락으로 잡아 주는 그 섬세함. 그걸 지켜보는 나는 기함.

"음, 그건 일종의 부채감이랄까."

부채감……?

"준혁 씨, 혹시 돈 빌렸어요?"

하고 묻는 내 입에, 준혁이 검지손가락을 갖다 댄다.

"쉿, 회사 근처입니다. 차 대리님."

"진짜 돈 빌리고 그런 거 아니죠?"

자신의 손가락에 눌린 입술로 웅얼거리는 내 꼴이 우스웠는 지, 준혁이 터질 것 같은 웃음을 머금고 카페로 들어갔다. 입으로 막기 전에 조용히 하란 말도 덧붙이면서.

엄마한테 '보증은 함부로 서는 게 아니다.', '가족끼리도 돈 거래 는 절대 쉽게 하는 거 아니다.'라는 말을 귀에 딱지 앉게 듣고 자란 나는, 준혁에게 '남한테 돈 빌려줬으면 빌려줬지, 협력사 동료에게 돈 빌릴 정도로 돈이 없진 않다.'는 확답을 받고서야 회사 건물 엘 리베이터에 올랐다. 계속해서 종알거리는 걸 지켜만 보던 준혁이 회사임을 의식한 듯 직급을 붙여 가며 물었다.

"여기 엘리베이터 CCTV 진짜 돌아갑니까, 차 대리님?"

"저야 모르죠, 왜요?"

"키스하고 싶어서."

미쳤나 봐, 어이없어.

뻔뻔하게 미소 짓는 준혁을 쳐다보다가 회의실로 가는 층 번호를 한 번 더 눌러서 지우고, 맨 꼭대기 층 버튼을 눌렀다.

"어디로 가려고?"

"옥상. 거기 사람 없어."

하지만 아무도 없을 거라고 생각한 옥상에. 누군가의 그릇된 아이디어로 시작된 옥상 텃밭 가꾸기로, 똥 냄새가 난다며 아무도 찾지 않던 바로 그 옥상에. 유 대리, 김 대리가 사이좋게 앉아서 김밥을 먹고 있었다. 아, 이 눈치 없는 아저씨들이 왜 여기서 밀회야.

"김 대리, 유 대리 둘이 사귀는 거야 드디어? 오피스 허즈번드야?"

두 대리들이 내 옆의 준혁과 꾸벅거리며 같이 인사했다.

"차 대리, 사람이 햇빛도 좀 쬐어 가면서 적당량의 비타민 D를 흡수해야 한다고. 그러는 두 사람이야말로 정분이라도 났나 봐? 밥도 둘이 먹고?"

김 대리가 입 속에 마지막으로 남은 김밥을 욱여넣으며 말했다.

"무슨 말도 안 되는 소리야."

김 대리에게만큼은 사귄다는 걸 들키면 안 된다.

"하긴, 그러기엔 민 팀장이 좀 아깝다."

그렇다고 아까울 것까지 있냐고.

"김 대리님 말 이상하게 하시네. 내가 뭐 어때서?"

내 말엔 대답할 필요성을 느끼지 못했는지, 김 대리가 김밥 포장지를 둘둘 아무렇게나 감싸서 공 모양으로 만든 후 휴지통으로 던지면서—심지어 노 골—준혁에게 말을 돌렸다.

"민 팀장님은 어떤 스타일 좋아하세요? 좀 섹시한 스타일 좋아하실 거 같은데?"

"좋아하죠."

나도 모르게 준혁을 아래위로 흘겨봤다.

"그럼 차 대리는 아니지."

이건 또 무슨 소리래.

"왜, 내가 뭐, 왜? 내가 그쪽 장르도 마음만 먹으면 충분히 가능한데?"

김 대리에게 말려들면 안 되는데 나도 모르게 발끈했다. 내가 그렇게, 어? 만족스러운 볼륨감이 있다거나 그렇진 않지만…….

"차 대리는 뭐랄까 청순…… 은 아닌데, 그렇다고 섹시…… 쪽도 아닌데. 그래도 아름답고, 분위기 있고, 지적이고, 아주 예쁘지."

김 대리가 내 표정을 보더니, 생각 없이 내뱉은 말을 빠른 속도로 급하게 마무리한다.

"그게 칭찬이야, 욕이야?"

"세미 칭찬 정도가 아닐까."

"말조심해야 해, 김 대리. 남의 스타일을 그렇게 속단하고 그러면 안 돼요."

"차 대리 네가 할 말은 아니네요."

김 대리가 사돈 남 말 한다며, 긴 인중을 더 길게 늘여 댔다.

"차 대리님이면 저한테는 충분히 완벽하죠."

김 대리와 옥신각신하는 걸 지켜보던 준혁이 한마디 하자, 유 대리가 콧구멍을 벌렁거리며 웃음을 참는 게 보였다.

"뭐야, 그럼 둘이 잘해 보면 되겠네."

"안 그래도 어떻게 하면 더 차 대리님 마음에 들까 노력 중입니다."

얼굴색 하나 안 변하고 커피를 홀짝이는 준혁을 보는 내 얼굴이 금세 달아올랐다. 그걸 보는 유 대리의 광대는 이미 통제 불가한 상태였지만, 안타깝게도 김 대리의 눈치는 경로를 이탈하고도 한 바퀴 빙 돌아간 듯, 민준혁이 자기를 놀리려고 일부러 한 말이라고 생각했다.

"아이고, 민 팀장은 아무래도 글렀나 보다. 차 대리."

김 대리는 나중에 내려와서 넥타이나 좀 골라 달라는 말과 함께 유 대리와 자리를 떴다. 근데 저 인간은 왜 자꾸 나한테 뭘 골라 달라는지. 내가 자기 스타일리스트야, 뭐야.

옥상 문이 닫히는 소리가 들리자마자 가는 눈으로 준혁을 쳐다봤다.

"민 팀장님, 진짜 섹시한 스타일 좋아해요?"

"섹시한 거 싫어하는 남자도 있습니까?"

입술을 잘근 씹으며 눈동자를 급하게 데구루루 굴렸다. 이 패배감을 인정하면 내가 그쪽이랑은 거리가 멀다는 걸 스스로 증명하는 꼴이잖아.

"그래서 내가 차 대리님 좋아하는 거고."

"놀리지 마요."

"진짠데."

준혁의 손이 허리를 감싸 왔다. 흠칫 놀라서 허리에 둘러진 손을 잡으며 옥상 문 쪽을 살폈다.

"사람들 오면 어떡해."

"안 온다며."

그러니까 원래 사람들 없던 곳인데 왜 뜬금없이 유 대리, 김 대리가 있었냐고. 허리에 있던 준혁의 손이 점점 가슴으로 올라오자, 그 손을 부여잡고 급히 다른 곳으로 걸음을 뗐다.

옥상 구석으로 가서 '여기가 사각지대……'라고 말하기가 무섭게 준혁이 입술을 덮쳐 왔다. 여전히 불안해서 눈을 뜨고 다른 쪽을 쳐다보자, 집중하라는 듯 준혁이 손으로 턱을 잡아 돌렸다. 그 덕에 아래턱이 눌려 벌어진 입술 사이로 침범하듯 혀가 밀려 들어왔다.

쏟아지는 햇빛 때문에 자연스레 눈을 찡그렸더니, 준혁이 방향을 살짝 틀어서 자신의 근사한 덩치로 그늘을 만들었다. 그 깜찍한 배려가 고마워서 작게 웃자, 준혁이 입술을 반쯤 떼고 물었다.

"왜 웃어."

"좋아서."

누가 오든 말든 에라 모르겠다 싶어 준혁의 목에 팔을 두르자, 준혁이 입술을 가볍게 물었다가 놓았다.

"그렇게 웃지 마."

왜냐는 질문이 다시 파도처럼 밀려든 키스에 그대로 삼켜졌다. 혀끝을 세워 입천장을 긁었다가, 혀 아래를 문질렀다가, 달아나는 혀를 쫓았다가, 또 같이 포개어져서 마치 어제 밤을 복기라도 하는 듯 난잡하게 뒹굴었다. 그리고 준혁의 혀가 순식간에 빠져나간 뒤에야 겨우 숨을 내뱉었다.

서로 이마를 맞댄 채 단 숨을 몰아쉬었다. 코끝에서부터 잘게 입을 맞추던 준혁이 뒷머리를 받쳤던 손을 등 쪽으로 내려 몸을 밀착시켰다. 아래로 벌써 흥분한 준혁이 느껴져서 황급히 고개를 들어 눈을 맞췄다.

"왜, 왜…… 여기 왜 벌써 이래요?"

어제 하루 종일 하고, 오늘 아침까지도 해 놓고서는? 황망한 내 표정을 보고 준혁이 입술을 말면서 웃었다.

"차유진이 너무 섹시해서."

"미쳤나 봐."

"그렇게 웃지 말라니까."

'안 웃었다고……' 하는 대답도 다시 준혁의 입으로 삼켜졌다. 준혁이 내 엉덩이를 움켜쥐었다가 허벅지를 더 밀어 몸을 완전히 붙여 왔다. 벌건 대낮에, 회사 옥상에서, 이런, 이런 망측한 짓을 하다니. 키스만 좀 진하게 했을 뿐인데 아랫배가 벌써 찌르르하더니, 표면장력이 깨져 넘치는 물처럼 무언가 와르르 쏟아지는 듯했다.

유난히 쨍했던 햇빛 탓인지, 아니면 그걸 오롯이 막아 주는 넓은 등짝 탓인지, 키스만으로 절정에 오를 것 같았던 탓인지, 머리가 아득해지면서 무언가 터지고 하얗게 비어지는 순간이었다.

"차 대리!"

옥상 문이 열리고 김 대리의 목소리가 들렸다. 거기선 안 보이는 구석이었겠지만, 그 소리에 깜짝 놀라서 입을 떼고 준혁의 품에 숨는 것처럼 안겼다. 노루가 사냥꾼 피해서 숨은 심정이 이러지 않았을까. 콩닥거리는 소리가 100미터 밖까지 들릴 것만 같았다.

"뭐야, 벌써 갔어?"

김 대리의 발자국 소리가 몇 번 들리더니, 다시 옥상 문이 닫혔다.

하. 긴장이 풀려서 크게 뱉은 숨에 준혁의 목에 두른 팔이 그대로 스르르 떨어지자, 그가 팔을 잡아서 자신의 허리를 두르게 했다. 아, 진짜 다들 사내 연애는 어떻게 몰래 하는 거야……. 그 와중에도 살짝 올려다본 준혁의 얼굴이 오늘따라 더 잘생겨서 너무 뿌듯했고, 근육 잡힌 탄탄한 몸에 기대어 얼굴을 묻고 있자니 뿌리 깊은 안정감이 몰려들었다.

"나 5분만 이렇게 안아 주면 안 돼요?"

"왜 안 되겠어."

준혁이 그러라는 듯 자세를 더 편하게 고쳐 품에 안고는 머리에 입을 맞췄다. 햇살은 준혁의 등이 다 막아 줬을 텐데, 그 따뜻함이 그대로 흡수되어 눈 녹듯 이대로 녹아내릴 것만 같았다. 아이 달래듯이 두 팔로 껴안고 살짝살짝 흔드는 통에 나른해져서 눈을 감았다.

이 옥상, 햇빛, 바람.

아니, 잠깐만…….

"기억났어."

문득 떠오른 기억에 눈이 번쩍 떠졌다.

"뭐가?"

준혁이 몸을 떼고 고개를 내려 시선을 맞췄다.

"그때 그 옥상, 사진."

약점이라도 되는 걸까, 사진 얘기에 준혁의 귓등이 빨갛게 물들었다.

"여기 옥상에 사람들 귀찮다고 잘 안 올라온단 말이에요. 냄새도 나고. 그래서 남자 친구랑 통화할 때 옥상 와서 방해 안 받고 맘껏 통화할 수 있었는데, 그때 웬 이상한 남자가 앉아 있었어. 뭐…… 막 종이 찍고 그랬죠? 그거, 준혁 씨 맞지?"

어쩐지 그때 낯이 좀 익은 사람이긴 했다며 유레카를 외치듯 신나게 떠들었는데, 내 말을 듣던 준혁의 표정이 미묘하게 싸늘해졌다.

"아니야?"

"맞아. 근데 다시 말해 봐."

"옥상에 이상한 남…… 아니, 이상하진 않았어. 실수. 그냥 남자."

"아니."

"잘생긴 남자."

"아니, 그 앞에."

"옥상에서 냄새난다고?"

"그 뒤에."

"그 뒤에…… 뭐?"

"남자 친구 통화."

준혁이 한 글자, 한 글자 또박또박 말했다.

"아, 난 또 뭐라고."

뭐 이 나이에 그 정도로 질투야. 자기도 여자 많이 만나 봤을 거면서 새삼스럽게. 대수롭지 않게 웃어넘기자, 준혁이 더 황당한 표정으로 물었다.

"나랑은 통화 잘 안 하잖아?"

"그건……."

그건 사실이었다. 일단 그때보다 일이 많아져서 중간에 올라와서 통화할 시간도 없을 만큼 바빠지기도 했고, 또 몇 살 더 먹었다

고 귀찮게 옥상까지 올라오는 게 싫기도 했고. 그때 아주 잠깐 사
귀었다고 말하기에도 뭐한 마지막 구 남친은 얼굴보다 목소리가
더 잘생기기도 했다.

지금은 들킬까 봐 사무실 있는 층에서는 사적인 통화하는 게 신경
쓰였고, 집에 가서는 너무 피곤해서 씻고 자기 바빴고, 뭣보다 붙어 있
는 시간이 많은데 굳이 통화까지 길게 해야 할 필요성을 못 느꼈다.

"그건…… 내가 전화 울렁증이 있어요."

말도 안 되지.

"없던 게 갑자기 생깁니까, 차 대리님?"

"갑자기 거리 두지 마세요."

"안 두게 생겼습니까?"

"그러니까 준혁 씨가 너무 막, 막 그러니까 피곤하단 말이에요."

"내가 피곤합니까?"

"아니……. 그게 아니라 막, 막 그러니까. 막 달려드니까 너무 피
곤해서……."

그때 다시 옥상 문이 열리더니 김 대리, 유 대리 목소리가 연이
어 들렸다.

"아니, 좀 전까지 여기 있던 사람들이 어디로 사라진단 말이야."

"어디 볼일이 있겠지, 뭘 그렇게 찾고 난리야."

"차 대리한테 물어볼 말이 있어서 그러지, 내가."

둘의 발자국 소리가 점점 가까이 다가왔다. 아, 여기 있는 거 들키
면 안 되는데. 준혁을 쳐다보고 안절부절못하며 발을 동동 굴렀다.

"뭘 그걸 여기까지 와서……."

결국 구석까지 찾아온 유 대리와 눈이 마주쳤다. 여전히 준혁에

게 거의 안긴 채로 입을 앙다물면서 제발 모른 척해 달라는 사인을 보내자, 놀란 눈의 유 대리가 이내 평정심을 찾고 알겠다면서 고개를 끄덕였다. 그가 구시렁대며 가까이 다가오는 김 대리를 막아서더니, 결국 둘은 다시 내려갔다.

아, 정말 이 옥상 뜻밖의 핫플이네.

"하, 피곤해."

옥상 문이 닫히는 소리까지 숨죽인 채로 확인한 후, 몰려드는 피곤함에 한숨을 내쉬면서 머리를 준혁에게 기댔다.

"피곤해?"

"건들지 마요. 진짜 피곤하니까."

"이 정도로 피곤하면 밤엔 어떡하려고."

"그렇게, 다정하게 무서운 말 하지 말라고."

준혁이 그럼 사무실 가서 눈 좀 붙이라며 몸을 살며시 떼어 냈지만, 허리에 팔을 둘러 준혁에게 더 가까이 붙어 안겼다.

"그냥 이러고 있을래."

"그래, 그럼."

머리 위로 준혁의 콧바람이 불었다. 준혁의 가슴팍에 귀를 대자 심장 박동 소리가 ASMR처럼 느껴져 마음이 몽글몽글해지면서 다시 노곤해졌다. 바디 로션 향에 취해 구름 위에 둥둥 떠 있는 기분을 느낄 때쯤, 금도끼 은도끼 찾아 주는 신령님 같은 지민의 목소리가 환청처럼 들렸다.

'좋냐? 좋아?'

그래 좋네요, 너무 좋아.

"준혁 씨."

"내려갈까."

"아니."

바람이 살랑 불었다.

"좋아해요."

바람에 날린 머리카락을 정리해 주던 준혁의 손이 멈칫하더니, 안아 주던 팔에 힘이 더 들어갔다.

"나도 사랑해."

좋아하는 거랑 사랑하는 건, 무슨 차이일까. 이렇게 시간이 멈췄으면 좋겠다고 느꼈다면 그것은 사랑일까.

다시 옥상 문이 열리며 김 대리의 목소리가 들렸다.

"아, 간다고! 알았다고!"

옥상에서의 일이 생각난 이후, 잔상만 남아 있던 준혁과의 첫 만남도 어렴풋하게 떠올랐다. 지금 기억처럼 뭔가 흐린 날이었던 거 같기도 하고. 가물가물 떠오르는 그날.

굳이 나까지 들어갈 회의는 아니었는데, 어쩌다 보니 들어간 그 회의. 이 망할 업무 분장은 누가 한 거냐며 속으로 욕하면서 그렇게 회의실에 들어갔더랬다. 송 차장이 아침부터 굳이 또 내 책상 앞까지 와서 잔소리를 해 대는 바람에, 나는 그날 기분이 상당히 안 좋은 상태였다.

재일 쪽에서 키 큰 남자 한 명, 키 작은 남자 한 명, 여자 한 명 이렇게 세 명이 들어왔고, 나는 그들과 마주 보고 테이블 끝에 자리 잡았다.

회의 내내 집중이 안 됐다. 송 차장 생각에 가만히 있다가도 화가 났다. 대체 자전거로 출근한 게 뭐가 어때서? 언제는 친환경적이라며 보기 좋다고 하던 사람도 송 차장이었잖아. 이제 와서 왜 트집이야? 내 자전거에 자기가 보태 준 게 도대체 뭐가 있다고, 남이사! 왜 나만 보면 잔소리를 못 해서 안달이야. 가발도 이상하게 바꿔 가지고는.

안 그래도 그 자전거 때문에 남자 친구랑 전날 싸웠던지라, 더 짜증이 났다. 그래도 홍태훈은 내 자전거 가지고 트집 잡지는 않았는데. 같이 안 탄다고 해서 문제였지.

와, 차유진. 이 와중에 또 홍태훈 생각이라니. 어이가 없어 헛웃음이 나왔지만, 회의 중이라는 걸 자각하고 업무 노트에 내렸던 시선을 살짝 올렸다.

그때 대각선에 앉은 제일 쪽 키 큰 남자에게 잠깐 시선이 스쳤다. 답답한 머리에 철 지난 안경테. 안경 너머로 보이는 눈이 옆에 앉은 유 대리처럼 모난 눈은 아닌 거 같은데, 저 눈을 왜 저런 흉물로 감출까. 안타깝다고 생각한 순간, 남자와 다시 눈이 살짝 마주쳐 황급히 눈을 내리깔았다.

······뭐야, 웃어? 방금 저 사람 나보고 웃은 거 같은데?

뭐, 웃는 입매는 꽤 괜찮은 거 같긴 하네. 아니, 같은 게 아니라 예쁘네. 스타일이 문제였던 건가······. 머리를 좀 어떻게 하면 누구 닮았을 거 같은데, 누구지. 배구 선수? 그러고 보니까 옷에 가려서 그렇지 몸도 좋을 거 같은데.

남자를 계속 힐끔거리면서 업무 수첩에 의미 없는 낙서가 점점 번져 갈 때쯤, 박 부장이 날 불러서 어제 물어봤던 걸 또 질문한다.

아, 퇴근하고 싶다. 아니 그냥 퇴사하고 싶다. 이번 주에는 꼭 로또가 되어야 하는데.

……그때 퇴사를 했어야 했나. 내가 아직까지 여기에 붙어 있을 줄이야. 아니지, 그럼 준혁 씨를 다시 못 만났겠지. 참고 다니길 잘했어, 그래.

회사에서 살짝 떨어진 곳에서 대기 중이던 준혁의 차가 보이자 발걸음이 자동으로 빨라졌다.

우리는 통화를 길게 안 하는 대신, 매일매일 잠깐이라도 만나는 걸로 합의를 봤다. 출퇴근까지 자신의 차로 해 준다는 걸 극구 사양한 뒤, 겨우 요일별 운전하는 날을 정하는 걸로 타협했다. 피곤해서 짧게 끝내려던 전화였는데 어째 더 피곤해져 버렸지만, 그래도 이렇게 얼굴 보면 좋으니까.

"뭐가 그렇게 신났어."

"내 남자 친구가 오늘따라 너무 잘생겨 보이네?"

준혁의 차에 오르자 괜스레 함박웃음이 퍼졌다. 맞아, 이렇게 얼굴 보는 게 피로 회복제가 되긴 하잖아. 잘생긴 건 오래 봐야 좋으니까.

"유진 씨는 내 껍데기가 좋은 거지?"

"왜 이래요, 껍데기도! 좋아하는 거예요."

뭐, 이왕이면 포장지도 예쁜 게 좋은 거니까.

"근데 왜 준혁 씨 처음 봤을 때는 이렇게 훌륭한 껍데기를 못 알아봤을까? 음, 아냐, 아냐. 그때도 안경만 썼지, 눈은 예쁘다고 생각했어."

어련하실까. 준혁이 알 수 없는 웃음을 지었다.

"근데 지금은 왜 안경 안 써요?"

"글쎄, 누가 쓰지 말래서."

"누가?"

"어떤 여자가."

준혁이 눈을 더 접어 가며 웃었다. 가는 눈으로 그를 흘겨보다가 어떤 여잔지 참 고마운 분이라며 감사의 인사를 대신 건네자, 준혁이 또 실없는 웃음을 흘려 댄다.

"암튼, 그때 준혁 씨랑은 지금 분위기가 달라. 나도 그런가?"

"머리 긴 거 말곤 잘 모르겠는데."

"그러고 보니까 그때보다 머리 진짜 많이 길었어, 그쵸."

대학 다니는 내내 꾸준히 유지했던 단발은 비록 처음엔 홍태훈에게 잘 보이려고 자른 거긴 했지만, 생각보다 훨씬 잘 어울려서 조금만 길어도 바로 잘라 냈었다. 하지만 회사 일이 바빠지다 보니 때마다 미용실 가는 게 귀찮아졌고, 그러다 보니 어쩔 수 없이 짧았던 머리가 어깨에 닿고, 어깨에 닿은 머리가 쇄골을 지나 어느새 가슴을 덮었고, 그러다가 긴 머리가 또 맘에 들어서 유지하다 보니 언제 단발을 했나 싶은 상태까지 왔다.

"응, 그때 예뻤지."

"뭐야, 지금은요?"

"뭘 해도 예쁘죠."

변발을 해도 예쁠 거라는 준혁의 담담한 대답이 진심인 것 같아서, 오히려 당황한 내 눈이 가늘어졌다.

"가만 보면 준혁 씨가 내 껍데기만 좋아하는 거 같은데?"

"알맹이를 더 좋아해."

"구체적으로 뭐가 좋은지 세 개만 말해 봐요."

"대범함, 추진력, 뻔뻔함."

무슨 대답이 이렇게 준비한 것처럼 빨리 나와.

준혁이 자신 있다는 표정으로 됐냐면서 고개를 까딱거렸다. 대범함, 추진력이라니…… 자소서 쓰는 것 같잖아.

"뻔뻔함은 뭐야. 자기가 더 뻔뻔하면서."

"글쎄, 내가 자기 껍데기만 좋아할 거라고 생각하는 게 그 뻔뻔함 아닐까."

그러니까 단발머리를 하든, 긴 머리를 하든, 뭐든 하고 싶은 대로 맘껏 하라면서 준혁이 식당 쪽으로 핸들을 돌렸다.

"그렇게 애매모호하게 말하지 말고, 준혁 씨 취향이 있을 거 아니에요."

"그렇다고 내 취향대로 맞출 건 아니잖아요."

아주 정확한 판단이었다.

"그건 절대 아니지. 그래도 참고 정도는 할 수 있지 않을까요?"

"나는 차유진 씨가 취향입니다."

가만 보면 참 잘 빠져나간단 말이야. 능글맞은 대답처럼 준혁의 차가 주차장으로 미끄럽게 들어갔다.

"오늘은 한식 괜찮죠?"

이미 정갈하게 차려진 밑반찬에 전복 삼계탕까지 나왔건만, 또 이렇게 의미 없는 질문이다.

"난 오늘 딴 거 먹고 싶었는데."

난 또 실속 없는 반찬 투정이고.

"안 돼. 오늘은 이거 먹어야 해."

"왜?"

"기력 보충."

그냥 매일 전화 2시간씩 하자고 할 걸 그랬나 보다. '기력 보충'이라는 네 글자에 담긴 밤의 의미를 깨닫고, 모르는 척 태연하게 밑반찬들의 자리를 옮겼다.

"오늘은 이거 먹고, 주말엔 운동도 같이 해."

"운동까지요?"

이번엔 우는 소리가 절로 나왔다. 그러고 보니 운동다운 운동을 한지도 꽤 오래되었다. 한때는 정말 미친 듯이 운동을 했었는데…… 어느 순간 체력을 기르기 위해서 하는 운동이 아니라 운동할 체력을 기르려고 또 다른 운동을 하게 되고, 그것 때문에 체력이 고갈되는, 주객전도가 되어 버린 상황도 왔었다.

이것도 따지고 보면 다 홍태훈 때문에 시작한 운동이었는데…… 결국은 혼자 남았고, 그게 또 독이 되어 사귀던 남자 친구랑 헤어지기도 했고. 아무튼, 또 운동이라니.

"나도 원래는 운동 열심히 했어. 자전거로 출퇴근도 하고, 러닝도 꾸준히 하고."

"그럼 뭐 해, 지금은 안 하잖아."

"지금은 운동까지 할 시간이 없어서 그렇지."

칭얼대면서 반찬으로 나온 도토리묵을 집어 들었다.

"준혁 씨도 근데 따로 운동 안 하잖아."

따로 운동할 시간이 있는 것 같진 않았는데 군살 없이 잔 근육으로 꽉 찬, 배구 선수 같은 탄탄한 몸매가 늘 신기했다.

"요즘은 여자 친구 만나느라 잘 못 했지."

"암튼 난 요즘 살 붙었는데, 준혁 씨는 몸이 더 좋아지는 거 같단 말이야."

장난치듯 흘겨보자 준혁이 역시 껍데기였다면서, 싫지만은 않은 듯 입매가 시원하게 길어졌다.

"타고났지. 원래 근육이 잘 붙어, 내 몸이."

저 뻔뻔함에 감탄하면서 부러워하는 것도 잠시, 준혁의 벗은 몸이 머리에 스치자 순간 귀에 열이 오르고 아찔해져서 젓가락에 걸린 도토리묵이 자꾸 떨어졌다. 그걸 가만히 보던 준혁이 고루 먹으라며 가자미 반찬을 밥 위에 올렸다.

"……그거 알아요? 이 가자미요."

절대로 딴생각한 거 들킬까 봐 꺼낸 말은 아니었다.

"백석 시인이 좋아하던 거래요. 가자미만 있으면 가난해도 서럽지 않고, 외롭지도 않고, 누구 하나 부럽지도 않다고 했다고."

사실 난 생선 맛이 거기서 거기지, 가자미 맛은 딱히 잘 모르겠던데. 그 시 제목이 뭐였더라……. 머릿속을 헤집으며 눈동자를 굴렸다.

"『선우사 함주시초』. 흰 밥과 가자미만 있으면, 세상 같은 건 밖에 나도 좋다."

워낙 유명한 시이긴 했어도 마지막 구절까지 읊어 주는 준혁의 대답에, 하마터면 젓가락을 놓칠 뻔했다. 준혁이 그걸 보더니 낮게 웃으면서 더덕 무침도 밥에 올려 줬다.

"나도 좋아하는 시인이거든."

아, 그러고 보니 준혁 씨 책 많이 읽는 사람이었지.

그래도 같은 계통에서 일해서 그런가. 한 번씩 통하는 부분이 많아서 준혁이 꽤 가깝게 느껴지다가도, 또 그게 한편으로는 낯설었다. 남자 친구랑 이런 얘기를 나눠 본 게 처음이어서 그런가. 그렇게 마이너한 것들도 아닌데 '오', '아', '진짜' 세 개를 돌려 막으며 대답하던 사람들만 보다가, 마치 저 먼 이국땅에서 한국인을 만나서 오랜만에 한국어로 대화하는 것 같은 기분까지 들었다.

"신기해."

준혁이 눈썹을 들고 '뭐가?' 하는 표정을 지었다.

"그냥, 우리가 여기 이렇게 같이 있다는 게."

어떻게 되었든, 어떤 모습이었든, 이렇게 다시 만나서 함께 있다는 게 감회가 새로웠다. 진짜로 내가 퇴사를 했거나, 아니, 애초에 다른 곳에 취업이 됐다면 지금 이런 시간들도 오지 않았을 텐데. 실제로 한때 퇴사하겠다고 사직서를 제출해 본 적도 있었고…….
아닌가, 우리가 인연이라면 언제 어디에서든 만났으려나.

"준혁 씨는 원래 이쪽 일에 관심 있었어요?"

내 질문에 준혁이 젓가락질을 멈추고, '꼭 그렇다기보단…….' 하면서 다음 할 말을 찾는 듯 물을 머금었다가 삼켰다.

"음……. 엄마의 관심을 받고 싶어서?"

갑작스러운 준혁의 엄마 얘기에 놀란 건 나뿐만은 아니었나 보다. 베인 손에 물이라도 들어간 듯, 준혁도 자기가 하는 말에 살짝 인상을 찌푸리면서도 약간은 낯설어하며 망설이다가 입을 뗐다.

"엄마가 첼로 전공하셨어요. 나도 첼로 배웠고."

"준혁 씨 첼로 전공했어요?"

첼로와 민준혁이라니. 깜짝 놀라서 묻는 내게 준혁이 어릴 때 배운 거라며, 지금은 다 까먹었다고 웃으면서 말을 이어 갔다.

"엄마가 다른 지역 학교에서 강의를 시작하시면서, 언젠가부터 집에 안 돌아오시더라고. 그래서 자연스럽게 레슨도 끊겼고."

준혁이 아무렇지 않은 듯이 눈썹 한쪽을 또 들썩였다.

"첼로를 더 배우면 엄마를 만날 수 있지 않았을까 싶었는데…….
불행인지, 다행인지 내가 재능이 없더라고. 아버지를 닮았는지."

"아……."

"그래서 어떻게든 연만 닿으면 되지 않나 생각하고 예술 경영
공부했어. 그 덕인지 좀 크니까 만나긴 하더라고. 그러다 보니 여
기까지 왔네."

준혁이 입술을 옆으로 길게 늘이더니 작게 한숨을 내뱉었다.

"엄마가 미워서 그랬나 봐. 어떻게 보면 나는 엄마가 나를 가까이
에서 보면서, 평생 죄책감을 갖길 바란 모양이야. ……집착이지."

준혁은 쓸쓸하게 웃으면서 잘게 잘린 전복 회를 밥에 올려 줬다.

"결국은 사랑해서 그런 거예요. 준혁 씨는 어떤 모습으로든 엄
마 근처에 있고 싶었던 거잖아. 근데 그게 뭐 나쁜가."

준혁이 젓가락질을 멈추고 가만히 시선을 맞췄다. 그의 눈동자
에서 짙은 안개가 걷히는 것 같았다면 내 착각이었을까.

"사실 난 그렇게 생각해. 부모 자식 간의 사랑은 모든 형태의 사
랑과 감정을 다 망라한다고 보거든요. 그게 애증이든 뭐든. 그것도
어쨌든 결국은 사랑이지. 나도 우리 엄마랑은 애증이에요."

나는 숟가락으로 밥을 마저 들었다.

"아무리 엄마 배 속에서 나왔다지만 엄마가 이해 안 될 때도 많거
든요, 나는. 엄마랑 성격이 너무 다르기도 하고, 안 맞는 부분이 너무
많아. 그래서 내가 만약 아빠였다? 그러면 엄마를 만났을까, 이런 생
각도 해 봤는데, 안 만났을 거 같더라고. 우리 엄마도 그렇대요. 그
정도로 서로 안 맞는 거지."

오히려 엄마는 홍태훈이랑 잘 맞았다.

"그렇게 싸우면서도 또 엄마가 그리워질 때도 있고, 그러다가 또 싫기도 하고, 또 애틋해졌다가도 싸우고. 가족이라는 이름 하에서 더 감정에 솔직해지는 거지, 뭐."

입꼬리에 알 듯 말 듯 한 웃음을 건 준혁이 반찬 그릇을 내 쪽으로 더 밀었다.

"근데 어쩌겠어, 그것도 사랑인데. 준혁 씨도 그런 거지, 뭐. 엄마를 미워하는 마음도 결국은 사랑이에요. 죄책감 가지지 마요."

사랑이 뭐 그렇게 거창한 건가. 남들은 이기적이라고 표현할지 몰라도, 적어도 사랑에 대한 내 가치관은 그랬다. 죄책감을 가질 필요도 없다.

"그래도 아버지는 존경해."

쏟아 내듯 말해 놓고 눈치 없이 오버한 건가 머쓱해졌다가, 준혁의 미소에 마음이 놓여 '다행이네.' 하고 눈을 한껏 더 휘며 웃었다.

"그 '세상 같은 건 밖에 나도 좋다.'는 표현 말이야."

준혁이 빈 물 잔에 물을 따라 주며 뜬금없이 아까 말하던 그 백석 시 얘기를 꺼냈다.

"예전엔 그렇게 와닿지 않았거든. 가자미가 그렇게까지 좋단 말인가 했는데……."

반찬을 리필 하라는 건가. 도통 무슨 말을 하려는 건지 몰라, 준혁의 눈을 가만히 쳐다봤다.

"이렇게 우리 둘만 있다면, 세상 같은 건 밖에 나도 좋을 거 같네."

준혁의 말은 분명히 귀로 먼저 전해졌을 텐데 심장에 단어 하나

하나, 획 하나하나가 바로 새겨지는 것만 같았다. 글자가 만든 상흔인지, 무엇인지. 따끔따끔한 게 온몸에 번져 가는 것 같았다.

"방금 준혁 씨 알맹이한테도 반한 거 같아요."

"이것 봐. 여태 껍데기만 좋아했나 봐."

준혁이 웃음을 터뜨리면서 젓가락을 튕기듯이 내려놓았다. 거울 보는 것처럼 준혁을 보면서 나도 크게 웃었다. 아무렴 어때, 껍데기든 알맹이든 다 민준혁인데.

"잘 먹여 둬야지."

마지막 남은 전복 회를 젓가락으로 먹여 주며 준혁이 말했다.

"응. 잘 먹어 둬야지."

준혁이 입가에 묻은 걸 팔을 뻗어 닦아 주고, 우리는 또 같이 눈을 한껏 접어 가며 웃었다.

사랑이 밥 먹여 주냐는 우스갯소리는 누가 한 건지 모르겠지만…… 네, 사랑이 밥도 먹여 줍디다.

7. 바다

　대학시절 재생 목록 1번을 차지하던 브람스 소나타는 점점 순위에서 밀려서 브람스 콰르텟에게 자리를 내 주었다. 이후에는 쇼팽 폴로네즈가 자리를 잡았다가 짐머만의 쇼팽 발라드, 라흐마니노프가 편곡한 크라이슬러의 『사랑의 슬픔과 기쁨』이 번갈아 가며 자리를 차지했다. 그것마저도 뮤지컬 넘버들에게 곧 자리를 내주었지만 말이다.

　홍태훈을 만나서 제일 잘한 것 중 하나는 오케스트라 단원이 된 누나 편으로 들어왔다던 뮤지컬 초대권을 얻었던 게 아닐까.

　그 초대권을 얻어서 처음으로 뮤지컬을 보러 갔을 때, 오케스트라의 튜닝 소리 뒤에 암전이 되고 음악 감독의 손짓으로 오버추어가 연주되는 그 순간. 그때의 짜릿함이 지금의 직장인 차유진을 만드는 데 아주 큰 원동력이 되었다. 브람스 소나타가 만들어 낸 큰 그림이었지.

그리고 그 그림은 아주 망해 가는 중이고…….

이 거지 같은 회사.

삼색 펜을 쉴 새 없이 딸깍이는 소리가 사무실을 울렸다.

옆에서 김 대리가 쳐다보면서 시끄럽다는 듯 눈치를 줬지만, 이 분노를 표현할 방법이 따로 있다면 언제라도 멈추었을 것이다.

아침부터 송 차장 호출로 불려 가서는 유 대리 대신 맡았던 프로젝트에서 이제 손 떼라는 말을 들었다. 하 모 과장의 비위를 거스르게 해서 그런가 하는 심증이 있었지만, 어차피 너도 임시 대행하기로 한 거 아니었냐는 송 차장 말에 그냥 알겠습니다, 하고 깔끔하게 돌아섰다.

그래, 어차피 임시로 맡았던 거고 처음부터 욕심 안 냈던 거잖아. 내 것도 아니었고, 유 대리한테 돌아가는 게 맞지. 마음을 애써 다스렸다.

그래도……. 아, 짜증 나.

그것보다도 더 짜증 나는 건 일이 줄어들었을 거라는 핑계로, 1박 2일 부산 출장이 급하게 잡혔다는 것이다. 목요일에 준혁과 공연 보러 가기로 했는데. 스케줄 하나하나 맞춰서 최적의 캐스팅으로, 겨우 좋은 자리 잡아서 손꼽아 기다리던 공연인데.

"그럼, 나도 못 가겠네."

뒤에서 끌어안은 채 가만히 내 말을 듣던 준혁의 말에 놀라서 몸을 뒤집어 돌리자, 소파가 한차례 꿀렁였다.

"왜 안 가, 거길?"

"혼자 무슨 재미야."

"허, 큰일 날 소리하시네. 공연 기획한다는 사람이 그러면 안 되죠."

"그런가."

준혁이 아무렇지도 않게 웃자, 내가 더 흥분해서 말을 쏟아 냈다.

"그거 내가 제일 좋아하는 공연이란 말이야. 가서 한 장면, 한 장면 집중하면서 보고 어땠는지 나한테 생생하게 알려 줘요."

가만히 콧등을 쓰다듬는 준혁의 손끝이 차가워서 코를 살짝 찡그렸다.

"제일 좋아하는 공연인 줄은 또 몰랐네."

"내가 처음으로 본 뮤지컬이란 말이야. 한동안 안 올라오다가 이번에 3년 만에 다시 올라온 거란 말이에요.."

"알아, 나도 3년 전에 봤어."

"봤어요?"

준혁의 말에 하루 종일 찾지 못한 생기가 도는 듯했다.

"언제? 어땠어? 누구 걸로 봤어요?"

"흠, 거기까진 기억이 잘 안 나네."

뭐야, 공연 안 보고 졸았구만. 공연 얘기할 사람 생긴 줄 알았는데 괜히 좋다 말았다 싶어 입을 샐쭉하면서, 팔베개한 준혁의 손가락을 주물럭거렸다.

"아무튼, 거기서 내가 좋아하는 장면이 뭐냐면……."

장면을 설명해 주려고 하는데, 준혁이 난데없이 웃음을 터뜨렸다. 뜬금없는 이 웃음에 당황한 건 나뿐이다.

"왜 웃어요?"

"웃겨서."

"내가 웃겨?"

"엄청."

난 별소리 안 했는데? 미간을 찌푸린 채로 쳐다보자 준혁이 알았다고, 계속 말하라며 찌푸린 미간에 입을 맞춰 온다.

"아니, 집중하라니까 내 말에."

"듣고 있을게."

"그러니까, 돈키호테가 영주님 찾으러 갈 때 있잖아."

준혁의 입술이 다시 코끝에 닿았다.

"집중하라니까?"

"듣고 있어."

말만 그렇잖아. 자꾸 옷 속으로 스멀스멀 들어오는 준혁의 손을 잡아서 떼어 냈다.

"내가 뭐라 그랬게."

"나도 알아. 『슬픈 수염의 기사』 부르기 전이잖아."

내가 거기까지 얘기했었나? 동그랗게 뜬 내 눈에 준혁의 입술이 다시 닿더니, 그 입술에서 '척하면 척!'이라는 대답이 흘러나왔다.

"그때 많이 웃었잖아."

음, 그건 그렇다. 다들 많이 웃는 장면이기도 하니까.

"그리고 철야 기도할 때, 중간에 돈키호테 목소리가 세르반테스로 변할 때가 있거든요? 난 그때가 너무 좋아."

"맞아, 나도 좋았어."

"난 그 장면 대사도 외우잖아요."

내가 극 중 대사를 연기하듯이 따라 하자, 길게 웃던 준혁의 입술이 이번에는 이마에 닿았다가 떨어졌다.

"세르반테스 진짜 멋있지."

"완전 내 이상형이야."

"어쭈."

준혁의 질투 어린 말이 간지럼 태우기와 같이 돌아왔다. 그 손을 피하느라 깔깔거리다가 그대로 팔을 잡아 준혁에게 더 붙어 안겼다.

같이 봤으면 좋았을 텐데. 아쉬운 마음에 준혁의 품에 더 다가가자, 소파 가죽의 부스럭거리는 소리를 효과음 삼아 좋은 향이 더 코에 스며들었다.

"근데 준혁 씨 기억 안 난다면서, 그 부분은 다 기억하나 봐."

"음, 잊을 수 없는 장면들도 있으니까."

하긴. 나도 통째로 기억한다기보단 몇몇 장면이 뇌리에 박혀서 같은 공연을 여러 번 보기도 하니까.

"나도 보고 싶은데."

"나는 차유진 씨가 더 보고 싶을 거 같은데."

"에이. 내일 하루 못 보는 건데, 뭘."

"그러니까."

준혁이 본격적으로 잔 키스를 얼굴에 퍼부으며 옷 사이로 손을 넣었다.

"이제 미팅 때도 못 보잖아."

"아, 그러니까!"

잊고 있던 분노가 또다시 솟구쳤다.

"그때 내가 하상준 과장 꼽 줘서 그런 건가?"

뭐, 없지 않아 영향이 있다고 생각하지만……. 그래도 일단 말을 돌렸다.

"아닐 거예요. 원래 내 일도 아니었고. 따지고 보면 잘됐지, 뭐."

"맞아. 잘됐어. 붙어 있으니까 일에 집중이 안 돼서 혼났잖아."

뭐라고 할 틈도 없이 옷 속에 들어간 준혁의 손이 올라와서 가슴 한쪽을 움켜쥐었다. 차가운 감촉에 가슴의 볼록한 곳이 벌써 일어섰다.

"나느은…… 하기 싫어, 오늘은."

내 대답에 도드라진 곳을 굴리듯 만지던 손의 움직임이 멈췄다. 준혁의 황망한 표정은 덤이었다.

"오늘 너무 피곤해."

"어제 기껏 먹여 놨더니."

"그래서 어제 다 썼잖아."

지금 누구 때문에 피곤한 건데. 준혁이 어제 일을 생각이라도 해 낸 듯 표정을 풀더니, 알겠다면서 금세 수긍한다.

"포기가 참 빨라, 민준혁 씨?"

"차유진 씨가 싫다는 짓은 안 해."

턱 주변을 맴돌던 준혁의 입술이 금세 입술에도 가볍게 붙었다가 떨어졌다.

"근데 전에는 왜……."

내가 말을 꺼내 놓고 민망해서 입을 다물자, 짓궂은 표정으로 변한 준혁이 다음 말을 기다리며 눈썹을 꿈틀거렸다.

"그때 블라우스도 다 망가지고 말이야."

"이제 안 그럴게."

안 그런다는 사람이 본격적으로 목덜미에 얼굴을 묻었다. 입술이 닿자 자연스레 살갗이 돋아나며 움찔거렸다.

"……가끔은 해도 돼."

쇄골에 입 맞추던 준혁이 고개를 들어서 눈을 맞췄다.

"나 블라우스 많아."

아닌 게 아니라 그때 이후로 준혁이 색깔 별로 블라우스를 왕창 사 주는 바람에, 아직 태그조차 안 뗀 것들도 많았다. 내 뻔뻔한 대 답에, 앙다문 입술 사이로 웃음이 새어 나오던 준혁이 점점 몸을 들썩이며 웃기 시작했다.

"왜 웃어요?"

"그쪽 취향인 줄은 또 몰랐네."

아니, 그렇다기보다는……. 변명할 시간도 없이 준혁의 손이 다 시 가슴을 주무르기 시작하자 숨을 급하게 들이쉬었다.

"오늘은 진짜 안 돼요."

마주 보고 누웠던 몸을 뒤로 돌려 돌아누웠다. 아쉽다는 듯 끄 응, 소리를 내던 준혁이 어깨에 턱을 가만히 갖다 댄다.

"금요일에 언제 온댔지?"

"금요일은 세종 들러야 해서, 그래도 저녁쯤엔 서울에 도착할 거야."

내 말은 제대로 듣고 있는 건지. 내 허리를 간질이는 준혁의 손 을 더 움직이지 못하도록 붙들며 말했다.

"시간 되면 서울역에 데리러 와요."

"응."

어허, 대답이 시원찮은데. 다시 돌아누워서 준혁을 쳐다보니, 반 갑다는 듯이 준혁이 아랫입술을 가벼 물었다가 뗐다. 가만히 준 혁의 눈을 응시하자 이번엔 윗입술을 조금 더 길게 머금었다. 혀끝이 입술을 간질이자 또 웃음이 새어 나와 입술을 떨어뜨렸다.

"다른 남자들 앞에서 그렇게 웃으면 안 돼."

"왜? 너무 예쁘고, 질투 나고, 막 그런가."

장난치듯 더 크게 눈을 휘며 웃자, 준혁이 촉촉해진 입술을 포개었다가 금방 떨어졌다.

"근데 출장 가서 술 마시고 그러는 거 아니지?"

"아니야. 그럴 시간도 없고."

"술자리 가면 언제든 말해 줘야 해."

준혁의 강강한 목소리가 곧이곧대로 들리진 않았다.

"난 술 그렇게 취할 정도로 안 마셔요."

"흐음."

"진짜 가아끔, 가아끔 필름이 끊긴 거래도."

정말이지 원래 애주가는 아니었기에, 그 정도로 들이부어 마시고 필름까지 끊겼던 경우는 손에 꼽을 정도다. 신입 회식 때 홍태훈 SNS에서 사진을 확인하고 화나는 바람에 주는 술 다 받아 마셨다가, 옆에서 들러붙는 하상준 때문에 울컥한 게 터져서는……. 첫사랑 운운하고, 울며불며 회식 자리를 싸하게 만든 뒤로는 더더욱 자제하는 편이었다. 그때 쪽팔려서 퇴사하겠다고 난리쳤던 것도, 덤으로 흑역사가 되어 버렸지만.

"근데 그때 술 먹고 무슨 짓 했었는지, 계속 말 안 해 줄 거예요?"

"응."

하긴 모르는 게 약일 때도 있는 법이지. 준혁이 코끝을 비비면서 떨어졌다. 그래, 기껏 내가 알아 봤자 울기밖에 더했겠어.

"내가 막, 또 누구 찾으면서 울고불고 그랬나."

차마 홍태훈 때문에 울었다는 말은 하지 못했다.

"그런 것도 같고."

"욕을 했다거나."

"그것도 한 거 같고."

"울면서 욕했구나?"

준혁이 웃으면서 다시 입술을 부딪쳐 왔다. 지나간 일에 집착할 필요는 없다. 절대로, 절대로 진실이 무서워서 그러는 게 아니다. 웬일로 짧게 떨어진 입술 위로, 준혁이 나지막이 속삭였다.

"출장 잘 다녀와."

"내일 공연 잘 보고 와요."

알겠다는 말 대신 준혁의 혀가 벌어진 입 사이를 파고들어 왔다. 혀도 얽히고, 생각도 얽히며, 시간도 그렇게 얽혀 들어갔다.

"응. 이제 택시에서 내렸어."

휴대폰을 든 손을 바꾸면서 '감사합니다.'라는 말과 동시에 택시 문을 닫았다. 출장 와서 노트북이다 뭐다 짐도 무거운데, 엄마랑 같이 먹을 닭발에다가 또 빈손으로 가기 뭐해서 산 화장품은 마침 샘플까지 잔뜩 챙겨 줘서, 짐이 더 늘었다.

"아니. 집에서는 저녁만 먹고, 잠은 숙소 가서 잘 거야. 출장비 나오는데, 뭘. 비즈니스호텔이라 깨끗해. 뭐가 무서워. 안 무서워요. 집이 더 불편해. 응, 엄마한텐 오늘 올라가야 한다고 했어."

그래도 오랜만에 본가 가는 길이어서 그런지, 아니면 하루 종일 사람들에게 시달리다가 준혁의 목소리를 들어서 그런지, 어쩐지 신나는 발걸음이었다.

"이제 엘리베이터. 나중에 호텔가서 연락할게요. 아유, 알겠어. 주소 보낼게."

'보고 싶다.'는 준혁의 말에 '응, 나도.' 하고 전화를 끊었다. 그래도 내일이면 다시 얼굴 보니까. 오늘 엄마랑 맛있는 거 먹고, 기를 보충하고 올라가야지! 신나는 마음으로 번호 키를 누르고 현관문을 열었다.

"엄마! 내 왔……."

……진짜 환장하겠네.

"왔냐?"

엄마 대신 홍태훈이 그답지 않게 반가운 목소리로 맞아 주었다.

여기는 분명히 우리 엄마 집이 맞는데. 어째서 내가 손님 같고, 홍태훈이 원래 이 집에 살던 자식 같은 건지. 어이가 없어 멍하니 있는 날 보고 태훈이 '뭐 마실래? 콜라 줄까, 주스 줄까.' 묻고는 대답이 없자, 알아서 콜라를 따라서 들고 왔다.

"마셔."

"진짜 미쳤나 봐."

콜라를 마시는 내 얼굴이 잔뜩 찌푸려졌다. 다 마신 컵을 태훈이 가져가더니 헹궈서 올려 둔다. 마치 제집인 것처럼 행동하는 이 인간에게 내가 무어라 물어야 했을까.

"여긴 웬일이냐?"

그래. 이렇게 물었어야 했는데, 왜 그 질문을 홍태훈 네가 하냐고.

"……여기 우리 엄마 집이야."

내 대답에 태훈이 새삼스럽다는 듯 어깨를 으쓱하면서 소파에 털썩 앉았다.

"엄마 마트 가셨어. 오실 때 됐어."

"어이가 없네."

"거기 계속 서 있지 말고, 집에 왔으면 손부터 씻어."

태훈이 자연스럽게 소파에 기대어 리모컨으로 채널을 돌린다. 미쳤나 봐, 저 인간.

"우리 모르는 사이로 지내자고 말했던 거 같은데."

"그러려고 했는데, 네가 오늘 여기 와 버렸네."

"그러니까 오빠가 여기를 왜 오냐고."

"효도하러 왔지."

그때서야 홍삼이며, 영양제며, 고기며, 과일이며……. 태훈이 사들고 온 게 분명한 것들이 눈에 들어왔다. 확실히 제정신은 아니다.

"우리 엄마한테, 오빠가 왜."

"우리 엄마이기도 하니까."

"미쳤네. 오빠 제정신 아니야."

4살짜리들이 할 법한 엄마 소유권 주장에 쓴웃음이 났다. 태훈이 어서 손 씻으라며, 내게 손 씻는 시늉을 보였다. 와, 진짜 어이가 없네. 그래도 일단은 화장실로 들어가서 손을 씻었다.

"수건은 이거 쓰고."

언제 화장실 앞까지 온 건지. 또 주인 행세를 하는 게 같잖아서 태훈의 얼굴에 대고 손을 튕기며 탈탈 물기를 털고, 남은 물기는 태훈의 옷에 마저 닦은 채 소파에 앉았다.

"내가 볼 땐 너도 정상은 아냐."

태훈이 피식거리며 웃더니 소파 옆자리에 앉으려고 했고, 난 엉덩이를 옮겨서 멀찍이 떨어졌다. 대놓고 내외하겠다는 의사 표시에 태훈이 코웃음을 쳤다.

엄마 없이 빈집에 둘이 있으니, 공기가 거꾸로 흘러가는 듯 어색했다. 집은 대학 다닐 때와 달라진 게 없다. 굳이 찾자면 학사모 쓰고 엄마랑 찍은 내 졸업 사진, 그리고 지금의 태훈과 나. 묵혀 두었던 집에서의 기억들이 떠오르자, 속이 갑갑해지면서 물에 빠진 기분이 들었다. 틀린 그림 찾기라도 하듯이 그때와 달라진 집을 둘러보다가 태훈의 선물들에 눈이 갔다.

"먹을 게 저렇게 많은데, 엄마는 무슨 마트를 또 가."

"깻잎이 없어서. 너 깻잎 좋아하잖아."

그러게 미리 연락을 하고 와야지, 갑자기 와서 연락하는 게 어디 있냐면서 되레 태훈이 타박했다.

"가르치지 마. 여기 언제 온 건데? 출근 안 해?"

"그만뒀어. 이제 슬슬 아빠가 회사로 들어오라 하시네."

허, 돌아갈 곳이 있어서 좋겠네. 누구는 카드값 때문에 연명하는 회사 생활을, 저렇게 턱턱 그만두다니. 은수저 물고 태어난 저 여유로움이 부러워졌다. 저 순탄히 잘 풀리기만 하는 쉬운 인생.

대화가 또 끊겼다. 휴대폰을 들어 어플을 찾은 뒤 예약한 호텔 주소를 준혁에게 보냈다. 준혁과 몇 번도 더 본 예능 프로그램의 소리가 어색한 공기를 애써 채우고 있었다. 태훈이 움직일 때마다 왠지 모를 긴장감에 몸이 흠칫 놀랐다.

"배지민은 결혼 깨졌나 보더라?"

할 말을 찾았는지, 태훈이 지민이 얘기를 꺼냈다. 미국 가면서 동아리랑 연락은 끊겼을 거고, 지민이 구 남친한테서 파혼 소식을 들은 거겠지. 그쪽은 파혼 사유를 뭐라고 둘러댔을지 궁금했다.

"이래서 결혼식장 들어가 봐야 안다는 말이 있나 봐. 암만 지금 좋아 죽어도 모를 일이지."

"……."

고개를 홱 틀어 쳐다봤지만 별 의미 없이 던진 말인지, 아니면 의미를 두고 일부러 한 말인지 모를 표정이었다.

"그렇지. 누구처럼 갑자기 잠수 탈 수도 있고."

가시 돋친 내 말에 태훈의 표정이 싸늘하게 굳었다. 그 꼴을 더 보기 싫어서 말을 돌렸다.

"그래서 여긴 왜 온 건데."

"엄마가 한번 보자셔서."

"미쳤어? 엄마랑 연락하고 지냈어?"

"어. 내가 엄마 다시 만난 날, 번호 드렸지."

미쳤나 봐. 아주 나 빼놓고 쿵짝이 잘 맞았구만.

"엄마는 너 만나는 사람 있는 거 모르시던데?"

"말 안 했어, 아직."

"왜 아직이실까."

태훈이 빈정거렸다. 여전히 결혼 타령하는 엄마한테는 준혁과 좀 더 사이가 깊어지면 말할 생각이었다. 그러니까 결혼이라거나, 뭐 적어도 그런 얘기가 나올 때쯤에. 남자 친구랍시고 데리고 왔다가, 또 사람 일은 어찌 될지 모르는 거니까. 한편으론 홍태훈과 같은 기억이 남는 게 싫었다.

"결혼할 거냐?"

"아, 무슨 벌써 결……."

'벌써 결혼이야.'라고 말하려던 것이, 그대로 입 속으로 들어갔다.

"아직 결혼까지 생각할 단계는 아니시다?"

"닥쳐. 엄마한테 한마디라도 꺼내 봐, 아주."

뭐가 그리 당당하지 못할까. 태훈의 입에서 웃음이 새어 나왔다.

"내가 결혼을 하든 말든. 오빠랑은 하등 관계없는 일이니까, 제발 내 일에 신경 꺼 줘."

"네 결혼은 엄마 일이기도 한데 어떻게 신경을 안 써, 내가."

"그 엄마 소리는 도대체 언제까지 할 건데!"

거실을 울리는 내 목소리 위로, 현관문이 열리는 소리가 더해졌다.

"엄마!"

"엄마!"

두 머저리들의 합창에, 어쩐지 울었던 것처럼 눈이 팅팅 부은 엄마가 인상을 배로 찌푸렸다.

"이것도 좀 먹고, 이것도 무 봐라. 내가 어제 담근 열무김치다."

"아, 엄마 밥 진짜 먹고 싶었어요. 우리 이 여사님, 나 낳아 주신 분. 그 엄마는 이 맛 흉내도 못 내. 미국에 있을 때도 얼마나 생각났다고."

미리 알았으면 보내 줬을 거라며, 태훈을 안타깝게 쳐다보는 엄마와 그 엄마가 주는 고기를 넙죽넙죽 받아먹는 태훈을 보며 입맛이 떨어져 숟가락을 놓았다. 누가 진짜 엄마 배 아파서 낳은 자식이야…….

"태훈이 내 손님이다. 네 손님 아이다."

친 모자지간처럼 구는 둘을 노려보는 시선을 느낀 건지, 엄마가 내 쪽을 슬쩍 쳐다보더니 한마디 던진다.

"엄마, 내 이런 상황 진짜 불편하다."

"됐다, 고마. 이렇게 다시 얼굴 보니 얼마나 좋노."

"엄마, 이 오빠야가 내한테 어떻게 했는지 알면……."

"나도 다 들어서 안다. 태훈이 갑자기 연락 끊긴 거."

"근데도 이렇게 밥을 먹인다고?"

어이없어 얼굴이 붉으락푸르락해지고 격앙된 말이 더 튀어나왔지만, 엄마는 대꾸도 않고 태훈에게 고기를 한 점 더 올려 줬다. 미운 놈 떡 하나 더 주기, 이런 거면 차라리 좋겠다고 생각했다.

"밥 다 먹었으면 이제 그만 올라가라, 니는. 기차 시간 다 안 됐나."

와, 냉정해. 우리 엄마……. 어째서 홍태훈만 있으면 내가 미운 오리가 되는 건지.

"엄마. 내 홍태훈이랑 이제 연 끊기로 했으니까, 엄마도 협조해 줘."

제법 단호한 표정으로 엄마한테 경고했지만 엄마는 오히려 당신이 알아서 하겠다는 듯 웃어넘겼고, 그 옆에서 태훈은 입술을 말아 올리며 한층 더 거만한 표정을 지었다. 내가 지금 여기 계속 있는 게 맞긴 한 걸까……

"엄마가 계속 이 오빠야랑 연락하면, 나는 엄마랑 연락 안 할 거다."

"얼씨구, 언제는 연락 잘했던 것처럼 말하네."

"그만해, 그만. 엄마도 이해해 줘요. 차유진 쟤가 좀 성격이 그렇잖아. 엄마 안 닮아서."

솔로몬이라도 되는 양 나대는 홍태훈이 깻잎쌈을 싸서 주길래 손을 탁 쳐 냈더니, 비죽 웃으면서 자기 입으로 쌈을 밀어 넣는다.

"암튼 오빠도 오늘이 마지막이야. 앞으로 엄마랑 만나지 마, 연락도 말고."

"그럼 엄마랑 나, 최후의 만찬인가?"

엄마랑 태훈이 서로를 쳐다보며 똑같은 표정으로 킥킥대고 웃었다. 아, 짜증 나. 드르륵 소리를 내며 의자를 빼고 일어나서, 짐을 챙겨 현관으로 향했다.

"벌써 가려고?"

태훈의 말이 등 뒤로 들렸지만, 엄마 목소리는 현관문이 닫힐 때까지 들리지도 않았다.

밥을 먹는 둥 마는 둥 했지만 어색한 분위기에 체한 건지 속이 답답해졌다. 아파트 입구 근처에 있는 편의점에서 소화제를 사서 나왔더니, 언제 따라 나온 건지 태훈이 다가왔다.

"체했냐."

"안 체하겠어?"

태훈이 손에서 겉도는 소화제를 뺏어 들더니 뚜껑을 열어 건넸다.

"너 손도 따야 하는 거 아니냐."

인상을 있는 대로 쓰면서 소화제를 쭉 들이켜는 걸 보던 태훈이, 퍽이나 걱정하는 표정으로 다 마신 빈 병을 채 가서는 쓰레기통에 던졌다.

"그러고 그냥 나온 거야?"

짐 하나 없이 나온 태훈을 못마땅하게 위아래로 훑었다. 아주 나왔다고 하기엔, 지나치게 가벼운 차림이다.

"너 데려다주려고."

"아, 됐어."

"차로 가. 할 말도 있고."

"오빠랑 할 말 없어."

태훈을 뒤로 하고 큰 길로 나가 택시를 잡으려고 발을 뗐다. 안 그래도 무거운 가방이 더 버겁게 느껴졌다.

"무슨 일인데, 너."

몇 걸음 가지도 않았는데, 태훈의 목소리가 또 발을 묶었다. 홱 등을 돌려서 너야말로 무슨 말이냐는 듯이 쳐다봤더니, 태훈이 사 뭇 심각한 표정으로 가까이 다가왔다. 담배 냄새가 스쳤다.

"너 무슨 일 있잖아. 그래서 닭발까지 사 들고, 엄마 보러 온 거 잖아."

내가 널 모르겠냐는 식으로 태훈이 말했다. 세 살 버릇 여든까 지 간다고 그랬던가. 세 살을 훌쩍 넘긴 스무 살부터였지만, 그때 부터 형성된 습관들은 이제 당연하게 체화되어 버렸다. 이렇게 생 판 남도 알 정도로.

태훈의 말처럼 하루 종일 들들 볶인 날이었다. 일이 이렇게까지 안 풀릴 수 있나 싶을 정도로, 모든 게 엉망이었다. 출발 시간을 잘 못 알아서 기차를 놓쳐 버렸고, 그래서 업무 미팅도 아슬아슬하게 도착했고, 그렇게 만난 예술 단체랑은 원하는 바가 맞지 않아서 고 성이 오갔고……. 아니, 일방적으로 내가 들은 거였지만. 그들을

설득하고, 또 설득하고, 설득하는 데 진을 다 뺐다. 게다가 화룡점
정으로 이렇게 홍태훈까지 만나다니. 완벽히 망친 하루였다.

"아는 척 좀 그만해. 오빠가 뭘 얼마나 안다고 그래."

"맞구만, 뭘."

하.

아파트 길목에서 젊은 남녀 이방인들이, 안 그래도 튀는 외모의
태훈인데, 그것도 서울말로 유치하게 싸우고 있으니 지나가는 사
람들이 힐끔거리는 게 느껴졌다. 쭈쭈바를 물고 씽씽이를 타던 초
딩은 아예 대놓고 우리를 쳐다보고 있었다. 태훈이 그 초딩을 보며
'뭐 인마.' 하고 무서운 표정을 짓는 것은 덤이었다.

그래, 여기는 엄마 동네니까 일단 자리를 피하는 게 맞다.

"차 어디 있어?"

태훈이 대답 없이 손에 든 짐을 뺏어 들고, 성큼성큼 뒤돌아 걸
어갔다. 손이 한결 가벼워지자 목부터 어깨까지 뻐근한 게 이제야
느껴졌다.

"타."

태훈이 외관부터 '나 비싼 차요.' 하고 자랑하는 외제차 조수석
문을 열어 줬다. 전에 봤던 차는 어쩌고, 또 언제 바꾼 거래. 조수석
에 올라 시트 느낌에 감탄하면서 내부를 두리번대는 동안, 태훈이
운전석에 앉으며 얼굴을 구기더니 앓는 소리를 냈다.

"다쳤어?"

"늙어서 그런다, 왜."

피식거리는 웃음 끝에 벨트나 하라는 타박이 돌아왔다. 차는 말
없이 그냥 달리기만 했다. 목적지까지는 기껏 해 봤자 15분 내외일

터. 해야 할 말도, 하고 싶은 말도, 듣고 싶은 말도 생각나지 않았다.

"나 그냥 중앙동에 내려 주면 돼."

"부산역까지 안 가고?"

태훈의 말에 아무 말 없이 차창 문을 조금 열었다. 부산대교 근처에 가자 바다 냄새가 밀려 들어왔다. 그 냄새가 다시 숨통을 옥조여 오는 것 같았다. 이래서 부산에 잘 안 내려왔던 건데. 하아, 그래도 엄마 보러 집에 왔건만 이렇게 찝찝한 기분으로 가다니. 이게 다 홍태훈 때문이잖아. 다시 한번 화나는 마음으로 옆에서 운전하는 태훈을 노려봤다.

"그렇게 쳐다보지 마. 나도 오늘 정리하려고 엄마 뵈러 온 거야."

내 시선을 느낀 건지, 조금은 잠긴 목소리가 태훈의 입에서 흘러나왔다. 그 말에 마음이 조금 누그러져 태훈에게 향했던 노기 어린 시선을 다시 바다로 옮겼다.

어느새 빨간색이던 부산대교는 흰색이 되고, 그 주위로 낯선 건물들도 많이 들어섰건만, 여전히 바다는 변함없이 흘러가고 있다. 많고 많은 사연들은 바다 저 아래에 감춰 둔 채로.

"연락처도 지워."

"하나씩 하자, 하나씩."

뭐 그러시든가. 우리 엄마 섭섭하겠네. 뾰족한 마음이 여기저기로 튀어나간다.

"아버님 이제 절에 모신다며."

"어."

"엄마 고생 안 하시고, 잘됐네."

"어."

"엄마 좀 잘 챙겨 드리고."

"알아서 해."

"연락 좀 자주 드려. 곧 6월이잖아."

문득 아까 한바탕 울었던 것 같은 엄마 얼굴이 생각나서, 홍태
훈에게 엄마 무슨 일 있냐고 물어보려다가 말을 삼켰다. 내가 누구
한테, 뭘 물어보려는 건지⋯⋯.

"오빠 부모님이나 잘 챙겨."

"그래야 하는데, 그리고 싶지가 않네."

작게 한숨 쉬듯 덧붙이는 걸 들었지만 못 들은 척했다. 운 좋게
차 막히는 시간에 안 걸린 건지, 차가 속력을 내자 바닷바람이 한
층 더 세게 들어왔다.

"창문 닫아."

"싫어."

"바닷바람 차에 안 좋아."

심술이 나서 창문을 더 내리자 태훈이 완전히 닫아 버렸다.

"아직은 밤에 추워. 너 감기 걸릴 때 됐어."

따뜻하게 입고 다니라는 태훈의 같잖은 충고도, 바람결에 날려
버렸어야 했는데.

"서울 가면 오빠 모르는 척할 거야."

"그래."

"엄마가 연락해도 오빠가 받지 말고."

"하나씩 할게."

그사이 중앙역 지하철 출구가 보였다. 거기서 세워 달라고 하자, 태훈이 별말 없이 차를 세웠다. 이대로 집으로 돌아가서 엄마한테 또 갖은 아양을 떨겠지. 엄마 마음 푸는 데는 달인이니까. 나는 그럼 내일 밤쯤에 엄마한테 전화하면 되겠다.

"갈게."

뭐라고 길게 말하려다가 말았다. 태훈이 고개를 한 번 끄덕였다. 차 문을 닫고 그대로 차가 왔던 길로 멀어지는 것까지 보고는 예약해 둔 숙소 위치를 확인하려고 휴대폰을 들었다. 읽지 않은 상태로 남아 있던 저녁 맛있게 먹으라는 준혁의 메시지가 보였다.

하아. 어디서부터 몰려오는 찝찝함일까. 아직 체한 게 가시질 않았는지 가슴이 답답해졌다. 호텔 로비에 들어서며 답답한 가슴을 콩콩 치는데, 손에 들린 휴대폰이 같이 진동하며 울렸다.

"응. 준혁 씨."

-어디야.

"이제 호텔 도착했어. 공연장 들어갔어요?"

-어머님이랑 저녁 길게 안 했어요?

"그냥 빨리 나왔어요."

-체했어?

"응?"

체한 거 어떻게 알았지.

"표정이 왜 그래."

눈앞에 나타난 준혁이 전화를 끊으며 대답했다.

"어떻게 된 거예요?"

공연장에, 서울에 있어야 할 사람이 왜 부산에 있는 건지. 그 이유를 내가 알 리 만무했다. 준혁이 손에 든 짐을 들고 가더니, 내 오른손을 가져다가 엄지와 검지 사이를 주물렀다.

"아얏."

"여기 만지면 체한 거 내려가."

"아니. 어떻게 온 거냐고, 여기!"

"체크인은?"

내가 아직 안 했다고 하자, 준혁이 얼른 체크인부터 하자며 프런트로 데리고 갔다. 왠지 준혁의 얼굴을 보고 한층 더 친절해진 직원에게 '차유진'으로 예약했다며 이름을 알려 주었다.

"차유진 고객님. 예약하신 룸은 싱글 룸인데, 혹시 두 분이시면……."

"아뇨. 싱글로 그대로 해 주세요. 나갈 거예요."

옆에 있던 준혁을 의식하면서 눈동자를 굴리던 직원의 말이, 단호한 준혁의 대답에 잘려 나갔다. 체크인이 끝나고 카드키를 건네받자마자 준혁이 오늘 이건 필요 없을 거 같다며, 다시 카드키를 반납했다. 체크인부터 체크아웃까지 고작 5분이었다.

직원이나 나나 무슨 말인지 모르겠다는 표정을 지었지만, 준혁은 그냥 싱긋 웃더니 영수증을 챙겨서 내 손을 잡고 호텔을 빠져나갔다. 로비로 들어서는 손님들이 하나둘씩 뒤돌아봤다.

"아니, 준혁 씨. 어떻게 된 거냐니까."

"어차피 예약해 둔 거 경비 처리할 거니까 영수증은 받았고, 다른 곳 예약해 뒀어. 우리는 거기로 가요."

여전히 상황 파악 못 하는 나는 여전히 길에 붙어 있었고, 손을 놓고 먼저 앞서가던 준혁이 어느덧 택시를 잡아서 뒷좌석 문을 열었다. 문을 열고 서서 빨리 타라는 준혁을 보며, 마지못해 일단은 택시에 올라탔다.

"기사님, 기장으로 가 주세요."

"아이고, 서울에서 오셨는가 배요."

여기서 굳이 기장까지 간다고?

택시 기사의 입이 벌어지는 게 보였다.

"좀 괜찮아?"

택시에 타자마자 준혁이 한쪽 손부터 들고 가서 계속 지압을 해 대는 통에, 난잡한 부산 도로처럼 생각이 경로를 이탈하여 정신이 더 없어졌다. 이따금씩 준혁이 힘을 줘 세게 누르니 앙칼진 소리가 저절로 나왔다.

"둘이 신혼부분가."

룸미러로 그 모습을 지켜보던 기사님의 질문에, 아니라며 사투리 억양으로 대답했다. 물론 부산 사람이 부산에서 사투리 쓰는 게 지극히 당연한 일이기도 했지만, 타지인인 게 티 나면 혹시나 바가지를 더 쓸 수도 있으니까. 준혁이 입술을 말아 웃는 게 보였다.

"어떻게 된 거냐구."

"뭐가."

"왜 서울에 있어야 할 사람이 여기 있냐구요."

"에이, 딱 보면 모르겠습니꺼. 여자 친구 보고 싶어 왔구만. 안 그런교."

붙임성 좋은 기사님이 덧붙이자, 준혁이 맞다면서 맞장구친다.

"기사 생활 32년차라예. 인자는 눈빛만 봐도 엔간한 사정들 다 안다 아입니까. 못 본 지 오래됐나 보지예."

"네, 엄청 오랜만에 보네요."

하루요, 하루. 24시간도 채 안 된, 하루요.

속으로 말을 삼키면서 준혁을 가늘어진 눈으로 쳐다보자, 그가 '맞잖아.' 하면서 눈썹을 들썩였다. 내가 못 살아.

"둘이 좋아 죽을 때 마 결혼하시소. 살다 보이까 따져 봤자 더 좋을 것도 없고. 마, 그때 결혼해야 잘 산다 하대예."

"그렇습니까."

"그치예. 저래 예쁜 여자 친구 남들 눈에도 예쁠긴데, 불안해서 우짭니꺼."

"그러니까요."

준혁과 기사님의 웃음소리가 차 내부 공기를 데웠다.

"내도 우리 와이프 지금도 어디 갈 때마다 딱 붙어 댕기고 싶은데, 우리 와이프는 고만 좀 따라다니라 하대예. 애정이 식어 뿟는가."

"기사님은 올해 결혼 몇 년 차세요?"

"올해로 34년 5개월. 만난 지는 34년 7개월."

그럼 2개월 만에 결혼하신 거냐는 둥 넉살 좋은 준혁과 기사님의 웃음 섞인 말소리가 점점 아득하게 들렸다. 고단했던 탓인지 잠이 몰려들어 왔고, 부스럭거리는 소리에 깼을 땐 준혁이 택시비를 계산 중이었다.

"다 왔으면 깨우지."

"곤히 자길래. 안 일어나면 안고 들어갈랬지."

"나 무거워요."

"하나도 안 무겁네요."

바닷바람으로 제법 쌀쌀해진 탓에 준혁이 내 어깨를 감싼 채 호텔로 들어섰다. 하루 동안 무슨 일이 벌어진 건지. 정말로 다이내믹 부산이다.

"바다네."

습관적인 탄성이었지만, 해가 져서 이제 잘 안 보인다는 객관적인 준혁의 말에 객실 창가로 더 다가갔다. 음, 안 보이긴 하는구나. 바다보다는 오히려 방 조명 때문에, 뒤에서 끌어안아 오는 준혁이 창문에 비쳐 더 잘 보였다.

"언제 내려왔어요."

"오후에."

"회사는."

"조퇴."

미쳤어. 놀란 내가 뒤돌아보려고 하자, 준혁이 몸을 감은 팔에 힘을 줘서 고정시키듯 꽉 안았다. 뒤에서 눌러 오는 무게감이 싫지만은 않았다.

"내가 공연 잘 보고 오랬지, 여기 오랬나."

"다시 올라갈까."

유리창에 비치는 준혁을 쏘아봤더니, 준혁의 웃는 입이 머리에 닿았다.

"티켓은 어쨌어요."

"유 대리님한테 찾아가랬어. 잘했지?"

준혁이 한 번 더 꽉 조이듯 안아 오자 찌푸렸던 얼굴도 허탈하게 펴졌다. 이거, 이거. 어제 내가 얘기할 때도 이미 보러 갈 생각이 없었구만.

"준혁 씨, 밥은."

자기는 간단하게 먹었다며 준혁이 되레 이제 속은 괜찮냐고 물었다. 문득 어딘가에 걸려 있던 답답함이 내려가는 것도 같고, 내려간 답답함이 역류하듯 눈물로 나올 것도 같고…….

"내가 엄마 집에서 자겠다고 하면 어쩔 뻔했어요."

"그럼 이참에 인사드려야 하나 했죠, 뭐."

그 꼴도 볼만했겠다는 어이없는 생각도 들었다. 근데 언제부터 호텔에서 기다린 거지. 홍태훈 차에서 내리는 것도 봤을까. 거리가 있으니 못 봤겠지? 그래도 혹시……. 아, 역시 그 차를 타는 게 아니었는데, 바보같이.

"무슨 생각을 그렇게 골똘히 하실까, 차유진 씨."

준혁이 어깨를 잡아 돌려서 눈을 맞춰 왔다. 뭔가 미안하단 말을 하고 싶었는데, 왜 미안한지 말해야 하는 게 더 미안해서……. 차마 입이 떨어지지 않았다.

눈을 마주치면 내 생각을 들킬 것 같아서, 준혁에게 팔을 둘러 안았다. 오늘 많이 힘들었냐면서 준혁이 머리를 쓰다듬었고, 난 그냥 고개를 끄덕였다.

"있어 봐요. 욕조에 거품 풀어 줄게."

따뜻한 물에서 몸 좀 풀라며 기다리라는 준혁의 옷깃을 손가락으로 잡았다. 새삼스럽게, 웬일인지.

"같이 씻어요."

수십 번은 더 안겼을 텐데, 이상하게 처음 '라면 먹고 갈래?'를 외치는 사람처럼 마음이 둥둥 울렸다. 준혁은 그럼 따로 씻을 생각이었냐며, 발그레 달아오른 볼에 한 번 더 입을 맞추고는 욕실로 향했다. 정신없는 하루 때문인지 머리가 또 지끈거렸다.

"불 끄면 안 돼요?"

뒤로 기댄 준혁의 너른 품은 충분히 아늑하고 편안했지만, 가슴 밑으로 물이 일렁대는 것 때문에 숨이 막힐 듯 답답해졌다. 바다를 보고 있자니 꼭 바다에 빠진 기분마저 든다. 바다 전망이었던 욕조는 역시나 밤이 되자 목적을 잃고 불빛에 덩그러니 둘의 나신만 적나라하게 비추고 있었다.

"왜, 난 야하고 좋은데."

그건 그래. 간지러운 손길에 몸을 흔들며 웃어 대자, 물이 찰박거리는 소리를 내며 찰랑였다.

"오늘 왜 본가에서 일찍 나왔어."

준혁이 긴 머리를 모아서 한쪽으로 넘긴 뒤, 목덜미에 입을 맞추며 물어 온다. 나른한 조명 아래에서 이완되었던 근육들이 다시금 긴장하기 시작했다.

"그냥 답답해서."

"……하긴 여기서 이렇게 할 얘기는 아니겠네."

준혁이 이를 세워 목덜미를 긁자 몸이 즉각적으로 반응한다. 가슴을 지분거리던 손이 아랫배를 지나자 몸이 아래로 살짝 미끄러졌다. 미끄러져 내려온 몸을 준혁이 두 손으로 순식간에 들어 올려 욕조 코너에 앉혔다.

낯선 곳, 익숙하지 않은 조명 아래에서는 처음 뭍에 나온 인어가 된 것처럼 준혁마저도 생경했다. 물기 어린 젖은 몸이 스스로도 색정적으로 느껴져, 이대로 바로 절정에 오를 수도 있을 것 같았다.

여전히 욕조 속에 있던 준혁이 무릎을 꿇고는 이미 벌어진 다리 사이로 고개를 밀고 들어와 허벅지 안쪽부터 입을 맞추기 시작했다. 물을 벗어나서 느끼는 한기 때문인지, 허벅지에 수놓아지는 더운 열 때문인지, 몸이 금세 바르르 떨렸다.

준혁이 허벅지 바깥으로 손을 빼어 몸을 제게 더 당겨 안고는 밑에서 가만히 올려다봤다. '왜.'라고 묻자 '해.'라는 질문이 뒤따랐다.

"응? 해?"

새삼스럽게 왜 물어, 진짜. 입술을 깨물고 고개를 끄덕이자, 저 장난기 어린 입술이 '뭘?' 하면서 다시 물어 온다.

"응? 뭘 해 줄까."

침묵의 간극이 주는 긴장감을 질구가 이미 오롯이 받아들이면서 흐느끼고 있었다. 살갗에 남은 물기라기엔 준혁의 시선에 한 번 더 울컥하고 나온 애액이, 이전의 것도 자신의 것이라고 알려 주고 있었다.

"그냥 빨리 박아 줘요."

에둘러 말했다간 더 괴롭힐 것을 알기에, 눈을 질끈 감으며 외쳤다. 그런 내 말과 동시에 몸이 뒤집혔고, 물이 바깥으로 넘치는 소리가 들렸다가 또 한 번 첨벙거렸다. 준혁이 한 손으로 내 몸을 감싸 안았지만, 균형을 잃을 것 같은 몸은 앞으로 쓰러지듯 흔들렸다. 이내 겨우 유리창에 한 팔을 짚고, 한 다리는 욕조에 무릎을 대어 안정감을 찾았다.

검은 밤바다를 도화지 삼아서, 두 사람의 나체가 유리창에 여울지며 흔들렸다. 파도가 넘실거리며 밀려오듯 준혁의 페니스가 몸

안으로 밀려 들어왔다. 한 번씩 세차게 치받쳐 밀려올 때마다 몸이 점점 앞으로 밀려서, 유리창에 머리라도 박힐 듯 가까워졌다.

"아웃! 천, 천천히……."

거부하는 건지, 받아들이는 건지 모르게 움직이던 질구는 제 안에서 더 크게 꽉 채워 온 침입자에 안정감을 찾아서 노를 저으며 같이 움직였다.

가슴이 짓이겨지듯 유리창에 붙었다가, 떨어졌다가를 반복했다. 몸을 지탱하며 욕조에 꿇린 무릎도 허리를 치받을 때마다 눌려서 아팠지만, 이 모든 통증들이 아래에서 느껴지는, 여전히 적응 안 되는 둔통이 수반한 것인지는 구분이 가지 않았다.

"아, 이렇게. 흐읏, 할 거면……."

이렇게 할 거면 어떻게 해 줄지 묻긴 왜 물었을까.

준혁은 내 말과 반대로 움직였다. '천천히'를 외치면 빠르게 허리를 쳐올렸고, '세게'를 외치면 부드럽게 휘저었다.

"천천, 웃."

"여기랑은…… 하아, 말이 다르잖아. 박아 달라며."

준혁이 결합된 부위 주변을 한 손으로 벌리며, 더 세차게 아래를 쳐올렸다.

"준혁 씨……. 웃, 아, 아파."

그제야 아랫배에 두었던 준혁의 팔이 위로 올라와, 그대로 팔뚝부터 유리창에서 떨어진 다른 팔까지를 감쌌다. 팔을 떼자 유리창으로 무너졌던 몸이 이제는 준혁에게 더 기대어졌다. 몸이 준혁에 의해 옥죄듯이 아래로는 오히려 준혁을 옥조였다.

"앞에 봐."

유리창을 거울삼아 둘의 움직임을 눈으로도 탐닉했다. 준혁의 팔에 의해 눌려진 가슴은 오히려 살이 모아져서 풍만한 모양새로 흔들렸다.

밭은 숨소리가 나오는 준혁의 입으로 손을 가져가자, 손목에 입을 맞춘 준혁이 손가락 하나하나를 물어 빨기 시작했다. 야릇한 감각에 손을 뺐더니 또 세차게 몰아치듯 몸이 흔들렸다.

두 사람의 몸에 남은 물기 때문에 몸이 퍽퍽 부딪치는 소리가 더 차지게 들렸다. 그 소리는 또 다른 소리를 불렀다. 잇새에서 교성이 터지면 그 교성은 준혁에게서 건조한 쇳소리를 불러일으켰다.

"하으, 으응."

준혁이 한 손으로 클리토리스를 문질렀다. 발름거리던 질구가 새로운 리듬을 탔다. 준혁은 쉽게 보내진 않겠다는 듯이 절정에 이를 만하면 동작을 멈췄다. 머리가 하얘지려는 순간 손이 떨어지면서 또다시 몸이 무너졌다. 그대로 쓰러지면서 이번엔 두 팔로 욕조를 짚었다. 여전히 아래에 박혀 있던 페니스가 새로운 각도로 채워졌다. 더 들어올 게 남았던가 생각했을 때, 끝까지 들어온 몸이 다시 움직이기 시작했다. 정신이 파도에 휩쓸려 머릿속을 까맣게 지웠다.

질에서 일으킨 물보라가 쾌락을 온몸에 흩뿌릴 때쯤, 몸이 또 한 번 뒤집혔다가 점점 천장과 멀어지고 욕조와 가까워졌다. 준혁이 뒷목을 받쳐 욕조에 누이듯 앉히고 몸을 겹쳐 왔다.

두 팔을 욕조 바깥으로 빼고, 준혁이 더 잘 들어올 수 있게 다리를 벌렸다. 벌린 다리 사이로 그야말로 물밀듯 페니스가 들어왔다. 돌아온 자에게 질구가 격한 환영 인사를 하면서 그를 물고는, 안으로 닻이라도 내릴 듯 깊숙하게 끌고 갔다. 질 내벽이 움직일 때마다 준혁의 미간이 움찔거렸다.

땀인지, 물인지 모를 것들이 준혁의 머리칼에 아슬아슬하게 매달려 있었다. 팔을 뻗어 머리를 정리해 주니 준혁이 입꼬리를 길게 올렸다.

"……하, 이거."

살이 부딪치며 욕조에 잔물결이 친다. 물이 찰박거리는 소리 사이로 준혁이 웃음기 어린 말을 뱉었다.

"뭐, 웃."

"4년 전 술집에서……. 머리."

회식 때 한 게 머리카락 올려 준 거라고? 아래위로 울렁이는 준혁의 높은 눈동자에 의아한 표정의 내가 담겼다.

"그리고, 이거."

얼마나 물고 빨았는지 통통하게 부어오른 입술에, 준혁의 입술이 살짝 닿았다가 떨어졌다.

"거짓, 말……. 흐응."

못 믿겠다는 얼굴을 짓궂게 바라보던 준혁이 빠르게 허리를 움직였다. 진실 여부를 가리기도 전에, 집채만 한 쾌락의 파도가 두 사람을 지배하듯 삼켜 버렸다. 파도에 분노하듯 덜덜거리던 몸을 준혁이 감싸 안고 잔물결을 일으켰다. 파도치는 바다에서 물보라가 하얗게 부서졌다.

"아까 그 말 뭐예요?"

드라이어 소리에 내 말이 잘 들리지 않는다는 듯, 준혁이 거울을 쳐다보곤 뭐라고 했냐며 입 모양으로 물어 온다. 내가 입술을 톡톡 건드리자 준혁이 드라이어를 끄며 입을 가볍게 맞추고 떨어졌다.

"아니, 아까 술집 얘기. 그거 무슨 말이냐고."

"키스한 거? 말 그대로지."

에이, 거짓말. 다시 드라이어를 켜서 머리를 말리려는 준혁의 손목을 잡으며 부탁했다.

"빨리 거짓말이라고 해 줘요."

"빨리 거짓말."

"장난치지 말고."

드라이어를 켜서 머리를 마저 말리려던 준혁이 스위치를 내리고, 진지한 표정으로 무릎을 꿇어서 눈높이를 맞춰 왔다. 그리고는 아직 물기가 덜 마른 내 머리카락을 위로 쓸어 올렸다. 진득한 눈이 내 얼굴을 찬찬히 훑더니, 몇 번 끔뻑거린 뒤 입술을 가볍게 포갰다가 떨어졌다.

"이렇게 했다니까."

미쳤나 봐. 화장대 의자를 뒤로 끌면서 일어났다.

"맞아. 나도 똑같이 그렇게 일어났어."

"아, 장난치지 마요. 진짜."

하지만 준혁의 진지한 표정이 장난이 아님을 여실히 보여 주고 있다. 미쳤나 봐. 진짠가 봐, 차유진……. 애써 웃던 얼굴에서 사라진 웃음기는 준혁의 얼굴로 옮아가고 있었다.

"진짜로 그랬다고?"

"그렇다니까."

준혁이 꿇었던 무릎을 일으켜 일어섰다. 이 남자가 하는 말은 어디까지가 진실일까.

준혁의 두 손이 어안이 벙벙해진 내 뺨을 감싸고, 입술이 쪽 소리를 내면서 닿았다 떨어졌다.

"이래도 기억 안 나?"

"난 기억 하나도 안 나요."

"뭐 괜찮아. 난 좋았어."

뺨을 감싼 손에 힘이 들어가자 볼살이 밀려 우스꽝스러운 상태로 '미쳤나 봐.'를 연신 외쳐 댔다.

"난 좋았다니까."

"……얼마큼?"

"꿈에 나올 만큼?"

또 장난이야 진짜. 손가락으로 그의 옆구리를 찌르자, 웃으면서 그대로 뒤에 있는 침대로 넘어진 준혁이 내 손을 잡아당겨 침대에 눕혔다. 폭신한 호텔 침구에 몸이 그대로 흡수되어 차라리 이대로 사라지면 좋겠다고 생각했다.

"설마 유 대리도 봤어요?"

"회사 사람들 아무도 못 봤어."

내가 미쳐. 창피함에 얼굴이 달아올라 어디로든 숨고 싶었다. 모르는 남자한테 술 취해서 키스라니. 홍태훈은 내가 좋아하기라도 했지. 두 손으로 얼굴을 가리고 발을 동동거렸다. 흑현대사 추가다.

"창피하지?"

"엄청 쪽팔리니까 아무 말 하지 마요."

"그러게 내가 묻지 말랬잖아."

"미쳤어. 내가 그 미친 짓을 또……."

동동거리던 발이 멈추고 준혁의 웃음소리도 멈췄다. 얼굴을 가리던 손의 손가락을 열어 준혁을 힐끔 쳐다봤다. 손가락 사이로 벌떡 상체를 일으킨 준혁의 황당해하는 표정이 보였다.

"또?"

실수라고 말하면서 손가락을 다시 닫았다.

제대로 미쳤나 봐. '또'라는 말이 여기서 왜 나와.

"실수 아닌 거 같은데."

"완전 어릴 때 친구한테."

"아, 완전 어릴 때 술을 다 마시고?"

"……대학 다닐 때."

손가락을 열어서 준혁의 반응을 확인했다. 여전히 아까 그 표정 그대로다. 차유진 입이 방정이네, 왜 이렇게 입을 함부로 놀리지?

"딱 한 번 그랬어, 진짜로."

"이러면 얘기가 달라지는데."

"진짜로, 그때는 내가 술은 먹었지만 기억해."

"나랑은 기억 못 한다 이거지."

"……준혁 씨가 기억하면 그걸로 되지 않을까."

이왕 이렇게 된 거, 그냥 뻔뻔하게 나가지 뭐. 어차피 내 뻔뻔함이 좋다는 사람 아니었던가. 몸을 일으켜서 준혁의 목뒤로 팔을 두르며 허벅지 위에 앉았다. 갑작스러운 내 행동에 준혁의 놀란 표정 같은 건 신경 쓰지 않고, 이마부터 차근차근 입을 맞추면서 말했다.

"그래서 준혁 씨는……."

짙은 눈썹을 지나서 눈 옆을 따라가 귓불을 할짝대자 엉덩이 아래로 묵직하게 세워지는 준혁이 느껴졌다. 웃으면서 귓불을 입에 머금었다가 빼고 촉촉한 목소리로 귀에 속삭였다.

"그때부터 내가 맘에 들었었나 봐?"

위에서 내려다본 준혁의 표정은 황당함과 흥분 그 사이 어딘가였다. 아니, 흥분에 더 가깝다. 입꼬리가 씰룩이는 게 눈에 보인다.

준혁의 눈에 입술을 붙이며 눈을 감기고 쭉 뻗은 코끝에 입을 맞춘 뒤에, 입술 위쪽에 한 번, 오른쪽에 한 번, 왼쪽에 한 번 입술을 붙였다가 뗐다. 그리고 그 예전에도 그랬듯이 입술에도 가볍게 키스했다.

"이번엔 제대로 기억할게."

눈을 뜬 준혁과 이마를 맞대면서 웃었다. 준혁이 뭐라고 하려 입술을 뗄 때마다 입술을 부딪쳤다. 입으로 막는 진정한 입막음이 몇 번 반복되자, 준혁도 포기하고 몸을 틀어 위아래를 바꾸었다. 그렇게 내 기억처럼, 밤바다처럼 까맣게 또 시간을 삼켰다.

출장 이튿날인 금요일, 피곤해서 푹 자고 싶었건만 웬일로 설정한 알람 시간보다 일찍 눈을 떴다. 일정은 늦은 오전부터여서 굳이 아침부터 서두를 필요는 없었다. 흐린 날이었다. 파도가 바위에 부서지는 게 침대에 누워서도 보였다.

"바다네."

습관적 탄성. 공간적 망각. 이렇게 바다를 관망하기 위한 공간에 일부러 찾아온 것도 참 오랜만이다. 파도가 칠 때마다 바닷물이라도 삼킨 것처럼 속에서 짭짤한 기운이 느껴진다.

"맑은 날이었으면 좋았을 텐데."

준혁이 아직 채 트이지 않고 잠긴 목소리로, 목덜미에 고개를 묻고 파고들었다. 질 좋은 호텔 이불이 기분 좋게 바스락거리는 소리를 내었다.

"난 흐린 날 바다 보는 게 더 좋아요."

누군가는 부산에 살면 바다도 매일 보고, 해운대도 놀러가지 않냐고 그러지만, 그건 아주 지독한 편견이다. 해운대 해수욕장은 방학 숙제로 마지못해 가야 했던 초등학생 이후로 딱히 가 본 적도 없다. 바다도 해안가 근처가 아니면 1년에 한 번 볼까 말까 한 부산 사람들도 있고. 뭐 아쉽게도 나는 물론 문만 열면 바다가 보이는 곳에서 살긴 했지만.

나는 파란 바다보다는 바위가 깨질 듯이 분노하는 파도가 보이는, 흐린 날의 바다가 더 좋았다. 아니, 좋아졌다고 하는 게 맞다. 본인의 힘을 과시하듯이 그게 무엇이든지 간에, 그것이 누구에게 어떤 존재든지 간에 자신과는 상관없단 듯 모든 걸 다 삼켜 버리는 성난 바다.

구름이 걷히고 언제 그랬냐는 것처럼 잔잔하게 푸른 바다가 햇살에 반짝이면, 그게 그렇게 찬란해서 혐오스러웠다.

"준혁 씨 오늘 출근 안 해도 돼요?"

"연차 썼어."

"무슨 연차를 그렇게 자주 써."

"좀 써도 돼, 나는."

이 자신감 넘치는 태도의 원천은 무엇일까. 몸을 돌려서 준혁을 쳐다봤다.

"지금 준혁 씨 되게 한량 같은 거 알죠."

이러다가 잘리면 난 책임 못 진다고 투덜거리자, 콧대를 손으로 쓸던 준혁이 코끝을 손가락으로 튕겼다.

"우리 회사 나 없으면 안 돌아가."

"뭔 자신감이래."

"못 믿겠으면 우리 회사 대표님한테 물어봐."

준혁의 회사는 공연을 기획하는 신생 컴퍼니치고, 대박만 터뜨리고 있는 회사다. 직원 복지도 그만큼 좋은 회사인 모양인 것이 은근히 샘나고 부러워진다.

"근데 나 궁금한 거 있어요."

"뭔데요."

"왜 처음에 재일에서 유 대리랑 했던 일. 그거 왜 망한 건지. 우리끼리는 그거 준혁 씨가 잘못해서 그렇다고 소문 돌았거든. 근데 내가 볼 때 준혁 씨 전혀 그럴 사람은 아닌 거 같고."

"음. 내가 잘못한 건 아니야."

"하긴 덕분에 그거 망하면서 왜 알음알음 비리 있는 거, 그때 수면 위로 올라왔잖아요. 금방 묻히긴 했지만 언젠간 터질 거였어. 덕분에 직원들은 좀 피곤해지긴 했어도. 아니야, 좀이 아니지. 그때 해명 보도 자료 내가 다 만들고……. 내가 진짜 힘들었어."

그때 생각이 나자 설움과 분노가 끓었다.

"애꿎은 희생양이 여기 또 있었네."

"뭐야, 내가 희생된 거예요?"

준혁이 조금은 멋쩍게 이마를 긁는다.

"언론 탄 거 내 작품이거든."

"그게 무슨 소리야."

"내가 찌른 거라고. 비리 고발."

대박 사건. 준혁을 보는 눈과 입이 같이 열렸다.

"그걸로 유진 씨가 그렇게 힘들어질 줄은 몰랐네."

"왜 찔렀어요? 복수 뭐 그런 거?"

"비슷한데, 그렇게 말하니까 꼭 누아르 같잖아."

오호라. 눈을 반짝이면서 '무슨 복수냐, 치정 멜로 같은 거냐' 하면서 준혁을 쪼아 댔지만, 준혁의 굳게 닫힌 입은 쉽게 열릴 생각이 없어 보인다.

"흐음, 오늘따라 아침부터 과거 탐색이 너무 깊은데."

오히려 가슴을 주무르던 손을 멈추고 여유롭나 보다며 준혁이 위로 몸을 겹쳐 온다. 아랫배를 찔러 대는 걸 아까부터 느끼긴 했지만, 그를 받아 줄 시간까지는 없었기에 몸을 반대로 데구루루 굴려서 황급히 욕실로 도피했다. 조금만 더 구슬리면 더 말할 것 같았는데, 아쉽다. 시계를 확인하며 수건을 머리에 동여맸다. 다른 의미로 아쉬운 사람이 욕실 문을 열고 들어온다.

"왜 쳐다봐요, 자꾸."

"예뻐서."

그렇지 않아도 내가 화장하는 내내 뚫어져라 쳐다보는 통에 짝짝이가 되어 버린 눈썹을 비틀면서 준혁을 쳐다봤다. 장난치지 말라는 뜻으로 뭐라고 했더니, 침대에 걸터앉은 준혁이 아예 화장대 콘솔 의자를 제 쪽으로 더 당긴다. 의자에 엉덩이만 붙인 채로 화장대 쪽으로 몸을 더 기울이니 그새를 못 참고 준혁의 손이 허리를 감싸 올라왔다.

"안 돼. 이제 진짜 시간 없어요."

지금 누구 때문에 시간이 없는 건데. 거울로 비치는 준혁을 째려보면서 한쪽 손으로는 눈썹을 마저 그렸다. 아, 또 짝짝이야.

"그냥 만지기만 할게."

"뭘 만진다고, 웃."

브래지어 사이로 손이 들어왔다. 차갑고 큰 손이 가슴을 덮었다가 말캉한 살을 주무르며 움직였다.

"응? 이러고만 있을게."

"응큼해, 아주."

"먼저 키스한 사람이 할 말은 아니야."

"그 얘기 금지예요."

뭔가 오래갈 듯한 약점이 잡힌 것 같지만, 준혁의 손을 막는 것보다 비뚤어진 눈썹을 수정하는 게 급선무였다.

세종으로 올라가기 전 부산에서의 오전 일정은 모 대학 교수님과의 미팅이었다. 연구실로 찾아간다는 걸 교수님이 근처 카페에서 보기를 원하셨고, 준혁은 잘됐다면서 자기도 카페에서 기다리겠다고 했다. 일하는 걸 옆에서 몰래 구경하겠다고 해서 그의 옆구리를 살짝 꼬집었고, 결국 준혁은 멀찍이 보일 듯 말 듯 한 곳에 자리 잡았다.

"아카데미는 32회차로 진행될 거고, 커리큘럼도 교수님 재량에 따라 얼마든지 수정 가능합니다. 추가로 필요한 기기가 따로 있으면, 그것도 저희 쪽에서 최대한 지원 가능하고요."

"음, 전에 김형민 교수가 했던 거랑 비슷한 건가요?"

"아, 네네, 맞습니다. 그때는 저희가 처음 진행한 거여서 좀 미흡했던 점도 있었는데, 그래도 생각보다 반응은 꽤 좋았거든요. 그때 기사도……. 여기 보시면 아시겠지만 호평이었고요."

준비해 왔던 지난 아카데미 기사 요약본 캡처들을 화면을 넘겨 가면서 보여 드리자, 교수의 표정이 조금은 누그러졌다.

"나도 좋은 기회인 거 같긴 한데……."

"저 사실은 교수님 강의 청강한 적이 있거든요."

마주 앉은 여자 교수의 눈썹이 흥미롭다는 듯이 들렸다.

"제가 일을 떠나서도 관심 갖고 있는 분야여서 예전에 학교 다닐 때 강연 오셨던 것도 듣고, 사실은 몇 년 전에 제주도에서 하셨던 강의도 청강했어요. 그때 강의가 너무 감명 깊어서, 이번에 아카데미 얘기 나올 때 제가 교수님 강의 추진해 보겠다고 했습니다."

"제주도라면 5년은 더 지난 것 같은데."

교수가 테이블 끝에 놓인 내 명함에 다시 한번 눈길을 줬다.

"네, 6년 전쯤 8월이었어요. 그래서 이번엔 교수님 모시고 더 완벽하게 잘해 보고 싶어요. 교수님 여러 일정으로 바쁘신 거 알지만, 저희 쪽에서는 놓치기에는 너무 아까운 기회여서 이렇게 직접 내려왔습니다."

직장인 차유진이 공손한 얼굴을 장착하자 앞자리에 있는 교수의 꼿꼿한 표정에도 살짝 미소가 번진다. 몇 차례 자료가 더 오가고 함께할 수 있어서 영광이라는, 통상적인 대화가 마무리되었다. 일어나서 배웅까지 끝내자 그제야 마음이 한결 가벼워졌다.

준혁이 앉아 있는 테이블로 향하는 발걸음도 더없이 가볍기만 했다. 그러나 그것도 잠시 그를 놀래려고 살금살금 다가간 것이 무색하게도, 그의 통화 내용에 그대로 얼어 버렸다.

"응. 아니, 나연아. 내가 알아서 할게."

나연? 준혁의 입에서 나오는 그 이름은 여자 이름이 분명했다.

"그래, 시간 내 볼게. 아니, 회사 일은 아니고."

게다가 나연이라는 사람은 회사 사람도 아닌 것 같은데.

"서울 올라가면 연락할게, 나연아."

얼마나 친한 사이기에 연락까지 다시 한다 그러고. 묘한 질투심에 준혁의 등을 툭 건드리고는 그의 옆자리 의자를 빼서 앉았다.

"벌써 끝났어?"

인기척에 준혁의 얼굴이 금세 밝아졌다. 그 나연이라는 여자와 얘기할 때도 이런 표정이었을까.

"응. 생각보다 이야기가 잘 풀렸네."

"잘됐네. 점심은 부산역에서 먹을까?"

시계를 보고 짐을 챙겨 일어나려는 준혁의 허벅지를 눌러 앉혔다.

"나 질투해야 하는 건가."

준혁이 무슨 소리냐는 표정으로 쳐다보자, 턱 끝으로 준혁의 휴대폰을 가리켰다.

"좀 전에 통화하는 거 들었는데, 나."

"아, 나연이."

"아, 나연이?"

왠지 더 다정하게 느껴지는데.

"아는 친구야."

"내가 질투해야 하는 거 아니죠?"

확답을 얻고 싶어서 눈에 힘을 줘서 준혁을 쳐다봤다.

"그런 건 전혀 아닌데. 질투 났나 봐?"

은연중에 준혁을 향한 의심이 존재하고 있었던 것인지, 심각하게 굳어 가는 내 표정과는 달리 준혁의 얼굴 근육들은 미묘하게 춤추듯 움직였다.

"차유진 씨가 나한테 질투도 다하고."

"약간 섹시한 이름 같은, 읍!"

준혁이 입을 맞췄다가 떨어졌다. 놀란 눈으로 주위를 둘러봤지만 다행스럽게도 다들 자기 일하느라 우리 테이블은 못 본 것 같았다. 뭐하는 짓이냐며 주먹 쥔 손으로 준혁의 팔을 살짝 때렸다.

"왜 여기는 회사 사람들도 없는데."

"그래도 딴 사람들이 보잖아."

"보라 그래."

더 달려드는 준혁의 입을 서둘러 손으로 막아 버리자, 준혁이 혀로 손바닥을 핥았다. 눈이 동그래져서 그를 쳐다보니 이번엔 이로 긁어 대다가 살짝 깨물기까지 한다.

"왜 이래요, 진짜."

"질투하니까 섹시하네."

또 장난이야. 준혁의 허벅지를 찰싹 치고 일어섰다. 오히려 그 경박하고 차진 소리에 사람들이 쳐다보는 게 느껴진다. 준혁이 엄살떨듯이 아프다는 표정을 지으면서 짐을 챙겨 옆으로 엉기듯 붙어 온다. 익숙하고도 낯선 동네에서 희한하게 확인해 대는 애정이다.

"부산까지 왔는데, 바닷물에 발 한 번 못 담그고 가네."

준혁이 포장한 햄버거를 뜯으며 아쉬운 듯 기차 밖을 쳐다봤다. 바다 그게 뭐라고. 뚜껑에 제로 콜라 표시가 된 콜라를 가져다가 빨대로 한 모금 들이켰다.

"나는 바다 안 좋아해요."

"왜, 많이 봐서?"

"그냥. 무섭잖아."

"수영 못 하는구나."

준혁의 말에 햄버거를 먼저 한 입 베어 먹다 말고, 가는 눈으로 그를 쳐다봤다.

"이래 봬도 수영 잘해요. 어릴 때 대회도 나갔어."

프렌치프라이 통을 먹기 편하게 뜯던 준혁이, 근데 뭐가 무섭냐면서 물어 왔다.

"예전에 바다에 빠진 적 있었거든."

"언제?"

"대학생 때. 나는 수영 잘한다고 생각했는데 아니었나 봐. 아무것도 못 하겠더라구요. 누가 밑에서 잡아당기는 것 같고."

"아무도 안 구해 줬어?"

"다들 내가 물에 빠진 줄 몰랐어."

밤이었거든. 술 마시느라 몰랐던 사람들이 다수였지만. 뒷말은 속으로 삼켰다. 오랜만에 떠오르는 옛날 기억에 그때로 돌아가기라도 한 것처럼 속이 갑갑해졌다. 그날 이후로는 스스로 입 밖에 내본 적 없는 얘기다.

"물 위에서는 또 잘 떠 있었거든."

"많이 무서웠겠네."

"무서웠지."

무섭고, 춥고, 아프고, 외롭고……. 바다란 그런 존재였다. 인간이라는 존재가 자연 앞에서 얼마나 작아질 수 있는지, 자연이라는 존재가 얼마나 단기간에 인간을 삼켜 버릴 수 있는지.

평생 꺼낼 일 없을 것 같았던 기억이었는데, 어쩐지 준혁의 앞에서 술술 얘기가 나오는 게 나조차도 신기해진다. 그때의 기억에 잠식되어 물에 빠진 것처럼 숨이 턱 막혀 콜라를 한 모금 더 마셨지만, 갑갑함은 쉬이 해소되지 않는다.

"어떻게 빠져나왔어."

"그냥, 누가 봤나 봐. 정신 차리니까 백사장이었어요."

"다행이네. 큰일 날 뻔했네."

잔뜩 주름진 준혁의 미간을 손가락으로 누르며 옅게 웃었다.

"그래서 난 바다가 싫어."

"아까는 그래도 흐린 날 바다가 좋다며."

"굳이 따지자면 그때가 좋은 거야. 이왕이면 바람도 많이 불고, 비도 많이 내리고, 파도도 세고."

배도 뜨지 못할 만큼, 그런 거센 바다.

"그럼 나도 앞으로 그런 바다 좋아해야겠네. 나는 차유진 씨가 취향이니까."

기분을 풀어 주기라도 할 것처럼 몸을 붙여 오는 준혁에게, 같이 싫어해 달라는 말은 차마 하지 못하고 눈을 접어 같이 웃었다.

기차가 출발했다. 기차 창문으로 빠르게 움직이는 풍경을 눈으로 담았다. 정신없이 지나간 부산에서의 이틀이었다. 그래서 어쩌면 다행이었는지도 모른다. 가슴이 또 답답해져서 콜라를 한 모금 마셨다. 태훈의 말대로 곧 6월이었다.

기차가 빠르게 터널을 통과했다. 점점 부산을 벗어나고 있다. 보이지도 않는 바다를 그리며, 오랜만에 떠올랐던 그 단어를 속으로 되뇌어 본다. 아빠, 안녕.

　부산에서 만난 그날 이후로, 태훈과는 놀랍게도 마주치는 일이 없었다. 좀 더 확실히 하자면 나는 태훈을 봤지만, 태훈은 날 못 봤다. 주로 내 차를 타고 간다거나 아니면 준혁의 차를 타고 집으로 들어갈 때, 놀이터 벤치에 앉아 있는 태훈의 뒷모습을 스치듯이 확인하기만 했다.

　처음엔 우연이겠거니 생각했다. 막 퇴근을 하고 집으로 들어가던 시간에도, 준혁과 저녁을 먹고 집으로 들어가던 시간에도, 내가 잠시 편의점에 들렀다가 돌아가는 시간에도 해가 진 그 놀이터 벤치에 태훈이 앉아 있었다.

　염병하네.

　몇 번의 우연이 겹치자 청승 떨고 앉았다 싶었다. 오늘도 편의점에서 간식거리를 사 오는데, 태훈의 뒷모습이 눈에 걸렸다. 그냥 지나치려다가 문득 준혁이 생각났다. 이렇게 계속 지내는 건 준혁에게도 미안한 일이었다.

　준혁은 여전히 태훈이 나와 같은 오피스텔에 사는지 모른다. 내가 부산에서 태훈을 만났던 사실도 모른다. 일부러 숨기려고 했던 건 아니었는데, 준혁과 있을 땐 다른 곳에 신경을 안 쓰다 보니 어느새 비밀이 되어 버렸다.

　뭘 하든 결판을 내야 했다. 이사를 나가라 하든, 뭘 하든. 따지자면 태훈이 내 공간에 침입한 거나 다름없으니까.

　"여기서 뭐 하는 건데."

　"누구신데요."

힐끔 올려다본 태훈이 다시 눈을 돌려, 저 멀리 농구 골대를 쳐다본다. 아, 농구 골대가 여기 있었구나. 그래서 맨날 여기 있던 건지. 정말 지긋지긋한 농구다.

"청승 좀 그만 떨어."

"넌 나한테 하지 말라는 게 왜 그렇게 많냐."

엄마 잔소리 듣는 사춘기 청소년처럼 태훈이 얼굴을 구기며 짜증을 냈다.

"이사 좀 가면 안 돼?"

"안 돼."

"왜."

"돈 아깝잖아."

내가 미쳤지. 이런 인간이랑 무슨 대화를 하겠다고. 그래, 내가 먼저 나가는 게 빠를지도 모를 일이다. 결국 박힌 돌이 먼저 빠지는구나. 내일이라도 부동산에 가 봐야지 싶었다.

"왜, 내가 있는 게 신경 쓰이냐."

"말싸움하기 싫어."

손에 들린 편의점 비닐 봉투가 경망스럽게 부스럭거렸다. 그걸 멍하니 쳐다보던 태훈이 입을 뗐다.

"그때 부산은, 엄마가 마지막으로 보자셔서 내려갔던 거야. 이제 연락 안 하시겠대. 너한테 미안하다고."

하, 진짜 우리 엄마는 정말.

짜증이 나서 애꿎은 땅만 발뒤꿈치로 찍어 댔다.

"너무 그러지마. 알잖아, 너도. 왜 그러시는지."

너무 잘 알아서 문제였다.

나는 기다림에 익숙한 사람이다. 기다리는 자에게 복이 있나니. 어릴 때부터 긴 기다림 끝에는 늘 선물 같은 아빠가 왔다.

대학교 2학년, 그해 8월에 아빠가 탄 배에서 사고가 났다. 아빠의 몸은 여전히 실종된 상태였지만, 우리는 사측 제의로 사고 후 얼마 뒤 장례를 치렀다. 그때 홍태훈은 부산까지 내려와서 장례를 하나부터 열까지 도맡았다. 아니 사실은, 그때 기억이 잘 나지 않는다. 친척들 말에 따르면 숨겨 둔 아들인가 싶을 정도로 우리 엄마를 잘 챙겼다고 한다.

시신 없이 치르는 장례는 간단히 끝났다. 장지에 허묘를 만든다거나 하는 건 하지 않았다. 집으로 돌아왔지만 예전과 변한 건 없었다. 이렇게 기다리면 아빠가 언젠간 오지 않을까. 눈물을 흘리면 진짜 아빠의 죽음을 인정하는 꼴이 될까 봐, 목 놓아 울지도 못했다. 태훈은 아무렇지도 않게 평소처럼 행동하는 나 대신 엄마부터 챙겼다.

엄마는 강한 존재가 아니다. 엄마는 몇 번이나 무너졌다. 그리고 태훈이 그런 엄마를 나 대신 일으켰다. 전화로 시시때때로 안부를, 그야말로 생사 확인을 하던 건 예사였고, 주말마다 부산으로 내려가가게 일을 도우며 엄마를 챙겼다. 멀쩡히 잘 지내는 나 대신.

바다가 싫어졌다. 아빠를 집어삼킨 바다다. 차라리 아빠가 사고당했다는 그날처럼 거센 파도가 이는 바다만 보였으면 좋겠다고 생각했다. 파도가 잔잔해졌는데도 아빠가 아직 안 오는 건 반칙이었다. 잔잔한 바다에 뱃멀미를 하듯 토악질이 났다.

나는 서울로 올라와 묵묵히 학교를 다녔다. 차라리 바다가 안 보이는 서울이 부산보다 나았다. 바다처럼 넓은 한강은 적어도 아빠를 삼키진 않았을 텐데. 버스 타고, 지하철 타고 한강이 보일 때마다 눈을 감았다.

엄마는 내가 잘 지내서 다행이라고 했다. 잘 못 지낼 이유도 없었다. 예전과 다를 게 없었다. 나는 그냥 기다리는 중이었으니까. 우리는 아빠의 마지막 모습, 6월의 아빠를 기억하기로 했다. 그 모습 그대로 돌아오길 바라면서.

10월, 동아리 행사가 끝나고 우리는 뒤늦은 엠티를 갔고, 나는 거기서 바다를 또 봤다. 술이 들어가자 파도치는 소리가 '유진아, 우리 진이.'라고 들렸다. 바다가, 아빠가 나를 불렀다. 술에 취했다기엔 맥주 한 캔이 다였다. 마음이 흐려진 상태에서 물귀신한테 홀렸을지도 모른다. 정신 차렸을 땐, 홍태훈이 물에 젖은 나를 안고 울고 있었다. 나는 울지 않았다.

나는 나 대신 우는 태훈을 보면서, 그냥 바다가 싫다고 대답했다.

엄마는 당장 집으로 내려가자고 했지만 내려갈 수가 없었다. 부산 곳곳에는 바다가 있었고, 아빠가 있었다. 당장이라도 아빠가 나를 부를 것만 같았다. 학교 핑계를 대면서 그렇게 서울에 남아 있었다. 뻔뻔하게 그렇게.

그해 겨울 방학은 집에 내려가기 싫어서 여행을 길게 다녀왔다. 엄마는 당신은 괜찮으니 얼마든지 다녀오라면서, 용돈도 두둑하게 챙겨 주셨다. 여행 다녀온 뒤에는 아르바이트 핑계로 집에 내려가지 않았다. 엄마한테 드리려고 사 온 기념품도 태훈의 손에 들려 보냈다.

3학년 1학기가 끝나고는 부산으로 내려왔다. 나는 집에서 또 한 번 까무러쳤다. 6월이었다. 아빠가 잘 다녀오겠다면서 떠났던 그 6월.

내가 잘 지낼 거라고 생각했던 엄마는 태훈을 불렀고, 나는 그런 태훈에게 역시나 또 바다가 꼴도 보기 싫다며 화장실로 가서 먹은 걸 다 게워 냈다. 집은 그때 빠졌던 바다보다 더 무서웠다. 숨 쉴 구멍이 없었다. 그렇게 우리는 다시 서울로 돌아왔다.

태훈은 굳이 내 앞에서 연민 같은 감정을 내보이지 않았다. 우리는 평소처럼 일상을 살았다. 사소한 걸로 싸우고 화해하고의 반복이었지만. 그래서 고마웠다. 아무렇지도 않게 대해 줘서.

아. 얼마나 못난 딸이던가. 엄마는 강하지 않았지만 딸 앞에서는 늘 강했다. 하지만 엄마가 무너지는 걸 봤던 나는, 태훈의 앞에선 늘 채무자였다. 엄마 역시 마찬가지였다. 우리는 서로를 살려 준 태훈에게 늘 고마웠다. 그 고마움이 지난 10년간의 태훈의 부재 같은 것도 다 덮을 정도로.

엄마와 나 사이의 아빠 얘기는 점점 의식적으로 줄어들었고, 그 자리를 태훈이 채웠다. 엄마는 나한테 해 주고 싶은 걸 태훈을 통해서 하는 걸지도 모른다. 나 또한 나 대신 엄마에게 아양 떠는 태훈을 방임한 셈이고.

안 보고 산 세월이 더 길었음에도 불구하고, 우리의 짧은 시간들은 가족과 연인 그쯤 어딘가에서 말도 안 되게 버무려져 있었다.

"그 정도면 오빠한테 충분했다고 봐."

"맞아."

감사 표시는 태훈에게 차고 넘쳤지만, 우리는 태훈에게 정서적으로도 몇 곱절은 더 되돌려 받았다.

"나도 오빠한테 많이 의지했어. 많이 좋아했고, 많이 보고 싶었어."

언제까지나 과거형이다.

"원망도 많이 했어. 갑자기 왜 그렇게 떠난 건지. 내가 뭘 잘못한 건지. 욕도 많이 하고."

"그건……."

"근데 그것도 다 마음이 남아 있을 때 하는 거더라. 지금은 그럴 기운도 없어. 시간 아까워. 그냥 우리 좋았던 기억만 남겨 두고 싶어."

"……."

"사실 그래 뭐, 몇 년쯤 전에 나타났으면 나도 또 모르겠어. 오빠 다시 만났을 것도 같아. 근데 아니잖아. 자그마치 10년이야. 그동안 내 감정은 왜 생각 안 해."

나도 이렇게까지 오래 걸릴 줄 몰랐어.

태훈이 마른세수를 하며 머리를 쓸어 올렸다.

"너랑 다시 잘해 보려고 한국 온 건 아냐."

내가 무슨 염치로.

앞만 보던 태훈이 벤치 뒤로 등을 기대면서 눈을 마주쳤다.

"사실은, 내가 먼저 너 좋아했어."

멀리서 과일 가게네 순돌이가 짖는 소리가 들렸다.

고백이라기엔 호전적인 눈이었다. 자존심 세우려는 그 눈빛. 내가 홍태훈에게 먼저 고백했을 때의 그 눈빛.

"개수작 부리지 마."

"그래서 배지민한테 친구 데리고 오라 한 거야. 걔가 데려올 친구래 봤자, 너 하나니까."

이기죽거리는 태훈의 입꼬리가 미세한 경련으로 떨렸다.

"네가 도서관에서 받는 커피랑 쪽지들 없애느라, 내가 얼마나 짜증 났는데."

"헛소리하지 마."

"네가 나갔다 싶으면 쪼르르 몰래 와 가지곤. 어디서 그런 것들만 굴러오는지, 어이가 없어서 내가."

처음 듣는 말이었다.

"내가 네 옆에 버젓이 있으면 알아서 떨어져야 할 거 아냐. 상대도 안 되는 새끼들이 같잖게."

"무슨 말을 하고 싶은 건데, 그래서."

"내가 먼저였다고."

속에서 무언가 심장을 비틀었다가 잡아당기는 듯했다.

그래서 그렇다고 뭐. 이제 와서 뭐. 결국 먼저 고백할 용기도 없던 겁쟁이 주제에. 비겁하게 지금 와서.

"까고 있네."

"농구할 때 내가 좀 멋있어야지."

태훈이 한쪽 입꼬리를 올리면서 다시 농구 골대를 응시했다.

또 뻔한 얘기들이었다. 더 이상의 입씨름은 의미 없었다. 내가 나가야지. 비싸더라도 새 오피스텔 알아봐야지. 이왕이면 회사 근처로 옮겨야지.

"너도 나 농구하는 거 보고 반했잖아."

피식거리며 내뱉는 말에 심장이 쥐가 나듯 찌르르했다. '안 그래?' 하고 쳐다보는 태훈의 눈빛은 10여 년 전 그 어디에 머물러 있었다. 그 문장 하나가 날 감싸 안아서, 20살 그때로 돌려보낸 느낌마저 들었다.

"몰라."

"그래, 씨발. 넌 평생 모를 거다."

"욕하지 마."

태훈이 한 번 더 '씨발.'이라고 외쳤다. 유치했다. 도대체 우리는 지금 여기서 몇 살짜리 대화를 나누는 거야. 어이없는 웃음이 나왔다. 10년의 세월이 통째로 구간 삭제된 것 같았다. 30대의 차유진이 10년 전 홍태훈을 내려다보고 있었다.

"그만하자, 이제."

"그 새끼, 여자 있어."

무슨 근거로 하는 말이냐고 쏘아붙었다. 그럼 그렇지. 비실거리는 저 입이 아무 말이나 뱉은 거라는 걸 보여 주고 있다. 비겁하고 졸렬하게 용기도 없이.

"억지 좀 그만 부려."

"내가 봤다면?"

피가 식었다. 화내고 싶은 마음도 사라졌다. 증오도 관심의 일종이다. 그동안 쌓아 둔 모든 추억들이 추락하듯 빠져나갔다. 남은 정도 떨어진다, 뭐 그런 말은 지금 하는 말인 거 같다.

"그렇게 말해 주니까 차라리 고맙네. 사람이 어디까지 추해질 수 있는지 본 것 같고, 아주 좋다."

"야, 차유진!"

"잘해 보려고 온 거 아니라면 더더욱 여기 붙어 있을 이유 없을 거 같은데, 뭐 상관없어. 오빠가 안 나가면 내가 나갈게."

똥은 더러워서 피하는 법이다.

"몰랐는데, 우리가 사귀면서 느꼈던 거, 그거 사랑 아냐. 그냥 오빠는 나한테 연민이고, 동정이었고, 나는 그게 마냥 고마워서 그랬던 거 같아."

"……."

"아, 그게 지겨워서 도망친 건가."

쓴웃음이 새어 나왔다.

"그 사람은 너 같은 비겁한 인간이랑은 달라. 나는 그 사람 많이 좋아해. 그 사람이 이런, 이따위 하찮은 일로 상처받을까 봐 나는 그게 더 불안하고, 마음 아프고, 싫어."

서로를 보는 얼굴이 구겨졌다.

"여기 왜 이사 왔든, 아니 한국에 왜 왔든, 미국에 왜 갔든지, 왜 연락을 못 했든지 간에 상관없어. 보나 마나 또 같잖은 변명 들이 대겠지. 그냥 오빠는 10년 전에 죽었던 거야, 나한테는. 난 10년 전에 이미 홍태훈 너 죽었다고 생각하고 살 거야."

죽었다는 말을 이렇게 아무런 감정의 동요도 없이 할 수 있을까. 아빠가 죽었다는 것도 아직 인정해 본 적이 없는데. 차라리 마음이 편해졌다.

"죽었다고……."

홍태훈이 못 들을 말이라도 들은 것처럼 젖은 눈동자로 쳐다봤다. 그래, 차라리 그게 나았다. 내 인생에서 죽어서 저 어딘가에 묻어 버린 존재로 남는 게 나았다. 진작 그렇게 화장시켜 버릴 추억이었다.

"좀 아쉽네. 진작에 그냥 한국 와서 이런 치졸한 꼴 다 보여 주지 그랬어. 그럼 이렇게 시간 낭비 안 했어도 됐는데."

시간 낭비. 야불거리던 홍태훈의 입도 죽은 듯 멈췄다.

나는 천천히 발걸음을 뗐다. 피가 식으면서 몸의 수분도 날린 건지, 애도의 눈물조차 나오지 않았다.

비로소 홍태훈을 내 인생에서 도려냈다.

닭발이 먹고 싶은 밤이었다.

"준혁, 준…… 혁 씨! 헉, 헉."

'러너스 하이', '러닝 하이'라는 말이 있다. 30분 정도 뛰었을 때 엔돌핀이 분비되면서 오르가슴과 같은 기분을 느낀다는 건데…… 그래, 사실 오르가슴까지는 아니고, 뛰다 보면 힘든 것도 잊히고 상쾌해지면서 기분이 좋아지는 시점이 오기는 한다. 근데 겨우 그 정도로 오르가슴이라는 건 너무 억울하잖아.

아무튼 그 얘기를 꺼낸 다음 날부터 잘됐다며 준혁과 저녁에 달리기를 시작했건만, 몇 년 전까지도 가뿐하던 30분 달리기가 지금은 10분만 달려도 저 속에서 욕이 먼저 튀어나올 만큼 체력이 떨어져 힘들어졌다.

"준혁…… 헉, 민준혁!"

……난 이제 안 뛸래. 아니, 못 뛰어 이제.

앞서 달리던 준혁이 멈춰 서서 숨을 고르는 내게 다시 달려왔다.

"방금 욕했지?"

"안, 헉…… 했어."

"딱 욕한 표정인데."

"……거의 할, 헉…… 뻔했, 헉."

한 손으로는 이마에 흐르는 땀을 닦으며 머리를 살짝 흔든 뒤, 준혁이 건넨 물을 받아서 벌컥벌컥 들이켰다.

근데 나 지금 약간 마님 집 돌쇠 같았지 않았나 하면서 준혁을 쳐다보니, 역시나 힘을 줘 꽉 다문 입술 사이로 웃음이 터져 나오려고 그런다.

"웃지 마요."

"지금 되게 섹시해."

아 진짜. 그놈의 섹시, 섹시. 부산에서 나연이라는 여자와의 통화에 내가 신경 쓴 게 마음에 걸리기라도 했는지, 뭐만 하면 시도 때도 없이 섹시하다는 말이 따라왔다. 멸치를 먹을 때도, 눈곱을 떼어 낼 때도, 이마를 긁을 때도.

난 이제 더 이상 못 간다고, 준혁을 끌어당기면서 벤치에 앉혔다. 이것 봐. 앉으니까 얼마나 좋아. 숨을 고르면서 준혁의 어깨에 머리를 기댔다.

"아직 30분 못 뛰었는데."

"난 이제 못 뛰어. 준혁 씨 혼자 달려요."

"그럴 거면 왜 뛰자고 했어요."

"뭐래, 준혁 씨가 뛰자고 했잖아요."

"러닝 하이, 오르가슴 얘기 하길래 뛰고 싶은 줄 알았지."

뻔뻔한 얼굴로 오르가슴을 얘기하는 준혁이 당장이라도 다시 일어나 뛰자고 할 것 같아서, 그의 손을 잡아 깍지를 끼고 꽉 묶어 두듯 다른 한 손으로도 깍지 낀 손을 감쌌다. 바람이 살랑 불어와서 땀을 식혔다.

"어차피 진짜 오르가슴만도 못한데 뭘."

"방금 그 말도 진짜 섹시했어."

하아. 크게 숨을 내쉬었다.

"가요."

내가 먼저 일어났다. 준혁이 어딜 가냐는 표정으로 쳐다본다.

"집. 진짜 오르가슴 느끼고 싶어졌어."

그러니까 장비발이라는 게 있다. 장인은 도구를 가리지 않는다지만, 나는 장인이 아니니까 무조건 좋은 도구를 써야지 마음이 편하달까. 러닝도 마찬가지다. 러닝의 장비는 무조건 다리를 잘 잡아 주는 레깅스와 가슴을 잘 잡아 주는 스포츠 브라다. 쓸데없이 기능 좋은 바로 이 스포츠 브라.

"이거 왜…… 이렇게 안 돼."

준혁이 스포츠 브라를 벗기려고 낑낑대다가, 옷이 튕기면서 또 손등을 맞았다. 벌써 세 번째다.

"그러니까 내가 벗겠다니까."

스포츠 브라 벗기까지가 진정한 운동이거늘. 결국 포기하고 손을 뗀 준혁을 뒤로하고, 먼저 씻으러 들어갔다. 바디 워시로 거품을 내어 땀에 전 몸을 닦았다.

분명히 상쾌하고 시원해야 하는데, 이 찝찝함은 도대체 무엇일까. 부산을 다녀온 뒤로 모든 게 엉키는 기분이었다. 아니, 홍태훈이 한 그 쓰레기 같은 말 때문이었나.

준혁에게 여자가 있다는 말은 애당초 믿지 않았다. 붙어 있는 시간이 그렇게 많은데, 여자는 무슨 여자. 오해할 건더기도 없는 사람이다. 그럼에도 혹시. 아니, 말도 안 된다. 홍태훈 그 미친 새끼가 했던 실체 없는 말보다, 내가 직접 보고 느낀 준혁을 믿는다.

찬물로 세수를 하면서 쓸데없는 생각을 지우고 샤워 가운을 입는 동안, 현관문이 열고 닫히는 소리가 났다.

"누구 왔어요?"

준혁이 벨 소리에 나가 보니 이게 있더라며, 말없이 빈 반찬통이 든 종이봉투를 내밀었다.

"이게 무슨……."

<엄마한테 마지막이라고 받은 반찬인데, 빈 통은 앞으로 내가 쓸 일이 없을 거 같아서. -1203호 홍태훈>

홍태훈의 쪽지였다. 아. 격하게 찌푸린 미간 위로 일그러진 이마를 짚었다. 준혁이 그대로 옆을 스쳐 지나서 씻으러 들어갔다. 심장이 날카로운 종이에 베인 기분이다.

욕실 문이 닫히고 물소리가 들리기 시작하자마자, 엄마한테 재빠르게 전화를 걸었다.

"엄마가 홍태훈한테 반찬 보냈나?"

-그래. 잘 뭇다 하드나.

"아, 엄마!"

소리를 버럭 질러 놓고는 혹시나 들렸을까 욕실 쪽을 쳐다보며 말했다.

-인제 연락 안 할 거다. 마지막이라고 안 하드나.

"제발. 제발. 제발! 이게 진짜 마지막."

엄마에겐 태훈이 정말로 아들 같은 존재였다. 10년이란 시간이 잘려 나갔어도, 피붙이 같은 그런 아들.

"엄마 마음도 뭔지는 알겠는데, 내 이제 괜찮다."

아들이면서도, 은인, 구원자.

"괜찮았잖아. 우리."

-그래, 맞다.

"그리고…… 내 만나는 사람 생겼다."

이 말이 뭐라고 엄마한테 그렇게 숨기려고 들었는지. 여기까지 입을 떼기가 얼마나 힘들었는데, 엄마는 내 주저함 같은 건 생각도 않고 기다렸다는 듯이 반색하면서 질문을 투하하기 시작했다.

"응. 잘해 준다. 그래. 아, 당연히 잘 알아보고 만나지. 응. 회사 사람은 아니고, 뭐. 일하면서 알게 된 사람. 아니거든? 잘생겼거든? 엄마, 잘생긴 사람은 얼굴값 하지만 못생긴 애들은 꼴값한다고 엄마가 그랬다. 응. 조만간 소개해 드릴게. 엄마도 보면 놀랄걸? 알겠다. 아, 엄마, 제발 그렇게 벌써 앞서가지 말고. 곧 또 내려갈게. 응, 끊을게."

아직 누군지도 모르면서 벌써 사위 대접하려는 엄마를 겨우 달래 가며, 전화를 끊었다.

뭐, 나쁘지 않았다. 엄마라면 준혁을 버선발로 환영할 게 뻔했다. 사진이라도 먼저 보내 드려야 하나. 엄마가 준혁을 만나면 어떨까 상상하니, 괜스레 미소가 걸렸다. 그러다가도 욕실로 쌩하니 들어간 준혁을 생각하자니, 또 마음이 시큰해졌다.

반찬통을 노려보다가 쪽지를 잘게 찢어서 휴지통에 버렸다. 끝까지 비열하고 더럽게 구는 새끼.

가슴에 비수처럼 쏟아지는 샤워기 물소리가 그치더니, 얼마 뒤에 준혁이 나왔다.

아, 이걸 어떻게 어디부터 설명해야 하지. 입술을 잘근잘근 씹었다.

"차유진."

준혁이 머리의 물기를 털어 내면서 낮은 목소리로 내 이름을 불렀다. 저렇게 내 이름 세 글자만 부른 건 처음인데. 웃통을 까고 있는 건 준혁인데, 어찌된 게 내 가슴이 더 서늘했다.

"대답 안 해?"

"어? 어."

'네.'라고 했어야 했나.

멀뚱히 서 있으니까 준혁이 자기 쪽으로 오라면서 고개를 까딱한다. 멍하니 조종당하는 인형처럼 준혁에게 다가갔다.

"왜 이렇게 얼었어."

준혁이 아직 촉촉이 젖은 머리카락을 정리해 주더니, 차가운 손끝으로 얼굴을 쓸어내렸다. 분명히 다정한 음성과 어조였는데 어딘가가 냉랭해서 덩달아 긴장되어 마른침을 삼켰다.

뭐라고 어디서부터 말을 해야 하지.

입술 안쪽을 계속해서 잘근 씹어 대자, 준혁이 엄지로 입술을 어루만졌다. 어떻게 운을 떼야 할지 몰라서 눈을 내리깔고 할 말을 생각했다. 입술을 쓰다듬던 손이 목뒤를 감싸고 준혁이 고개를 숙여 왔다. 짧게 닿았던 입술이 다시 포개어지고 아랫입술을 머금었다가 다시 떨어졌다. 부드럽지만 차가운 키스에 입술이 얼어붙는 것 같았다.

이 상황을 빨리 설명하고 끝내야 한다.

"준혁 씨, 저 반찬통은……."

아일랜드 식탁 위의 반찬통을 쳐다보자, 준혁이 듣기 싫다는 듯 턱을 잡아 돌리더니 입을 맞췄다. 거칠게 달았고, 쓰면서 부드러웠다.

그래도 매번 이런 식으로 내 말을 막을 순 없었다. 준혁의 가슴을 밀어서 떼 내었다.

"준혁 씨, 내 말 좀 들⋯⋯."

준혁이 또 입술을 부딪쳐 왔다. 벌어진 입술 사이로 혀가 들어와서 난폭하게 구석구석을 헤집었다. 힘을 줘서 억지로 밀어냈다.

"아니, 내 말 들어⋯⋯."

다시 이까지 부딪쳐 가며 입술이 삼켜졌다. 준혁의 입술을 깨물었고, 준혁이 작게 욕을 내뱉으며 떨어졌다. 입 주위로 묻은 누구 것인지 모를 타액을 손등으로 닦았다.

"장난해요?"

"왜, 우리 하려던 거 계속해야지."

"내 말 좀 먼저 들어 보라고!"

"무슨 말? 같은 오피스텔에 사는 전 남자 친구가 유진 씨 어머님이 해 주신 반찬 얻어먹는다는 말?"

준혁이 자신의 입술을 손가락으로 쓸었다. 발갛게 피가 맺힌 게 눈에 들어왔다.

"⋯⋯나도 저건 몰랐던 일이에요."

입술 안쪽을 꽉 깨물었더니 내게서도 비릿한 피가 느껴진다. 이성적인 상황 판단은 끝났고 감정만 남았다. 화를 간신히 참으면서 다음 할 말을 골라내는 서로의 숨소리만 들렸다.

"부산에서도 그 사람 차에서 내린 거 봤어. 설마설마했는데 주차장에 있던 차 맞지."

아, 역시. 눈을 질끈 감았다가 떴다.

"같은 오피스텔에 사는 것도 몰랐고?"

"⋯⋯."

"근데 어머님은 따로 반찬까지 보내 주시고."

"……준혁 씨 그건."

"부산 출장 가서 만난 것도 일부러 만난 거 아닌가, 하는 병신 같은 생각이 드는데 내가."

"그런 거 아니라는 거 잘 알잖……."

"아니라는 거 아니까 그래. 내가 오해하는 거라는 거 아니까!"

준혁의 머리카락에 걸린 물이 얼굴을 타고 떨어져 내렸다.

"내가 오해하는 거라는 거 아는데, 그럴 때마다 계속 나는 이렇게 작아지니까."

"……."

"내가 참는 건 안 보이지. 이건 어떨까, 이렇게 해도 괜찮을까, 지금 무슨 생각 중일까, 나는 속으로 수백 번도 더 참으면서 매번 차유진 표정 살피고 눈치 보는데. 결국 이런 꼴까지 보게 되는 건 대체……."

준혁의 목울대가 꿀렁이며 화를 삼켰다.

"내가 유진 씨 기다린다고 한 건 맞아. 내가 기다린다고 했고, 지금도 그 맘은 같아."

"준혁 씨."

"근데 내가 너무 비참해지고, 초라해지네."

"나는……."

또 바보같이 이런 상황이 왔다.

홍태훈으로 비롯된 비슷한 상황은 전에도 몇 번 있었고, 그때마다 나는 그들과 헤어졌는데. 지금도 그런 상황일까. 그럼 어떡하지. 준혁과는 이렇게 헤어질 수는 없는데. 이쯤 되면 그냥 내가 문제 아닐까.

"화내서 미안해요. 이런 말까지 하려던 건 아닌데."

나 대신 준혁이 미안하다고 먼저 말했다.

그냥 먼저 다 털어놓을 걸 그랬다. 근데 홍태훈이 여기까지 이사 온 건 내가 시킨 것도 아니고, 반찬도 나는 모르고 있던 얘기잖아. 나는 홍태훈 연락처도 모르고, 몇 호에 사는지는 더더욱 관심도 없었잖아.

"준혁 씨는 내가 그렇게 못 미더워요?"

"무슨 말이야."

애써 누그러졌던 준혁의 미간이 미묘하게 더 일그러졌다. 적반하장이겠지.

"엄마가 서울 올라왔을 때 우연히 그 사람 만나서 여기 오피스텔로 이사 온 거 알았어. 나도 그때 알았고. 엄마랑 그 사람, 그 이후로 연락 주고받을 거라고는 상상도 못 했어. 엄마 집에 갔을 때도, 나는 그 사람 있을 줄 몰랐어!"

"차만 탄 게 아니었네, 그러니까."

"나 모르게 둘이 연락하고 만난 거야. 차 탄 건, 미안해. 그건 내가 경솔했어요."

"지금 그깟 차 한 번 탔다고 이러는 거 아니잖아!"

"……엄마랑 나는!"

속에서 무언가 치솟았다.

"아빠가 돌……."

말을 하다 말고 입술을 다시 씹었다. 이런 식으로 하고 싶었던 말이 아니다. 주먹 쥔 손이 파르르 떨렸다. 한 손으로 주먹 쥔 손을 마저 잡았다. 진정하고자 숨도 크게 내쉬었다.

"……아빠 장례 치를 때, 그 사람이 많이 도와줬어. 엄마가 그때 아들처럼 의지하면서 챙겨서 그래요. 고맙고, 미안해서. 그때 진 마음의 빚 때문에."

그 얘기를 이렇게 하게 될 줄이야. 심장이 뛰는 소리가 머리로도 울렸다.

"10년 만에 다시 보니까, 그때 생각이 다시 났나 봐. 그냥 엄마는 그게 전부야. 엄마한테 나 남자 친구 생겼다고 했으니까, 또 그럴 일은 없을 거예요."

저것도 마지막이라고 했고.

정에는 약할지언정 뱉은 말에 책임은 지는 엄마니까.

"이사 왔단 얘긴, 왜 말 안 했어."

"말할 필요성을 못 느꼈으니까."

준혁의 눈썹이 꿈틀거리며 무슨 말인지를 묻고 있었다.

"말 그대로야. 군이 해야 할 필요가 없다고 생각했어. 나는 진작에 정리된 감정이었으니까. 준혁 씨가 내가 왜 그 사람 못 잊었다고 생각했는지는 모르겠지만, 난 다 정리됐어."

이미 그때부터 민준혁을 좋아하고 있었잖아. 홍태훈 같은 건 생각도 안 날 만큼.

"그 사람 몇 호에 사는지도 몰랐어, 나는. 그래도 이사 온 건 말해 줬어야 했는데, 내가 생각이 짧았어. 미안해요. 나는 근데 우리랑 아무 상관없는 사람이라고 생각했고, 그래서 이사 얘기까지 군이 할 필요성 못 느꼈어."

"저쪽은 그런 거 같지가 않네."

준혁이 홍태훈을 보는 것처럼 싸늘하게 반찬통을 쳐다봤다.

"그딴 건 상관없어. 내가 준혁 씨를 사랑하니까."

"……뭐?"

뭐?

내가 내뱉고도 혼란스러워서 한 손으로 이마를 짚었다. 관자놀이 쪽에서 미친 듯이 맥박이 뛰었다.

"나는, 나는 그냥 준혁 씨 처음 본 날 이후로 자꾸 준혁 씨 생각났고, 신경 쓰였고, 보고 싶었고, 계속 안겨 있고 싶었어. 그런 게 사랑이라면, 나도 준혁 씨 사랑하는 거 같아요."

사랑이 뭐 별건가.

자꾸만 얼굴을 간지럽히는 머리카락을 쓸어 올렸다. 간지럽고 벅찬 이 마음도 다 꺼내서 보여 줄 수 있다면 좋을 텐데.

"우연히 그 사람 몇 번 마주친 거 맞아. 근데 그걸로 굳이 준혁 씨 신경 쓰게 하고 싶지 않았어. 내가 아무렇지도 않다는데, 그런 쓸데없는 곳에 두 사람이 감정 소모하는 건 시간 아깝잖아."

둘 얘기만 하기에도 아까운 시간들인데.

"괜히 그 사람 얘기했다가, 이렇게 싸우면서 헤어질까 봐 무서웠고, 지금도 너무 무섭고."

"우리가 왜, 헤어져."

짜증 난 목소리가 준혁의 입술에 배어났다.

"나는, 나는 원래 성격이 그래요. 내가 화르르 끓으면서 다 털어났다가 오히려 거기에 다른 사람들이 델까 봐, 나 때문에 상처받고 도망갈까 봐, 그게 더 무서워서 혼자 숨기고 참아요. 나는 참고 기다리는 게 익숙하니까, 나만 참으면 문제없으니까. 답답해도 어떡해! 이게 난데."

눈물이 날 줄 알았는데, 의외로 덤덤했다. 오히려 화가 났다. 나는 왜 성격이 이 모양, 이 꼴이어서 번번이 실패하는지.

"내가 준혁 씨한테 믿음을 그만큼 못 준 거 같아서 미안해요. 어떻게 더 내 마음을 보여 줘야 할지 모르겠지만, 난 준혁 씨 사랑해. 그러니까 내가 더 잘할게."

할 말을 다 쏟아 낸 내가 그제야 준혁을 쳐다봤다.

오히려 준혁의 눈동자가 젖어 들었다. 침묵 속에 준혁의 시계 초침 소리만 어색하게 들려왔다.

"……울어요?"

뭐야, 왜 자기가 울어…….

한 동작, 한 동작, 생전 처음 하는 것처럼 준혁에게 한 발짝 더 다가갔다. 팔을 뻗었다가 준혁의 허리에 팔을 둘러 안으며, 그의 맨가슴에 그대로 얼굴을 옆으로 기댔다. 준혁의 심장 소리에 널뛰던 내 감정도 고요해졌다.

하, 이런 사람을 두고 내가 무슨 오해를 한 건지.

"미안해요. 너무 내 생각만 해서."

물기 남은 가슴이 한참을 오르락내리락했다.

"준혁 씨."

"뭐가 그렇게 복잡하고 어려워, 차유진은."

가슴팍에 귀를 대고 있자니, 준혁의 목소리가 몸통을 타고 나긋하게 울렸다. 그러니까, 뭐가 이렇게 복잡한 건지. 왜 그렇게 생각이 많았던 건지. 길은 이렇게 분명했는데.

"미안."

"그래도 답이 민준혁 하나면 됐어."

풀이 과정이야 복잡하든 말든. 준혁이 머리를 쓰다듬으며 품에 더 끌어당겨 안았다. 엇갈려 뛰던 서로의 맥박이 언제부터인지 합쳐져서 같은 속도로 뛰었다.

"아버님 얘긴 한 적 없잖아."

"그건……."

"괜찮아. 말하고 싶을 때 말해 줘요."

고개만 끄덕였다. 목이 멘 것도 같고. 준혁과 함께라면 어쩌면 더 이상 무서울 게 없을 것 같기도 했다. 아니, 어쩌면 이제 내가 더 준혁을 좋아하는 게 아닐까.

생각이 거기까지 미치니 볼이 뜨거워져서 눈을 감았다. 눈을 감고 듣는 심장 소리에 나른하니 잠이 쏟아졌다. 매일같이 이렇게 준혁의 품에서 잠들 수만 있다면 더 이상 복잡할 것도 없을 것 같은데.

"근데 언제까지 이러고 있을 거야."

"왜 난 이대로, 읏."

대답 대신 입술이 물렸다. 놀리듯이 이를 다물고 열어 주지 않자, 준혁이 오른손으로 샤워 가운 어깨 쪽을 내려 가슴께를 더듬었다. 차가운 손이 봉긋한 부분을 감싸자 못 이기는 척 입을 벌렸고, 이 틈을 놓칠세라 말캉한 혀가 들어와 입 속을 헤집었다.

얼굴의 방향이 수시로 바뀌면서 목이 한없이 젖혀졌다. 압도적으로 상체가 뒤로 기운다. 무게를 이기지 못할 것 같아서 준혁의 허리에 두른 손을 떼어 가슴팍을 짚으며 지탱하려 했지만 손목이 준혁에게 잡혔다. 준혁의 손이 머리 뒤를 받치고는 있지만 갑작스러운 무게감에 몸이 점점 뒤로 꺾이며 밀려나다가, 아일랜드 식탁 근처에 발뒤꿈치가 닿으면서 겨우 안정감을 찾았다.

입 안을 지독하게 괴롭혀서 솟아나는 타액들이 넘어가면서 목 울대가 꿀렁거렸다. 농밀한 소리에 입술이 떨어지고, 가쁜 숨을 내 쉬면서 눈을 맞췄다.

"다시 말해 봐."

"뭘."

진득한 시선이 부푼 입술에 닿았다가 윗입술이 가볍게 빨리고 떨어졌다.

"알잖아. 다시 말해 봐."

"모르겠…… 흐응."

준혁이 귓불을 빨면서 더운 숨을 귀로 불어 넣었다.

"다시 말해 봐. 알고 있어, 지금."

시선이 눈동자와 입술에 교차되면서 얽혔다. 아까는 잘만 나오던 말이 이렇게 입 밖으로 꺼내기 벅찰 줄이야. 심장이 점점 부풀어 오르면서 이대로 터져 버리는 건 아닐까 두려워졌다.

"……사랑해요."

이번엔 좀 더 길게 아랫입술이 물렸다.

"다시."

"사랑해."

입꼬리를 길게 늘이면서 준혁은 '또다시.'를 외쳤고, 이번엔 그다음 대답을 끝까지 듣지도 못한 채 입술을 삼켰다. 흡입하듯이 혀를 빨던 준혁이 내 허리를 잡아 번쩍 들어 올리더니, 아일랜드 식탁에 앉히면서 문제의 반찬통이 거슬리는 듯 한 손으로 치웠다. 반찬통이 소리를 내면서 굴러떨어졌다.

바닥에 떨어진 반찬통으로 내 시선이 가자, 준혁이 고개를 반대쪽으로 틀면서 입을 맞춰 왔다. 아까 달리면서 오늘 할당된 호흡을 다 쓴 건 아닐까. 준혁의 혀가 뿌리 깊게까지 집요하게 밀려 들어와서 숨이 멎을 것만 같았다.

"자, 잠깐."

왼손으로 식탁을 짚고 오른손으로 억지로 준혁을 밀어냈다. 샤워 가운 앞섶은 풀어 헤쳐져 이미 제 기능을 잃었고, 등은 거의 식탁과 맞닿아 있었다.

"왜."

다리 사이에 있던 준혁이 무릎을 살짝 쓰다듬었다.

"하읏……."

무릎에서 시작한 간지러움이 모두 한군데로 향하면서 주목받아, 빨갛게 달아오를 것 같았다.

"하지 말까."

내 대답 같은 건 듣지도 않을 거면서. 무릎을 둥글게 만지면서 시작한 준혁의 손길이 점점 허벅지로 올라오더니, 골반을 잡아 자신에게로 더 당기면서 다리를 벌렸다.

식탁 조명이 너무 환해서 번화가에서 홀로 벌거벗은 기분이다. 이렇게 쨍한 조명 밑에선 낯부끄러워 손을 가져다 막아 보려 했지만 손이 느렸다.

"아니…… 자, 잠깐."

"벌써 여긴 울고 있는데. 하지 마?"

대답을 바라지 않는 질문이 또 돌아온다.

준혁의 입이 아래에 닿았다. 민망함은 어느새 다른 감각으로 치환된다.

"하읏."

준혁의 혀가 아래를 건드리자마자 울컥 무언가 나왔다. 그걸 펴서 바르듯이 혀가 부드럽게 아래를 쓸었다. 여린 살을 혀로 벌렸다가 그걸 감싼 주위도 머금듯이 입을 맞췄다.

"이렇게나 좋아하면서."

조금만 자극해도 몸이 찌릿찌릿 반응했다. 내 허리가 뒤틀리자 준혁이 양쪽 허벅지를 감아서 가슴 쪽으로 접어 붙였다. 아무래도 식탁 조명을 어두운 걸로 바꾸는 게 낫지 않을까.

"차유진."

준혁이 부르는 이름 세 글자에 아래가 움찔거리며 대답했다. 의지와 다른 솔직한 몸의 움직임에, 부끄러움은 왜 머리로 느껴야 하는 걸까. 고개를 옆으로 돌려 시선을 외면했다.

"어딜 봐, 여기 봐야지. 유진아."

"그렇게 쳐다보지 마, 흐읏."

준혁은 흥미롭다는 듯이 이름을 몇 번 되뇌다가 그곳으로 혀를 넣었다. 질 내벽을 촉촉한 혀로 채우듯이 훑고 넣었다, 뺐다를 반복하자 간지럼이 온몸으로 퍼져 나간다.

"아으…… 읏."

어딘가를 붙잡고 싶었지만 잡을 게 없었다. 식탁 위로 손이 자꾸 미끄러졌다. 바들거리면서 양손으로 그를 밀어내려 하자, 손목이 식탁으로 고정되며 잡혔다.

"싫다면 안 할 건데."

"아윽!"

"계속할까."

언제부터 내 허락이 중요해졌다고 저러는지. 입술을 깨문 채 고개를 끄덕이자, 그의 혀가 한곳을 집중 공략하기 시작했다. 온몸의 세포 구멍 하나하나에서 기포가 빠져나가는 기분이었다.

'잠깐', '제발'이라는 말이 신음 속에서 음절을 이루지 못하고 흩어졌다. 집요하게 빨고, 물고, 핥고, 혀로 할 수 있는 행위를 모두 끝내자, 마침내 태엽이 되감겨 풀리듯이 몸이 덜덜 떨렸다.

"적어도 여긴, 복잡하지 않네."

"아으…… 웃, 준혁 씨."

눈물 맺힌 눈으로 어서 넣어 달라며 준혁을 쳐다봤지만, 그는 움직일 생각조차 하지 않았다. 트레이닝 바지 위로 존재감을 자랑하며 불뚝 드러난 게 보이는데, 준혁은 침착하게 웃으면서 말했다.

"다시 말해 봐."

"아, 그냥 빨리, 흐읏."

준혁이 한 손으로 젖은 곳을 벌리자 더 흥분한 질이 널뛰듯이 움직였다.

"응? 다시 말해 봐. 유진아."

"……몰라, 빨리."

준혁의 입에서 나오는 내 이름에 질이 달싹거렸다. 손목이 풀어지자 모른 척하고 바지를 벗기려 들었지만, 준혁이 나머지 한 손으로 바지춤을 추어올렸다.

"말하면 바로 해 줄게."

"……한다고."

준혁이 다정한 목소리로 다시 되물으면서 파들거리는 질구를 벌렸다.

아 진짜…… 한쪽 팔로 눈을 가리면서 말했다.

"사랑한다고요."

그제야 만족한 듯 준혁이 씨익 웃으면서 콘돔을 뜯고, 순식간에 페니스를 밀어 넣었다. 질 내벽을 터뜨릴 듯 꽉 채우며 들어온 탓에 허리가 한껏 말렸다. 준혁이 허리 뒤로 팔을 넣어 그대로 내 몸을 일으켜서 다리를 제 골반에 감게 하더니, 이어진 채로 성큼성큼 침대로 향했다.

'몸을 섞는다.'라는 말만큼 섹스를 잘 표현할 수 있는 우리말이 있을까. '넣은 뒤 젓거나 이리저리 뒤집거나 하여 고루 함께 있는 상태가 되게 하다.'라는 '섞다'의 사전적 정의에 충실하여, 그렇게 몇 번을 몸을 섞어 댔다.

몸이 부딪칠 때마다, 더운 숨이 닿는 곳마다 지독하게 사랑을 갈구하고, 희열을 탐닉하면서. 들숨에 서로의 이름을, 날숨에 사랑을 외치면서 그렇게.

8. 한여름 밤의 꿈

"큰일이네, 진짜."

말은 그렇게 하면서 누구보다 편한 자세로 누워서 나초를 먹으며 지금 이 상황에 대해서 생각 중이다.

같은 오피스텔에 홍태훈이 있다는 사실을 준혁이 알고 있다는 건, 내 생활을 바꾸기에 충분했다. 일단은 새 오피스텔을 알아보러 다니기 시작했고, 의식적으로 준혁의 집에 가는 시간이 많아지다 보니, 내 짐이 하나둘씩 자연스럽게 그의 집에 쌓였다. 처음엔 화장품 들고 다니는 게 무거워서, 컬링용 에센스를 발라야 해서, 옷이 불편해서 야금야금 가져다 둔 것으로 시작했는데, 정신 차려 보니 어느새 준혁의 집에서 출근하고 준혁의 집으로 퇴근하고 있었다.

준혁의 집에서의 생활은 생각보다 너무 안락했다. 뭣보다도 내가 그릇 하나 치우는 것조차 거부하는 준혁이었기에. 알고 봤더니 청소에 굉장히 조예가 깊고 취미가 있는 분이셔서, 내가 할 일은 그저 먹고, 자고, 노는 것밖에 없었다.

지나치게 깔끔한 이곳에서 차유진이라는 존재는 지나치게 이질적이었는데, 나는 여기에 지나치게 빨리 적응했다.

그러니까 이것도 일종의 양심껏 행동하는 것의 일환인 셈이다. 언제까지 준혁에게 의지할 순 없을 노릇이라 야심 차게 오늘 저녁은 내가 하겠노라 선언했지만, 눈동자를 한참 굴리면서 외식 메뉴를 대던 준혁이 별안간 라면이 먹고 싶대서 끓이는……. 나는 전혀 손해 보는 장사가 아닌, 그런 저녁 차리기.

"준혁 씨는 라면 끓일 때, 뭐부터 넣어요."

"물?"

슬금슬금 옆구리를 타고 올라오는 준혁의 왼쪽 손을 싱크대로 옮기면서, 라면 수프를 잘 나오게 탈탈 털어서 뜯었다.

"아니. 수프냐고, 면이냐고."

딱히 생각해 본 적 없다는 준혁이 뒤에서 몸을 더 붙여 온다.

"나는 수프 먼저 넣어요. 그래야 끓는점이 올라가서 면이 빨리 익는다나……. 아잇, 정말!"

"과학적 접근이네."

라면 끓이느라 손이 모자란 틈을 타서 품에 가두듯이 몸을 붙인 준혁이 아랫배를 쓰다듬자, 순간적으로 숨이 멈추었다.

"근데 그래 봤자 몇 도라서 별 차이는…… 아니이, 내 말 듣고 있어요?"

"아니."

귓불을 지분거리던 준혁이 손을 점점 올린다.

"아, 먹고! 밥 먹고 해."

"나는 너 먹고 싶어, 유진아."

언젠가부터 이렇게 부르는 것도 적응이 되었고.

"뜨거운 거 앞에서 자꾸 장난치지 마요."

아무렇게나 올라오는 준혁의 손 같은 건 체념하고, 끓는 물에 수프와 면을 넣은 뒤 면을 뒤적였다.

"아무튼 그런 거 따지지 말고, 물이랑 타이밍이나 잘 맞추래."

"그래서 몇 분 끓일 건데."

"나는 덜 익은 거 좋아해서 3분? 준혁 씨는?"

"3분 짧아."

"그럼 몇 분?"

하면서 돌아본 내 고개와 동시에 몸이 빙그르 돌려지더니, 준혁이 입술을 부딪쳐 왔다. 오른손에 들린 젓가락이 허공에서 하릴없이 공기만 낚았다.

"짠!"

3분도, 라면 봉지에 쓰인 정해진 시간도 지키지 못하고, 결국은 새로 끓인 라면을 그릇에 보기 좋게 담아서 식탁으로 가지고 갔다.

"차유진이 두 번째로 해 주는 요리네."

"라면이 무슨 요리야. 다음엔 딴 거 해 줄게요."

준혁이 대답 없이 라면을 젓가락으로 들었다.

"왜 대답 안 해요."

이번엔 준혁이 말없이 국물을 한 숟가락 들었다. 식탁을 노크하듯 두드리며 준혁을 쳐다봤다.

"민준혁 씨."

"내가 어지간해선 다 잘 먹겠는데, 전에 그건 도저히 못 먹겠더라……."

준혁이 멋쩍게 웃었다. 그건 음식도 아니었다는 듯, 메뉴명도 없이 '그것'이라고 칭하면서.

"어머님 요리 손맛은 안 닮았나 봐."

"엄마랑은 비교하면 안 되지, 치사하게."

엄마의 성화에 못 이기는 척 준혁과 다음 주에 엄마를 뵈러 부산에 가려던 계획은 성질 급한 엄마가 먹을 걸 바리바리 싸 들고 서울로 올라오면서 무산됐다. 엄마는 내 예상보다 훨씬 더 준혁을 좋아했는데, 어찌나 준혁을 빤히 쳐다보는지 옆에 있던 내가 다 민망할 정도였다. 준혁은 그것마저 내가 엄마 닮은 것 같다고 말했지만.

"혹시나 해서 말인데, 우리 엄마가 막 연락하고 그러진 않죠? 귀찮게 한다거나."

"귀찮게 안 하셔."

"엄마랑 언제 마지막으로 연락했어요."

"어제."

이것 봐, 이것 봐. 귀찮게 했구만. 아, 정말 우리 엄마 애정 결핍인가 봐. 이래서 엄마한테 남자 친구의 존재를 알리지 않았던 것도 있다. 사실 엄마랑 준혁이 잘 지내는 건 나쁘지 않았다. 아니, 오히려 고마운 일이다. 그렇지만 세상일이 어떻게 다 받기만 할 수 있을까. 오는 게 있으면 이렇게 라면처럼 미약하게나마 가는 게 있어야 하고.

그렇다면 나도 이제부터 준혁의 가족들과 잘 지내야 하는 게 아닐까. 하지만 '굳이 왜 벌써부터.' 하는 생각이 드는 것도 당연하다. 굳이 결혼도 하기 전에 그럴 필요가 있나. 남자 친구 부모님과 친해지는 것은커녕 연락하며 지낸 적은 단 한 번도 없다. 홍태훈이 엄마한테 치댈 때도, 나는 그의 가족들 연락처조차 몰랐다.

그때야 어렸다 치고, 지금은 나이를 먹었으니 상황이 다른가. 준혁은 당연히 하고 있는 일이다. 그렇다면 나도 해야 할까. 그럼 누구한테까지 해야 하는 건가. 준혁의 아버지, 어머니……. 아버지가 만나신다는 분도? 어머니가 만나신다는 분도?

아니다. 이것도 다 결혼이 전제되었을 때 일이지 않을까. 우리는 지금 그냥 사귀는 중이다. 결혼 같은 건 생각해 본 적이 없다. 그러니까 저 고민들은 나중에 해도 된다는 소리다.

복잡하게 꼬인 생각을 싹둑, 잘라 냈다. '결혼 같은 건 안 함.'이라고 쓰여 있을 가위로.

"내가 먼저 전화드린 거야."

"자기가? 왜?"

"날씨가 더워진대서. 근데 난 사실 어머님이 더 연락해 주셨으면 좋겠던데."

준혁이 어느새 라면 그릇을 다 비우고 내려놨다.

"큰일 날 소리 하지 마요. 우리 엄마는 한다면 진짜로 해."

"그냥 난 엄마랑 연락 잘 못하니까. 보통 엄마랑은 이렇게 연락하고 지내는구나 싶고."

아. 거기까진 생각 못 해 봤는데. 면을 끼운 젓가락이 그릇 위에서 멈췄다.

"그래서 엄마 생긴 거 같고 좋더라고."

갈 곳 잃은 눈동자를 고정시키며 준혁이 웃었다. 그럼 더 연락하라고 그럴까. 나도 그냥 웃었다. 준혁이 다음부턴 라면도 자기가 끓이겠다고 그러기 전까지는, 그렇게 같이 웃었다.

저녁을 먹고 나서는 보통 동네 작은 공원을 산책했다. 달리기는 이제 더 이상 못 한다고 했고, 가볍게 걷는 정도로 협상했다.

"어떡해, 너무 귀여워."

산책 나온 강아지들이 쫑쫑거리면서 주인 곁을 맴도는 걸 보자, 눈이 자연스럽게 그쪽으로 붙으며 입이 헤벌쭉 벌어졌다.

"강아지 키우고 싶어?"

"키우고 싶긴 한데 제대로 책임질 자신이 없어요. 강아지들은 주인만 보고 살 텐데."

여전히 눈은 강아지들에게 향해 있다. 진짜 완전 귀여워, 이 솜뭉치들아. 심장에 해로운 이 천사들.

"안 키우는 게 좋겠다."

"왜?"

"나 말고 그렇게 쳐다보는 상대 있는 거, 좀 짜증 날 거 같네."

실없는 웃음이 터져서 길에 우두커니 멈춰 섰다.

"지금 강아지한테 질투해?"

"집에 밥해 주고, 빨래하고, 청소하고, 주인한테 충성하는 개 한 마리만 있으면 됐지."

"그래서 본인이 개다?"

제법 진지하던 준혁의 얼굴에서 갑자기 웃음기가 맴돈다.

"개 같다는 말이 왜 욕이 됐는지 궁금하지 않아?"

입꼬리가 비뚜름히 올라간 준혁이 손을 잡더니 집으로 발걸음을 재촉했다. 뭐 따지고 보면 진돗개처럼 늠름하게 잘생기긴 했지.

자기 전에는 각자 책을 읽기도 했다. 준혁은 글을 읽고, 나는 글자를 봤다는 게 더 정확한 말일 것 같기도 했지만. 전에 읽던 그 책은 도무지 챕터가 넘어가지 않아서 포기했다. 준혁이 무어라 설명해 줬지만, 한쪽 귀로 다시 빠져나갔다. 책을 덮었다가, 책을 덮게 했다가, 입술을 덮었다.

책을 보면서 노래도 들었다. 인기곡을 들었다가 클래식도 들었다가, 바흐 무반주 첼로가 나왔을 땐 혼자 움찔했다가, 전에 같이 보지 못한 공연의 넘버들을 들었다.

"이 공연장이 유난히 좀 건조해. 이거 물고 있어요."

같이 보려던 공연은 막을 내렸고, 다른 공연을 예매해서 보러 갔다. 공연 시작 전, 마른기침을 하던 준혁에게 사탕을 하나 건네자, 준혁의 얼굴에서 슬며시 뜻 모를 미소가 번졌다.

"항상 이렇게 준비하고 다니나 보네."

"응. 기침 방지용."

"주변 사람들한테도 나눠 주고."

"뭐, 가끔."

입꼬리에 알 수 없는 미소를 건 준혁이 손을 잡아 왔다.

가끔은 소파에 누워서 영화를 봤다. 무심결에 크리스 에반스의 몸이, 특히 엉덩이가 참 예쁘다고 했다가 당분간은 애니메이션만 보기로 했다.

"오, 수입 맥주 할인하네. 컵도 준대요."

마트에서 장도 같이 봤다. 먹을거리로 잔뜩 채운 카트를 밀고, 맥주 코너에 멈췄다.

"집에 맥주 있어."

"난 왜 못 봤지?"

"숨겨 놨으니까. 술 취해서 또 아무 남자한테……."

"그만!"

잊을 만하면 자꾸 그 얘기를 꺼내는 통에 결국 사람들 별로 없는 일회용품 코너로 가서, 당분간 그 얘기는 언급하지 말자며 짧게 입 맞추는 걸로 입을 막아 버렸다.

이후 준혁과 같이 부산에 내려가서 엄마를 만났다. 졸업 앨범도 구경했다. 부곡하와이에서 인디언 분장하고 찍은 6살 차유진을 준혁의 폰에 담았다. 아빠를 모신 절에도 같이 갔다. 엄마가 준혁더러 '민 서방'이라고 불러서 소리를 질렀다. 엄마랑 준혁은 그냥 웃었다. 아빠를 보러 가서 웃었던 건 또 처음이었다.

가끔은 야식으로 닭발을 시켜 먹었다. 그럴 때마다 준혁은 우리 엄마랑 무슨 얘기를 나눴는지 말해 줬다. 둘은 거의 이틀에 한 번씩은 안부를 주고받았는데, 이젠 오히려 엄마가 더 귀찮아하지 않을까 하는 생각도 들었다.

준혁의 회사는 뜬금없이 출근 시간이 1시간 뒤로 바뀌었다. 덕분에 나는 준혁의 차로 마음 편하게 출근할 수 있었다. 회사 근처에서 눈치 보면서 내려야 했던 것만 빼곤, 정말 쾌적한 출근길이었다.

홍태훈은 얼마 지나지 않아 이사를 나갔다. 마침 또 이사 나가던 날, 주차장에서 마주쳤지만 서로 알은체하진 않았다.

오피스텔로 다시 들어가도 됐지만, 어쩐지 준혁의 집이 더 편해진 몸이었다. 우리는 처음부터 그래 왔던 것처럼 당연한 듯이 준혁의 집에서 같이 지냈다. 이대로 지내도 괜찮은 걸까. 이럴 바엔 차라리 그냥 결혼을, 아니다. 아직 결혼은 이르다. 그래도 어쩌면, 준혁도 같은 생각을 하지 않을까.

준혁의 품에서 잠들고 눈을 뜨면서, 그렇게 8월이 왔다.

"맘에 안 드네."

뜨거운 햇살이 작열하는 여름날. 바깥의 더운 세상은 딴 세상인 양, 에어컨을 세게 틀어 살갗이 돋아나는 빙수 가게 유리창 너머로 도로변 가로등에 '한여름 밤의 꿈'이라는 타이틀의 현수막이 휘날렸다.

"내가?"

픽업대에서 팥빙수를 들고 오던 준혁이 자기를 말하는 거냐며 눈썹을 들썩이자, 내가 턱 끝으로 길에 걸린 현수막을 가리켰다.

"저거 말이야."

유 대리 땜빵으로 맡았다가 손을 뗀 프로젝트는 소위 예술에 발만 살짝 담갔다는 윗사람들의 쓸데없는 고집으로, 아주 진부한 타이틀을 달고 최종 진행되었다.

"송 차장님이 저 타이틀 아니면 진행할 이유가 없다시던데?"

"그러니까."

재미없게. 이 지루하기 짝이 없는 사람들. 게다가 밤에 하는 것도 아닌데, 무슨 한여름 밤이야. 꿈은 얼어 죽을.

한숨을 푹 쉬며 스푼으로 팥빙수를 푹 떴다. 더 잘할 수도 있었는데. 가로등마다 달린 현수막을 보니 속이 더 들끓었다. 저건 몇 년 전에도 송 차장이 비슷하게 써먹은 게 아니었나. 심지어 내 아이디어로. 늘 그렇게 아이디어만 뺏긴 게 몇 번째였는지도 모른다.

"그래도 내용은 좋으니까, 이번엔 기대해도 좋을 거야."

"응. 나도 리허설 봤어요. 장난 아니던데?"

"그럼, 누구 작품인데."

준혁이 뿌듯하게 웃었다. 그러니까 누구 작품인데, 저런 고루한 타이틀로 퇴색시키는 건지.

애초에 자아실현을 위해 일하는 사람은 드물다지만, 잘하는 건 차치하고 좋아하는 일로 돈 버는 것만큼 보람찬 일도 없을 터인데. 그런 면에서 지금 직장은 자아실현은커녕 좋아하던 것도 싫어지게 만드는 곳이다.

부푼 꿈을 안고 입사했지만 돌아오는 건 겨우 아이디어 단물만 실컷 빼먹고, 내 이름 하나 제대로 올리지 못하는 이곳. 내가 기껏 저런 현수막이나 계약하자고 입사한 건 아닌데. 나도 원대한 꿈과 목표가 있었는데. 아니, 그렇다고 기껏 저런 현수막은 아니지. 잘 뽑히긴 했어. 그럼 누가 한 건데.

그래도 공연 기획하는 거 해 보고 싶었는데.

다시금 퇴사의 유혹이 드리운다.

"그건 그렇고, 부산에 언제 간댔지."

'다다음 주 토요일.'이라고 말하는 내 대답에 한숨이 가득 실렸다. 준혁이 웬 한숨이냐는 표정으로 쳐다봤다.

"가면 또 무슨 잔소리 들을지 몰라서."

애꿎은 빙수가 스푼으로 난도질당하고 있다.

"무슨 잔소리?"

"그냥 결혼하라고."

'아.' 하고 짧게 끝나는 준혁의 짧은 대답이 묘하게 신경을 긁었다.

"준혁 씨는 집에서 그런 말 안 들어요?"

"글쎄. 나는 솔직히 말하자면⋯⋯."

말꼬리가 늘어지자 난도질도 멈췄다.

"두 분 다 기대가 없으셔. 당신들 결혼 생활이 그렇게 끝나서 그런가. 나도 뭐 결혼은 딱히 생각 없었고."

아.

이 대답도 역시 묘하게 거슬리는 대답이다. 전기라도 통한 듯이 미간을 살짝 찌푸렸다가 스푼을 트레이에 내려놓자, 준혁이 은근히 내 눈치를 살폈다.

"실망했구나."

"아니, 실망이라기보단⋯⋯."

섭섭했다.

물론 우리가 결혼 전제로 사귀자고 한 건 아니었지만, 사회가 정해 둔 결혼 적령기에 충분히, 어쩌면 그 기준보다도 조금 웃도는 나이 아닌가. 결혼을 딱히 하고 싶은 마음도 없었고, 종종 비슷한 얘기를 해 오긴 했지만, 그렇다고 이렇게 남자 친구에게 결혼 생각이 없다는 말을 직접적으로 듣는 건 또 다른 얘기다.

"나도 뭐, 결혼을 꼭 해야 하나 싶긴 해."

진심이긴 했다. 그래 분명 '진심이었는데 말이 엇나왔다. 분명히 결혼 생각 없다며 잘 살고 있긴 했지만, 준혁을 만난 뒤로는 가끔씩, 자주 함께하는 생활을 꿈꾸기도 했었다. 그러니까 나는 거짓말을 한 건 아니다. 적어도 지금까진 그랬다.

"뭐, 이렇게 살면서 연애하는 것도 재밌고."

"그런가."

준혁이 고개를 비뚜름하게 만들면서 씨익 웃었다.

"뭐예요, 그 반응은."

"녹아. 얼른 먹기나 해."

아리송한 준혁의 반응에 내가 눈을 가늘게 뜨자, 준혁이 웃으면서 트레이에 올려 둔 스푼을 다시 손에 쥐여 줬다. 말없이 빙수 먹는 소리만 났다. 유리창 밖으로 보이는 촌스러운 폰트의 '한여름 밤의 꿈' 현수막이 여전히 거슬리게 바람에 날렸다. 더럽게 거슬린다, 참.

'한여름 밤의 꿈' 행사는 금요일 4시에 진행되었다. '밤에 하는 것도 아닌데 왜 공연 이름이 한여름 밤이냐.'는 어린이 관람객의 질문에, '응, 그건 저기 있는 가발 쓴 아저씨 때문이란다.'라고 대답하고 싶었건만…… '더위를 날려 버릴 만큼 시원한 공연이어서 그런 게 아닐까요.'라고 말도 안 되는 소리를 해 가며, 리플릿을 나눠 주고는 호호, 웃었다.

준혁은 무대 근처에서 유 대리와 같이 있었다. 하상준과 송 차장도 그들의 곁에서 뭔가 얘기 중이다. 저들 옆이라 상대적으로 더 돋보이는 건지. 준혁은 오늘따라 적당히 예민해 보이는 게, 잘난 껍데기의 매력을 한없이 발산 중이다.

컴퍼니 직원들에게 뭐라고 얘기를 하는 준혁이 뭔가 잘 안 풀리는지, 미간을 찌푸렸다가 이내 풀고는 스탠드 테이블에 서류를 올려놓고 한 팔을 짚고 기댄다. 다른 한 손을 주머니에 넣자, 셔츠가 팽팽하게 당겨져 단단한 가슴팍을 자랑한다.

오늘따라 왜 저렇게 다른 사람 같지. 낯선 느낌이다.

"오늘따라 민 팀장님 멋지시네요."

보영이 옆으로 붙으면서 속삭였다.

"그러게. 진짜 오늘 유독 딴사람 같단 말이야."

어디에선가 나타난 주 과장이 한술 더 거들었다.

"천추의 한이다. 저런 남자 한번 못 사귀어 보고 코 꿴 게."

"에이, 주 과장님 남편분도 잘생기셨잖아요."

"하긴 우리 신랑도 그렇게 빠지진 않아, 그치?"

보영의 말에 주 과장이 은근슬쩍 입꼬리를 올린다.

"근데 민 팀장 아직 미혼이랬나."

"민 팀장님 만나는 분 계실걸요. 그쵸, 차 대리님?"

보영의 질문에 근처 직원들 몇몇의 눈이 내 얼굴로 쏠렸다. 안 듣는 척하면서 준혁의 얘기에 귀 기울이고 있었던 게 분명했다.

"……내가, 어떻게 알아."

"그래, 차 대리. 둘이 일도 같이 했었잖아. 뭔 얘기 없었어?"

고개를 절레절레 흔들었다. 유 대리는 말할 것도 없고, 송 차장이랑 하 과장은 뭔 비밀이 많은지 그런 말 절대 안 한다면서……. 김 대리가 그 프로젝트에 들어갔어야 했다며, 주 과장이 아쉽다고 혀를 찼다.

"차 대리, 진짜 뭐 아는 거 없어?"

"저도 그런 얘기까진……."

"하긴 민 팀장이 그렇게 자기 사생활 얘기하는 살가운 성격은 아닐 거 같고."

주 과장의 말에 어색하게 홍보 리플릿으로 시선을 돌렸다. 이미 200번은 더 봤을 리플릿이다.

이번 행사는 여름을 맞이하여, 시민들이 문화 예술에 더 시원하고 가깝게 다가갈 수 있게……

"민 팀장은 키가 얼마지."

"185 넘지 않을까요?"

'188이요.'가 아니라 이번 행사는 여름을 맞이하여, 시민들이 문화 예술에……

"민 팀장은 연애하면 잘해 주겠지."

이번 행사는 여름을 맞이하여, 시민들이……

"민 팀장 여자 친구 누군지……. 참 부럽다, 부러워."

"엄청 눈 높겠지, 민 팀장?"

"어지간하면 눈에 안 찰 거 같은데. 공연 쪽 배우 만나는 거 아닐까?"

"띠동갑 연하 정도?"

"엑, 그럼 실망인데."

직원들이 하나둘 합세하여 준혁에 대한 얘기를 시작했다.

이번 여름은 행사를 맞이하여, 시민들이……. 아니지, 이번 행사는 여름을, 시민들이……. 이번 행사는, 이번 행사…….

아, 눈에 하나도 안 들어온다.

"아이고, 박 부장 또 나 찾는다. 쉬는 걸 못 봐요, 하여튼."

갓 돌 지난 아들 사진으로 배경 화면을 설정한 주 과장의 휴대폰에 박 부장 이름이 찍히며 울리자, 그제야 대화 주제가 다른 것으로 전환되었다. 리플릿을 얼마나 뚫어져라 쳐다본 건지, 잡은 부분이 우글우글 울었다.

직원들도 흩어지고 솟은 어깨에도 힘이 풀리자, 준혁이 있던 곳에 옮겨진 시선이 그의 것과 같이 얽혔다. 순간 준혁의 찌푸린 미간이 펴지며, 그가 옅게 미소 짓는 게 보인다. 찰나의 순간이었지만 목뒤부터 긴장감이 퍼져서 한참을 두근거렸다.

행사가 어느 정도 진행되자 사실상 할 일이 없어져 보영과 살짝 공연장을 빠져나와 근처 카페로 향했다. 준혁과 같은 공간에 있는 게, 여간 눈치 보이는 게 아니었다. 멀리서 쳐다보면서 계속 무어라 신호를 주는 탓에 까딱하면 사귀는 걸 들킬 것도 같았다.

마침 눈에 보이는 보영과 커피 마시자며 살짝 빠져나가려는 걸 본 김 대리가 눈치 없이 같이 가자며 붙었다. 어딜 끼냐는 내 말에 김 대리가 농땡이 부리는 거 다 이를 거라는 협박으로 받아치길래, 커피를 사는 조건으로 끼워 줬다.

더운 날이어서 그런지 공연장 근처 카페는 실내가 만석인지라, 야외 테라스에 보영과 먼저 자리 잡고 앉았다.

"김 대리님 너무 귀엽지 않아요?"

리플릿으로 부채질을 하며 땀을 식히는데, 주문하러 간 김 대리의 뒷모습을 보면서 보영이 난데없이 특이 취향을 고백했다.

"김 대리가 귀엽다고?"

"네, 첨엔 좀 이상한 분 같았는데 계속 보니까 귀여우신 거 같아요."

"보영아, 너 왜 그래. 오늘 탄수화물 안 먹었구나."

당이 떨어져서 그런 건가. 김 대리에게 케이크도 같이 주문하라고 해야겠다고 말하자, 보영이 생글거리면서 웃었다.

"사실 저는 사내 연애는 죽어도 안 된다는 주의였거든요."

"그래. 하지 마, 그거. 피곤해."

"차 대리님도 해 보셨어요?"

"나는…… 안 해 봤지."

따지고 보면 사내 연애도 아니지만 괜히 찔려서 보영의 말을 흘려듣는다, 마침 화면을 반짝거리며 들어온 메시지를 확인했다.

[어디야.]

준혁의 메시지에 '카페.'라고 급하게 답하면서 화면을 덮었다. 보영의 눈이 반짝였다.

"누구예요, 차 대리님 남친?"

"스팸."

"어, 답장하시던데요?"

우리 보영이 많이 컸구나. 어색하게 입만 웃으면서 '부동산'이라고 대답했다.

"차 대리님 이사하시려고요?"

"그럴까 했는데, 마땅치 않네."

부동산 연락을 기다리는 것은 사실이었다. 야심 차게 이사하겠노라 결정했지만 두 달 가까이 아직 집을 구하지도, 그렇다고 제대로 내놓지도 못했다. 맘에 드는 건 예산 초과. 엄마한테 손 벌려 볼까 하는 생각도 아주 안 든 건 아니었다. 근데 이사하겠다고 그러면 무슨 이사냐, 결혼 비용밖에 못해 준다 그러실 거고……. 그럼 결혼하라는 폭격을 받을 것 같은 느낌에 이사의 '이응'도 못 꺼내 봤다.

"저 사실 내일 김 대리님이랑 데이트하기로 했어요."

"뭐?"

주문이 많이 밀렸는지, 아직도 주문조차 못하고 있는 김 대리를 보영이 목을 빼고 쳐다보면서 말했다.

"전에 고백받았는데, 그냥 한번 만나 보려구요."

"보영이 네가 뭐가 아쉬워서!"

"그냥 가볍게 재밌잖아요. 아니다 싶으면 발 빼면 되고요. 근데 계속 보니까 김 대리님 귀여워요."

하고 웃는 보영의 표정은 영락없이 이미 빠져 버린 눈이다. 아이고. 김 대리, 이 도둑놈!

"그러니까 차 대리님만 알고 계셔야 해요."

보영이 조막만 한 손을 들어서 검지를 입에 붙이고 비밀을 어필했다. 비밀이라면서 왜 나한테 말하는 건지는 모르겠지만, 비밀이라니 끄덕거리며 약속은 해 준다.

"저도 차 대리님 비밀 알고 있으니까요."

뭐? 보영의 말에 무슨 말이냐고 대꾸하려는데, 덮어 둔 휴대폰이 진동하며 테이블 위에서 반시계 방향으로 돌았다. 마치 포커를 하듯 몸 쪽으로 휴대폰을 다 가져온 다음에야 화면을 들어 확인했다. 아, 카페라니까.

"네, 차유진입니다."

-카페를 왜 가?

"네, 말씀하세요."

-안 들려요?

"네, 괜찮아요."

-직원들이랑 같이 있구나.

"네, 맞습니다."

-빨리 와요.

"네."

-보고 싶은데.

"네."

-계속 '네'만 하겠다 이거네.

"네."

내가 통화하는 것을 양손으로 제 얼굴 아래 꽃받침을 만들며 지켜보던 보영이 의미심장한 표정을 지었다. 혹시나 준혁의 목소리가 새어 나갈까 봐, 엄지손가락으로 황급히 볼륨을 죽였다.

-그럼 우리······.

"네, 그건 만나서 말씀드릴게요. 끊겠습니다."

마지막엔 뭐라고 했는지 채 듣지도 못하고 급하게 전화를 끊었다. 보영이 어찌나 눈을 반짝이며 쳐다보는지, 애써 업무적인 통화인 척 표정을 없애느라 애썼다.

"차 대리님 남자 친구 전화죠."

"아니야. 남친 없어."

"에이, 거짓말."

보영의 얼굴이 해맑게 빛난다. 그래, 이것까지 숨겨서 뭐 하겠어. 내가 입꼬리를 같이 올리자, 그럴 줄 알았다는 보영의 표정이 뒤따른다.

"남친 뭐 하는 분이에요?"

"그냥 회사원."

갑자기 더운 열기가 얼굴까지 확 올라왔다. 리플릿으로 다시 부채질을 두어 번 하자, 웬일인지 적당한 타이밍에 김 대리가 음료를 들고 등장했다.

"와…… 사람 너무 많아, 여기. 손도 되게 느리고."

김 대리가 보영 앞에 아이스 아메리카노 한 잔을 먼저 놓으면서 말했다. '고맙습니다.' 하고 웃는 보영을 보는 김 대리 입이 아주 귀에 걸렸다.

암만 봐도 김 대리에게는 보영이 넘치고 넘치는 상대다.

"김 대리, 보영이가 케이크도 먹고 싶다던데."

내 말에 무슨 말이냐는 듯 눈이 동그래진 보영이, 눈치껏 김 대리에게 '치즈 들어간 걸로 부탁한다.'며 눈을 접고 웃는다. 얼빠진 표정의 김 대리가 의자에 채 앉지도 못하고, 다시 주문하러 매장으로 들어갔다. 보영이 그걸 보더니 귀엽다면서 또 까르르 웃었다.

재밌다, 재밌어. 남이 썸 타는 거 보는 게 제일 재밌다.

"근데 차 대리님 그거 아세요?"

카페 테라스 옆 나무에서 쎄 하게 매미가 울어 댔다. 보영이 마치 다 알고 있다는 눈빛으로 입술을 말며 넌지시 말을 꺼냈다. '뭘?' 하고 되물었지만 어쩐지 불길한 찝찝함이 밀려왔다.

"차 대리님한테서 나는 향기요."

"향수?"

에잇, 보영이 팔을 살짝 밀면서 의자를 당겨 가까이로 다가왔다.

"제가 좀 개코거든요. 향수 감별산데, 차 대리님 쓰는 향수랑 달라요. 차 대리님 여름엔 수르닐만 쓰시잖아요. 근데, 이 향은 분명히 그 향수랑은 다르단 말이에요? 그렇다고 섬유 유연제 향이라기엔 그건 또 아니란 말이죠."

그런가, 콩콩거리는 보영에게서 조금 떨어졌다. 이 불길한 예감
은 어쩌면……

"근데, 최근에 제가 이 향을 어디서 맡았는지 기억이 났단 말이
죠."

눈이 가늘게 변한 보영이 아메리카노를 한 모금 하면서 해사한
미소를 보였다.

"그으래? 어디서 맡았을까? 우리 귀엽고, 예쁘고, 착하고, 입 무
거운 보영님이?"

"민 팀장님한테서 나던 향이잖아요."

하, 왜 이런 예감은 틀린 적이 없는 건지.

"아니야."

"아, 차 대리님 제 코는 못 속여요. 제가 향수란 향수는 다 시향
해 보거든요. 민 팀장님 향수는 잔향이 달라서 제가 생각했던 게
아니었어요. 딱 그 오묘하게 은은한 우디 향이 있거든요. 근데, 그
향이 차 대리님한테서 난단 말이에요. 월요일마다 딱 그 향이 나더
니, 이제는……."

서둘러 주위 눈치를 보며 보영의 입을 막았다. 이건 준혁의 집
에서 뒹굴었다고 광고하는 꼴도 아니고 참.

"두 분 만나시는 거 맞죠?"

"아니야."

"무슨 향수인지만 말씀해 주세요."

"아니야."

"그럼 제가 직접 민 팀장님께 여쭤볼 거예요."

"아니고! 향수 아니고!"

"아니고?"

"바디 로션."

보영이 딱 걸렸다는 식으로 손가락을 튕겼다. 그 소리에 숨을 길게 내쉬었다.

"제가 비밀로 해 드릴게요."

보영이 코를 찡긋하더니 이내 강아지 같은 두 눈이 반으로 접혔다. 아이스 아메리카노 잔에 맺힌 물처럼 얼굴에 땀이 맺혔다. 더워서 그렇겠지. 커피와 함께 딸려 온 잔 얼음을 씹었다.

"사실 전부터 눈치챘었어요."

보영의 말에 심장이 떨어지는 듯했다. 티 안 내려고 부단히 노력한 지난날이 이렇게 한순간에 의미를 잃어 가는 건지.

"언제부터?"

"그냥 저만의 촉이랄까. 그 때 구내식당에서 두 분 분위기가 이상하다 싶었어요."

그때는 우리 아무것도 안 했을 땐데⋯⋯?

"팀장님이랑 얘기 나누실 때마다 차 대리님은 엄청 무뚝뚝해지시고, 일부러 막 피하시고요."

"내가?"

내가 그랬나. 티 안 내려고 했던 게 오히려 더 티를 냈나 보다. 보영이 콧잔등을 찡그리며 웃었다.

"그런데 두 분, 결혼 준비 때문에 집 알아보시는 거예요?"

"결혼 안 해."

반쯤 남은 아이스 아메리카노를 한 모금 들이켰다. 반으로 접혔던 보영의 눈이 두 배로 커졌다.

"왜요?"

"결혼 생각 없대."

한 모금으로 성에 안 차서 남은 커피를 쭉 들이마셨다.

"차 대리님은 결혼하고 싶으시구나."

"내가 하고 싶은 걸로 보여?"

보영이 고개를 두 번 끄덕거렸다.

아니야, 내가 무슨 결혼을 하고 싶어. 결혼하면 그때부터 얽매여서 반지 끼고, '이 사람이 제 사람입니다.' 공표하고……. 어쩜 좋아, 나 진짜 결혼하고 싶나 봐.

차가운 걸 급하게 마셔서 그런지, 머리가 찡 울렸다.

"차 대리님이 먼저 결혼하자고 해 보세요."

"내가?"

"그냥 운만 슬쩍 띄우는 거죠. 그럼 민 팀장님이 프러포즈하지 않을까요?"

"……그럴 거 같진 않은데."

얼음만 남은 커피 잔을 빙빙 돌렸다. 준혁의 생각을 알다가도 모르겠으니. 가만 보면 복잡한 건 내가 아니라 민준혁 본인 아닌가.

"에잇, 민 팀장님은 여기 오실 때마다 차 대리님을 얼마나, 얼마나 끈적하게 쳐다보시는데요."

그래, 그건 맞는데. 그래서 지금도 이렇게 피해 온 거긴 한데.

"어디서 차 대리님 같은 분 만나요. 나라면 혼인 신고부터 했어요."

과한 아부였지만 언제나 기분 좋게 만드는 보영이다. 그런가. 입꼬리를 올리는 내 표정을 보던 보영이 같이 까르르 웃더니, 김 대리에게 가 보겠다며 자리를 떴다.

그래, 보영의 말도 일리가 있다. 내가 먼저 말 못 할 이유도 없지. 하기 싫다고 하면 그냥 연애만 하면 되는 거고.

밑져야 본전이지. 어차피 키스도 내가 먼저 했는데. 그깟 게 뭐라고. 알 수 없는 자신감으로 가득 찬 그때, 쎄 하고 매미가 시끄럽게 효과음을 더했다.

"자, 오늘 수고 많으셨습니다!"

행사가 끝나고 윗 결재 라인을 포함한 전체 회식은 다음에 제대로 하기로 한 뒤, 김 대리 말을 빌려 아랫것들끼리 조촐한 회식 자리를 가졌다. 어차피 주인공은 따로 있었기에 나는 보영, 김 대리와 같이 주 테이블에서 멀찍이 입구 근처 테이블로 자리 잡았다. 그런 내 의도를 눈치라도 챈 모양인지 테이블을 돌아가며 감사 인사를 나누던 준혁이 맥주와 잔을 챙기더니 굳이 내 옆자리를 비집고 앉았다.

"민 팀장님도 수고 많으셨어요."

보영이 눈을 휘면서 웃었고, 나는 그런 보영을 보며 눈에 힘을 주고 암묵적 경고를 하였다. 더위 탓인지 목이 타서 맥주를 원샷했더니, 그걸 보는 김 대리와 준혁의 눈이 각자 다른 의미로 심상찮아졌다.

"아, 그렇게 안 봐도 돼. 안 취해. 오늘 안 취합니다."

"차 대리, 시작은 늘 그렇게 말하는 거 알지?"

"오늘은 진짜 아니야."

"딱 손 떼. 천천히 마셔."

아, 괜찮다니까.

김 대리 말에 테이블 밑으로 손을 내려 바닥을 짚었다. 오른손 새끼손가락이, 네 사람 잔을 채우고 내린 준혁의 손가락과 닿았다. 손을 옆으로 떼며 공간을 만들려고 하자, 준혁의 손이 다가와 새끼손가락이 얽혀졌다. 옮겨야 했던 건 손인데 눈동자가 어쩐지 더 멀어져, 오른쪽에 있는 준혁은 쳐다볼 수가 없었다.

이번엔 준혁이 네 번째 손가락까지 잡아 온다. 도망가던 눈동자를 그대로 굴려서 다른 테이블을 확인했다. 제각기 먹고, 마시기에 여념이 없다. 괜히 침을 꼴깍 삼켰다.

"우리끼리도 건배 한 번 하죠?"

김 대리 제안에 잔을 잡으려고 오른손을 빼려 하자, 손등이 준혁의 손에 의해 완전히 포개어졌다. '어쩌자고.' 하는 마음에 준혁을 쳐다봤다가, 김 대리를 의식하고 다급하게 다시 시선을 거뒀다.

"뭐 건배사라도 할까?"

"우리끼리 무슨 건배사야, 김 대리. 그냥 짠! 해요."

왼손으로 잔을 들고, '짠, 짠! 수고하셨습니다!'를 급하게 외쳤다. 준혁이 차 대리님은 왼손잡이시냐면서 놀리듯이 물어 왔다. 어느새 세모로 변한 보영의 눈이 테이블 아래 어딘가를 뚫어지게 쳐다보는 듯했지만, 김 대리의 쓸모없는 말로 세 사람의 생각들도 이내 흩어졌다.

겹쳐진 준혁의 손이 내 손톱부터 찬찬히 쓰다듬기 시작했다. 손톱에서 시작해서 첫 번째, 두 번째 마디까지…… 다시 손톱에서 시작해서 손등까지. 덧칠하는 것처럼 손을 훑자 묘한 느낌에 입술이 절로 달싹여졌다. 온 신경이 오른손으로 향했다.

준혁은 김 대리와 이런저런 얘기를 잘만 나누면서, 손가락 틈 사이사이를 파고들었다. 움찔거리면서 손을 빼려 하자 내 손을 뒤집어서 손바닥을 간질인다. 준혁의 차가운 손에, 더운 열이 내 목 위로 다 올라오는 듯했다.

"차 대리 벌써 취했어? 얼굴이 왜 그렇게 빨개."

"⋯⋯더워."

"여기가 좀 후끈거리죠, 차 대리님?"

얼굴을 쳐다보며 물어오는 준혁에게 뭐라고 하지도 못하고 입술만 깨물었다. 준혁이 아무렇지도 않게 손가락 사이사이로 손을 얽으며 깍지를 꼈다.

어차피 바깥쪽 테이블이어서 들킬 가능성은 없었다. 손 빼려는 건 포기한 채 맥주를 마시려고 왼손으로 잔을 집어 들자, 깍지 낀 손에 또 힘이 들어간다.

"아, 맞다. 차 대리 요즘은 소개팅 안 해?"

"안! 해."

깍지 낀 손을 얼마나 세게 잡아 오는지, 하마터면 소리 지를 뻔했다.

"내 친구 후밴데, 나도 몇 번 본 적 있어. 키도 크고 잘생겼는데, 사진 볼래? 두 살 연하."

전에 되지도 않는 상대를 갖다 붙인 걸 만회하려는 듯, 김 대리가 카톡을 이리저리 뒤져서 사진을 찾는 모양이었다. 손에 힘이 잔뜩 들어가서 얼얼해졌다. 보영이 자기도 한번 보자며 김 대리 옆으로 더 다가갔다. 두 사람의 머리가 손바닥만 한 액정 위로 나란히 붙었다.

"엇, 민 팀장님이 더 잘생기셨는데요."

보영이 내 편인 듯 아닌 듯 도발하자, 준혁의 손가락이 내 손등을 박수치듯 두드렸다. 그 동작에 웃음이 살짝 새어 나왔다.

"그건 그렇지만. 둘이 서로 자기 스타일 아닐걸? 어때, 얘가 어릴 때 운동해서 몸도 좋고……."

"저는 민 팀장님이랑 차 대리님 두 분이 잘 어울리시는 거 같아요."

보영이 새살거리면서 김 대리의 말을 잘라 냈다.

"에이, 보영님이 뭘 모르네. 둘이 잘되려면 진작에 잘됐겠지, 안 그래?"

"지금부터라도 잘해 볼 수도 있죠."

"보영님 가만 보니 헛다리 잘 짚네."

"지금 제 안목을 무시하시는 건가요, 김 대리님."

"아, 아니 그런 게 아니라."

뾰로통해진 보영의 옆에서 당황한 김 대리는 지금 테이블 밑에서 우리가 이렇게 손잡고 있는 걸 알면 과연 뭐라고 할까.

"어쨌든 차 대리 그냥 한번 만나기만 해 봐. 회사가 어디라더라? 광화문 쪽……."

"나 결혼할 사람 있어."

술에 벌써 취한 걸까, 분위기에 취한 걸까. 세 사람의 시선이 다 한곳으로 모아졌다.

당황한 건 피차일반이었다. 헛소리는 수면 마취 중에나 할 줄 알았지. 그냥 만나는 사람 있다고 하면 될 것을 입에서 제멋대로 결혼할 사람있다고 자동 변환 되어 버린 탓에, 눈동자가 정박할 곳을 못 찾고 떠돌았다.

"대박! 차 대리 결혼해?"

김 대리 외침에, 직원들의 눈이 일제히 나한테 쏠렸다. 멀리서 유 대리가 준혁과 날 번갈아 보며 입을 막았고, 하상준은 그 옆에서 코웃음을 쳤으며, 옆 테이블에선 '남친 뭐 하는 사람이냐.', '언제부터 사귄 거냐.', '날은 언제로 잡았냐.' 등등 웅성대며 질문이 쏟아졌다. 난 쏟아지고 있는 질문에 모두 답할 정신이 없었다.

누가 먼저 놓은 걸까. 손에 힘이 풀리고, 깍지 낀 손도 풀렸다.

2초. 딱 2초의 순간들이었다.

-전원이 꺼져 있어……

준혁의 폰에서 음성 안내를 듣는 데 걸리는 시간도 2초. 어제 회식 때 '결혼할 사람 있다.'는 말이 내뱉어진 것도 2초. 그것 때문에 김 대리가 허둥지둥하면서 찌개를 쏟아, 회식 자리가 정신없어진 것도 모두 2초 만이었다.

뜨거운 국물에 다리를 덴 김 대리를 준혁이 병원으로 데리고 갔고, 연이어 '오늘은 먼저 집으로 가.'라는 준혁의 전화까지 받았던 나는 묘한 기시감을 느꼈다. 분명히 이런 적은 없었는데 엄습하는, 익숙한 불안함.

먼저 집으로 가라니. 우리 집을 말하는 거야, 자기 집을 말하는 거야.

머리는 복잡했지만 길게 고민할 것도 없었다. 옆 동네 사는 주 과장과 같은 택시를 타 버렸으니. 그렇게 오랜만에 우리 집, 내 집으로 돌아와 혼자 잠들었다.

잠을 설칠 거라고 생각했지만 웬일로 또 푹 잠들었다. 지금 생각해 보면 직감적으로 몸이 뭔가를 느낀 게 아닐까. '앞으로 잠을 제대로 이루기 힘들 것이니, 마지막으로 푹 자 두거라.' 같은 신체의 알량한 배려.

토요일에 내가 눈을 뜬 건 9시쯤, 엄마한테서 걸려 온 전화 때문이었다. 혜숙이 이모가 무슨 용종을 떼어 내는 수술을 했는데, 엄마는 서울에 못 올라오니 대신 병문안을 가 달라는 전화였다.

전화를 끊고, 준혁에게서 온 메시지가 없는지 확인했다. 화면은 몇몇 어플의 푸시 알림 이외엔 깨끗했다. 준혁에게서 마지막으로 연락을 받은 건, 새벽쯤 '일이 생겨 아버지한테 간다.'는 메시지였다.

푹 잔 것과는 별개로, 오랜만에 혼자 잠들었다가 일어나는 것에 생경함을 느꼈다. 고작 몇 달 만에 준혁이 내 삶에 완전히 스며들었다.

준혁에게 오늘 세 번째로 전화를 걸었다. 이번에도 꺼져 있단 음성 안내에 폰을 내려놓았다. 충전을 못한 걸까……. 나중에 연락이 오겠지, 생각하며 병원 앞에서 내렸다.

혜숙이 이모에게 뭘 사 갈까 고민하다가, 그냥 봉투 챙겨 가라는 엄마 말에 급히 ATM에서 돈을 뽑은 뒤 병원 로비 엘리베이터로 향하는 길이었다.

마침 올라가는 엘리베이터가 도착한 듯 사람들이 올라타는 게 보였다. 난 그걸 굳이 잡아타겠다고 멀리서 잰걸음으로 달려갔지만, 사람들이 더 몰리는 걸 보고 다음 엘리베이터를 기다리는 게 낫다 싶어 발걸음을 늦췄다.

2초. 역시 2초만 빨랐다면 엘리베이터를 탈 수 있지 않았을까. 아니, 차라리 2초만 늦었더라면…….

엘리베이터 문이 천천히 닫히는 순간, 그 안에 있던 준혁과 눈이 마주쳤다. 잘못 봤다기엔 준혁도 날 보며 놀란 얼굴을 했으니, 분명히 내가 아는 준혁이 맞았다. 준혁 옆에는 또래의 여자가 같이 있었고, 둘이 다정하게 얘기를 나누고 있었으니 둘은 모르는 사이도 아니었을 거다. 그렇게 상황을 판단하는 데 걸린 시간도, 단 2초였다.

준혁이 다른 여자랑 여기에 있다. 폰도 꺼 놓고, 어제와 같은 옷차림으로. 병원이라는 공간만 제외하면 오해하기 딱 좋은 상황이다. 그렇지, 여긴 병원이다. 어디 모텔이라거나 그런 장소가 아니다. 그러니까 여자랑 밤을 새웠대도 오해가 없을, 딱 그런 장소다.

생각은 그렇게 했지만 떨리는 손은 막지 못했다. 일단 어디 가서 앉아서 생각을 해 보자. 왔던 방향으로 등을 돌리자, 익숙하고도 보기 싫었던 인물이 시야를 꽉 채웠다.

언제 왔는지 모를 홍태훈이 내 팔을 잡아 비상구 계단으로 이끌었다. 이 상황을 인지하는 데는 2초보다 더 긴 시간이 걸렸다.

'꽝!' 하고 비상구 문이 닫히는 소리에 정신을 차렸다.

"이거 좀 놔!"

홍태훈의 손을 뿌리쳤다. 얼마나 세게 쥐었는지, 아직도 팔이 얼얼했다.

"뭐 하는 짓이야, 이게!"

"너야말로 거기서 바보처럼 뭐 하는 짓인데."

구질구질하게 설명하기도 싫었다. 다시 나가려고 문으로 다가가자, 태훈이 저지하며 막아선다.

"비켜."

"네가 뭘 생각하는 줄 알겠으니까, 못 비켜."

따지고 보면 다 너 때문이잖아. 네가 그딴 개소리만 하지 않았어도. 눈을 부라리며 노려봤다가, 다 의미 없는 기 싸움인 걸 깨닫고 이내 평정심을 찾았다.

"여긴 어쩐 일이야. 미행이라도 해?"

"자의식 과잉이야, 너 그거. 병원에 올 일이 뭐가 있겠냐."

비상구 안에서 목소리가 윙윙댔다. 그래, 잊으면 안 된다. 여기는 병원이다. 그러고 보니 그답지 않게 수척한 꼴이 환자 같기도 했다.

"아픈 건 아니고."

아프냐고 묻고 싶었지만, 이따위 관심조차 태훈에겐 사치였다. 제 꼴을 살피는 걸 보고 눈치껏 알아서 역설적인 대답을 해 주니 차라리 다행이었다.

"다행이네."

"다행이지."

다행인가.

머리가 복잡해졌다. 모든 생각들이 뒤엉켜 버렸다.

"물어봐, 이제."

"뭘?"

"네 머릿속에 있는 거 물어보라고."

휴대폰 벨 소리가 꽤나 급하게 들렸다. 화면에 뜬 준혁의 이름이, 거절 버튼 한 번에 사라졌다. 꺼져 있던 폰이었는데. 방전된 줄 알았는데, 아니었나 보다.

"지금 묻고 싶은 거 하나밖에 더 있냐고."

가만 보면 홍태훈은 내 불행을 즐기는 게 아닐까. 내가 자기한테 뭘 그렇게 잘못했다고. 가만히 잘 살고 있는 사람 앞에 갑자기 나타나서는, 이렇게까지 내 삶을 흔들어 댈 이유가 있는지.

원한다니 까짓것 물어는 준다.

"그때 말한 여자가 이거였어?"

"어."

기다렸다는 듯 나오는 대답에 실소가 터졌다.

"봤다는 것도 여기였고?"

"어. 근데 그건……."

"오래됐어?"

태훈이 뭐라고 더 말하려다가 인상을 찌푸리고는 그냥 한 번씩 병원 오가다가 봤다면서 말을 덧붙였다.

"언제 봤는데."

"처음 본 건, 5년 반쯤 됐으려나. 한국 와서 본 거니까."

5년 반.

"두어 달에 한 번씩, 여기서 보이더라고."

두어 달에 한 번. 주기적으로.

"한국 다시 와서도 한 번 보고, 오늘 또 보네."

다시 전화가 울리자, 버튼을 눌러 무음으로 바꿨다.

"별 사이 아닐 거야."

그걸 가만히 응시하던 태훈이 덤덤하게 말했다. 자기가 먼저 준혁에게 여자가 있다고 음해하듯 말해 놓고, 이제 와서 은근슬쩍 뒤로 내빼는 건 여전히 비겁한 짓이다.

"그럴 거야."

"여동생이라거나."

"남동생 있대."

"누나라거나."

"누나는 없어."

다시 전화가 울리는지 휴대폰 화면이 반짝거렸다. 혼란스러웠다. 말도 안 되는 생각들이 조롱하듯 꼬리를 물었다. 태훈이 내 양쪽 어깨를 잡았다.

"차유진. 너도 알았겠지만 그때 내가 그 새끼 여자 있다고 한건, 그냥 열 받아서……."

"오빠."

지금은 그게 중요한 게 아니다.

"오빠."

어깨를 잡은 손에 힘이 살짝 풀리고, 태훈이 고개를 숙였다.

내가 불러 놓고 뒷말이 정리가 되지 않아, 입술을 달싹이며 마른침을 꼴깍 삼켰다.

"오빠가……."

태훈이 내린 시선을 다시 들어 올렸다. 지금 뒤엉킨 말도 안 되는 생각들을 저 눈으로 그냥 끊어 주기를.

"홍태훈 네가, 5년이 넘게 병원 다닐 일이 뭐가 있어."

별거 아니어야만 했다. 말도 안 되는 생각들로 지금 이렇게 눈가가 붉어지는 게 쪽팔려질 만큼, 아무것도 아닌 일이어야 했다. 가족이 아프다거나, 친구가 그렇다거나, 5년 반 아니……. 어쩌면 더 긴 시간을.

태훈의 목울대가 꿀렁거렸다.

"별거 아냐."

누가 봐도 저 표정은 아닌 게 아니었다.

"똑바로 말해."

"너랑 상관없는 얘기야."

"말 돌리지 말고, 제대로 말해!"

무엇 때문인지 모를 감정이 울컥 솟구쳐 올랐다. 이 감정은 놀람, 죄책감, 당혹감, 좌절감……. 어디쯤에서 오는 걸까. 원인 모를 눈물을 참으려고 아랫입술을 깨물자, 턱이 떨려 왔다.

"그냥 사고였어."

"무슨 사고?"

태훈의 눈동자가 방황하더니 작게 욕지거리를 내뱉었다. 급한 마음을 놀려 대기라도 하는 것처럼, 시간은 아주 천천히 흘렀다. 그 시간을 비집고 태훈의 얼굴이 느리게 구겨졌다가 펴졌다.

"죽을 만큼 적당히 큰 교통사고?"

태훈의 벌어진 입술 끝이 조소하듯 경련했다.

"무슨, 언제……."

"우리 마지막으로 싸운 날."

"……무슨."

"집에 가는데, 화물 트럭이 박았다더라. 다들 죽을 줄 알았대."

그들이 기적이라고 그랬다면서 태훈이 쓸쓸하게 웃었다. 마치 자기도 그 '다들'에 포함된 듯이, 그렇게 남 얘기하듯이.

지갑이며, 휴대폰이며 다 불타고 박살 나서 없어졌는데, 다행스럽게도 누나랑 통화 중이어서 연락이 빨리 돼서 병원갈 수 있었다면서. 다행스러웠다며, 다행스러워……

……다행이라니. 그게 다행이라니.

"연락, 나한테 연락을 해야지!"

"연락할 수가 없었어! 진통제에 취해서 1년을 제정신 아니게 살았으니까!"

사고 났을 거란 생각을 안 해 본 건 아니다. 사고 기사란 기사는 다 찾아봤었는데, 기사에 안 실리는 사고도 있었던가. 그래도 사고가 났으면, 혹시나 만약에 죽기라도 했다면 먼저 연락이 왔을 거라고 생각했었다. 그래서 차라리 죽었다는 소식이라도 들렸다면 좋겠다고도 생각해 봤었다.

"제대로 못 걷는다는 소리까지 들으니까……. 씨발, 쪽팔려서 못 하겠더라고, 연락을."

'사실 네 번호도 생각이 안 나더라.' 하는 태훈의 말이 심장을 옥죄여 와서, 모든 피를 다 빼내는 기분이었다. 숨 쉬는 법을 잊어버린 것만 같았다.

"지금, 지금은……."

멀쩡히 서 있는 태훈의 다리를 내려다봤다.

"미국 가서 재활했어. 사고 나자마자 엄마가 바로 미국 가서 치료할 거라고 한국 생활 다 정리해 버려서, 연락 안 됐을 거고. 엄마도 이참에 잘됐다 싶었겠지. 나 미국 못 보내서 안달이었잖아. 우리 엄마 미국병 못 말리는 거 알지?"

하고 낮게 웃는 태훈의 말이 제대로 들리지도 않았다. 그럼 그때 미국 갔다는 얘기가 치료하러 간 거였다고? 피가 다 빠져 버린 심장은 차갑게 식은 것도 모자라, 얼음이 가득한 탄산수를 들이붓는 것 같았다.

"미국 간 김에 거기서 공부하고."

목이 메어서 목소리도 제대로 안 나왔다. 턱에서 시작한 떨림이 온몸으로 번졌다. 내 어깨를 잡은 태훈의 손이 떨리는지, 내가 떨리는지 알 수가 없었다.

"그 덕에 영어도 늘었고. 그러다가 운 좋게 또 수술하고, 취업도 하고……. 이 몸으로 취업하는 덴 아빠가 힘 좀 썼지."

태훈의 입이 비뚤어졌다.

"그때라도 연락을 했어야지. 몇 년 전에 한국 왔을 때, 연락을 했어야지!"

원망이 담긴 눈에서 비참했던 기억이 흘러내렸다.

"연락을 해?"

태훈이 으르렁거리며 한 발 더 다가왔다.

"그래, 연락을 했어야지! 다른 사람한테 오빠 소식 들었을 때 내가 어땠을지, 생각 못 해 봤어?"

"그 다른 사람이 내가 휠체어 탄다는 말은 안 했고?"

두 사람의 표정이 같이 일그러졌다.

그런 말은 들은 적이 없었다. 지금 와서 생각해 보면 로또 당첨설 같은 카더라식의 허위 정보 남발이었지, 정확한 소식통들도 아니었다.

"그런 말 못 들었어, 나는."

"내가 그 꼴로 네 앞에 나타났을 때, 네가 날 어떻게 봤을까."

고작 몇 달 만에 다시 보는 태훈에게서 잃어버린 10년의 시간이 고스란히 느껴졌다.

"내가 말해 줘? 처음엔 놀랐겠지. 그다음은 죄책감이 널 눌러 버렸을 거야. 너는 평생 미안해하면서, 그렇게 같잖은 책임감 운운하면서…… 내 옆에 있었겠지. 혼자 끙끙대고, 참으면서."

"아니야."

"우리는! 매일같이 싸우다가도, 결국은 네가 미안하다고 했을 거야. 차유진 넌 항상 그랬으니까."

"……."

"그래서 연락 못 했어. 아니, 안 한 거야. 네가 날 동정하고, 어쩔 수 없이 옆에 붙어 있을까 봐. 나는 그런 널 내치지 못할 테니까!"

"……."

"수백 번, 수천 번을 생각해 봤는데……. 끝은 그거 하나였어."

울분에 찬 눈으로 서로를 쳐다봤다. 내게는 천천히 흘렀던 그 시간들을 혼자서 빨리 감기 해 놓고서는 저렇게 뻔뻔하게, 가증스럽게 흰 눈을 뜨면서 날 위해서 그랬다고…….

흐르는 눈물을 아무렇게나 닦아 냈다. 목구멍까지 차오른 울분을 애써 삼켰다.

"아니, 틀렸어. 먼저 나한테 어떻게든 연락했어야 해. 내가 어떻게 하든 그건 나중 문제고, 어디까지나 내 문제였을 거야."

"말은 쉽지."

"그래, 말은 쉽지! 그렇게 에둘러서 말할 필요 뭐 있어? 그냥 무서웠던 거잖아. 내가 오빠 버릴까 봐!"

"……."

"네가 뭔데, 나를 멋대로 재단해? 내가 오빠 옆에 죄책감 갖고 남아 있길 바랐던 건 아니고? 그랬어도 뭐가 문제야. 내 감정까지, 왜 오빠가 마음대로 판단해! 비겁하게!"

끝까지 비겁했던 건 오히려 나였을지도 모른다. 지금 이 순간에도, 죽을 뻔했다는 사람 앞에서 내 감정이 다친 게 더 중요했으니까.

"맞아. 네 말대로 나는 비겁하고, 치졸하고, 졸렬하고, 역겨운 인간이야."

이 와중에 객관적인 평에, 차가운 웃음이 허탈하게 맴돌았다.

"막상 잘 지내는 너 보니까, 방해하고 싶더라."

"……뭐?"

"너 보니까 속이 뒤틀려서, 흔들고 싶었어. 그래서 너 만나는 놈 여자 있다고 그런 거야. 결과적으로 조금이라도 흔들렸으면 성공한 거고."

"지금 그 말 하려는 게 아니잖아!"

비상구의 텅 빈 공기가 또다시 울렸다.

"다시 잘해 볼 생각 같은 건 안 해 봤어. 나는 그냥 네가!"

태훈이 구겨진 얼굴을 옆으로 틀자, 흐르지 못한 눈물이 흩날렸다.

"……그냥 네가 내 목표였어. 처음 내 힘으로 일어났을 때, 한 발 뗐을 때, 그때마다 이대로 조금만 더 하면 되지 않을까, 일단 만나기라도 해 보자, 그 생각으로 하루에 10시간도 넘게 재활했어."

"……"

"제대로 걷는 모습으로, 너 얼굴이라도 보려고. 미안하단 말이라도 하려고."

슬픔, 분노, 증오, 후회. 모든 감정들이 우선순위를 가리지 못하고 뒤섞였다.

"그랬으면서 기껏 한다는 소리가, 날 위해서 연락 안 했다고?"

"내가 연락해서 다시 만났으면 뭐가 달라졌을까? 아니, 그랬으면 난 더 밑바닥까지 보여 줬을 거야. 우리는 그렇게 매일 서로의 영혼을 갉아먹으면서 죽어 갔을 거고."

누구도 가 보지 않았던 길에 대한 평가는 제각각이다. 누구는 험한 길이라 예상할 것이고, 반대로 또 누군가는 무빙워크 깔린 편한 길이라고 예상했을지도 모른다.

그렇지만 우리가 같이 걸을 수도 있었던 그 길은, 닿는 걸음 하나하나마다 늪이었을 것이다.

태훈의 생각이 아주 틀리진 않았을 걸 알기에, 더 화가 났다. 우리는 그렇게 서로의 좀이 되어 떠나지도, 떠나보내지도 못하는 관계가 되었을 게 분명하기에.

우리가 누렸던 찬란한 색들을 어둠으로 덮으면서, 갈기갈기 찢으면서. 차라리 바랜 것이 낫다 싶을 만큼, 그렇게.

"1년이었어."

태훈이 계단을 쳐다보면서 말했다.

"계단 한 칸 내 힘으로 올라가는 데 1년. 그래도 그거 하나 성공하니까 희망이 보이더라. 죽었다가 살아났는데, 재활 그거 하나 못할까."

"……."

"10년이란 시간이 너한텐 시간 낭비였는진 몰라도, 적어도 나는 아니었어."

저번에 10년 전에 이미 죽었다고 생각할 거라 내뱉었던 말이 떠올랐다. 그 말을 했을 때 태훈의 젖은 눈이 떠올라 밭은 숨을 몰아쉬며 고개를 숙이자, 눈물이 그대로 후드득 떨어졌다.

"멀쩡하게 티 안 나게 걷기까지, 이렇게 오래 걸릴 줄은 나도 몰랐지만."

이제 농구는 못 한다는 태훈의 눈이 젖어 들었다.

"그래도 이렇게 다시 걸을 수 있다는 게 어딘가 싶다."

한국으로 다시 와서 들어간 회사 생활도 몸에 점점 무리가 가서 그만둔 거라며, 여전히 남의 말 하듯 덤덤한 목소리에 목 놓아서 울어 버리고 싶었다. 그러나 그것마저도 버거울 정도로 응축된 울음 덩어리가 온몸을 짓눌렀다. 점점 몸집을 키운 울음 덩어리가 빠져나가 위에서 몸을 눌러, 이대로 땅 밑으로 꺼질 것만 같았다.

"차유진."

원망과 죄책감이 뒤섞여서 목구멍을 막았다.

그날 우리가 안 싸웠더라면. 싸우고 나서 자존심 세우지 말고 먼저 전화했었더라면. 아니, 그날 내가 데이트하자고 하지 않았더라면. 홍태훈 부모님 연락처라도 미리 알았더라면. 홍태훈은 그렇게 우리 엄마랑 연락해 댔는데, 왜 난 그것도 하나 몰랐는지. 그냥 우리가 안 만났더라면. 내가 고백하지 않았더라면. 내가 좋아하지 않았더라면.

떨리는 손으로 무릎을 짚으며 몸을 숙였다. 소리도 낼 수 없어 숨죽여 꺽꺽댔다.

"유진아."

세 음절이 온몸을 휘감아서 10년 전으로 시간을 돌린 것 같았다. 내 이름을 부르는 이 목소리를, 얼마나 듣고 싶어 하면서 원망하고 괴로워했는데.

태훈이 대답도 없이 흐느끼는 몸을 일으켜 세웠다.

"미안해."

내가 이 말을 얼마나 듣고 싶어 했는데.

내가 이 말을 얼마나…….

해 주고 싶었는데.

억눌린 목구멍으로 나오는 숨이 가빠졌다. 울음인지, 무엇인지 모를 것이 작은 구멍을 비집고 겨우 나오려고 갖은 애를 썼다.

태훈의 손이 내 얼굴을 감쌌다. 무슨 방어기제였을까. 태훈의 손이 다가오자 움찔거리며 반 발짝 뒤로 멀어졌다. 피식거리며 쓴웃음을 흘리던 태훈이 엄지로 얼굴을 쓰다듬자, 눈물 자국이 지워졌다가 그 위로 새로운 눈물길을 만들었다.

"연락 못 해서 미안해."

젖은 눈부터 시작된 태훈의 시선이 이마로 올라갔다가 콧대를 타고 내려갔다. 축축한 시선은 원을 그리듯 볼을 훑고 입술에 머물렀다가, 다시 눈으로 돌아갔다. 얼어붙은 심장이 견디지 못하고 부서지는 것 같았다.

시선을 내렸다. 파르르 떨리는 속눈썹에 눈물이 걸렸다. 태훈이 엄지로 눈꺼풀을 쓸어 눈을 감기게 했다. 눈물이 또 다른 길을 만들어 흘러내렸다.

"너무 늦게 와서, 미안해."

얼굴을 감싼 손의 떨림과 울음 섞인 숨이 그대로 전해졌다.

눈을 마주쳤다가 내리깐 시선이 바들거리는 입에 닿고, 이내 스치듯이 천천히 떨어졌다.

"……나도 미안해."

무엇에 대한 미안함인지 나도 정확히 알 수 없었지만, 그리고 어떤 미안함에 대한 대답인지도 모르겠지만, 태훈은 그냥 고개를 끄덕였다. 눈물이 코끝으로 맺혔다.

10년이라는 물리적 시간이 눈물을 따라서 거꾸로 흘러내리며 흩어졌다가, 누구의 잘못을 가려낼 틈도 없이 한순간에 증발되었다.

내 손에 간신히 붙들린 휴대폰 화면이 시간이 멈춘 듯 고요한 공기를 부수면서 전화가 오는 걸 부단히도 알려 주고 있었다.

"이제 그만, 전화 받아."

얼굴에 닿았던 태훈의 손이 마저 떨어졌다.

"그 사람한테 가, 이제."

남은 울음을 삼키듯 토해 냈다.

"가서 오해 풀어. 헛다리 그만 짚고, 여전히 못생겨 가지고는……."

빈 웃음이 공허한 공간을 흔들었다.

꺼지는 것 같았던 휴대폰이 다시 번쩍였고, 내가 멍하니 화면을 쳐다보기만 하자 홍태훈이 전화를 뺏어 들었다.

"차유진 씨 지금 1층 신관 로비 비상구 계단에 있습니다."

태훈이 내 손을 가져다 손바닥 위에 휴대폰을 올리고 등을 돌렸다. 어깨가 크게 솟았다가 내려가더니, 이윽고 무거운 철제문이 열렸다가 둔탁한 소리를 내며 닫혔다.

9. 그 여자

"얘, 너 회사 차렸다면서?"

강주희와 공식적으로 연락을 주고받는 날은 1년에 딱 2번이었다. 당신 생일, 그리고 어버이날. 유일하게 할머니가 허락한 시간들. 처음에 울먹이는 걸로 시작한 통화는 나이에 비례하며 잦아졌고, 반비례하며 짧아졌다.

그녀가 우리를 찾지 않은 건 아니었다. 그래도 최소한의 모정은 남았는지, 우리 형제들의 생일에는 꼭 잊지 않고 선물을 보내왔다. 보내는 날짜가 엉망이고, 우리가 더 이상 로봇 같은 걸 안 좋아해서 문제였을 뿐. 그것마저도 동생 수혁이 교복 입는 나이가 되니까 멈췄지만 말이다.

고등학생쯤부터는 가끔씩 연주회에 초대받았지만, 차마 대기실까지 가진 못했다. 엄마가 아닌 첼리스트 강주희는 선뜻 다가가기엔 너무 먼 존재였다. 가는 길마다 조명이 따라다니는 삶을 살았던 사람, 우리 가족이 품기엔 너무나 빛나던 사람이었다.

　성인이 되고서 엄마로 다시 만난 그 강주희는 어땠던가. 내가 키가 한참이나 컸음에도 불구하고, 내려다보는 그 강강한 눈빛과 말투는 첼로가 주는 무게감과도 닮아 있었다.

　"애, 안 들리니?"

　"듣고 있어요."

　"너는 꼭 한 번 말했을 때, 대답을 안 하더라."

　산후 우울증. 그게 모든 일을 변명할 순 없겠지만 그녀에게 찾아온 갑작스러운 슬럼프는 아버지로 하여금 그녀를 떠나보낼 수밖에 없게 만들었고, 그렇게 우린 남았다. 남자가 있음을 알게 된 건 나중 일이었다.

　"친구 회사예요."

　"수혁이 말론 네 회사나 다름없다던데."

　"엄연히 친구 이름으로 대표 달았어요."

　"그럼 넌 이사라도 달았고?"

　"작은 회사예요. 팀장으로 족해요."

　"너는 뭘 그렇게 복잡하게 살아. 돈 때문이면 내가 좀 보태 줘?"

　"지금도 충분합니다, 덕분에."

　번데기 앞에서 주름 잡는 꼴이다. 주희의 옅은 코랄 색 입술이 비뚜름해졌다. 다리를 바꿔 꼰 주희는 가는 아치형의 눈썹을 들썩이며, 찬찬히 앞에 있는 아들 얼굴을 뜯어보기 시작했다.

　"너는 생긴 건 난데…… 성격은 네 아빠랑 똑같아, 애."

　"네."

　"'네'는 무슨. 그래서 너 마음에 안 든단 소리야."

"알아요."

재미없기는. 고개를 절레절레 흔들며 찻잔을 집어 드는 주희의 왼손이 어쩐지 허전하다. 독일 남자 친구가 선물해 줬다던 반지가 없는 걸로 봐선, 또 헤어졌나 보다. 이번엔 꽤나 오래간다 싶었는데.

"요즘도 병원 쫓아다닌다면서."

"제가 가고 싶어서 가는 거예요."

"퍽이나."

"아버지 부탁이기도 하고요."

"명령이겠지."

"아버지가 좋아하는 분이세요."

주희의 시선이 첼로 활을 긋는 것처럼 내 얼굴에 내려앉았다.

"그렇게 말하니까 더 싫어, 애."

뭐든 그때그때 떠오르는 자기감정을 다 표현하는 사람이다. 이제는 그것도 익숙해질 만큼 충분한 시간이 흘렀다.

"만나는 여자는 없니?"

"네."

"요즘 아가씨들도 잘 꾸미는 남자 좋아해. 얘, 너는 나 닮았으면 있는 자산을 잘 활용해야 할 거 아냐. 수혁이야 친탁해서 그렇다 치고, 준혁이 너는 요즘 꼴이 왜 그래?"

멋쩍게 턱을 만지자, 면도도 제대로 되지 않은 수염이 까슬하게 손가락을 쓸었다.

그녀 말대로 외탁한 외모는 그야말로 좋은 자산이 되긴 했다. 적어도 한국에선 키 큰 남자에게 좀 더 우호적이고, 거기다가 얼굴까지 받쳐 주면 탄탄대로가 따로 없었으니까. 나도 그걸 알고 잘 활용했던 때가 없었다면 거짓말이다.

그런데 지금은 거울 속에서 서늘한 주희의 눈이 느껴질 때마다 거북함을 먼저 느꼈고, 그 감정의 크기만큼 죄책감이 뒤따라왔음을 당신은 알까. 배신의 상처로 말미암아 뒤늦게 발현된 분노의 끝은 지금 눈앞에 앉아 있는 주희에게 닿아 있었다.

"선 자리라도 알아봐 줘?"

"괜찮아요."

"독신주의, 요즘 말로 비혼? 그런 것도 많다며. 너도 그러니?"

어릴 때 반 친구들이 확인 사살 하듯이 보여 주던 삼류 지라시가 머릿속을 비집고 꾸역꾸역 들어온다. 모 건설사 대표의 고명딸이자 유명 첼리스트가 가난한 시인과 사랑에 빠져 집안 반대를 무릅쓰고 결혼했다가, 아이 둘을 낳고 결국 돈 때문에 이혼했다는……. 그런 반은 맞고 반은 틀린 지라시.

평범한 집안 출신의 남자는 가난한 시인이라기엔 제법 이름 알려진 교수였고, 돈 때문에 이혼했다기보다는 여자에게 다른 남자가 있었던 거고. 오히려 지라시가 더 낭만적이었고, 현실은 더 막장 드라마 같았다.

"혹시 너 나 때문에 일부러 결혼 피하는 거니?"

찻잔을 신경질적으로 내려놓는 소리에 운율이 생겼다. 그 소리에 허공에서 시선이 부딪쳤다.

"하긴. 그렇대도 내가 할 말은 없다만."

"그런 거 아닙니다."

그건 정말로 아니었다. 오히려 보란 듯이 오기로라도, 이런 결혼 생활도 있다며 잘 사는 모습을 보여 주고 싶었다. 적어도 몇 개월 전까지는.

"그래도 결혼할 사람 생기면 소개라도 해 줘. 결혼식장까지 염치없이 찾아갈 생각은 나도 없으니까."

아마도 그때부터였던 것 같다. 강주희 입에서 '결혼'이라는 단어가 아무렇지도 않게 나온 그때부터, 결혼은 내가 감히 꿈꿀 수 있는 단어가 아니라는 생각이 들었다.

이번엔 답을 바라지 않겠다는 듯 주희가 찻잔을 들면서, 비 내리는 창밖을 쳐다보며 노래 한 구절을 흥얼거린다.

"너 어릴 때, 이 노래만 불러 주면 잘 잤는데."

"……."

"요즘은 부쩍 그 생각이 많이 나네."

"……."

"너 밖에 데리고 나가면 다들 아들 잘생겼다면서, 어찌나 칭찬을 하던지. 그때 생각만 하면 지금도 밥 안 먹어도 배불러."

"……."

"내가 너 아기 모델 대회에도 내보냈다가, 너희 아빠랑 싸웠잖아. 넌 모르지?"

주희가 미소를 보이며 찻잔을 다시 내려놓는다.

첼로 현을 짚던 주희의 손에서도 이제 나이가 느껴지기 시작했다. 아버지는 모르고 엄마만 아는, 나에 대한 이야기다.

엄마만의 잘못은 아니었을 것이다. 세상을 다 줄 것처럼 사랑을 공언해 놓고, 주희의 방종을 묵인한 아버지의 책임도 있지 않을까. 도대체 무엇이 그들을 갈라지게 만든 건지. 뭐가 됐든 겨우 저렇게 끝을 내기 위해 야단법석을 떨면서 결혼할 마음의 여유는 없었다.

"말 나와서 하는 말인데, 너 그러고 다니는 거 진짜 맘에 안 든다, 애. 어찌 10년은 더 늙어 보여. 좋을 나이에 우중충하게 그게 뭐니."

"네."

"'네'는 무슨, 머리도 좀 깔끔하게 하고. 옷도 그게 다 뭐야, 너희 아빠 닮아 미적 감각이 부족해서는."

목소리를 높여 가며 혀를 끌끌 차는 주희를 보자, 문득 바이올린보다는 비올라가 더 어울리는 사람이 아닐까 생각하며 찻잔을 들었다. 무어라 설명은 들었지만 이름도 기억 안 나는 홍차의 쓴맛이 입을 거북하게 채웠다.

"애, 너 그 안경부터 버려."

그리고 그 순간 결혼에 대한 염세주의자가 떠올린 건, 웃기게도 그 이상한 여자였다.

여자, 그러니까 여전히 이름도 몰랐던 차 대리.

그날 술자리에서의 기억은 쉽게는 지워지지 않았다. 잊을 만하면 여자는 꿈에 나와서 날 빤히 쳐다보다가 입을 맞췄다. 입만 맞췄냐 하면, 정말 입만 맞췄다. 그날의 기억을 되새김질하듯이, 그렇게 정말 입만. 그렇다고 그게 썩 아쉽지는 않았다. 나름 충격이어서 그랬겠지, 그 정도로 취급하고 말았다.

여자를 다시 본 건, 1년쯤 뒤. 공연일 하는 사람들이라 어쩌면 당연하게도, 한 뮤지컬 공연장에서였다. 공연장이 있는 건물 1층에서 습관처럼 입구 문을 열고 뒷사람을 확인하면서 문을 잡았다가, 거리를 둔 옆쪽에서 같은 행동을 하고 있는 여자를 봤다.

마지막으로 봤을 때보다 더 긴 머리엔 웨이브가 풍성하게 들어가 있었고, 파란 원피스는 여자의 맑은 피부를 더 돋보이게 만들었다. 그 피부 톤과 어울리는 핑크 색 입술에 살짝 내리깐 눈까지.

한눈에 알아봤다. 며칠 전 꿈에도 나온 여자를 몰라볼 것도 없었다.

멍하니 여자를 쳐다보면서 잡고 있던 문 사이로 뒤따라오던 두세 명이 통과했지만, 여자가 잡은 문으로는 아무도 들어가지 않았다. 기다리는 사람이라도 있는 건가. 시선을 밖으로 틀었더니, 유모차를 끈 아이 엄마가 자신을 위한 배려인 걸 깨닫고는 발걸음을 재촉하면서 감사하단 말과 함께 문을 통과했다.

유모차에 있는 아이를 보고 눈을 접으며 웃던 여자는 그제야 뒤를 더 확인하고 문을 놓았다. 나는 여전히 문을 잡고 있는 문지기 상태로, 여자와 눈이 잠깐 마주쳤다. 아이를 보고 짓던 온화한 얼굴은 사라졌다. 여자는 자신이 입고 있던 원피스 색깔만큼이나 냉랭한 시선으로 날 위아래로 잠깐 훑어보더니, 그냥 등을 돌려서 안으로 들어갔다.

날 못 알아본다 이거지.

입가에 묘한 미소가 나타났다가 흐려졌다. 어차피 상관도 없는 여자였다. 바삐 들어가던 여자를 눈으로 좇는 것도 포기하고, 곧장 티켓 부스로 가서 초대권을 찾았다. 여자는 어디로 뛰어간 건지, 보이지도 않았다. 공연을 보러 온 게 아닐 수도 있었다. 꿈속의 그 여자를 다시 봤어도 딱히 어떤 마음이 생기지는 않았다.

화장실에 들렀다가 공연 시작 10분 전쯤 들어갔을 때, 같은 줄 몇 좌석을 띄우고 혼자 앉아 있는 여자를 봤다. 여자는 눈을 내리 깐 채, 예의 그 심드렁한 표정으로 프로그램 북을 읽어 내려갔다. 다른 곳으로 시선을 의식적으로 돌려도, 자석에 이끌리듯 여자에 게로 고정되었다.

내가 아무리 그래도 쉽게 잊힐 얼굴은 아닐 텐데. 진짜 못 알아 보는 건가. 내 얼굴이 그 정도로 망가졌…….

"저기, 죄송한데……."

쓸데없는 생각을 하고 있을 때쯤, 누군가 다가와서 여자 친구랑 연석으로 앉고 싶어서 그렇다며, 자리를 바꿔 줄 수 있냐고 부탁했 다. 흔쾌히 그러겠다고 했다. 그들이 바꾸고자 하는 자리는 차 대 리라는 여자의 옆자리였으니까.

여자는 옆자리 사람이 누군지에 대해선 별 관심이 없어 보였다. 자리에 앉고 얼마 지나지 않아서 극이 시작되었다. 곁눈질로 관찰 한 여자는 졸고 있는 게 아닌가 싶을 정도로 꼿꼿한 부동자세로 무대를 응시했다. 취향이 아닌 극인가 생각했을 무렵, 여자가 조용 히 웃었고, 그 작은 소리에 내 얼굴에도 웃음이 번졌다.

프로그램 북 위로 단정히 마주 잡은 여자의 두 손에 힘이 들어 갔다가, 빠지는 게 시선 끝에 걸렸다. 휘어짐 없이 가늘고 곧은 긴 마디의 손가락이 여자와 닮았다고 생각했다. 손가락에 반지 하나 없으니 결혼 안 한 것만은 확실해 보였다.

어떤 장면에서는 검지손가락을 미세하게 움직이며 리듬을 탔 다. 여자는 지금 희미하게 웃고 있을 것이다. 여자의 손에 또다시 힘이 들어갔다. 아, 좋아하는 장면이구나. 극을 보는 건지, 여자의 반응을 보는 건지 모를 시간이 지나갔다.

인터미션이 되자 문득 먼저 알은체를 할까 싶었다가도, 여자의 사적인 영역까지 방해하고 싶지는 않다는 생각이 들었다. 게다가 1년이나 지난 일인데, 지난 일 얘기라면 더더욱 꺼내기도 싫었다. 그렇다고 그때 술 먹고, 키스당한 남자라고 하는 것도 이상했다.

그때 여자가 먼저 말을 걸었다.

"휴대폰이요."

"네?"

여자의 새침한 눈이 내 휴대폰을 가리켰다.

"아까부터 계속 진동 오더라구요."

이왕이면 무음으로 해 달라는 말과 죄송하다는 말이 오갔다. 어색한 시간 속에서 화장실 갔다가 들어오는 사람들이 웅성대는 소리와 공연 안내원들의 소리가 간헐적으로 들렸지만, 모든 신경은 옆자리로 향해 있었다. 새삼스레 말이 입 속에서 맴돌았다. 날 못 알아본 것만은 틀림없었다.

여자는 가방 안에 손을 넣고 한참을 부스럭거렸다. 뭘 찾는가 했지만 이미 찾긴 한 거 같고, 그대로 멈춘 걸 보니 딴생각을 하는 모양이었다. 그러기를 이삼 분, 여자가 다시 말을 걸어 왔다.

"제가 소리에 좀 예민해서요. 무례했다면 죄송해요."

"아닙니다. 제가 더 죄송합니다."

"그리고 이거 드세요. 별건 아니지만."

하고 여자가 목에 좋다는 사탕 하나를 건넸다. 술에 취했을 땐 이 말, 저 말, 하고 싶은 말 다 하더니, 지금 와서 진동 소리 하나 지적에 신경 쓰여서 사탕이라니. 어쩐지 귀여워서 슬며시 입꼬리를 올리며 웃었다가, 날 알아보지도 못하는 여자를 두고 별생각을 다

한다며 헛기침을 했다.

"기침 나올 때 사탕 물고 있으면 좋아요."

사탕을 만지작대고 있으니, 여자가 공연장이 건조한 편이라 기침이 나온다고 덧붙이면서 웃었다. 진짜 기억을 못 하는 걸까. 기억이 안 나니까 이렇게 친절한 걸까. 순간 여자 주위가 환하게 변한 것만 같았다.

곧 공연이 시작한다는 공연 안내원들의 말에, 여자가 등을 붙이며 자세를 잡았다. 이내 암전이 되었고, 오케스트라 소리와 함께 2막이 시작되었다.

그날 밤, 입만 맞추며 끝나던 단조롭던 꿈도 조금씩 변해 갔다.

"이 새끼 변태네."

수용이 넋 빠진 얼굴로 황당하다면서 소주를 잔에 따랐다. 하긴 내가 수용이었어도 다를 바 없는 말을 했을 것 같아서 헛헛한 웃음을 머금었다.

"그러니까 꿈에 계속 똑같은 여자가 나온다는 거 아냐."

"어."

"사춘기냐."

"나도 차라리 그랬으면 좋겠다."

"그 꿈에서 막 그런 것도 하고?"

주위 눈치를 보더니 목소리를 낮추며 손을 난잡하게 굴리는 수용을 보며, 그런 거 아니라고 부정하면서 웃었다.

아니라곤 했지만 꿈에서 입만 맞추던 건 어느샌가 더 진한 키스로 번지기도 했고, 입술만 탐하던 것이 목을 타고 내려가기도 했다. 거기서 깨 버려서 문제였지. 그러니까 거기서 아쉬운 마음이 드는 게 확실히 정상적인 상태는 아니다.

"이야, 이 변태 새끼. 이거 얼굴만 정상이네. 근데 예쁘냐?"

"예쁘지."

엄청 예쁘긴 하지.

"미쳤구만. 귀신 붙은 거 아니냐."

별안간 소름끼치는 듯 주위를 둘러보는 수용을 보며, 씁쓸히 소주를 털어 넣었다. 공연장에서 만난 이후로 여자가 꿈에 나타난 지도 벌써 3개월. 나답지 않게 상사병 같은 증상이 생겼다. 이럴 줄 알았으면 그때 공연장에서 급하게 빠져나가는 여자를 불러 세울 걸 그랬다.

"다시 만나려면……."

"귀신을 만나겠다고?"

지레짐작으로 꿈속 여자를 내가 만들어 낸 환상이라고 판단한 수용의 얼굴이, 진짜 귀신이라도 본 것처럼 하얗게 질렸다.

"그런 거 아니고 아는 여자야, 인마."

"야, 이 미친놈아. 처음부터 그렇게 말해야지."

내 친구 신내림이라도 받아야 하나 싶었다면서, 수용이 가슴을 쓸어내린다.

"어디 뭐, 업계 사람이냐? 배우?"

"전에 재단이랑 일할 때 만난 사람."

"아……."

수용의 표정이 걸쩍지근하게 변했다. 역시 재단 쪽은 좀 그렇겠지, 싶어서 소주를 또 한 잔 털어 넣었다.

"얌마, 따지고 보면 네가 잘못한 것도 아니고."

"그렇지."

"네가 비리 고발해서 뉴스 타게 한 거밖에 더 있냐. ……그러니까 찝찝한 거구나."

수용이 빈 잔에 소주를 채웠다.

"그래도 뭐 이제 너도 새 회사 소속이고, 문제될 것도 없잖아. 아는 사람 몇이나 된다고. 그 여자는 아직 재단에서 일한다냐? 이름이 뭔데."

"몰라."

"몰라?"

"성은 아는데, 이름을 몰라."

'이 미친놈아!'를 연거푸 외치던 수용이 휴대폰을 꺼내서, 재단 홈페이지에 접속했다.

"너는 이 정보화 시대에 얼굴만 신식이면 뭐 하냐, 홈페이지에 직원 검색만 하면 될 걸. 성이 뭐라고?"

"차 대리."

'차차차.'를 중얼거리면서 홈페이지를 뒤지던 수용이, 이내 찾은 듯 화면을 보여 줬다.

차유진.

여자를 안 지 1년 3개월여 만에 이름을 알았다.

"어라? 여기 직원들 워크숍 사진도 올라와 있는데, 여기 얼굴 있는지 봐 봐."

수용이 홈페이지 탭을 몇 개 눌러 보더니, 기어코 사진까지 찾아냈다. 사진을 몇 개 골라내던 수용이 두 손가락을 벌려서 확대해

가며 얼굴을 찬찬히 살펴본다.

"깨져서 잘 안 보이네. 네가 한번 봐 봐라."

"뭘 그렇게까지……."

말은 그렇게 해 놓고, 잽싸게 휴대폰을 뺏어서 사진을 확인했다. 유 대리를 포함한 몇몇 아는 얼굴을 지나치고, 여자를 찾았다. 어색하게 미소를 짓고 있는 여자의 얼굴을 발견하자, 순간적으로 피식 웃음이 터져 나왔다. 화질은 낮지만 여자임은 확실해 보였다. 정말인지 찍고 싶지 않다는 저 표정. 실제로도 보고 싶은 저 표정.

"여기엔 안 보이네."

"아쉽네. 어쨌든 이름은 알았다!"

여자의 이름을 되뇌는 수용에게 휴대폰을 돌려주면서, 혹시나 쓸데없는 짓은 하지 말라고 덧붙였다.

그러면서도 뱉은 말과 달리 저 녀석의 행동이 은근히 기다려졌다. 이 희한한 감정이 단순한 호기심인지, 뭔지 확인할 필요가 있었을 뿐이다. 회사에서랑은 전혀 딴판으로 환하게 웃었던 그 여자. 유모차에 있는 아이를 보면서, 옆자리에서 사탕을 나눠 주면서 그렇게 웃던 여자…….

미친, 왜 그걸 이제야 깨달았을까. 불현듯 전에 옥상에서 사진 찍은 게 떠올랐다. 수용이 화장실 간 틈을 타서 앨범을 한참 뒤져 여자의 얼굴을 찾아냈다.

변태가 달리 있는 게 아니다. 몰래 사진이나 찍는 놈이 변태가 아니면 뭐란 말인가. 그래도 아무렴 어떤가. 여자의 웃는 모습이 내 손에 남았다. 다시 사진을 쳐다봤다. 이렇게 잘 웃고 다니면서. 역시 직장 생활은 힘든 법이지. 괜히 화면 속 여자의 볼을 손가락으로 튕겼다. 그래 봤자 뭐, 상관도 없는 여자였다.

"자, 들어 봐."

며칠 뒤, 사무실 문을 열고 들어온 수용이 뺀질거리면서 책상에 걸터앉았다.

"엉덩이 치워라."

"야, 내가 뭘 알아 왔는데……. 이 정도로."

"뭔데."

"차유진."

모니터에 박혀 있던 눈이 곧장 수용에게로 향했다.

"왜, 눈이 번쩍 뜨이냐."

"뭘 알아 왔는데."

"이것저것. 좋은 거부터 말할까, 나쁜 거부터 말할까."

'나쁜 거'라는 말에 한쪽 눈썹이 들렸다.

"알아서 말할게. 나이는 두 살 아래. 학교는 나랑 동문. 지금이 첫 직장인가 봐. 일도 잘하고, 평판은 좋더라고. 이번에 뭐 준비하던 것도 원래 그 여자 기획인데, 중간에서 뭐가 틀어졌다나 봐."

"그쪽 일 얘기는 됐고."

"만나는 사람 있다더라."

수용이 볼펜으로 관자놀이를 긁으면서 나 대신 멋쩍은 표정을 지었다.

"소개팅 한번 주선해 볼랬더니 그렇게 말했다나 봐. 근데 그 사람이 알기론, 그냥 둘러대는 거 같다고."

"누구 만날 생각이 없나 보네."

"한 번 더 찔러봐 줘?"

"찌르긴 뭘 찔러."

온 김에 회의나 하자며 수용의 엉덩이를 밀어내자, 책상 한편에 쌓아 둔 서류 더미가 무너져 내렸다. 형용할 수 없던 감정도 같이 스르르 녹아내렸다. 애초에 별것도 아닌 감정이었다.

회사 일은 정신이 없었다. 막 시작한 작은 회사가 그러하듯 맨땅에 헤딩하는 수준이었지만, 힘들게 올린 어린이 뮤지컬이 운 좋게도 대만에 판권 수출이 되었다. 회사 일이 바쁘니 집에 와서는 눕자마자 곯아떨어지기 바빴다. 꿈꿀 시간도 없었다. 연애는커녕 그 여자 꿈을 꾸는 횟수도 손에 꼽을 만큼 현저하게 줄어들었다.

그러다가 연말 어느 날, 한 술집에서 여자를 또 봤다. 여자를 알게 되고 2년 8개월 만이었다. 날 알아볼 일은 없었기에 여자와 마주 보는 자리에 앉았다.

머리를 적당히 위로 올려 묶은 여자는 간헐적으로 들리는 대화로 추정해 봤을 때, 연말 모임으로 대학 때 무리들을 만난 것 같았다.

"야, 차유진! 너는 홍태훈이랑 연락 안 하나?"

한 남자의 말에 여자의 표정이 굳었고, 여자의 옆에 있던 다른 여자가 남자를 말린다.

"선배는 갑자기 여기서 그 얘기가 왜 나와요."

"배은망덕한 새끼. 둘이 그렇게 지랄 떨면서 사귈 땐 언제고."

여자가 말없이 맥주를 따랐다. 저 표정은 회의실에서 보던 표정도 아닌, 처음 보는 떫은 표정이다.

"잊어라, 잊어. 잠수 탄 새끼 뭐가 좋다고. 미국인가 어딘가 또 나갔다던데."

"잊었어요. 자꾸 얘기 꺼내는 건 선배잖아."

"말만 그러니까 그렇지. 너 그 뒤로 연애 안 하잖아."

"선배가 몰라서 그래요. 내가 남자 친구 사귀는 거, 선배한테 일일이 다 보고해야 하나."

"결과적으로 너 지금 남친 없잖아."

뭔 상관. 여자가 콧잔등을 찌푸리면서 맥주를 들이켰다.

"너는 여자가 좀 살갑고 그런 맛이 있어야지, 그러니까 연애 못 하는 거야."

"못 하는 거 아니라 안 하는 거고. 살가운 여자 돼서 선배 같은 남자 만나느니, 혼자 사는 게 백번 낫네요."

"야, 너도 이십 대 때나 그 얼굴 알아주는 거야. 너 이제 서른 넘었지? 거봐라. 이제 남자도 안 꼬인다, 너."

"그럼 땡큐고요. 선배는 선배 머리숱이나 걱정하세요. 모자 쓴다고 모를 줄 아나."

여자가 말간 얼굴로 남자를 보며 웃었다.

"야야, 오랜만에 만나서 왜들 그래. 차유진 너 내가 우리 회사 사람 소개팅 잡아 줘?"

"이제 그딴 거 안 해요."

"차차, 상우 선배 말 곧이듣지 마. 또 이렇게 깨알같이 자기 대기업 다닌다고 자랑하는 거야. 한두 번 속냐."

무리들이 낄낄대는 와중에 여자가 남은 맥주를 한 번에 들이켰다. 니트 위로 드러난 목선까지 붉게 물든 여자가 시선을 내리깔며 입술을 깨물었다. 여자가 크게 내쉰 숨에 짙은 미련이 묻어 나온다.

'이제 그딴 거 안 해요.'

거기에 나도 포함됐던 걸까. 대학 때 지랄 떨면서 만난 홍……. 뭐라는 남자를 아직도 못 잊는 여자. 먼저 입 맞추고는 기억도 못 하는 여자. 묘하게 거슬렸다. 말도 안 되는 이상한 감정은 이미 사라진 지 오래였다. 물론 아직도 가끔은 여자가 생각났지만, 다른 남자를 아직 맘속에 품은 여자한테 다가갈 만큼 막돼먹은 생각은 더더욱 없었다. 딱 질색이었다.

여자 쪽으로 향했던 눈과 귀를 접고, 일행들과의 대화에 집중했다. 대부분은 걱정을 빙자한 자랑거리들 얘기였고, 언제 끼어들어도 무리 없이 고개만 끄덕이면 되는 그런 얕은 대화들이었다. 그냥 적당한 핑계를 대고 나오지 말걸 그랬나, 그랬다면 저 여자를 못 봤겠지.

아니, 그거야말로 뭔 상관. 맥주를 한 모금 들이마셨다.

그 순간 또 여자와 눈이 마주쳤다. 한 손으로 턱을 괴고 이쪽을 가만히 응시하던 여자의 눈빛은 그때 그 입 맞추던 여자와 닮아 있었다. 저러다가 또……. 재빨리 여자 주위를 둘러싼 남자들을 하나씩 응시했다.

오징어 옆에 새우, 그 옆에 대파. 해물탕 같은 주변인들을 안주 삼은 것인가. 여자의 눈이 점점 느리게 감겼다가 떠지더니, 그대로 팔에 힘이 풀리며 쿵, 테이블로 쓰러지면서 잠들었다.

"얘는 술도 못하면서, 혼자 들이붓고 난리야."

"내버려 둬요. 차차 쟤 그냥 저러고 자는 게 다니까."

"그래, 누구처럼 막 주사 부리고 그러는 애는 아니지."

"지금 저 저격하는 거예요?"

무리들이 또 시끄러워졌다. 여자는 적어도 저 해물탕 무리들에겐 그 희한한 주사를 부리진 않았던 모양이다. 선택적 주사인가. 이걸 맘이 놓인다고 해야 할지 뭔지. 테이블에 얼굴을 박고 잠든 여자의 등이 올랐다가, 내려갔다를 반복했다.

저러고 자면 목 아플 텐데. 일행과 얘기를 나누다가도, 여자 쪽으로 계속 시선이 붙들렸다. 도대체가 왜 자꾸 눈에 띄어서 거슬리는지 모르겠다.

일행들과의 술자리를 마무리하고 길에서 대리 기사를 기다리는데, 여자 쪽 무리들도 마침 정리하고 나와선 밖에서 떠들썩하게 다음 만남을 기약했다. 여자는 언제 술이 깬 건지, 칭칭 감은 연보라색 목도리 위로 잔뜩 찌푸린 얼굴을 한 채 술 취한 그들을 하나둘씩 택시에 태우고 있었다.

마지막 일행까지 다 태워 보낸 여자의 깊은 한숨에서 하얀 입김이 생겨났다. 가느다란 손은 빨개졌다. 밤이 되어서 그런지 더 추운 겨울 날씨였다. 어느샌가 여자의 머리에 진눈깨비가 내려앉았다.

"눈 오네."

여자가 작게 읊조리면서 손바닥을 내밀었다.

"보고 싶네."

여자의 입꼬리에 희미하게 걸린 미소가 진눈깨비처럼 금세 녹아 사라졌다.

"차차, 같이 가!"

아직 안 간 일행이 남았던 모양인지 술집에서 다른 여자가 우두커니 서 있던 여자에게 달려왔다.

"천천히 와, 여기 미끄러…… 으악!"

달려오던 일행이 미끄러지는 걸 붙잡은 여자의 가방이 길바닥에 쏟아졌다. 여자는 일행을 일으켜 세우며 옷을 대신 털어 내 주었다.

"괜찮아? 안 다쳤어?"

"응. 너 가방부터 챙겨."

"허리 삐끗한 거 아냐?"

"괜찮아. 그냥 쪽팔릴 뿐이니까, 조용히 해 줘."

"맞아. 너 방금 되게 웃기게 넘어졌어."

여자 둘은 그렇게 웃으면서 가방 안에 짐들을 다시 챙겨 넣곤 팔짱을 끼고 급히 떠나갔다. 해사하게 웃던 여자의 뒷모습을 넋 놓고 쳐다보다가 정신을 차리고 시선을 돌린 자리에서, 여자가 미처 챙기지 못한 걸로 보이는 검은색 다이어리를 발견했다.

발걸음을 떼어 다이어리를 주워 들었다. 여자 것이 맞는지 다이어리 속지를 넘겨 봤다. 첫 장에 동글동글한 글씨로 '차'라고 적힌 걸 보니, 여자 것은 맞는 모양이다. 전해 주려고 여자가 사라진 쪽을 쳐다봤지만, 벌써 택시라도 탔는지 둘은 보이지 않았다.

연락처라도 있는가 싶어 다이어리를 훑었다. 일상용 다이어리는 아니었는지 대부분은 빈칸이었고, 드문드문 공연 감상평들이 적혀 있었다.

또 몰래 읽는 것 같아서 그냥 덮으려다가, 전에 옆자리에서 같이 봤던 공연에 대한 얘기에 눈이 멈췄다. 조명 얘기며 무대 세트,

오케스트라 얘기, 배우들 동선까지도 빼곡하게 적힌 것이 단순한 감상평이라기엔 꽤나 공연을 많이 즐기는 모양이었다. 그러고 보니 공연 기획 쪽 부서였던가.

그때 대리 기사에게 전화가 왔는지 휴대폰이 울렸고, 손에 들린 다이어리를 어떻게 전해 줘야 하나, 가게에 그대로 맡길까 하다가 일단 안주머니에 넣고 차에 올랐다.

여자의 다이어리는 그냥 여자, 그 자체였다. 안 보려고 해도 자꾸만 볼 수밖에 없게 만들었다. 그도 그럴 게 몇몇의 공연 감상평들은 혹평을 넘어선 분노에 가까운 표현을 쏟아 내다가, 갑자기 욕 쓰는 것도 종이 아깝다며 중간에 뚝 끊겼다.

그러다가도 마음에 드는 공연은 온갖 하트를 버무려 가면서 통장을 바치겠다는 둥, 자길 가지라는 둥 낯간지러운 표현을 남발했다. 그리고는 혹평했던 공연도 다시 보면 괜찮을 수도 있단 생각에 또 봤다가, 자기는 호구가 분명하다며 자책하는 내용들까지…….

이상하게 자꾸 관심이 생겼다. 그러니까 여자가 아니라 다이어리에 말이다.

끝내는 우리 회사에서 올렸던 공연평까지 봤을 때가 되어서야, 봐선 안 될 것을 건드렸다는 생각이 들었다. 별점은 별 5개 중 3개 반. 여자의 평은 10글자로 단출했다.

〈나라면 이렇겐 안 했을 것.〉

한쪽 입꼬리가 올라간 채로 미세하게 떨려 왔다.

여자의 날카로운 눈에 얼굴이 베일 듯했다. 머리를 흔들면서 묶고 있던 흑갈색의 머리카락을 내려 푼 여자의 얼굴은 평소보다 더 하얗게 빛났다. 여자가 가슴팍을 밀면서 벽 쪽으로 몰아붙였다.

'왜 다이어리 훔쳐봤어요?'

미안해요. 뭐라고 말을 하고 싶었지만 입이 움직여지지 않았다. 여자의 시선이 옴짝달싹 못 하는 내 입술에 닿았다.

'말로만 미안하다고 하면 단가.'

미안하단 말은 아직 하지도 않았는데. 여자가 속마음이 들리기라도 하는 것처럼 입꼬리 한쪽을 올리며 비웃었다.

여자가 앞으로 다가와 몸을 더 붙였다. 여자의 가슴이 몸에 닿자 마른침이 꼴깍 넘어가며 목울대가 꿀렁였다. 여자가 긴 손가락으로 넥타이를 잡아당기자 바로 코끝이 닿았다. 여자의 엄지손가락이 얼어붙은 입술을 쓸었다.

'키스해 줘요.'

놀랄 겨를도 없이 여자의 입술이 먼저 닿았다. 폭신한 감촉에 입술이 저절로 벌어졌다. 여자가 혀끝으로 입술을 핥자 짜릿함이 온몸이 퍼졌다. 마비가 된 건가. 입술이 마음대로 움직여지지 않았다.

'힘 빼야죠.'

뺐다고 말을 하고 싶은데, 말이 나오지 않았다. 여자가 피식 웃더니 고개를 비틀면서 말캉한 혀를 넣었다. 입 안 구석구석을 부드럽게 헤집던 달콤한 혀가 얼어 버린 내 혀를 녹여 보려고 갖은 애를 썼다.

'짜증 나.'

여자가 인상을 찌푸리면서 떨어졌다. 나도 지금 내 맘대로 할수가 없어서 그래. 짜증 내지 마. 굳어 버린 혀는 말도 제대로 할수 없었다.

두 손으로 가슴팍을 치면서 몸을 떼어 낸 여자가 냉랭한 얼굴로 눈을 빤히 응시했다. 그리곤 한 자, 한 자 또박또박 말했다.

'나라면 이렇게 안 했어.'

거친 숨을 내뱉으면서 눈을 떴다. 이게 무슨 개꿈이야. 식은땀이 흘렀다. 팔을 뻗어 휴대폰을 찾아 시간을 확인했다. 새벽 3시 10분. 다이어리 좀 봤다고, 이딴 꿈이라니.

저걸 줍는 게 아니었다. 도대체 무슨, 무슨……. 시발.

"미친놈."

이 와중에 아래가 뻣뻣하게 세워진 걸 보니 어이가 없었다. 이게 무슨, 도대체가 사춘기도 아니고. 당장이라도 저 다이어리를 돌려주든가 해야지. 차유진이라는 여자가 뭐길래 이렇게 꿈에까지 나타나서 괴롭히는 건지.

그 뒤로 새벽 내내 잠에 들지 못했다. 잠깐이라도 눈을 붙일라 치면 여자의 짜증 난다는 목소리가 귓전을 울렸고, 곧이어 환하게 웃던 여자가 아래위로 훑어보면서 나라면 그렇게 안했다고 조소했다.

결국은 뜬눈으로 출근해서 책상 앞에 앉았다. 책상 위에 놓인 저 다이어리가 저주의 다이어리 같았다. 하고많은 색 중에 또 왜 검은색인지. 점심시간에 택배로 여자 회사에 보내고 눈앞에서 치워 버려야지. 지끈거리는 관자놀이를 손가락으로 꾹꾹 눌렀다.

"야, 민준혁! 깜짝이야! 너 꼴이 왜 그래."

문을 열고 들어오던 수용이 뒷걸음질 치더니, 다시 경망스러운 발걸음으로 들어온다. 한숨도 못 자고 출근한 내 몰골과는 달리 지나치게 차려입은 수용이다.

"잠을 못 자서 그래."

수용이 또 엉덩이를 책상 위에 들이밀고 앉았다. 이 새끼는 자꾸 남의 책상에 엉덩이를. 관자놀이를 지압하던 손을 떼어 마우스를 잡아서, 인터넷 창을 몇 번 클릭했다.

"잠 못 잘 일이 뭐가 있냐. 네가 연애를 하냐, 뭘 하냐."

"일하잖아, 일. 표수용 대표가 안 하는, 일!"

수용이 눈을 위로 한껏 치켜뜨더니, 곧장 수긍하는 듯 고개를 끄덕거린다. 재단 홈페이지를 검색창에 쳤다가 수용이 모니터 쪽으로 고개를 돌리자, 재빨리 알트 탭을 눌러 다른 화면으로 바꿨다.

"요즘 바쁜 거 대충 끝났잖아. 잠 못 잘 이유가……. 너 설마 그, 그때 그 여자 꿈, 아직도?"

그 여자 꿈. 두 손으로 마른세수를 하며 머리를 쓸어 올렸다. 잠이 부족한 뇌는 계속하여 두통을 유발했다.

"그런 거 아냐."

"아닌 게, 아닌 거 같은데. 그때 그 여자 이름 뭐였지? 차, 차 뭐였는데……."

"알 거 없어, 인마."

"야, 너 아직까지 그러면 이건 뭔 신의 계시 아니냐."

조상신도 안 믿는 놈이 뭔 놈의 신의 계시 타령이야.

"헛소리하지 말고 꺼져. 그 엉덩이 좀 제발 치워라."

"아, 알겠어. 알겠어. 찌르지 마."

아무거나 잡히는 걸로 수용을 찔러 대자, 수용이 마지못해 책상에서 엉덩이를 떼고 일어섰다.

"근데 이건 못 보던 다이어리네."

당장 덮으라고 말했지만, 수용의 행동이 말보다 더 빨랐다.

"공연 기록용? 이거 누구 거냐."

"주웠어, 나도."

이젠 나도 모르겠다 싶어서 의자에 머리를 기댔다. 몇 장 읽던
수용이 다시 책상에 걸터앉으며 낄낄거렸다.

"야, 전에 우리가 뺏겼던 라센 핵노잼 삼종 세트란다."

"그만 훔쳐보고 내려놔."

"오케스트라 엉망. 금관악기 따로 논다. 도대체 왜 초연 때랑 동
선 바꾼 건지. 2막 조명은 잘 씀. 무대가 높아서 앞 열에선 조명 안
보일 듯. 음향 어제보다 나아짐. 연출 시대착오적. 번역은 깔끔."

그러니까 다른 공연들은 저런 식으로 세세하게 적었으면서, 왜
내가 올린 건 10글자로 끝이냐고. 자기였으면 뭘 어떻게 했을 건
데. 머리가 또 지끈거렸다. 이건 단순한 승부욕 비슷한 감정일지도
모른다고 생각했다. 공연도, 꿈에서의 키스도.

"너 이거 누구 건지 진짜 모르냐."

"모른다니까."

"아쉽네. 한번 같이 일해 보고 싶은데."

수용의 말에 여전히 금이 간 미간 아래의 눈이 번쩍 떠졌다.

"요즘 그 정도 감상평은 일반인들 다 해."

"너 뒷부분은 안 봤냐. 피드백 적어 놓은 거 보니까, 단순 마니
아는 아닌 거 같아. 이쪽 일 하는 사람 같은데. 기획한 아이디어도
몇 개 있고. 어디서 주웠냐, 이거."

"길바닥에서."

"공연장 아니고?"

"어. 술집 앞, 길바닥에서."

쯧. 아쉽다며 혀를 차는 수용에게서 다이어리를 뺏어 들었다. 같이 일은 무슨. 빨리 돌려주기나 해야지.

사무실을 나가는 수용의 뒷모습을 확인하고, 인터넷에 재단 홈페이지를 클릭한 뒤 조직도에서 여자 이름을 찾았다. 아직 재단에 있긴 한가 보네. 직무 소개를 보니 공연 기획 쪽은 아닌 거 같고.

뭐, 상관없었다. 홈페이지에 나온 재단 주소를 확인했다. 택배로 부쳐 버리고 끝내면 될 일이다. 그럼 그 빌어먹을 꿈도 이제 안 꿀 것이다.

"미친놈."

"네?"

혼자 작게 내뱉은 말에, 안내 데스크 직원이 뭐라고 했냐는 표정이다.

"아닙니다. 확인됐나요?"

"재단에 차유진 대리님 말씀하시는 거라면 맞아요. 저도 아는 분이거든요. 이거 그냥 전해 드리면 될까요."

"네. 그렇게 해 주세요."

굳이 여기까지 제 발로 찾아오다니. 미친놈이 따로 없다. 점심시간에 택배를 부친다는 걸, 충동적으로 재단까지 와 버렸다. 직접 전해 줄 수는 없는 노릇이라 데스크에 맡기자고 생각했다. 근처에서 주웠는데 여기 직원 다이어리인 거 같으니 전해 달라고. 아주

간단했다.

"누구라고 전해 드릴까요."

"저요?"

그럼 그쪽 아니고 누구겠냐는 표정이 어색한 미소와 함께 되돌아온다.

"제 이름은 됐고, 그냥 여기 앞에서 주웠다고……. 그렇게만 전해 주세요."

"네, 근데 차 대리님 다이어린지 어떻게 아셨……. 어? 저기 들어오시네요."

데스크 직원의 말에 황급히 시선을 좇았다. 점심시간이라 기분이 좋았는지, 커피 한 잔을 손에 든 여자의 얼굴이 화사하다. 저 얼굴로 꿈에서는 그렇게 잡아먹을 것처럼…….

잡생각을 떨쳐 버리면서 데스크 직원에게 급히 인사하고 자리를 피하려는데, 일행과 대화를 나누던 여자의 얼굴이 제법 진지하게 바뀐다.

"그러니까 알겠죠, 막내라고 그렇게 다 받아 주면 앞으로 보영 님만 힘들어진다니까."

"네."

"나 없을 때, 누가 또 그런 일 시키면 언제든지 말하고."

"네, 감사해요. 차 대리님."

"누가 뭐라 해도 개가 짖는구나, 하고 넘겨요. 난 예전에 귀마개까지 꽂았잖아."

"정말요?"

"근데 그건 비추. 귀 아파. 어쨌든 그렇게 '네, 네.'거리면서 웃으면

호구되는 곳이니까, 보영님도 조심해요. 여기 여우들 너무 많아."

들릴 듯 말 듯 작아지는 소리를 들으면서, 그들을 지나쳐 출입구 쪽으로 향했다. 등 뒤로 여자에게 다이어리를 건네주는 소리와 여자의 기뻐하는 목소리, 주워 준 사람을 찾는 목소리가 흩어졌다. 어쨌든 속이 텅 빈 것처럼 시원했다. 그렇게 여자와도 끝이었다.

계절이 몇 번이나 바뀌면서 여자가 나오던 꿈도 그제야 흐릿해졌다. 직원 몇 명으로 시작한 회사는 이제 어느 정도 자리를 잡았다. 4년이라는 시간은 업계에서 긍정적인 평가를 받기에 충분했고, 그 덕에 다시 재단과도 새로운 이름으로 일할 수 있는 기회가 생겼다.

"해도 되는 거 맞지."

"그래, 하자니까. 우리가 지금 뭐 가릴 때냐고."

재단에서 협력 제안을 들었을 때 다른 것보다 먼저 생각났던 건 웃기게도 차유진, 그 여자였다. 지금도 재단에 있으려나. 회의 때는 또 몰래 욕하고 있으려나. 우리 공연 다른 것도 봤으려나. 결혼은 했으려나. 선택적 주사는 여전하려나. 그 남자는 지금쯤이면 잊었으려나…….

업무 얘기가 나올 때마다 여자 생각이 같이 꼬리를 물 무렵, 미팅으로 호텔 라운지에 들렀을 때 우연찮게도 여자를 다시 만났다. 그때 그렇게 다이어리를 전해 줬을 때 이후로, 1년여 만이었다.

여기엔 무슨 일인지 판단할 것도 없이 어색한 분위기와 결혼식 하객 복장처럼 단정하게 차려입은 걸 보아선 영락없는 소개팅 자리였다. 이제는 '그딴 거' 할 마음이 생기기라도 한 건지. 이유 모를 배신감에 여자를 의식하며 근처 테이블에 자리했다.

"그 칼국수라는 게 말이죠. 반죽도 중요하지만 육수가 중요하거든요."

맛 평론가라도 되는 것인지, 맞은편에 앉은 남자가 펼쳐 대는 칼국수 이론을 듣는 여자의 표정이 예전 그 표정, 그대로다. 서비스적인 미소를 지었다가도 이내 싸늘하게 변하는 게 여전해서, 피식 웃음이 삐져나왔다. 남자가 마음에 안 드나 보네. 저러다 또 속으론 욕하는 건 아닐까 싶었다.

"네, 칼국수 맛있죠."

"유진 씨는 특별히 좋아하는 음식 없으세요?"

"글쎄요."

여자가 관자놀이 부근을 손으로 긁었다.

"돈가스가 당기네요, 오늘은."

여자의 심드렁한 대답에 칼국수남이 이번엔 돈가스 이론을 장황하게 늘어놓는다. 여자의 표정이 억지 미소를 띤 채로 찬찬히 굳어 간다. 서류를 넘겨 보면서 훔쳐 듣는 얘기는 나름 흥미진진했다. 괜스레 입꼬리에 웃음이 걸렸다.

"유진 씨는 그래도 참 수수하신 거 같아요."

"제가요?"

"요즘 여자들이랑 다르게 가방도 그렇고요."

"제가요?"

여자가 못 들을 말이라도 들은 것처럼 황당해하자, 앞에 앉은 상대 역시 당황스러운지 큼큼거리면서 목을 가다듬는다.

"유진 씨는 결혼하면 일은 어떻게 할 생각이세요?"

"글쎄요. 딱히 생각 안 해 봤는데."

"아, 저 그렇게 막힌 놈은 아닙니다. 그래도 아이 낳으면, 아이가 엄마랑 있는 게 더 좋고……."

"아니요. 결혼 자체를 생각 안 해 봤어요."

두 사람의 목소리만 훔쳐 듣다가, 여자의 대답에 시선을 틀어 여자를 쳐다봤다.

"저 솔직히 말씀드리자면, 그냥 남자 친구가 필요했어요. 결혼까지는 생각 없고, 그냥 적당히 가벼운 정도로요. 이 부분은 제가 주선자에게 미리 말했던 거 같은데요."

"저는 그냥 하시는 말씀이신 줄……."

"아뇨. 진지하게 그래요. 그래서 승태 씨가 그런 마음이시라면 이렇게 시간 뺏는 거 너무 죄송해서, 여기 더 못 있을 거 같아요. 죄송합니다."

여자가 옷가지와 가방을 챙겨서 일어나려고 하자, 앞의 남자가 서둘러 여자를 막는다.

"가볍…… 가, 가볍게 만나는 거 저도 좋습니다. 가벼운 거."

"승태 씨, 저는……."

"1시간만요. 제 시간 뺏는 거 아닙니다. 주선자를 봐서라도요. 그리고 승태 아니고, 태승……."

"30분이요."

엉거주춤한 자세로 일어선 것도 앉은 것도 아니던 여자가 '주선자'라는 말에 어쩔 수 없이 다시 엉덩이를 붙이고 앉았다.

두 사람의 남은 30분이 더 궁금해지려는 찰나 업무 미팅 상대가 도착했고, 일 얘기를 어느 정도 끝냈을 때 여자는 이미 자리를 뜬 후였다.

여전하네. 여자의 어색한 표정이 잔상을 남기며 머릿속에서 무한 증식했다. 결혼은 싫지만 남자 친구는 필요해진 이유는 또 뭔지. 여전히 알 수가 없는 사람이다. 아니, 굳이 알 필요도 없었다.

재빨리 여자에 대한 기억을 털어 냈다. 이러다간 또 며칠을 여자 꿈으로 고생할 게 뻔했다. 안 그래도 일 때문에 불쑥불쑥 생각나던 여자였는데. 업무로 간접적으로 얽히게 될 것도 피곤한데, 이런 식으로는 더 거슬린다. 피곤한 건 딱 질색이었다.

"어, 저 사람 이제 잘 걷네."

병원 밖을 내려다보던 나연의 말에 겨우 정신을 차렸다. '누구?' 하면서 밖으로 시선을 같이 내렸지만, 누굴 말하는지 알아차릴 수가 없었다.

"있어. 말해 봤자 넌 기억도 못 해. 저 사람도 오랜만이네, 이러나저러나."

병원 생활을 오래 한 보호자들끼리 익숙해지는 얼굴들이 있긴 하다. 나연이 한참을 밖을 응시하던 시선을 거두고, 조금은 힘든지 일어서서 허리를 두드렸다.

"그래도 꼴에 삼촌이라고 잘 붙어 있네. 우리 도연이가."

"애들도 잘생긴 얼굴을 가려서 그런 거야."

품에 안긴 두 돌 지난 도연의 머리카락을 쓸어 넘겼다. 나연을 쏙 빼닮은 도연이의 이름은 중학교 동창이던 도진과 나연의 이름 한 글자씩을 땄다. 뽀로로는 진작에 졸업했다며, 도연이는 고사리 같은 손으로 휴대폰을 쥐고서는 다른 캐릭터 화면에 집중하기 바빴다.

"예쁘지, 우리 도연이."

"응."

"너도 네 자식 낳아 봐."

"됐어. 너나 셋째까지 낳든가."

"안 그래도 생각 중이야."

"애국자네."

"너 병원 그만 들락거려."

도연과 같이 보던 휴대폰 화면에서 시선을 돌려 나연을 응시했다.

"도진이도 이제 주재원 끝내고 한국 들어올 거야. 우리 엄마는 내가 챙길 수 있어."

"너는 너대로 해. 나도 나대로 하는 거니까."

"너 그거 알지. '다정도 병인 양하여.' 하는 이조년 시조."

도연아, 너희 엄마 갑자기 낯설게 왜 저러니. 나연에게 향했던 시선을 거두고, 도연의 통통한 볼을 쓰다듬었다.

"민준혁 너나 교수님이나, 다정도 병이라는 거야."

"뜬금없이 왜 그래."

"막말로 엄마 병이 언제 다 나을지도 모르고."

"선생님 들으셔."

두 사람의 시선이 곱게 잠든 모습의 미혜에게 닿았다. 요즘은 저렇게 잠든 시간이 부쩍 더 늘어난 미혜다. 그녀는 같은 동네에서 자란 나연의 엄마이자, 고등학교 문학 선생님이었다. 미혜가 우연히 아버지의 강의를 수강하게 되면서 그렇게 우연이 인연이 되고, 인연이 연인이 되었다.

처음에 나연은 왜 민준혁 아빠여야 하냐고, 제 엄마의 늦은 연애를 반대했더랬다. 그저 한때 반항일 줄 알았던 것은 나연의 17살짝사랑이 강제로 접히면서 끝이 났다. 틈새를 비집고 들어온 도진이 나연의 마음을 사로잡은 것도 그때 일이다.

어쨌거나 나연은 그렇게 오랜 연애 끝에 몇 년 전 인도 주재원으로 발령받은 도진과 결혼하며 해외 생활을 시작했다. 가족 같은 모습으로 병원에 계신 선생님, 미혜를 챙기는 것은 자연스레 내 몫이 되었다.

"우리가 네 앞길 막는 거 같아서 그래."

"무슨 헛소리야."

"괜히 너 결혼도 못하고 걸리적거릴까 봐."

"그런 거 아니야."

"그럼, 연애라도 하든가."

왜 다들 남의 연애사에 오지랖들이 이렇게나 많은지.

"할 거야."

"할 거야?"

"그래."

"너 뭐 있어?"

나연이 잠투정하는 도연을 안아 들었다.

"야, 너 진짜 뭐 있나 봐?"

"그냥."

나연의 목소리가 머리를 또 울렸다. 잠을 못 자서 그런지, 또 두통이 시작됐다. 어제 여자를 마주친 이후로 또 잠을 이루지 못한 채 계속 여자, 그러니까 차유진에 대한 생각에 잠식되었다. 생각지 않으려고 얼마나 애써 지우던 여자였는데, 이렇게 결국은 또…….

"우리 도연이 숙모 보게 생겼네."

"숙모는 무슨."

"사람 일 모른다, 너."

나연이 어느새 잠든 도연에게서 휴대폰을 빼내어 돌려준다.

연애, 까짓 거 뭐. 어제 이후로 계속 망상 속 여자에게 시달렸다가 내린 결론은 하나였다. 결혼 생각은 없지만 가벼운 남자 친구는 필요해서, '그딴 거' 안 하겠다던 소개팅까지 하는 여자. 그녀가 겨우 그 정도의 마음이라면, 내가 나서도 되지 않을까 하는 그런 결론. 어차피 나도 결혼 생각 같은 건 없었으니까, 오히려 잘된 일인지도 몰랐다.

그렇게 우리는 그 돈가스집에서 다시 만났다.

'근데 아마 기억 잘 못 할 수도 있어요. 차 대리 자기 영역 넘어가는 사람들 기억 잘 못 해요.'

유 대리의 말을 듣긴 했지만, 그래도 혹시나 하는 기대감은 있었다. 적어도 공연장에서의 기억은 있지 않을까 하는 일말의 기대감.

한 손으로 턱을 괴고 창밖을 응시하며, 노래를 흥얼거리는 여자. 다른 손으로 테이블을 두드리며 리듬을 타는 걸 보니, 공연장에서 만났던 기억도 떠올랐다. 아무래도 돈가스집 계단이 가팔랐던 걸까. 여자와 눈이 마주치자, 쿵쿵대던 심장이 둥실거리며 떠올랐다.

"제가 그때랑 좀 달라졌죠?"

"와…… 네."

지나치게 솔직한 여자의 반응에 웃음이 터졌다. 스타일 좀 바꿨다고 이렇게나 못 알아보는 건가, 그래도 그때 공연장에서 만났을 때랑은 별반 다를 바 없는데. 그 영역에 내가 못 들어간 건가. 이런 날것의 반응을 보니, 공연장은커녕 그때 그 키스도 여전히 기억 못

하는 게 분명하다.

술 한 잔도 들어가지 않은 여자의 시선이 노골적으로 내 얼굴을
지나 어깨, 팔뚝, 가슴까지 훑는 게 보였다. 그러다 눈이 마주치자
언제 그랬냐는 듯 뻔뻔하게 시선을 돌린다. 그래 봤자 달아오른 귓
등을 감출 수는 없었지만. 그렇게 대놓고 쳐다보지나 말든가, 볼
거 다 봐 놓고 부끄러워하는 꼴이라니.

돈가스를 먹는 여자의 눈동자가 혼란스러운 듯 빠르게 돌아갔
다. 내가 궁금하겠지, 나도 그쪽이 궁금한데.

"다음 주엔 돈가스 덮밥 먹어요."

"우리 다음 주도 봐요?"

여자의 놀란 눈이 토끼처럼 귀여워서—아니, 그 털북숭이 생명
체가 애초에 이렇게 귀엽지도 않지만—계속 놀려 주고 싶다는 생
각이 들었다가도, 자칫 빨리 다가가면 낭패일 것 같아서 망설여졌
다. 어차피 시간은 많았고, 월요일마다 볼 수 있는 얼굴이었다. 천
천히 알아 가는 시간이 필요했다. 뭣보다도 여자가 말하는 그 가벼
운 관계에 들고 싶었다.

해외 라이선스 문제가 터져서, 정신이 없는 일주일이었다. 금요
일 외부 미팅을 끝내고 가려던 찰나에, 퇴근하는 여자를 봤다. 자
차 출퇴근이 아닌 건가, 그렇다면 내가 차로 데려다…… 아, 그러
면 너무 늦어진다. 무작정 여자에게로 갔다. 그러니까 순전히 여자
가 궁금해서 그랬을 뿐이다.

"금요일엔 지하철 타요."

음, 금요일에는 지하철.

여자에 대한 정보가 하나씩 쌓여 가고 있다. 주차장에 두고 온 차가 신경 쓰였지만, 여자를 따라 지하철을 같이 탔다. 지하철에서 각종 인간 군상을 대하는 여자의 표정이 다양해서 또 웃음이 터졌다.

제법 앙큼한 표정을 한 채 어디까지 가냐고 묻길래, 그제야 노선도를 확인했다. 여자의 시선이 내 입술에 머무르는 것 같았다. 혹시 4년 전 입맞춤을 기억하는 건가. 문득 신경 쓰였다가 반대 방향이라는 대답에 얼굴이 하얗게 변해서 무어라 쏟아 내는 입술을 보니, 꿈속에서 마냥 굳었던 혀를 풀어내고 싶었다.

어디까지나 궁금증이 만들어 낸 육체적 욕망이라고 생각했다. 키스는 꿈이었지만 공연 감상평은 현실이었다. 꿈과 현실이 적절히 혼재된 앙금이 남아 있었다. 운이 좋았다고 해야 하나, 여자가 먼저 우리 회사 공연에 대한 얘기를 꺼냈다.

"저 그러고 보니, 민 팀장님 회사 공연 봤어요."

"『망각의 시간』이요?"

"어, 맞아요."

"어땠어요?"

〈나라면 그렇겐 안 했을 것.〉

여자의 다이어리 속 동그란 글씨의 잔상이 눈앞에 보이는 것 같았다.

"음, 나쁘지 않았어요."

"좋지도 않았고?"

"그런 건 아닌데, 솔직하게 말해도 돼요?"

"그럼 더 좋죠."

공연 얘기를 하는 여자의 눈이 순간 반짝거리며 빛났다.

"뭐랄까, 강약 조절이 좀 부족했달까. 연출가들은 못 보는 부분들이 있는데 관객 입장에선 보이는 게, 그 강약이거든요. 좀 강하게 나가 줬으면 좋을 부분을 오히려 더 말랑하게 가고, 부드러워야 할 부분을 너무 연타로 때리는 느낌? 좀 아쉬웠어요."

여자가 말해 놓고, 내 눈치를 살폈다.

"힘을 좀 빼야 했다는 거죠?"

"네, 맞아요. 그래도 좋았어요, 간만에. 메시지도 좋았고."

문득 꿈에서 힘을 빼라고 했던 여자가 겹쳐 보였다. 그땐 다른 쪽 힘을 말하는 거긴 했지만.

"차 대리님이었다면."

"네?"

"그렇게는 안 하셨겠네요."

말에 뼈를 가득 담았지만, 여자는 대수롭지 않게 그랬을 거라며 웃고 넘겼다. 그동안 받았던 업무 스트레스가 여자의 그 웃음 한 번에 날아가 버리는 것만 같았다.

나연에게 호언장담하면서 결심했던 것과는 달리, 차유진이라는 여자와의 깊은 관계까지는 생각해 보지도 않았다. 그건 어차피 본인도 바라던 게 아니었을 거다. 소개팅 비스름한 걸로 만나긴 했지만, 나도 내 감정이 혼란스러웠다. 여자가 말할 때마다 왠지 모를 욕구가 들끓었지만, 그건 건강한 남자라면 갖고 있을 자연스러운 신체적 반응이었다.

굳이 집까지 데려다주고자 했을 때도 벽을 치며 먼저 끊어 내고, 주말에 소개팅이 또 있다는 여자의 대답에 순간적인 욕구도 해

갈되었다.

이건 그냥 호기심과 일종의 승부욕에서 비롯된 것이었다. 아래로 뻐근하게 느껴지던 갈증도 금세 없어질 것이다. 꿈같은 상황은 꿈이었을 뿐이었다.

월요일엔 재단 구내식당에서 여자를 봤다. 평소와는 달리 화장기 없는 얼굴이었지만, 그게 되레 이목구비를 더 선명하고 돋보이게 했다. 여자와 눈이 마주치자 가볍게 눈인사를 했고, 그 말간 얼굴이 또, 아……. 더러운 생각을 떨치려고 이를 악물었다.

송 차장 사무실에 들러서 서류를 챙긴 후 엘리베이터 문 앞에서 여자를 마주쳤을 때의 그 반가움이란. 엘리베이터 문에 끼인 팔을 여자가 잡아당겼을 땐, 여자 손이 닿았던 부분이 홧홧하게 덴 것만 같았다.

주차장까지 내려가는 고작 몇 초가 억겹의 시간처럼 느껴졌다. 엘리베이터가 멈추자, 더러운 생각도 겨우 멈췄다.

"오늘은 차 갖고 왔어요?"

차로 향하는 여자를 무작정 불러 세웠다. 오늘은 차 갖고 왔냐니, 지하 주차장에서 이게 무슨 당연한 질문이란 말인가. 스스로도 어이없었지만 여자의 표정을 보니 진짜 차가 없는 모양이다. 될 놈은 되는 건가, 아니면 우리는 인연인가. 어쩌면 수용의 말대로 신의 계시, 그런 게 아닐까 하는 유치한 생각도 들었다.

저녁을 안 먹었다는 말에 당장 떠오른 건, 여자가 먹고 싶다고 했던 돈가스와 떡볶이였다. 우연히 듣게 된 정보이긴 했다만 돈가스는 저번에 먹었고, 분식집으로 무작정 향했다. 나연, 도진과 어릴 때부터 드나들던 곳이지만 쌀떡인지, 밀떡인지는 몰랐던 그곳.

입맛 까다로운 나연이 인정한 곳이니, 맛집인 건 분명했다.

떡을 하나 집어 들고 작은 입으로 오물거리며 먹는 게, 날 또 환장하게 만들어서 아무 말이라도 해야 했다.

"소개팅은 잘 했어요?"

잘 했어도 상관없었다. 사레들려서 콜록거리는 저 입술을 내가 먼저 삼켜 버리면 그만이었으니까. 그런데 소개팅은 하지도 못했다는 얘기에, 다른 건 다 필요 없어졌다. 그러니까 어디까지나 육체적 욕망이었을 뿐이다.

여자는 조금이라도 어색한 순간을 못 견딘다. 느끼한 말을 하면 기겁하며 질색하는 특유의 표정이 있는데, 그게 상당히 특이해서……. 그래, 예뻐서. 계속 보고 싶게 만들었다.

장례식장에서 낯빛이 파리했던 여자는 차 안에서 흘러나오는 브람스 소나타에 모난 반응을 보였다. 직감적으로 알 수 있었다. 못 잊었다던 그 전 남친과의 기억이구나. 연말에 그 술집에서 여자가 짓고 있던 떫은 표정이 생각났다. 같잖은 질투심이 아래로부터 끓어올랐다.

'뭐. 우수한 성적으로 예선 통과라고 해 두죠.'

하루 종일 머릿속을 헤집던 여자의 앙칼진 대답은 금요일까지도 괴롭히며 따라다녔다. 이왕이면 우수한 성적으로 진출한 본선에서, 대상까지 받고 싶었다. 여자도 내가 싫지 않음은 분명하다. 그게 비록 내 껍데기일지라도.

외부 미팅을 마치고 무작정 유진의 사무실 근처로 가서 전화를 걸었다. 저녁이나 같이 먹어야겠다 싶었는데, 벌써 밤인 모양이다.

이번에도 어쩔 수 없이 같이 지하철을 탔고, 밥이라도 같이 먹으면서……. 아니, 집 근처 카페라도 가서 만나 보자고 말을 하면 어떤 표정일까. 욕을 먹으며 거절당하는 건 아닐까. 만약 허락한다면 가벼운 키스 정도는……. 아니, 어쩌면 더 할 수 있지 않을까 생각했는데, 옆에 서 있던 유진이 비틀거렸다.

순간 짐승이 되어 버린 기분이었다. 내가 아픈 사람을 두고, 혼자 어디까지 나간 거야. 억지로 잡은 손에서 통한 전류가 스스로를 수치스럽게 감전시켰다.

춥다는 유진에게 내 옷을 벗어 덮어 주었지만, 이를 달달 떨어 가면서까지 거절하는 게 썩 유쾌하진 않았다. 계속해서 선을 그어 대고 있는 것이 짜증 났고, 그런 아픈 사람을 두고 자꾸 반응하는 아랫도리에 모멸감을 느꼈다.

결국은 여자를 울렸다. 별거 아닌 일이었는데, 이렇게 화를 낼 필요는 없었는데……. 스스로에게 화난 것이 엉뚱하게 표출되었다. 그럼에도 언제 울었냐는 듯이 사르르 화가 풀려서는 집에 올라가자고 내뱉은 그녀의 말에, 몸 구석 어딘가의 버튼이 눌려져 머리카락 한 올 한 올 끝까지 데워졌다.

'다음에.'라고 뱉어 놓고 바로 후회했지만, 그대로 올라갔다면 아픈 사람이라는 것도 다 잊고 짐승처럼 끝까지 밀어붙여서 무슨 짓을 치렀을지 모른다.

"근데 왜 자꾸 제 이름 불러요?"

"그럼 이제부터 내 이름 불러요, 유진 씨도."

표정이 없다고 생각했는데, 순간순간의 표정 변화가 다이내믹

한 사람이다. 뭔가 마음에 안 들 때는 왼쪽 눈썹을 찌푸리고 고개를 살짝 틀면서 입술은 반대쪽으로 삐죽거리는데, 대꾸할 말을 찾지 못하면 눈동자를 굴리면서 입술을 팽팽하게 만들곤 양쪽 눈썹을 위로 들어 올린다. 본인도 알까, 그게 얼마나 귀여운지.

아프다는 핑계로 내민 손이었지만, 괜찮다고 거절하면서도 결국은 잡아 오는 여자의 손이 봄 날씨처럼 따뜻했다. 어딘가 모르게 느껴지는 차가운 기운에 비해서 여자는 보호 본능을 자극했지만, 오히려 여자와 있을 때 마음이 안정되는 건 나였다.

약 기운 때문인지 전화 통화를 하다가 유진이 잠들어 버린 걸 알면서도, 쌕쌕대는 숨소리가 듣기 좋아서 얼마 동안은 그대로 듣고 있었다. 그래, 얼마 동안은. 그 소리에 아래가 세워지기 전까지는.

부모님이 이혼하시고 난 뒤로 내 생일 같은 건 지워진 날이었다. 오히려 그때마다 안 좋은 일들이 생겨났다. 가끔 생일을 챙겨 주는 친구들도 있었지만, 나이가 들자 그것마저도 시들해졌다.

그래도 혼자서 기분은 내고 싶었고, 망설이다가 결국 유진에게 전화를 걸었다. 거절할 거라고 생각했는데 무려 케이크까지 들고 집에 찾아온 유진을 식탁으로 인도하기까지, 얼마나 많은 인내가 필요했는지 여자는 알까.

토마토 과즙 자국 같은 건 애초에 상관없었다. 스테이크를 잘 먹는 모습에 발기하는 사람도 있을까. 벌써 흥분한 아래를 들킬까 두려웠다.

"키스, 해도 되나."

안 된다고 했어도 할 거였지만, 유진이 먼저 부딪쳐 온 입술에 이성을 잃었다. 입 안 구석구석을 수색하듯 핥았고, 혀를 눌렀다가 들어 올리며 삽입하듯 키스했다. 잠시 입술을 떼면 도톰한 입술이 더 색정적으로 느껴져 강하게 빨았다. 손끝이 닿은 자리마다 몸을 움찔거리는 것이, 표정만큼이나 역동적이었다.

내가 원하는 것만큼……. 아니, 그것보다도 더 남자의 몸을 탐하는 여자의 몸 곳곳에 흔적을 새겼다. 미처 다 벗기지 못한 브래지어에 눌린 하얀 가슴이 오히려 더 탄력 있어 보였다. 동그랗게 돋은 곳을 뾰족이 세운 혀끝으로 스치니 여자가 미간을 찌푸렸고, 치마 속으로 손을 넣자 감았던 눈꺼풀이 열렸다. 흐느끼는 걸 어서 보고 싶었지만 하나하나 표정이 변하는 걸 관찰하는 쪽을 택했다.

아, 정말 완벽한 생일 선물이었으나 생일 징크스는 여전했다.

아버지 전화를 끊자 언제 침대에서 뒹굴었냐는 듯 어느새 단정한 차림으로 나온 유진이 보였다. 그래, 하룻밤 정도의 욕정에 휘말린 것이다. 술에 취해 노골적으로 얼굴을 훑어 대던 시선이 생각났다. 다음을 기약하는 유진의 마음도, 그저 잠깐의 충동으로 인해 몸이 달아 그랬을 것이니라. 그렇게 생각하니 마음이 가벼워졌다.

내가 차유진에게 위험한 사람인지, 차유진이 나에게 위험한 사람인지 모르겠다. 적어도 후자는 확실했다.

미혜의 상태가 조금 안 좋아졌다. 반차를 쓰고 오전까지 병원에 있다가, 도진과 나연이 들어오는 걸 보고 병원을 나와선 옷을 갈아입으려고 집에 들렀다.

미친 거지, 드디어.

고작 하루 반나절도 안 되는 시간이었을 뿐인데, 여자가 머물렀던 집에 혼자 있는 게 어색하게 느껴졌다. 입을 맞추고, 혀를 섞고, 여자를 안아 들어서 침대까지 이동했던 그 과정이 고스란히 리플레이되었다. 둘이 있던 공간에 혼자 남겨진 기분은 황량하기만 하다.

회의는 차질 없이 진행되었다. 도태된 멧돼지처럼 생긴 하상준이 좀 까분다곤 생각했지만, 일하는 건 막힘이 없어 보였다. 가끔 유치한 농담 같은 걸 했지만 유진, 그러니까 차 대리는 냉정한 목소리로 그를 익숙하게 끊어 내고는 차분하게 기획안에 색깔을 입히고, 살을 붙였다. 수용이 같이 일해 보고 싶다고 했던 게, 괜히 하는 말은 아니었던 것 같다. 분명 업무 파트너로도 충분히 매력 있는 사람이었고, 이따위 인간들과 일하기엔 아까운 재원이었다.

"유진 씨."

여자의 이름을 부르는 게 좋았다. 그 소리에 놀라는 여자의 얼굴을 보는 건, 더 좋았다. 손가락이 얽어졌을 때 동그래지는 눈과 이내 체념하는 듯한 부끄러운 미소, 그 미소가 걸린 입술을 앙다문 채로 대답하는 차유진은 충분히 사랑스러웠다.

……사랑스럽다니. 그러니까 결국은, 이렇게 어쩔 수 없이 여자에게 빠져 버린 것이다. 그것도 아주 예전부터. 뒤늦게 자각한 감정은 끝을 모르고 부풀었다.

"얘."

뭘 알고 그랬을까. 강주희의 목소리는 그런 내 감정을 비웃기라도 하는 것 같았다. 그녀의 뾰족한 말에 바람이 빠져 버린 감정의 풍선은 보잘것없이 작아졌다.

"네. 듣고 있어요."

"무슨 생각을 그렇게 해."

"앞으로 이렇게 불쑥불쑥 회사로 찾아오지 마세요."

스테이크를 썰던 주희의 손이 멈칫하자, 그녀의 손가락에 끼워진 반지가 반짝거렸다.

"엄마가 아들 직장도 못 오니?"

"잘 안 오시죠. 보통 엄마들도."

보통 엄마라는 말에 눈썹을 휜 주희가 '난 보통은 아니니까.' 하고 덧붙이면서 칼질을 시작했다.

"여기, 별로야."

"뭐가요."

"스테이크도 그렇고, 음악도. 넌 지금 이 곡이 여기랑 어울린다고 생각하니?"

"듣기 좋은데요. 뭘."

직원들의 성화에 더 이상 미루지 못하고 잡아 둔 회식 날이었다. 갑자기 나타난 주희 때문에 어쩔 수 없이 직원들만 보내고, 주희와 레스토랑으로 들어왔다. 오전까지는 병원에 있다가, 저녁엔 이렇게 주희와 팔자 좋게 스테이크라니. 어쩐지 가슴이 답답해져서 와인을 입에 털어 넣었다. 주희의 눈이 못마땅해졌다.

"너는, 누가 와인을 그렇게……."

"누구 만나시나 봐요."

"응?"

"그 반지."

주희의 시선이 내 시선과 함께 그녀의 반지로 내려앉았다.

"눈썰미는 좋나 보다? 맞아. 대니한테 프러포즈 받았어."

프러포즈. 대니. 목구멍이 꽉 막혀 온다. 뭐라 대꾸할 것도 없었지만, 대답 대신 진동하며 울린 휴대폰에는 '이제 엄마 괜찮아지셨으니 걱정 마.'라는 나연의 메시지가 반짝거렸다.

"이번 계약 끝나면 독일로 갈 거야."

"갑자기요?"

"예전부터 생각하던 거였어. 계약 때문에 붙들린 거지."

"잘됐네요."

"그러니까 자주 얼굴 좀 보자는 거야, 애."

채워진 와인 잔을 다시금 들이켰다. 도대체 뭐가 이렇게나 쉬운지.

급하게 한 병 가까이 다 비운 와인 탓인지, 취기가 확 올라왔다. 대닌지, 뭔지한테 전화를 받고 가 보겠다는 주희를 보낸 후 택시를 타고 집으로 간다는 게, 유진의 집 앞에 내려 버렸다.

"김유신도 아니고⋯⋯."

뭐 얼마나 왔다고 여기를 찾아와. 다시 터덜터덜 발걸음을 떼서 길목에 있는 편의점에 들어갔다.

물을 산다는 게 손이 미끄러져 소주를 사 버렸다. 적당히 알딸딸해지니 여자의 목소리가 듣고 싶었다. 까짓 거 들으면 되지. 그렇게 다시 여자 집 앞으로 향해서 전화를 걸었다.

"보고 싶었어."

"우리 아까도 봤는데."

그러니까 더 보고 싶었지. 숨을 고르면서 20센티는 넘게 차이 나는 여자의 어깨에 이마를 묻었다. 그래도 받쳐 주는 사람이 있으니, 널뛰던 감정의 골도 느슨해졌다.

술김에, 여자의 손에 이끌려 여자의 집으로 가서, 그렇게 소파에 앉았다. 따듯한 그녀의 손길이 뺨에 느껴지자 얼굴을 더 기댔고, 그 손바닥에 입을 맞췄다. 그것만으로도 이미 충분하다 생각했을 때, 여자가 입술을 겹쳐 왔다.

"술 냄새 날 텐데."

여자는 아랑곳하지 않고 오히려 말캉한 살을 집어넣었다. 꿈인가. 꿈이라기엔 너무 잘 움직여지는데. 한참 동안 입 안을 탐색하던 혀가 빠져나가자 몸이 달아올랐다. 꿈이든, 뭐든 상관없었다. 씻고, 자고 가라는 말에 서둘러서 욕실로 들어갔다.

여자가 챙겨 준 옷은 입는다기보단 몸을 옷 안으로 끼워 넣는 것에 가까운 행위를 끝냈다. 그리고 나가서 지끈거리는 머리를 좀 가라앉힌다는 게, 그대로 소파에서 잠들어 버렸다.

역시 꿈이었나. 그렇다기엔 이 낯선 공간과 낯선 옷이 현실임을 말해 주고 있었다. 여기까지 와서 잠들어 버리다니. 휴대폰을 들어 확인한 시간은 새벽 2시 반을 겨우 넘기고 있었다.

"미친놈."

자고 가란 말이 무슨 말인지 알았으면서, 기껏 씻고 와서 잠이 든 게 멍청하고 미친 건지. 아니면 이렇게 잠든 여자 옆에 눕는 게, 미친 건지는 모르겠지만……. 어쨌든.

옆으로 몸을 웅크리고 자는 여자의 이불을 덮어 주었다가, 머리카락을 넘겨 주었다가, 새근거리는 여자의 볼에 입을 맞추었다. 자는 사람을 건드려서도 안 됐고 그럴 마음도 없었지만, 입술이 닿을 때마다 간지러운지 얼굴을 찌푸리는 게 귀여워서 자꾸만 깨우고 싶어졌다. 얼굴부터 목까지 입술을 내렸고, 결국은 여자의 눈꺼풀이 올라갔을 때는 이성이 끊겨 버렸다.

여자의 윗옷을 그대로 올려 벗기자 속옷 없이 하얀 가슴이 드러났다. 한 손으로 가슴을 감싸 쥐니, 아직 몽롱한 상태의 여자가 잠긴 목소리로 옅은 숨을 내뱉는다. 그 숨을 그대로 입술을 가져다 삼키고 목으로, 쇄골로 닳뜬 숨을 전달하듯 내려와서 반대쪽 가슴을 물었다.

어제의 아쉬움을 달래기라도 하는 것처럼 가슴을 탐했다. 손아귀에서 말랑거리며 빠져나가는 살들은 부드러웠고, 뭣보다도 유두를 입에 물었을 때 여자의 도톰한 입술이 벌어지고 그 사이로 흥분된 숨이 겨우 새어 나오는 게 만족스러웠다.

한 손으로 부여잡았던 여자의 손목에 힘이 들어갔다가, 빠지는 게 반복되었다. 여자는 허리를 뒤틀었다가, 숨을 크게 내쉬었다가, 그러다간 마지못해 가지런한 비음을 뱉어 냈다. 뻣뻣한 허벅지 근육을 풀어 주면서 바지 속으로 손을 넣자 어느새 축축이 젖은 게 느껴졌다.

"벌써……."

여자가 입술을 말아 물면서 고개를 돌린다. 입꼬리를 크게 올려 걸면서 여자의 손목을 놓아주고, 바지와 속옷을 그대로 벗겨 냈다. 크고 작은 여자의 곡선들을 내려다보자 신경이 팽팽해지면서 직선을 만들었다. 그래도 아직 무리였다. 여자의 허벅지를 잡고 아래에 얼굴을 묻었다.

"하, 준혁……. 으응."

몇 번이나 울컥거리면서 애액을 쏟아 내던 여자의 몸이 파르르 떨리더니, 뒤통수에 손가락을 묻고 얼굴을 급하게 끌어 올렸다. 여자의 눈에 눈물이 맺혔다. 아직 안 괜찮을 텐데. 마음과는 달리 옷을 벗고, 여자 위에 자리 잡았다.

달싹이는 입구 쪽에 살을 붙이자, 그것만으로도 여자가 움찔하는 게 느껴졌다. 긴장한 몸을 손으로 어루만지면서 이완시키고, 입술을 부딪치면서 단단한 살을 천천히 밀어 넣었다.

꿈이라면 깰 타이밍이었는데 움직임은 계속되었다. 아래가 조이듯이 살을 뜨겁게 감쌌고, 그게 버거워서 서로 얼굴을 찌푸렸다. 몇 번의 움직임 끝에 적응이 되자, 흡착하듯 달라붙은 내벽이 천천히 인도하며 페니스를 이끌어 당겼다.

"아, 읏! 흐…… 아응."

"흐, 하아."

여자의 입술이 더 벌어질 때마다, 미간의 주름이 더 진해질 때마다, 움직임은 조금씩 더 커졌다. 잇새로 흘러나오는 신음은 어느샌가 높낮이를 가진 음으로 바뀌었고, 그 음들을 모조리 입술로 묻어 버렸다.

몇 번을 몸을 뒤집었다가 바들거리는 여체를 껴안고 사정했다. 다시 이어진 짙은 키스에 아래가 부풀면서 내벽을 빠듯하게 채웠고, 그렇게 또 밤이 달궈졌다.

그러니까 꿈이 아니었다는 말이지. 쉴 새 없이 비죽거리며 튀어나오는 웃음을 참으면서 아침을 준비하고, 옷을 입혀 주고, 출근까지 시켰다. 그럼에도 어딘가 자꾸만 불안했다.

단순한 욕구 해소가 아니었다. 채울수록 비워졌다. 여자를 끊임없이 안았고, 여자의 물기 어린 눈동자에 내가 가득 담겼고, 몸은 빈틈없이 연결되었고, 달라붙은 그녀의 몸도 내 몸을 계속해서 원하고 있었는데도 부족했다.

그날 저녁 엘리베이터에서 그 남자를 보고, 이후 레스토랑에서 같은 남자를 봤을 때야 이유를 깨달았다. 그 사람이었다. 여자가 못 잊고 있다던 그 남자. 깨진 독에 물 붓는 꼴이었다. 내가 쏟아붓고 있는 게 사랑인지도 헷갈렸다.

"우리 무슨 사이예요?"

스스로에게 하는 말이기도 했다.

"나는 우리가 단지 섹스만 하고 말 사이는 아니었으면 좋겠어요."

역시나 스스로에게 하는 말이었다. 더 원하고 있었다. 여자의 몸이 아닌, 그 이상을. 아래로부터 분출되는 욕구가 아니라, 가슴이 여자를 원하고 있었다. 까짓 거 깨진 독도 내가 메우면 그뿐 아닌가.

그렇게 여자를 또 안았다. 거침없이 몰아붙였고, 여자는 또 그만큼 달아나면서 받아 주었다. 현관이라 싫다던 여자의 눈도 계속되는 애무에 나른해졌고, 급기야는 그 눈으로 내 것을 갈구했다. 그래, 그렇게 내 몸만을 원해도 상관없었다. 품속에서 여자가 내뱉는 뜨거운 신음을 내가 고스란히 받아먹을 수만 있다면, 아무래도 좋았다. 그것이 게걸스러워 보일지라도.

그러니까 결국은 사랑이었다. 줄 수밖에 없대도, 되돌려 받지 못한대도, 그것은 감출 수 없는 사랑이었다. 천천히 끓어올라서 이제야 겨우 깨닫게 된, 그런 뜨겁지 않은 사랑이었다.

종종 딴생각에 잠기는 듯했던 여자에게서 가끔은 좋아한다는 말이 돌아와서, 가슴 언저리를 붉게 물들이기도 했다. 하지만 오롯이 다 열어 보인 것 같았던 여자에게도 차마 열지 못한 미지의 문은 늘 존재하는 듯했다. 유진을 안을수록 그대로 부서져 깨져 버릴까 봐, 한편으론 그 문을 두드리기가 두려웠다.

유진의 깨진 마음을 붙일수록 내게도 생채기가 생겼다. 아무리 마음을 다잡아도 내성은 생기지 않았고, 어쩔 수 없는 상흔이 남았다. 오히려 내가 자꾸만 잘게, 잘게 부수어지는 것 같았다.

그 미세한 균열들은 부산을 갔다 오면서 더 진해졌다. 부산에서 웬 차에서 내리는 유진을 봤다. 주차장에서 봤던 그 요란한 차를 못 알아보는 것도 이상했다.

그날은 그래서 조금은 흥분해서 날뛰었다. 열심히 틈을 채우고, 이어 붙이고, 빠져나가는 것 이상을 쏟아부었다고 생각했는데, 자꾸만 새어 나가는 여자의 마음을 그렇게라도 채우고 싶었다. 아니, 그렇게라도 채워야만 했다.

"앞에 봐."

유리창에 채울 수 없는 여자와 채우려고 애쓰는 남자가 비쳤다. 비뚤어진 마음을 유치하게 표상했다. 여자가 조금이라도 몸을 떨면서 먼저 절정에 이르려고 하면 자세를 바꾸고, 여자의 말과 반대로 행동하면서…… 그렇게. 결국 널 안고 있는 건 나지 않냐고, 뱉지도 못할 말을 끊임없이 다른 방식으로 전달했다.

어쨌든 여자의 몸을 안은 건 나였다. 육체적으로는 내가 여자를 채우고 있었고, 여자가 쾌락에 흐느끼는 것도 내 밑에서였다. 그것만으로도 충분하다고 자위했다.

흩어지던 걸 주워 담아서 넣고, 어긋나던 조각을 맞추고, 완성되진 않았지만 그래도 우리는 그럴듯했다. 그것마저도 끝끝내 반찬통이 마지막 퍼즐을 끼워 맞추듯 했을 때, 결국 곪은 상처가 터져 버렸다.

"내가 준혁 씨를 사랑하니까."

그러나 그 말을 듣는 순간, 곪은 상처 같은 건 중요하지도 않아졌다. 아무래도 괜찮았다. 마음을 다 열지 않아도, 다 돌려받지 않아도 괜찮았는데……

나는 그동안 도대체 얼마나 멍청한 인간이었던 건지. 진작 열려서 밀려 쏟아지던 마음을, 내 그릇이 작아서 받아 내지 못하고 있었다. 그 옹졸한 마음으로 도대체 뭘 하겠다고 혼자. 그녀의 말이 내 마음을 한없이 작아지게 만들었다. 부끄러웠다, 그리고…….

안고 싶었다. 여자를 으스러지게 꽉 안고 도망가지 못하도록, 내 품에만 넣어 두고 싶었다. 내가 만든 공간에서 어딜 보든 여자의 눈에 내가 담기길 바랐다. 그 생각에 눈자위가 뜨거워졌다. 그럼에도 멍청하게 몸이 굳어서 움직이지 못하는 내게 그녀가 먼저 다가와 안겼다. 꿈도 아니었다. 언제나 그녀는 그렇게, 눌러 오던 걸 결국은 먼저 터뜨리면서 감싸던 사람이었다.

견고하게 쌓아 올렸던 탑이 한순간에 무너져 내렸다. 탑이 아니라 모래성이었던 모양이다. 이렇게는, 이런 건 겨우 그 정도의 얕은 감정이 아니었다.

이번엔 좀 더 단단히 기반을 다지고, 토대를 마련하여, 차곡차곡 쌓아야 했다. 이전과는 다른 방향으로, 둘이 안정적으로 편안히 함께 할 수 있는. 결혼을 하고, 원한다면 아이도 낳고……. 그렇게. 남은 평생을 함께할 수 있도록.

그렇게 시작된 결혼 준비였다. 유진도 모르게, 나만 아는.

결혼 준비는 아주 천천히 진행되어야만 했다. 일단 유진이 어떤 생각을 갖고 있는지. 여전히 결혼 생각 없이 가벼운 관계만 원하는 건지. 그렇다기엔 이미 꽤나 깊은 사이가 된 것 같지만, 어쨌든. 그 마음을 파악하는 데 공을 들였다.

"유치하네."

엔딩 크레딧이 올라가자 나초를 집어 먹던 손을 탈탈 털고, 씻으러 가려는 듯한 여자를 끌어다가 소파 옆자리에 앉혔다. 뒤로 몸이 기울면서 소파에 주저앉은 여자는 곧 익숙한 듯 어깨에 머리를 기대어 온다.

"뭐가."

유진의 얼굴을 덮고 있는 머리카락을 넘겨서 귀에 걸어 줬다. 여자는 리모컨으로 빨리 감기를 누르며 쿠키 영상이 있는지 확인하고는, 버튼을 눌러 다른 화면으로 바꿔 버렸다.

"결말이. 다 결혼으로 귀결되는 게 뻔하잖아."

그래서 일부러 그 뻔한 영화를 보면서 어떤 생각을 하는지 살핀 거였는데. 여자의 입가에 묻은 과자 조각을 손가락으로 털어 내리다가, 그냥 입을 맞추고 떨어졌다.

"뻔한 게 결국은 보편적 정서여서 그런 게 아닐까."

갑자기 닿은 입술에 눈썹을 꿈틀대던 여자는 허리에 손을 둘러서 품에 더 파고들더니, 가늘게 뜬 눈으로 눈동자를 굴렸다.

"그래도 뭔가 다른 게 필요해. 예를 들자면……."

"들자면?"

"여자가 총 맞아서 죽어."

그게 무슨, 우리 결말은 그러면 안 되는 것이었고.

"아니면, 남자가 알고 보니 애가 있었다거나."

그것도 절대 아니었고.

"해피 엔딩이 싫은 거야, 뭐야."

"그냥 반전이 좋은……. 아으, 갑자기 어딜! 손, 치워요."

쓸데없는 소리는 다른 걸로 차단해 버렸다.

한번은 친구 결혼식에 같이 참석하면서, 또 결혼 의향을 슬쩍 떠봤다.

"오늘 왜 이렇게 예뻐."

"부케 받아야 해서 신경 좀 썼어."

안 하던 귀걸이까지 하고서는 마지막으로 거울을 확인하면서 이제 출발하자고 손을 잡아 온다. 그 모습에 입을 맞추려고 다가갔다가, 화장 번진다고 거절당한 건 덤이었다.

"부케 받고 얼마 안에 결혼해야 한다는 미신 있지 않아?"

"그런 거 다 따졌으면, 난 결혼 환갑 전에 못 해요."

그러니까 할 생각은 있다는 건지, 없다는 건지.

"내 친구, 오늘 진짜 예쁘죠."

"난 처음 보는 분이라."

"나도 저런 드레스 입어 보고 싶어."

그 말에 설레었다가도…….

"결혼식만 딱 해 보고 싶어. 드레스만 입어 보게."

"도망가겠다고?"

"그것도 재밌을 거 같기도 하고."

드레스 무거워서, 뛰는 건 힘들 텐데. 아무렇지 않은 표정으로 섬뜩한 얘기를 꺼내 당황시키기도 했다.

같이 붙어 있는 생활에 익숙해지도록, 동거 아닌 동거 생활도 시작했다. 뭐, 그렇다고 이전과 크게 달라지는 삶은 아니었지만.

"이것 좀 놓고, 이제 집에 보내 줘요."

"싫은데."

팔을 더 조여서 옴짝달싹하지도 못하게 만들자, 여자의 부드러운 살결이 몸에 찰싹 달라붙었다.

"지금 나 감금된 건가."

"회사는 보내 주잖아. 마음엔 안 들지만."

"그러니까 회사 가려면 집에 가야지."

"여기서 더 가깝잖아."

"차도 없고."

"내가 태워다 줄게."

"준혁 씨, 출근은."

그렇게 표수용 대표가 그렇게나 원하던 유연 근무제를 적용하자고 마음먹었고.

"옷도 가져와야 하는데."

"여름옷 새로 사 줄게."

"잠옷도 없고."

"잠옷은 어차피 필요 없잖아. 이러고 있을 거면."

눈으로 아래위로 벗은 몸을 훑었지만, 유진은 다른 이유를 생각해 내느라 바쁘다.

"화장품도."

"전에 들고 왔잖아. 필요한 건 사 줄게, 또."

"흐음."

"또 말해 봐. 필요한 건 다 사 줄 수 있어. 먹여 주고, 입혀 주고,

재워 주고, 다 해 주는데 뭐가 문제야."

"사실은, 그래서 너무 편한데……."

핑곗거리를 더 이상 찾지 못한 그녀는 이내 포기한 듯, 힘이 빠져 말랑해진 몸을 옆으로 더 붙여 오면서 그대로 눈도 감는다.

"편한데?"

"너무 편하니까."

코를 간지럽히는 여자의 머리카락을 쓸어 넘겨 줬다. 손가락이 닿으니 속눈썹이 살짝 떨리던 것도 곧 잦아들었다.

"편하니까?"

"익숙해질까 봐."

"응."

"그게, 문제야……."

그리고는 그렇게 느른한 상태로 곧장 잠이 들었다. 편한 게 문제라면 더 편하게 만들면 될 일이었다. 피곤한지 금세 잠이 깊게 든 유진의 이마에 입을 맞추었다. 오늘도 열심히 달려든 보람을 몸소 절감하며.

-어, 민 서방.

"네, 어머니. 날씨가 많이 더워졌죠."

언젠가부터 자연스럽게 '민 서방'이 되어 버린 나는, 가끔은 그렇게 유진 어머니의 도움을 받기도 했다.

-여름에 잘 먹는 거? 글쎄, 입맛 없다 하드나.

"아니요. 딱히 그런 건 아닌데, 그냥 알고 싶어서요. 아, 전에 보내 주신 열무김치는 잘 먹었어요, 어머니."

-그래, 내가 또 보내 줄게. 글고 갸는 그냥 다 잘 먹는다. 오리고

기 양념 좀 해서 보내 줄까?

"오리고기요?"

-응. 오리고기 고추장 넣고 양념한 거, 잘 먹는데.

"제가 한번 해 볼게요. 만드는 방법 알려 주세요."

그렇게 어머님의 레시피를 얻었고.

"대박. 준혁 씨 요리 천재 아니에요?"

'천재' 소리까지 들었다.

"맛있어?"

"응, 엄마가 해 주던 거랑 똑같아."

"많이 먹어. 많이 먹고……."

"먹고?"

갑자기 다리를 오므리며 무릎부터 발끝까지 붙인 유진이 한쪽 눈썹을 휘면서 다음 말을 기다린다.

"먹고, 생각해 보자."

"안 해."

"뭔 줄 알고 안 한대."

묵묵히 고기만 집어 드는 그녀의 눈은 언제 내 밑에서 울먹거렸나 싶을 정도로 새초롬하다.

"로또는 왜 그렇게 사는 거야?"

"일주일의 즐거움이랄까."

"당첨되면 뭐 하려고?"

"음……. 퇴사?"

"퇴사? 일 그만두고 싶어?"

유진의 말에 가던 길을 멈춰 서자, 잡은 손이 팽팽하게 당겨졌다.

"뭐야, 왜 그렇게 놀라요."

"일 좋아하는 거 아니었어?"

"일 좋아하는 사람이 어디 있……. 아, 준혁 씨?"

그게 뭐야. 멈춘 김에 근처 벤치로 가서 앉았다. 저녁 공기가 딱 기분 좋게 선선하게 불어왔다. 공원에 산책하던 사람들도 평소보다 늘어났다.

"나는 지금 하는 일 좋아하는 줄 알았는데."

"나? 글쎄, 싫은 건 아닌데…… 그렇다고 좋진 않아요."

"왜, 누가 괴롭혀?"

"괴롭히긴……."

유진이 웃으면서 어깨에 머리를 기댔다. 같은 샴푸를 쓰는데도, 그녀에게서 불어오는 샴푸 향은 더 상쾌하다.

"그냥. 그렇게 하고 싶은 일이 아니어서 그런가."

멋쩍은지 깍지 낀 손을 풀어 두 손으로 내 손가락을 주물럭거린다. 하고 싶은 말은 있지만 선뜻 하기 힘들 때 하는 버릇이다.

"하고 싶은 일은 뭐야, 그럼."

"음……. 그냥 굳이 꼽자면, 준혁 씨가 하는 일 같은 거였지."

"어려울 것도 없네."

"난 어려워요. 그럼 공부도 더 해야 하고."

어쩌면 결혼보다 먼저 준비해야 할 게 생긴 것도 같다.

"언제까지 그렇게, 응?"

아주 가끔은 유진이 먼저 달려들기도 했다.

"이거 메일 좀 보내 놓고. 허어, 왜 이러지 오늘따라."

뒤에서 목을 감싸 오던 팔이 옷 속으로 들어오더니, 이번에는 아예 옆으로 와서 허벅지 위에 앉아 버렸다.

"급한 일이에요?"

"잠깐만 기다려. 오늘 내 생일도 아닌데, 무슨 일이지."

"싫어?"

"싫은데 이렇게 세우겠어?"

바지춤을 확인한 여자가 웃으면서 귓불을 입에 물었다.

"괴롭히지 마. 최대한 참고 있는 거니까."

"나는 못 참겠어."

"빨리 끝내 볼……. 하아. 왜 이러지, 오늘."

"나는 신경 쓰지 말고, 하던 거 마저 해요."

목을 타고 입술을 붙이던 유진을 하는 수 없이 떼어 내면서, 방향을 틀어 다리 사이에 앉혔다. 왼손으론 여자의 배를 잡고, 여자의 어깨에 턱을 괴어 몸을 고정시키면서 모니터를 응시했다. 순식간에 품에 갇힌 유진이 빠져나가려다가 포기하고, 모니터에 시선을 나란히 했다.

"이렇게 남한테 회사 자료 막 보여 줘도 돼요?"

"상관없어."

그리고 남도 아니잖아. 왼손으로 여자의 허리께를 만지작거리자, 간지러운지 허리를 뒤틀어 모니터 쪽으로 몸이 더 쏠린다.

"내가 스파이 짓이라도 하면 어떡……. 어? 다음에 이분이랑 작업해요?"

"아마도 그렇게 될 거 같은데."

"이분 공연 진짜 좋아하는데."

"잘됐네. 거기 내 휴대폰 번호 좀 타이핑해 줘."

"여기 왼손 떼고, 직접 쳐도 될 거 같은데."

말은 그러면서도 순순히 타이핑을 하는 여자의 눈이 빠르게 모니터를 읽어 내려간다. 덕분에 좀 더 편하게 말랑말랑한 여자의 살을 더 만질 수 있다.

"언제 하는 거야? 내년?"

"응, 빨라도 내년 여름. 근데 대관이 안 잡히네."

"내가 알기론, 이분 음향 잡는 거 엄청 까다로우셔. 쉽지 않을걸요."

"그래서 지금 스트레스야. 이제 발송 눌러 줘."

"마우스로 하면…… 아, 언제 오른손까지……. 으응."

'발송 완료'까지 뜨는 걸 보고, 뒤에서 안은 그대로 여자를 일으켜 세웠다. 의자가 뒤로 밀리며 작은 소음을 만들었다.

"여기가 좋아, 아니면 침대가 좋아."

"침대."

"그래, 그럼 여기."

여자를 돌려서 입술을 겹쳤다. 새살거리는 웃음 사이로 민트 향이 입 안을 감싸 왔다.

"그냥 결혼하라고."

유진의 입에서 '결혼'이라는 단어가 나왔을 때, 드디어 올 게 왔다고 생각했다. 구체적인 계획은 아직 없었지만 유진의 어머니께도 넌지시 결혼에 대한 의사를 전달해 드렸고, 병원에서 만난 아버지께도 결혼하고 싶은 사람이 있다고 말씀드렸다. 이쯤 되면 본인만 맘을 돌리면 될 일이었다.

"두 분 다 기대가 없으셔. 당신들 결혼 생활이 그렇게 끝나서 그런가. 나도 뭐 결혼은 딱히 생각 없었고."

그러니까 솔직히 말한 것도 맞았고, 어디까지나 생각 없었던 것도 사실이었다. 그 생각이 유진을 만나고 변했다는 건, 아직 나만 알고 있는 거긴 했지만. 금방 표정에서 대놓고 서운함을 드러내니……. 골려 주고 싶은 마음 반, 여기서 계획을 망쳐 버릴까 불안한 마음 반이었다.

"나도 결혼을 꼭 해야 하나 싶긴 해."

잔뜩 심통이 난 얼굴로 저러는 걸 보니, 마음이 바뀌긴 한 모양이었다.

"뭐, 이렇게 살면서 연애하는 것도 재밌고."

"그런가."

아직은 이른 것 같다고 생각했는데, 유진의 반응을 보니 조금만 더 달래면 결혼하자고 했을 때 망설이지 않고 그러자고 할 것 같았다.

"뭐예요, 그 반응은."

"녹아. 얼른 먹기나 해."

이제 슬슬 프러포즈를 준비해야 할 단계였다. 이른 감은 있지만, 내가 겪어 왔던 시간들을 생각하면 꼭 그렇지만도 않았으니. 이대로 가만히 흘려보낼 시간들이 아까워졌다.

둘이 보내는 시간은 점점 익숙해졌다. 장을 볼 때도 당연히 둘을 기준으로 했고, 유진도 한집에서 같이 지내는 생활이 당연해진 듯, 삭막하던 공간에 무언가를 점점 들여놓기 시작했다. 자기가 좋아하는 그림이라든가, 인형, 플레이모빌 같은 작고 소소한 것들이

군데군데 자리 잡았다.

"근데 준혁 씨, 우리 둘이 지내기에 집이 너무 큰 거 아닌가."

"이왕이면 넓은 게 낫지. 이것저것 짐도 들일 거면."

"뭘 들일려구. 여기서 더."

그렇게 말하는 사람은 조금 전에도 뭔가 또 주문했던 거 같은데.

"차유진이 원하는 거."

아무래도 화장대는 새로 사는 게 나을 거 같았다. 신혼 침대도 새로 사는 게 낫겠지, 하고 고민할 무렵 품에서 휴대폰을 뒤적거리던 유진이 뭔가 찾아서 얼굴로 들이민다.

"그럼 이거 사요, 우리."

"이게 뭐야."

"올리브나무. 키우고 싶어."

어디 인테리어 어플에서 봤다면서, 물도 자주 안 줘도 된다며, 그렇게 보채면서 품에 더 붙어 안겼다. 고작 필요한 게 나무인가 싶다가도, 같이 무언가를 키워 나가는 것도 좋을 거 같아서 그렇게 올리브나무를 들였다.

도연이보다 조금 큰 나무를 들고 이리저리 왔다갔다, '여기 놓자, 저기 놓자.'……. 실상은 '여기 놔라, 저기 놔라.'에 가까운 말들을 하면서 인테리어의 구색을 맞추는 유진을 그냥 물끄러미 쳐다봤다. 결혼하자고 어떻게 말을 꺼내지.

"이제야 맘에 드네. 그죠?"

"처음부터 맘에 들었어."

"그래? 아까 둔 게 나은가."

"지금도 충분히 예뻐."

"그치, 예쁘다니까."

서로 다른 대상을 두고 나누는 대화였다. 나무 하나로 저렇게 좋아하는 거라면, 등산을 가서 프러포즈를 해야 하나. 그 나무랑 이 나무랑은 다른가. 등산 가자고 하면 또 힘들다면서 싫다고 하겠지. 그래도 바다보다는 산이 좋을 거 같긴 한데.

"준혁 씨?"

"응?"

"고맙다구요. 무슨 생각을 그렇게 해."

허리에 팔을 둘러 오는 여자를 품에 꼬안았다. 복잡하다, 복잡해. 일단 재단이랑 하는 일부터 끝내고 제대로 준비할까 싶었다.

-야, 결국 내 말이 맞잖아.

도연이 보느라 바쁠 것 같아서 메시지를 보냈던 건데, 나연이 호들갑을 떨면서 전화를 걸어 왔다.

"뭐가."

-'숙모는 무슨.' 같은 소리 하고 있을 때부터 알아봤다니까.

"도연이는."

-어린이집. 얼마 전부터 1시간 더 늦게 와. 나도 배도 불러 오고 힘들어서.

"아, 튼튼이는 잘 크고 있고?"

-튼튼이 아니고, 건강이라니까. 말 돌리지 말고, 그래서 프러포즈를 하시겠다?

나연의 말에 새삼스럽게 낯부끄러워져, 의자를 빙 돌려 창밖을 쳐다봤다.

"대답이나 해 줘. 뭐가 낫나."

-요즘은 반지 말고도 시계, 목걸이로도 하고, 가방으로도 하고 그러던데. 근데 네 여자 친구분 취향에 따라 다른 거지.

"그런 당연한 말은 나도 하지."

-그럼 다 해 주면 되겠네.

"무슨……."

그런가. 의자를 다시 돌려서 종이에 목걸이, 시계, 가방을 흘려 적었다. 연이어 민트 박스니, 레드 박스니 하는 소리를 주워듣고, 요란 떨지는 말란 말까지 들으면서 통화를 마무리했다.

요란 떨지 않고 이걸 다 주는 건, 어떻게 하라는 거야. 시계는 한 번도 하는 걸 못 봤는데. 귀찮아서 안 한다고 그랬던 거 같기도 하고. 일단 이건 지우고. 시계에 두 줄을 쫙쫙 긋고 손가락에 걸린 펜을 돌리면서, 다른 글자들을 노려보듯 쳐다봤다. 이런다고 뾰족한 수는 달리 안 나오겠지만. 일단 그 민트 박스니, 레드 박스니, 뭐니 하는 것부터 알아봐야겠다.

프러포즈는, 그러니까 반지 따위를 보여 주면서 하는 프러포즈는 여름에 하긴 힘들다. 한없이 가벼운 옷차림에 어디 숨길 구석이 있어야. 일단 글러브 박스에 준비한 것들을 넣어 뒀다. 아직까진 모든 게 수월하게 진행되고 있었다.

'한여름 밤의 꿈' 행사 역시도 차질 없이 진행되었다. 모든 게 계획대로만 된다면야. 멘트는 뭐라고 해야 하지. 나연이 아니라 도진이 놈한테 물어봤어야 하나. 아니다. 그랬다간 부부가 쌍으로 또 놀려 댈 게 뻔하다. 그럼 수용, 아니다. 그놈은 더 안 된다.

이 와중에 내 속도 모르는 유진과 자꾸 눈이 마주치자 긴장감에 입술이 바짝 타들어 갔다. 회사 직원들 사이에서 '차'라는 말만 나와도, 유진의 얘기를 하는 게 아닌지 신경이 쓰였다. 오늘따라 왜 저렇게 예뻐 가지고. 분명히 같이 출근했는데 새삼스럽게 더 낯설게 느껴졌다.

"야, 너 차 대리님한테 반지라도 끼워 드려야 하는 거 아니냐."

내 눈에만 씐 콩깍지는 아니었는지, 수용이 슬쩍 다가와서 이상한 소리를 지껄이기 시작한다. 유진과의 연애를 알게 된 이후로는 자신이 연애 코치라도 되는 양 부쩍 조언 따위를 건네는 것이, 여간 거슬리는 것이 아니다.

"뭔 소리야, 그게."

"스태프들끼리 얘기하더라고."

"뭘."

"반지 하나 없으니 혼자인 줄 알잖아, 차 대리님. 잘하라고, 인마."

수용이 어깨를 툭툭 치면서 사라졌다. 반지를 먼저 끼워 줄 걸 그랬나. 조금 전까지도 보이던 여자가 눈에 안 보이니, 그건 그거대로 속이 타들어 갔다. 어딜 간 거야. 뒤로 슬쩍 빠져서 유진에게 어디냐고 메시지를 보냈다.

[카페.]

카페를 왜, 누구랑. 주위를 확인하고는 바로 전화를 걸었다.

"카페를 왜 가."

-네, 말씀하세요.

어쭈.

"안 들려요?"

-네, 괜찮아요.

지나치게 사무적인 걸 보니, 직원들이랑 있는 모양이다.

"직원들이랑 같이 있구나."

-네, 맞습니다.

"빨리 와요."

-네.

목소리를 들으니, 또 좋다고 입꼬리가 올라갔다.

"보고 싶은데."

-네.

"계속 '네.'만 하겠다 이거네."

-네.

AI야, 뭐야.

"그럼 우리, 결······."

-네, 그건 만나서 말씀드릴게요. 끊겠습니다.

미친 거지. 이렇게 결혼하자고 하는 건, 또 아니었는데. 때마침 잘 끊었다 싶었다. 들은 건 아니겠지. 뭐, 들었어도 어차피 밤이면 제대로 들을 말이니까 상관없었다.

행사를 끝내고 회식 때까지도 자꾸만 차 대리를 찾는 소리들이 들려서, 할 수 없이 유진 옆으로 자리를 옮겼다. 옆으로 가니 눈을 한껏 키워서 당황스러워하는 모습에 더 놀려 주고 싶었다.

테이블 아래로 손가락이 스치듯 닿기만 했는데도, 화들짝 놀라며 달아나는 게 귀여워서 손을 잡았다. 비록 오른손이긴 했지만 어디든 간에, 진작에 커플링이라도 끼워 줄 걸 후회하면서 그렇게 장난쳐 가며 손을 얽었다.

김 대리가 제안하는 소개팅 같은 것도 그렇게 질투가 나진 않았지만, 마음과는 다르게 손에는 힘이 잔뜩 들어갔다. 무슨 눈치로 그런 건지는 모르겠지만, 나와 유진이 잘 어울린다는 보영의 말에 웃음이 새어 나온 건 나뿐만은 아니었다. 유진이 입꼬리에 걸린 미소를 차마 숨기진 못한 채 입술을 달싹였다.

"나 결혼할 사람 있어."

그러다가 결국은 결혼할 사람이 있다는 말이 나왔을 때, 그 찰나의 정적이란.

들킨 건가. 역시 글러브 박스에 두는 게 아니었나. 그렇다고 집 안에 두는 건 더 위험했는데. 준비했던 계획이 꼬이자 손에 힘이 풀렸다.

한번 꼬이기 시작한 계획은 계속해서 꼬였다. 찌개를 쏟은 김 대리를 택시에 태워 응급실로 데려가 치료를 받았고, 때마침 나연에게 병원에 와 달라는 전화가 왔고, 유진에게 먼저 집에 들어가라고 연락을 했다.

그렇게 모든 계획이 꼬여 버린 채로, 다음 날 병원에서 예상치 못하게 유진을 마주쳤다.

10. 바다 reprise

받아, 받아. 차유진 제발, 빨리 받아……!

준혁은 3층에 멈춘 엘리베이터에서 먼저 내려서 미친 듯이 1층으로 내달렸다. 빨리 내려간다고 내려갔지만, 1층 로비엔 유진과 닮은 사람도 보이지 않았다. 아까 나연에게서 건네받은 휴대폰 전원이 켜지자마자, 급하게 유진에게 전화를 걸던 준혁의 표정이 잠깐 일그러졌다.

뭔가 일이 잘못되어 가고 있었다.

계속해서 전화를 시도했지만 여전히 받지 않는다. 초조한 마음과 달리 발길이 쉽게 떨어지지 않았다. 유진 뒤에 서 있던 그 남자, 태훈을 봤기 때문일까.

준혁의 미간이 강한 실선을 만들었다. 홍태훈에 대한 기억이 어렴풋이 떠올랐다. 병원에서 가끔 우연찮게 스치며 마주치던 그 남자. 나연과 그 남자에 대해 한 번씩 얘기하던 것도 생각났다. 유진의 오피스텔 엘리베이터에서 잠시나마 마주친 적은 있었지만 환자복이 아닌, 휠체어를 타지 않은 남자를 바로 기억해 내는 건 어려웠을 것이다. 그 얼굴이 바로 그 홍태훈이었을 줄이야.

여전히 신호음만 가는 휴대폰을 들고 준혁이 병원 로비에서 사람들을 한 명씩 살피면서 유진을 찾아 뛰어다녔다. 긴 다리로 경중경중 로비를 뛰어다니는 남자를 쳐다보는 낯선 시선들 따위는 중요치 않았다. 그 시선들 속에 유진이 없다는 게 더 중요했다.

아무리 찾아도 보이지 않는다. 멀리 갈 곳도 없을 텐데. 준혁은 신경질적으로 머리를 쓸어 올렸다.

"도대체 무슨……."

엘리베이터 문이 닫히기 전, 제 얼굴을 보고 옆에 있던 나연에게로 시선을 옮겨 가던 유진의 얼굴이 생각나자 머리가 차갑게 굳었다. 도대체 애 엄마를 두고, 그것도 나연을 두고, 무슨 생각을 했기에. 준혁의 턱 근육이 움찔거리며 들어갔다가 자리를 찾았다.

일이 이렇게 꼬일 줄이야. 밤에 나연의 연락을 받고 간 병원에서 도연에게 뺏긴 휴대폰이, 자정을 넘기고 그대로 같이 나연의 집으로 가 버렸다. 밤이 늦었으니 휴대폰은 토요일 낮에 건네받기로 했고, 어차피 주말엔 늦잠도 잘 것이니 유진과는 그때 연락하면 될 거라고 생각했다. 집에 잘 들어갔다는 연락까진 받았으니, 딱히 걱정할 것도 없었다.

"제발 전화 좀 받아……."

속이 타들어 갔다. 어쩌면, 혹시, 만약에……. 온갖 생각들이 꼬리를 물었다. 준혁을 보던 유진의 눈빛과 그녀를 보던 태훈의 눈빛이 번갈아 머리에 잔상을 그렸다.

그렇게 애써 연결된 전화에서 그 남자 목소리를 들었을 땐, 머 릿속을 힘겹게 부여잡고 있던 끈들이 풀어지는 듯했다. 결국은 그 렇게, 그 자리에서 발이 묶였다. 그 남자가 유진이 있는 곳을 알려 준 이유는 짐작 가능했지만, 확신할 수는 없었다.

태훈의 말을 듣고 본관과 연결된 통로를 지나 신관으로 가는 길 이 천리만리 같았다. 보이지 않는 손들이 자꾸만 발길을 부여잡으 면서 가지 못하게 막았다.

태훈이 어떤 마음으로 제게 전화로 그런 말을 했는지는 더 이상 중요하지 않았다. 만약 유진의 마음이 흔들렸다면, 그대로 제게서 떠나길 원한다면 그땐……. 속에서 쓴 물이 올라왔다. 준혁이 얼굴 을 사정없이 구겼다.

그럼에도 불구하고 그녀를 다시 만나야만 했다. 뒤엉킨 생각의 끝은 결국 하나였다. 그냥 그대로, 뭐가 됐든 그대로 다시 볼 수만 있다면. 그 마음 하나로 발을 겨우 떼어 움직였다. 내딛는 발의 속 도가 점점 빨라졌다. 비상계단을 가리키는 표지판이 눈에 들어왔 다.

정신없이 그쪽으로 내달려서, 심호흡조차 하지 못하고 손잡이 를 잡아 돌렸다. 비상계단 문이 둔탁한 소리를 내면서 열렸다.

다른 건 아무것도 중요하지 않았다. 문을 연 그 순간 울면서 떨 고 있는 유진을 봤을 때. 그녀의 마음이 어떻든 간에, 우리 둘의 미 래가 어떻게 되든 간에, 아직 유진이 그 자리에 있음에 안도감이 먼저 들었다면. 나는 얼마나, 도대체 나는 얼마나 너를…….

뿌리라도 내린 것처럼 준혁이 우두커니 멈춰 섰다. 당장이라도 가서 안고 싶었는데 저주에 걸린 것처럼 몸이 굳어서, 가늘게 떨고 있는 여자를 하염없이 쳐다봤다.

태훈이 세차게 휘몰아치고 떠난 자리에서 감정의 풍파를 오롯이 견뎌 내고 있던 유진의 눈에도, 땀에 잔뜩 젖은 준혁이 들어섰다. 준혁을 보자 그제야 내내 목을 조이던 숨통이 탁 풀리는 듯, 겨우 내뱉은 숨에 하얗게 질린 얼굴이 혈색을 찾아 갔다.

"……어쩌자는 거야."

그대로 발이 얼어붙어선 시선을 고정한 준혁을 보는 유진의 눈에 원망이 서렸다. 대치하듯 맞물린 시선이 비껴가면서 눈꺼풀을 내리자, 고였던 눈물이 유진의 뺨으로 굴러떨어졌다.

"그렇게 계속 서서, 내가……."

입술을 말아 문 유진의 눈자위가 다시 붉어졌다. 이제야 겨우 숨 쉴 구멍을 찾았는데 그 구멍이 제 구실을 못하고 있자, 속 깊은 곳에서 울컥거리며 눈물이 차올랐다.

"……나 지금 울고 있잖아."

서러움이 차가운 공간을 가르며 새어 나왔다. 남자는 그제야 마법이라도 풀린 양, 녹은 몸을 이끌고 다가가서 여자를 품에 안았다. 유진이 무너지듯이 준혁에게 안겼다.

"미안. 미안해……."

"왜 도대체 전화를……. 왜, 왜 연락이, 왜……."

가슴을 쳐 대는 한없이 약하기만 한 주먹을 고스란히 받으며, 준혁은 팔에 힘을 주어 유진을 더 껴안았다. 바들거리는 어깨 떨림이 잦아드는 듯했다가 다시 시작되었다.

"미안해. 내가 다 잘못했어."

"내가 얼마나! 얼마나, 내가……."

그 사람과 무슨 일이 있었는지, 지금 하는 말이 자기에게 하는 말이 아닐지라도 괜찮았다. 준혁은 유진이 이렇게 결국은 자신에게 안겨 있음에 마음이 놓였다. 겨우 그것만으로도 분에 넘치게 고마웠다.

"미안, 진짜 미안……."

머리 위로 내려앉는 준혁의 미안하다는 말이 발끝까지 떨어지며, 여자의 몸을 가르는 것만 같았다. 뭐가 미안하다는 건지. 오히려 미안한 사람은 따로 있는데. 다른 남자 때문에 울고 있는 자신을 안으면서, 되레 미안하다는 준혁의 말은 벗겨진 살갗에 소독약을 그대로 들이붓는 고통이었다. 유진은 목이 타들어 가는 듯한 고통을 느끼면서 울음을 삼켜 냈다.

"연락 안 돼서 미안해. 휴대폰이 도연…… 조카한테 있었어. 마침 폰 돌려받고 연락하려던 참이었어."

"……."

"아까 엘리베이터에서 옆에 있던 사람 봤지? 그 애 엄마야."

"……."

"미안해."

"……."

"오해하게 만들어서."

"……."

"미안해. 화 많이 났어?"

유진은 준혁의 품에 묻은 고개를 옆으로 흔들었다. 뭐가 자꾸 자기가 미안하다고. 오해했던 건 찰나였을 뿐인데. 애초에 태훈의 말 같은 건 제대로 듣지도, 믿지도 않았었는데.

미안한 건 오히려 자신인데. 자기가 미안하다고 먼저 말해야 하는데. 목구멍이 꽉 막혀서 목이 얼얼해졌다. 그 틈을 비집고, 겨우 목소리를 짜내듯이 내보냈다. 거친 음성이 울먹거리며 삐져나왔다.

"……그 사람이."

유진의 뒷머리를 감싸던 준혁의 손가락이 멈칫하더니, 다시 자리를 잡고 다른 손으로 여자를 토닥였다. 울음을 애써 참아 내는 여자의 어깨가 간격을 두고 솟았다가, 내려갔다.

준혁에게 다 말해 주고 싶었다. 말해야만 했다. 태훈이 어떻게 떠나갔고, 어떻게 돌아왔는지. 그리고 왜 또 그렇게 떠나갔는지. 결국은 준혁 때문인 거라고, 내가 당신을 그만큼 사랑하니까 그런 거라고 말해야 하는데, 쉽사리 입이 떨어지지 않았다.

"그 사람이……."

"응."

"그러니까 그 사람이."

한 음절, 한 음절 입술을 뗄 때마다 울컥울컥 울음이 먼저 앞섰다. 이러면 안 되는데, 말을 해야 하는데, 눈물이 얼굴을 다 지워 버리는 것만 같았다.

"이제 알았구나."

"……."

"그 사람 아팠던 거."

준혁의 말에 유진이 눈을 질끈 감자, 고였던 눈물이 그대로 볼을 타고 흘러내렸다. 젖은 속눈썹이 파르르 떨렸다. 참아 둔 울음이 잇새로 터져 나와서 입술을 다시 깨물었다.

왜 자신이 해야 할 말마저도 먼저 선수 쳐 버리는 건지. 왜 이렇게 자꾸 받기만 해야 하는 건지. 온몸을 눌렀던 슬픔은 다른 방향으로 가시를 만들며, 유진의 마음을 찔러 댔다.

"자책하지 마."

준혁의 목소리가 찌르르하니 여자의 몸을 울렸다. 어디까지나 유진의 마음이 우선인 사람이다. 때론 당연한 것이 당연하게 찾아와서 마음이 벅차다. 싸하게 내려앉았던 가슴이 준혁의 품에서 온기를 되찾았다.

그 옛날 바다에 빠졌을 때, 온몸을 바닷물로 채우는 것 같았던 그때처럼 눈물이 차올랐고, 그만큼 흘려보냈다. 춥고, 무섭고, 이대로 혼자 먼 곳으로 흘러가서 가라앉을까 봐 두려웠다. 준혁의 셔츠가 튜브라도 되는 것인 양, 바들거리는 손가락으로 그를 꽉 붙들었다.

"나였어도 말하기 힘들었을 거야."

준혁은 그 남자가 겪어 왔을 지난 시간은 짐작할 수조차 없었다. 그럼에도 이렇게 보내 줄 수 있었던 그 마음은 도대체 어디에서 기인한 감정이었을까. 어쩌면 싸울 수조차 없었던 평행선을 걷고 있던 상대는 아니었을지. 속에서 씁쓸하고도 고마운, 이겼음에도 진 것 같은 모순된 양가감정이 생겨났다. 마른침을 삼키면서, 복잡한 마음을 같이 내렸다.

"지금은 괜찮은 거잖아."

말없이 고개를 끄덕이는 그녀의 움직임이 가슴팍을 간지럽혔다. '다행이네.' 하고 말하는 준혁의 마른 목소리가 공기 중에 잔잔하게 흩어졌다.

"그리고, 고맙네."

"……."

"이렇게 보내 줬잖아, 나한테."

이렇게 품에 안을 수 있도록. 곁에 있을 수 있도록.

품에 안긴 여자의 어깨가 다시 떨려 온다. 유진의 몸이 더 흔들릴수록 여자의 머리를 감싼 손가락에, 등을 붙든 손에 힘이 들어갔다.

한참을 그렇게 떨림이 잦아들 때까지 끌어안고, 또 토닥였다. 이제 다 괜찮다고, 내가 있으니까 앞으로도 괜찮을 거라고. 준혁은 끊임없이 속삭였다.

"다 울었어?"

눈물은 진작에 그쳤지만, 준혁의 나지막한 목소리에 새로운 눈물이 차올랐다. 눈에 힘을 줘서 눈물을 참아 내며, 입술 안쪽을 씹었다. 준혁 앞에서 우는 것도 더 이상은 안 될 일이었다.

"울고 싶으면 더 울고."

옆으로 고개를 흔들던 유진의 얼굴을 떼어 내면서 양손으로 뺨을 감쌌다. 화장 다 지워졌네. 엄지로 눈물자국을 지워 내자 촉촉한 눈동자가 반쯤 드러났다. 유진은 여전히 눈을 마주칠 자신이 없어서 시선은 내리깐 채로, 잠긴 목소리를 겨우 끄집어내었다.

"집에 갈래요."

"그래. 우리 집으로 가."

고개를 끄덕이는 유진이 마지막 남은 울음을 토해 내듯 아이처럼 몸을 들썩였다. 준혁의 차가운 손가락이 얼굴에 닿자, 달아올랐던 얼굴도 조금씩 진정이 되는 듯했다.

유진은 뺨에 닿은 준혁의 손등을 잡고, 천천히 눈꺼풀을 접어 올리면서 시선을 마주쳤다. 준혁의 눈을 보자 또 고마운 마음에 울컥, 미안한 마음에 울컥, 겨우 참아 왔던 울음이 다시 몰려들면서 입술이 떨려 왔다.

엄지로 눈물을 닦아 내던 준혁이 울지 말란 말 대신 그녀의 눈 밑에 입술을 붙였다. 얼마나 울었던 건지, 벌써 퉁퉁 부은 눈에도 입을 맞추었다가 발갛게 달아오른 눈가에도 입술을 내렸다.

"미안해요."

"……."

"안 울려고 하는데, 눈물이 자꾸……."

준혁이 괜찮단 말 대신에 입술을 포갰다. 짠맛을 머금었던 입술은 금방 씻겨 내려갔다. 짧았던 키스가 끝나고 숨을 내뱉으면서, 유진 은 함초롬한 시선을 들어 올렸다.

눈이 마주치자 남자는 입술을 또 한 번 겹쳤다. 부드럽게 아랫 입술을 물었다가, 방향을 바꾸면서 혀가 들어왔다 나갔다. 처음 하 는 키스도 아닌데 머리가 쩽 하고 울렸다. 혀뿌리까지 핥는 키스가 아니었음에도 충분히 깊었고, 입술만 머금어도 심장이 터질 것처 럼 애틋했다.

비상구 위층에서 사람들 소리가 나자 입술을 떼어 냈다가, 문이 닫히며 잠잠해지자 누가 먼저랄 것도 없이 입술을 다시 부딪쳤다. 여자의 뺨을 감싸던 남자의 한 손은 여자의 목뒤를 잡았고, 다른 한 손으론 등을 받치면서 남자는 상체를 더 숙였다. 무게감에 밀리 듯이 몸이 뒤로 젖혀지던 여자는 남자의 목과 팔뚝을 부여잡으며 간신히 균형을 찾았다.

키스가 아니었다. 밖이 아니었으면 진작에 헐벗은 몸이 되어 여자의 몸 곳곳을 빨갛게 물들였을 것이다. 타액이 섞여 대며 만드는 소리 사이로, 멀리서 들려오는 사람들의 소리 때문에 간신히 이성의 끈을 붙잡고 있었다. 그저 이렇게 입만 맞출 수밖에 없는 상황이 개탄스러웠다.

혀를 내어 줬다가, 들어온 혀를 강하게 빨았다가, 입천장 여린 곳을 혀끝으로 자극했다가, 질척하게 뒤섞였다가……. 결국엔 여자가 잇새로 비음을 흘려보내면서 자신도 놀라서 입을 뗐을 때, 둘은 빠르게 이성을 찾았다. 그렇게 되찾은 이성은 다른 감성을 불러일으켰다.

"결혼하자."

때로는 과정을 생략한 행동들이 있다. 생각한 것과 동시에 내뱉는 말이라거나, 준비한 것들을 차치하고 말부터 내뱉는 프러포즈라거나. 이건 그러니까 둘 다 해당되는 경우였다.

준혁의 말에 유진의 미간에 잔금이 생겼다가 사라졌다. 뭘 해? 잘못 들은 건 아닌지, 그 목소리는 어디에서 나왔는지. 준혁의 입술을 쳐다보자 그 입술이 자신의 입술을 덮었다가 떨어졌다. 입술과 함께 조건 반사로 덮였던 눈꺼풀이 제자리를 찾아가기 위해 접히면서, 이번에는 준혁의 눈을 쳐다봤다.

"결혼해."

못 들었나. 다시금 내뱉은 말에도, 유진은 떨떠름하게 굳은 눈으로 준혁의 눈을 쳐다봤다. 한 번에 승낙할 거라는 생각은 안 해 봤지만, 그렇다고 이런 반응이 나올 거라곤 생각 안 해 봤는데.

"결혼해 줘."

충격받았나. 반응이 없으니 애가 달았다. 유진의 눈이 다시 남자의 입술로 향했다. 입술을 머금으면서 이전보다 더 길게 키스했다. 촉촉해진 입술이 소리를 내면서 떨어졌다. 여자는 여전히 무슨 말을 들었는지 이해를 못 한 표정이다.

"대답 들을 때까지 할 건데."

"……."

"못 들었으면 다시 하고."

준혁의 눈동자가 흔들리면서 유진의 입술과 눈에 번갈아 가며 닿았다. 여자의 눈이 가늘어졌다. 그러니까 지금 결혼하자고 프러포즈를 받는 상황인 건가. 비상구에서, 병원 냄새 나는 이곳에서, 그것도 울고불고 화장도 다 지워지고 콧물까지 흘린 이 얼굴로.

속물 같은 마음이 불쑥 솟아났다. 모르는 사람들도 다 알 법하게 떠들썩하고 화려한 프러포즈는 딱 질색이었지만, 그래도 적어도 멀쩡하니 예쁜 모습으로…… 그래도 처음 받는 프러포즌데. 처음이자 마지막일 텐데. 심지어 반지 하나 없이. 이런 프러포즈라니. 콧물이라도 안 흘렸더라면……. 거기까지 생각하자 눈물이 쏙 들어갔다.

"뭐가 이래."

"그건 답이 아니잖아."

준혁은 잔뜩 주름진 유진의 미간에 입술을 붙였다가, 불룩하니 내민 유진의 입에 입술을 내렸다. 그리곤 코끝을 붙이면서 답을 기다리는 듯 눈을 맞췄다.

"결혼해 줘. 응?"

유진이 입술을 말아 물면서 안쪽을 씹자, 손으로 여자의 턱을 눌러 못하게 막았다.

"씹지 말고."

뾰로퉁해진 입술 옆으로, 자잘한 키스를 내렸다가 붙인 입술 사이로, 건조한 목소리를 간절히 내뱉었다.

"결혼해 주세요."

유진의 뺨을 감싸던 준혁의 손이 여자의 어깨를 붙들었다. 남자의 갈급한 눈동자가 사정없이 흔들렸다. 어쩐지 간절하게 부탁하는 거 같기도 하고, 그런 걸 보니 괜히 우쭐해지기도 하고.

"생각해 볼게요."

그래서 웃기지도 않게, 거기서 한 번 더 튕겼다. 도도하게 내뱉은 말과는 달리, 입꼬리는 한없이 부드럽게 휘었다. 어딘가 당당했던 표정과는 다르게 초조하기만 하던 준혁의 마음도 풀어졌다.

"집으로 가."

코끝이 부딪치면서 입술도 살며시 닿았다가 떨어졌다. 여자의 눈길이 도톰히 부풀어 오른 남자의 입술에 닿았다가 그를 올려다봤다. 새치름한 여자의 눈 속에 자제력을 잃은 듯한 남자가 담겼다.

"그건 생각 안 해도 되잖아."

널린 게 모텔이고 호텔인데. 굳이 집까지 갈 필요가 있나 싶었지만, 유진은 대답 대신 손을 얽어서 깍지를 끼고 비상구 문을 열었다.

얼마만큼의 시간이 지났는지는 몰랐다. 병원에 왜 왔는지, 애초의 목적도 잊어버린 채로 택시를 잡아타고 집으로 내달렸다. 마치 둘에게 허락된 시간이 얼마 없는 것처럼. 세상에 둘만 남은 것처럼.

아니, 애초에 사랑이란 감정은 둘에게만 주어졌던 특권인 것처럼.

"난 아직 대답 안 했는데."

"알아."

"모르는, 훗! ⋯⋯거 같은데."

현관문이 닫히자마자, 턱선을 타고 붙던 입술이 제자리로 돌아와 맞물렸다. 여자의 도톰한 아랫입술을 깨물듯이 빨았다가, 열린 틈으로 나온 말캉한 혀를 눌러서 입천장을 간질였다. 유진의 샌들이 벗겨지지 못한 채로 달가닥거렸다.

"가을에 할까."

"너무 이르잖아."

준혁의 손이 여자의 허벅지를 타고 올라와서 엉덩이를 쥐었다가, 골반에 걸린 속옷 사이로 손가락을 넣어 벗기려 들었다. 유진이 그 손을 서둘러 저지하면서 입술을 뗐다.

"여기서?"

"아니. 벗기만 해."

뜨거운 숨이 목덜미에 내려앉으면서 여자의 속옷도 같이 아래로 떨어졌다. 남자의 셔츠 단추를 풀어내는 유진의 손이 바쁘다. 발에 걸린 속옷을 발을 들어서 빼내고, 그 사이에 준혁은 셔츠를 벗어서 아무렇게나 던졌다. 남자는 입술을 얼굴 곳곳에 붙이면서 여자 등에 있는 원피스 지퍼를 내렸다.

"그럼 겨울."

"추워서 싫어."

팔이 헐렁해진 원피스는 그대로 배 아래로 내려갔고, 여자는 남자의 벨트를 풀어 바지를 벗겼다. 어느새 여자는 브래지어만, 남자는 드로어즈만 입은 상태다.

"내년까지 기다려?"

"누가 결혼해 준대?"

준혁은 그대로 유진을 돌려서, 뒤에서 여자의 허리에 팔을 둘러 안았다. 현관 전신 거울에 헐벗은 옷차림의 여자가 먼저 보였다.

"결혼할 사람 있다며."

"둘러댄 거야."

웃음이 걸린 남자의 입이 여자의 뒷목에 닿았다. 여기를 이로 살짝 긁으면, 그렇지. 거울 속 여자가 간지러움을 못 참고 몸을 숙이며 비틀거린다.

"결혼해 줘."

"이렇게 벗겨 놓고 그러는 게 어디 있어."

"아까는 다 입고 있었어."

남자는 왼손으로 여자의 배를 잡고, 무릎을 여자 다리 사이에 끼워 넣고 다리를 벌렸다. 그리고는 신발장에 긴 다리를 하나 뻗어 여자를 고정시켰다. 여자는 순식간에 남자가 만든 외나무다리에 올라탄 꼴이다. 발끝이 겨우 바닥에 닿았다.

긴장한 허벅지 근육이 거울 속에 잡혔다. 부끄러워서 몸을 숙이자, 남자의 허벅지에 닿은 아래가 델 듯이 뜨겁다.

"아! 이렇게, 뭐 하는……."

등 곳곳을 간지럽히듯 입술을 붙여 대자, 균형을 잡으며 점점 숙여진 몸은 어쩔 수 없이 남자의 허벅지와 마찰하면서 더 자극되었다.

"결혼해."

"그렇게, 다리 움직이지 마."

"대답해 줘."

"아웃, 대답할 거니까……. 그냥, 다리 내려요."

여자는 달뜬 숨을 내뱉으며 자신의 몸이 걸쳐진 남자의 다리를 짚었고, 남자는 브래지어 훅을 풀면서 다리를 내렸다. 그와 동시에 여자의 몸이 들리면서, 그대로 바깥 욕실로 이동했다.

쏟아지는 물줄기를 등으로 맞으면서 남자의 키스도 짙어졌다. 입술을 물었다가 코끝을 비벼 가면서 입 속을 굴리던 혀는 목으로, 쇄골로 내려갔다. 한 손으로는 유두 주위를 어루만지면서, 다른 한 손으로는 말랑한 여자의 엉덩이를 손에 쥐었다.

"언제까지 대답 기다려야 해."

"내가 됐다 싶을 때까지."

"지금은 아니다?"

"지금은, 하던 거나 잘……. 으흥."

여자를 뒤로 돌려서 두 손으로 가슴을 쥐었다. 언젠가부터 한 손 가득 잡히던 가슴이 손아귀를 넘치게 벗어난다.

"가슴이 좀 커진 거 같은데."

"살쪘잖아. 많이 먹여서."

"좋네."

남자의 웃음 사이로, 여자가 좋긴 뭐가 좋냐면서 타박하는 말이 따라붙었다.

"허벅지에도 살이 붙었나."

남자가 여자의 한쪽 다리를 들어서 욕조에 올려 두고, 허벅지 살을 쓰다듬었다.

"다 쪘어. 골고루."

"잘했어."

뭘 잘했다는 거야. 안 그래도 신경 쓰였는데, 이렇게 친히 알아 봐 주니 더 신경 쓰이게 생겼다.

"왜 몰랐지, 나는."

"관심이 없었나 보네."

"그렇게 말하면 섭섭하지."

허벅지를 쓰다듬던 손이 여자의 다리 사이로 향했다. 손만 스쳤을 뿐인데, 여자의 허벅지가 가늘게 떨린다.

"차유진 몸 중에 어디가 제일 예민한지, 내가 제일 잘 아는데."

"아윽, 5킬로나 쪘단 말이야. 홋."

그래서 이렇게 살이 말랑말랑해진 거였나. 가슴을 크게 쥐었다가 손가락으로 유두를 굴리면서, 다른 손으로는 여자의 아래도 같이 어루만졌다. 손이 부드럽게 미끄러졌다.

"잘했네."

"뭐가 자꾸, 아……. 잠깐! 아으."

갈라진 곳을 손으로 열었다가 정점을 긁어 대니, 여자가 허리를 비틀면서 뒤에 선 남자 몸에 지탱하듯 기댔다. 그러자 남자의 것이 자명한 단단한 것이 엉덩이를 찔러 댄다.

"봐. 이래도 내가 관심이 없어?"

"그래도, 살찐 건, 하으."

좁은 곳에 손가락을 하나 집어넣자, 촉촉한 점막이 잘 걸렸다는 듯이 중지를 집어삼켰다. 앞으로 몸을 접으며 쓰러지는 여자의 가

습을 쥐어 잡은 뒤 목덜미를 이로 긁자, 여자의 잇새로 달뜬 숨이
터져 나왔다.

"잘한 거야."

"이래서 내가 어떻게⋯⋯. 흐응, 드레스, 읏! 입겠어."

살찌는 건 쉽지, 빼는 게 얼마나 어려운데. 심각한 여자의 표정
과는 달리 준혁의 표정에는 웃음이 가득했다. 아래를 지분거리던
손을 빼고, 여자의 어깨를 돌려서 눈을 맞추었다.

"드레스 입을 거야?"

"드레스는 입어야지."

"드레스만?"

"하는 거 봐서."

"그래. 일단 드레스부터 입어 보자."

입술이 붙었다가 떨어지자 여자가 남자의 손을 붙들어 제 몸의
명치를 짚었다가, 더 밑으로 손을 내리면서 입꼬리를 휘었다. 촉촉
하게 젖은 얼굴에 장난기가 맴돈다.

"여기까지 파진 거 입을 거야."

"그래. 잘했어."

잘했다니 진짜 잘한 건가 싶고. 그래도 입고 싶은 스타일의 드
레스는 살이 좀 빠져야 예쁠 거 같은데. 3킬로만 빼도 되려나, 하
는 생각을 하고 있는 틈에, 어느새 샤워 볼에 거품을 낸 준혁이 몸
곳곳을 씻겨 준다.

"안 해?"

"뭘."

"갑자기 왜 거품 칠이에요."

"씻고 천천히 나와요."

준혁이 급하게 물로 제 몸을 헹궈 낸 뒤에 타월을 걸쳤다. 뭐야. 실컷 달궈 놓고, 이렇게 혼자 나간다고? 황망한 여자를 뒤로한 채, 남자가 물기를 대충 닦고는 욕실 문을 열고 닫았다.

그래서 그렇게 여자는 불퉁한 표정으로 머리엔 수건을 대충 휘 감고, 샤워 가운도 대충 걸친 채로 욕실 문을 벌컥 열었다. 미간에 힘이 잔뜩 들어간 유진이 눈을 이리저리 굴리면서 남자를 찾았다.

"어디 간 거야."

집은 고요했다. 어디 나갔나, 하고 현관을 확인해 보니, 자주 신는 신발이 없다. 나간 모양이다. 수건으로 머리를 탈탈 털면서 소파로 가서 앉으며 휴대폰을 손에 들었다.

어느덧 오후 3시를 넘어간 시간. 그러고 보니 오늘 한 끼도 제대로 못 먹었다. 여자가 숨을 크게 내쉬었다.

"어쩌자고……."

다시금 숨이 막혀 왔다. 병원에서 있었던 일들이 다시 물밀듯이 밀려 들어왔다. 눈자위가 뜨거워지면서 눈물이 금세 솟구쳤다. 손바닥으로 눈두덩이를 눌렀다.

준혁을 다시 봤을 때 진정됐던 마음이, 그가 눈에 안 보이니 비정상적으로 박동하기 시작했다. 심장이 화상이라도 입은 것 같다. 죄책감 같은 게 버무려진 감정이 스스로를 옥조여 왔다. 아무도 모르게 그대로 망망대해로 흘러갈 것 같은 기분이다.

그사이 현관문이 열리는 소리가 났다.

"왜, 왜 울어."

준혁은 준혁대로 당황스러웠다. 드레스까진 입어 주겠단 말을

들었으니, 미처 전달하지 못한 것들이 생각났고. 그걸 빨리 줘야
한다는 생각에, 하려던 것도 포기하고 차로 뛰어갔다. 어제 수용에
게 주차를 부탁했던 게 다행이었다. 준비했던 꽃은 지금 주기엔 좀
시들어 버렸지만, 어쨌거나 나머지 것들은 지금 전달하는 게 맞았
다. 그런 생각으로 주차장에 가서 글러브 박스에 있던 걸 빼서 집
으로 올라왔는데, 여자가 울고 있다.

세상사 계획대로 되는 일이 얼마나 될까.

유진은 준혁의 얼굴을 보고 엄마 잃은 아이처럼 울음이 더 격해
졌고, 준혁은 손에 든 것들을 현관에 내려놓은 채 여자에게 달려왔
다.

"왜, 왜⋯⋯."

"어디 갔었어."

"차에 갔었지."

"말을 하고 가야 할 거 아냐."

"미안해."

여자는 남자 앞에서 어리광을 피우는 자신이 곧 쪽팔렸지만, 남
자는 아이처럼 자기를 찾는 여자가 어쩐지 더 좋아져 웃음이 나왔
다. 그렇게 또 현관에 덩그러니 주인 잃은 무언가를 남긴 채로, 두
사람이 몸을 겹쳤다.

"저녁 먹어야지."

"응."

한바탕 난잡하게 뒹군 흔적들을 정리하고, 말끔히 씻어 낸 몸의
물기를 수건으로 닦았다.

"시켜 먹을까."

"그래요."

여자의 하얀 몸 곳곳에 남긴 붉은 흔적들을 만족스럽게 쳐다보다가 슬그머니 가슴에 손을 올리자, 여자가 손등을 한 번 치고는 침대로 가서 누웠다. 피한다고 피한 거겠지만, 그게 더 자극적인 것도 모르고.

"피자 먹을까."

"좋지."

"치킨 먹을까."

"좋아."

"결혼할까."

뭐야. 손바닥으로 옆에 누운 남자의 가슴팍을 밀어내면서, 여자는 엎드려 누웠다. 얄궂은 마음이 자꾸만 생겨났다. 이렇게 정신 쏙 빼놓고 얼렁뚱땅 프러포즈하는 건 싫었다.

"그래, 그럼. 생각 더 하고 있어."

남자가 이불을 덮어 주면서 침대를 빠져나간다. 뭐야, 이건 또. 베개에 파묻었던 얼굴을 들어서 바지를 입고 방을 나가는 준혁의 뒷모습을 확인했다.

"왜, 어디 가는데요, 또."

"저녁 하러. 배고파."

시켜 먹자더니. 비뚤름해진 입술을 바로 폈다가 천장을 보고 돌아누웠다. 결혼 준비 하려면 얼마가 들지. 혼수랑 예단이랑, 지민이는 엄청 스트레스 받아 했는데. 요즘은 많이 생략하지 않나. 소희는 간단하게 했다고 그랬는데. 그렇다고 다 물어볼 순 없는 노릇이고. 엄마는 보나마나 결혼한다면 좋아하실 테고. 준혁의 집에서도 환영하려나. 천장이 점점 내려와서 몸을 압박하는 듯 가슴이 답답해졌다.

근데 왜 갑자기 결혼 얘기야.

"설마……."

혹시 어제 결혼할 사람 있다고 해서, 급하게 지금 그러는 건가. 유진이 벌떡 몸을 일으켜 앉았다. 이불이 바스락거리면서 흘러내렸다. 준혁은 결혼에 대해 생각 없다고 했는데, 괜한 부담을 줬던 건가. 사실 만난 지는 얼마 안 됐는데, 결혼 얘기는 너무 성급하긴 하지. 혹여나 자신의 말 때문에 서두른 거라면 엎드려 절 받기라 더더욱 싫었다.

뭔가 지는 느낌인데. 유진은 헐렁한 잠옷용 원피스를 대충 입고, 주방에 있는 준혁에게로 걸어갔다. 등 근육들이 쓸데없이 바지런하게 움직여 대고 있다. 냄비에 물을 끓이고, 싱크대엔 파스타 면이 나와 있는 걸 보니, 저녁은 파스타인가 보다.

"파스타 하려구?"

인기척을 느낀 남자가 한 팔을 뻗어서 여자 어깨를 감싸고, 여자는 물 흐르듯 자연스럽게 남자 허리에 손을 둘렀다.

"근데 갑자기 왜 결혼이에요?"

"갑자기는 아닌데. 생각 끝났어?"

"아니."

"그럼 더 하고 있어요."

뭐야, 자꾸. 언제는 재촉하더니. 여자가 남자의 얼굴을 올려다보자, 준혁이 여자의 이마에 가볍게 입 맞췄다.

"혹시 내가 어제 한 말 때문이라면……."

"그런 건 아니고."

물이 끓자 여자는 왼손으로 파스타 면을 담아 둔 통을 남자에게 건네고, 남자는 오른손으로 면을 쥐어서 끓는 물에 사르르 펴서 넣고 시간을 확인했다.

"이제 8분 동안 잘 들어."

"뭘."

"처음엔 산으로 갈까, 바다로 갈까 고민했거든."

"갑자기? 바다를?"

"그 표정 지을까 봐, 선택지에서 뺐지."

"무슨 선택지……?"

유진이 무슨 소리 하는 거냐며 미간을 좁혔다. 준혁이 그 미간을 검지로 툭 건드리고, 콧대를 쓸고 내려왔다.

"근데 바다로 갈 걸 그랬나 봐."

"왜, 언제?"

"내가 좋아하는 시가 『바다』이기도 하고."

"바다 가고 싶어요? 휴가를? 지금 와서?"

"……분위기 좀 잡게 해 줘."

무슨 소리를 하는지 하나도 모르겠다. 간단하게 말하자면 뭔 개소리냐고 말하는 듯한 여자의 미간을 꾹 눌렀다가, 준혁이 일단 들어 보라는 듯이 눈을 감았다 떴다.

"바닷가에 가서 모래에 낙서하고 그런 적 있지."

"많이 했지."

"이름도 쓰고, 좋아하는 사람 이름도 썼다가, 욕도 썼다가 그랬을 거야, 차유진은. 그렇지?"

하면서 묻는 준혁의 표정은 새삼 진지하기만 하다.

"근데 뭐라고 썼든 간에, 파도가 한 번 밀려오면 싹 쓸고 가 버리잖아."

"그렇지."

무슨 소리를 하려고, 이렇게 감상적인 사람이 되었나. 유진은 여전히 의문이 가득한 눈으로 준혁을 바라봤다.

"그렇게 한 번, 두 번 계속 쓸다 보면……."

남자의 검지가 여자의 콧대를 두어 번 쓸었다. 차분히 내려앉은 목소리가 파도처럼 귓가에 밀려 들어왔다.

"언제 그랬냐는 듯이 흔적도 안 남기고 잔잔해졌다가."

"응."

"안 좋은 기억도 차츰 흩어질 거야."

파도가 일렁이며 순식간에 몸을 덮쳤다. 휩쓸린 마음이 물속에 잠겼다가 둥실거리며 떠올랐다.

"내가 그렇게 바다 같은 사람이었으면 좋겠어. 차유진한테."

오뚝한 코를 훑던 손가락을 따라서 여자의 눈꺼풀이 스르륵 감겼다가 접혀 올라가자, 어쩐지 촉촉해진 눈동자가 남자의 시선에 들어온다.

어깨를 잡은 손을 내려서 여자의 손을 잡았다.

"아픈 기억은 흩어지게 하고, 행복한 기억만 밀려들게 할게."

세찬 물살에 표류하던 마음이 정박할 곳을 찾은 듯 헤엄쳤다. 남자는 유진의 손을 입에 가져다가 입을 맞추었다.

"그러니까."

남자의 어깨가 내려가면서 여자의 허리와 높이를 맞췄다. 준혁은 한쪽 무릎을 바닥에 내려놓으며 여자의 손등에 한 번 더 입을 맞춘 뒤, 여자를 올려다봤다. 무릎이 닿으며 쿵 소리를 낸 것 같은데, 이상하게 심장이 쿵쿵대는 소리가 더 크게 들린 것만 같았다.

"결혼해 줘, 나랑."

준혁의 눈동자가 까만 밤바다처럼 너울거렸다.

바다 같은 사람이라니. 평생을 따라다닐 것 같았던 악몽 같은 기억을 자신이 덮어 주고, 흩날려 주겠다는 말이었다. 먹먹하니 몸에 물이 가득 차올랐다. 파스타 면을 넣은 냄비처럼, 마음이 그렇게 자꾸만 끓어올라 넘쳤다.

여자가 입술이 달싹이자 남자가 '잠깐!'을 외쳤다. 그리곤 물이 끓는 소리를 비집고, 준혁이 주머니에서 부스럭거리며 무언가를 꺼내어 뚜껑을 열었다. 유진의 눈에서 떨어지는 것과 비슷한 것이 민트색 박스 안에서 반짝였다.

갑자기 저 반지는 어디서 난 건지. 언제부터 준비하고 있었던 건지. 그렇다고 반지가 좋아서 이렇게 눈물이 난 건 아닌데. 아니, 그렇다고 반지가 싫다는 말도 아니지만…….

"더 생각해? 이제 6분 27초 남았는데."

유진은 고개를 옆으로 흔들었다.

"지금 프러포즈에 '노.'라고 한 건가."

장난기가 담긴 준혁의 입꼬리가 부드럽게 휘었다. 촉촉해진 눈을 가늘게 뜬 유진이 표정을 풀며 목소리를 다듬고는, 턱을 살짝 치켜들면서 새침한 표정으로 말했다.

"다시 물어봐 줘요."

여자의 반응에 입꼬리 한쪽을 늘이던 준혁은 거기에 또 맞장구

치면서 목을 가다듬고, 한껏 멋 낸 목소리를 만든다.

"차유진 씨, 저랑 결혼해 주시겠어요?"

새어 나오려는 울음인지 웃음인지 모를 것을 입술과 같이 물어 삼키던 유진의 입에서 '네.'라는 말이 울려 퍼졌다. 그 대답에 튀어 오르듯 몸을 일으킨 준혁이, 여자의 입술을 포개어 물었다가 쪽 소리를 내면서 떨어졌다.

"무르기 없기."

"나야말로."

"손 줘 봐."

여자의 왼손이 남자 손 위에 놓였다. 가느다란 손가락에 반지를 끼우고, 그 손가락을 입에 가져다가 키스했다.

"마음에 들어?"

"너무나도. 언제 준비했어."

"좀 됐어. 마음에 안 들면 다른……."

"무슨. 너무 예쁘잖아요."

제 손에 딱 들어맞는 반지를 불빛에 비추었다가, 두 팔을 준혁의 허리에 감아서 몸을 찰싹 붙여 안겼다. 맨몸에 유진의 머리카락이 닿아서 그랬던 건지, 기분 탓인지. 저 심장 한구석이 간질거렸다.

바다 같은 사람. 유진은 준혁이 한 말을 가만히 되뇌며 눈을 감았다. 귀를 붙인 준혁의 가슴팍에서 심장 뛰는 소리가 잔잔히 마음을 데웠다.

정신없이 몰아쳤던 하루 동안 행복과 불행의 저울에서 균형을 잃어버린 마음이, 지나치게 전자로 기울었다. 이대로 중심을 잃고 쓰러진대도 좋을 것 같았다. 결국 먼저 쏟아지는 건 행복일 테니.

"나는 그럼 준혁 씨한테 어떤 사람이 되어야 할까?"

"그냥 지금처럼 흘러가기만 해."

"그러다가 다른 곳으로 빠지면?"

"기다려. 내가 찾아가면 돼."

'좋네.' 하고 여자가 배시시 웃자, 그 떨림이 그대로 전달되었다. 그 울림에 맞춰서 여자를 안은 어깨에 더 힘을 주었다.

"몇 분 남았지?"

"5분?"

"한 번 더 할까."

"뭘? 5분 안에 뭘?"

하면서 떨어지는 유진의 등을 돌려서 뒤로 안으며, 한 손으로는 눈을 가렸다. 유진이 제 눈을 가린 준혁의 손을 두 손으로 떼어 내려고 했지만 소용이 없었다. 갑자기 찾아온 어둠 속에서 뒤에서 밀어 대는 걸 고스란히 느끼며, 그에게 몸을 맡긴 채 그가 움직이는 대로 한 발씩 떼어서 어딘가로 옮겨 갔다.

"눈 감고 있어. 뜨라고 할 때까지."

"뭘 하려구."

"눈 감아."

뭔 수작이야. 여자의 눈썹은 사정없이 뒤틀리는데, 시키면 시키는 대로 또 눈을 감고 있다. 이럴 거면 그냥 파스타는 나중에 먹을 걸 그랬나. 준혁은 여전히 눈을 감고 있는 유진을 확인하며, 몸을 숙여 바닥에 놓였던 걸 들었다. 그리고는 여자의 허벅지에 손을 넣고 엉덩이를 쥐었다. 어디가 살이 그렇게 쪘다는 건지, 더 쪄도 되겠구만.

차가운 손이 허벅지를 간질이자, 여자의 눈이 번쩍 떠졌다. 뭐 하자는 거야. 차단되었던 시야가 눈을 깜빡이며 초점을 맞추었다.

"이게 뭐야."

놀란 표정의 여자가 눈앞에 나타난 레드 박스와 그 뒤로 거울 속의 자신을 번갈아 보다가, 시선을 더 올려서 거울 속의 남자를 쳐다봤다.

"열어 봐."

여자가 멀뚱히 시간만 보내고 있자, 남자가 여자의 손을 가져다가 뚜껑을 열었다. 검은 벨벳 위로 심플한 목걸이가 우아하게 반짝였다.

"별로야?"

"전혀."

준혁은 벌어진 여자의 입술을 손가락으로 툭 건드리고는 목걸이를 꺼내어 여자의 목에 걸어 주었다. 여자의 하얗고 긴 목에 차가운 금속이 멋들어지게 어울렸다.

"예쁘네."

유진은 넋 빠진 표정으로 목에 달랑거리는 걸 반지 낀 왼손으로 잡았다가, 자신의 어깨에 턱을 괴고 있는 준혁을 거울 너머로 쳐다봤다. 반지에, 목걸이까지⋯⋯. 언제 다 준비한 거야.

"언제 이걸 다⋯⋯."

"반지 마음에 안 들면, 목걸이 보여 주려고 했지."

"목걸이도 마음에 안 들면?"

"그럼 시계."

"난 시계 안 하잖아요."

"그래서 그건 뺐어."

손을 들어서 어깨에 있는 준혁의 뺨을 감싸자, 손바닥에 입술이 따뜻하게 내려앉았다.

"과했어. 하나만 해도 되는데."

"프러포즈할 땐 아끼는 거 아니랬어."

그리고 아직 팔찌랑 남은 게 더 있는데. 그건 시간 관계상 나중에 줘도 괜찮을 거 같아서, 당장은 마음을 접었다.

"누가요?"

"있어."

강주희라고. 하필이면 반지를 사고 나와서, 목걸이를 사러 간 매장에서 주희를 마주쳤다. 프러포즈 운운하는 직원 때문에, 주희에게 뭐라고 둘러대지도 못하고 딱 걸려 버렸다. 유진의 취향도 모르면서 '그건 젊은이들이 하기엔 올드하다, 이건 너무 재미없는 디자인이다, 여자들은 그런 거 안 좋아한다, 너는 할아버지 눈이냐…….' 등등 이것저것 훈수 두는 주희 탓에 더 피곤해져 버렸지만, 그래도 이렇게 잘 어울리는 걸 보니 다행이다 싶고.

"지금 하고 싶은 말이 있는데, 못하겠어요."

"왜."

"속물 같아 보일까 봐."

"인간은 누구나 그래."

거울을 쳐다보며 목걸이를 가만히 만져 보던 유진이, 아랫입술을 잘근 깨물었다가 몸을 돌려 눈을 맞추었다.

"고마워요."

"응. 고맙고, 그다음."

"고맙다고."

"다음 할 말 있잖아."

"배고파?"

"그래, 나도 사랑해."

준혁이 여자의 코끝을 손가락으로 살짝 튕겼다. 찡그린 콧잔등에 입을 맞추었다가 인중을 타고 내려가서 붉어진 여자의 입술을 가볍게 깨물었다. '앗!' 소리를 내며 떨어진 유진이 남자의 팔뚝을 세게 쥐었다가, 남자의 목에 양손을 두르면서 제 앞으로 끌어당겨 키스했다.

준혁이 여자에게 끌려가듯 혀를 내어 줬다가, 여자의 허리를 제 몸에 당겨 붙이면서 여자를 들어 올려 안았다. 유진은 준혁의 몸에 엉겨 붙은 채 다리로 준혁을 감쌌다. 헐렁한 원피스가 골반까지 돌돌 말려 올라가서 아무것도 입지 않은 아래가 썰렁해졌지만, 그것도 느낄 겨를이 없이 준혁에게 키스를 퍼부었다. 위로는 더할 나위 없이 뜨겁게 벅차오르기만 했다.

쏟아붓는 여자의 키스를 오롯이 받아 내면서, 준혁은 발을 떼어 부엌으로 가서 냄비의 불을 껐다. 한 손으로 여자의 드러난 엉덩이를 움켜쥐면서 침실로 이동하자, 여자가 화들짝 놀라면서 입을 떼어 내어 눈을 맞추었다.

"배고프다니까."

"나도."

"면 불어."

"이따 시켜 먹어."

준혁이 침대에 여자를 내리고, 서랍을 뒤져 콘돔을 찾아 꺼냈다.

저건 언제 저렇게 또 커져서…… 곧장 체념하고는 침대 헤드 쪽으로 더 올라가서 자리를 잡으면서 준혁을 쳐다봤다.

"근데 난 아이 생각 없어요."

"그래서 피임하잖아."

남자가 침대 위로 올라오며 그림자를 드리웠다. 허리춤까지 올라간 원피스를 끌어 올려서 벗겨 내고, 보드라운 가슴을 쥐어짜듯 손을 덮었다. 벌어진 입술 틈으로 소리 없는 신음을 흘리던 여자가 남자의 뒷덜미를 부여잡고 눈을 맞췄다.

"진지하게 결혼하고도. 아직은 생각 없어."

"알겠어."

준혁이 상관없다는 듯이 여자의 오른쪽 가슴을 베어 물었다. 이를 세워 유두를 긁다가 유륜을 혓바닥으로 핥았다. 혓바닥에서 튕기는 유두를 혀로 감아서 입에 물자, 여자의 달뜬 숨이 머리 위로 잔바람을 일으켰다.

"웃, 괜찮아요?"

반복되는 애무에 이제는 살갗이 쓰라려 왔다. 고통과 쾌락은 한 끗 차이다. 여자의 미간에 잔금이 일자, 남자는 얼굴을 올려 얼굴에 입술을 묻다시피 키스를 퍼부었다.

"원하는 대로 해."

이래 놓고 마음 바뀌는 건 아닐지. 그렇다기엔 제 마음도 이리저리, 왔다 갔다 했지만. 남자를 보는 유진의 눈에 불신이 서렸다.

"욕심 안 나?"

"난 너만 욕심나."

이렇게까지 나오면 진짜 생각 없는 것도 같고. 목을 지나 쇄골에 얼굴을 묻은 준혁의 머리 뒤에 손가락을 넣어 쓰다듬었다. 목걸이가 맨살에 달랑거리며 닿았다.

"조카들만 봐도 족하고."

가슴을 만지던 손이 아랫배를 지나서 허벅지 안쪽을 쓸었다. 긴장된 허벅지를 세우자 준혁의 손가락이 오금을 간지럽혔다. 이내 그가 자신의 어깨에 여자의 다리를 걸어 올렸다.

"조카들? 으흥."

여러 명인가, 조카가. 준혁의 손이 아래를 가르면서 들어오자, 잡다한 생각도 빠르게 흩어졌다. 물기를 머금은 곳에 손을 스쳤다가, 여자의 한쪽 다리를 마저 어깨에 걸고 고개를 내렸다.

그러고 보니 아까 배 속에 있는 튼튼이…… 아니, 건강이……. 아니, 튼튼이였던가. 어쨌든 걔도 본 거나 다름없을 텐데, 이 얘기까지 하면 더 당황해하겠지. 임신한 나연을 두고 잠시나마 질투했을 걸 생각하니, 입술을 비집고 웃음이 자꾸 비죽 삐져나왔다.

"왜 자꾸 웃어, 하으응."

준혁이 좁은 구멍에 혀를 넣을 듯 말 듯 간을 보다가 정점을 입에 물자, 발끝부터 누군가가 간질이며 올라가서 머릿속에서 뭔가를 팡, 터뜨리는 듯했다. 여자가 허리를 비틀면서 왈칵, 애액을 쏟아 냈다. 예열된 몸이 금세 들썩이면서 힘이 빠졌다.

"혼자만 재미 보지."

그게 무슨. 여자가 느른해진 눈을 크게 뜨고 남자를 돌아눕히고는 양 무릎을 남자 몸 옆으로 두며 다리를 벌려 앉았다. 길게 늘어뜨린 머리카락이 준혁의 몸에 닿자, 여자는 손목에 걸린 고무줄로 머리를 질끈 동여맸다. 꺼떡이는 남자의 페니스가 엉덩이로 느껴졌다.

손으로 그를 잡아 맞추면서 들어 올렸던 엉덩이를 내렸다.

"아웃!"

수월하게 받아들일 줄 알았던 질구가 버거워하며 밀어내다가, 남자가 여자의 허리를 잡아 힘을 주며 내리자 못 이긴 듯 그를 받아 준다. 뜨거운 내벽이 쥐어짜는 듯한 감각에, 남자가 콧잔등을 찌푸렸다. 여자가 남자의 손을 가져다가 제 가슴에 올린다. 말랑한 살을 손아귀에 넣은 남자의 입꼬리가 옆으로 길게 올라갔다.

"봐, 나만⋯⋯. 으응, 재미 보는 거, 아니잖아."

낮이 길어진 여름인지라, 창문으로 해가 가득 들어차 여자의 몸을 비추었다. 여자가 허리를 흔들자 다 벗은 몸에 외로이 걸린 목걸이가 색정적으로 빛을 반사시켰다.

준혁은 여자의 왼손을 들어 반지 낀 네 번째 손가락을 혓바닥으로 쓸었다가 제 입에 넣었다. 혀가 손가락을 감싸고 타액으로 촉촉해진 손가락이 입 속으로 빠졌다, 들어갔다를 반복했다. 아래로 뻐근한 것이 들락거리는 것처럼 손가락을 같이 움직였다.

자신의 손가락이 달달한 아이스크림이라도 되는 것처럼 빨아대는 남자를 보자, 간지럽고 묘한 느낌에 여자의 허리 움직임이 점점 느려졌다. 남자는 입에 물었던 손가락을 빼내고 여자의 잘록한 허리에 손을 올리며 여자 몸을 고정시켰다. 이후 발바닥을 매트리스에 붙여 자세를 잡고 허리를 치받았다.

"그렇게 해서 되겠어?"

"아⋯⋯ 흑! 으응, 읏!"

허리는 남자에 의해 고정됐다지만, 균형을 잃어버린 여자의 상체는 사정없이 흔들렸다. 여자는 제 몸에 붙은 준혁의 손을 같이

부여잡았다가, 입으로 쉴 새 없이 터져 나오는 교성에 손등을 입에
갖다 대고 물었다.

"손 내리고."

"읏, 아의! 하, 너무……."

남자는 손등을 문 여자의 손을 떼 내어, 제 입으로 가져다가 손바
닥을 혀로 간지럽혔다. 날선 감각에 다른 손으로 남자의 가슴팍을
짚으며 상체를 숙이자, 다른 방향으로 페니스가 안에서 자극되었다.

아래로는 정신없이 치받치고 있었고, 남자의 탄탄한 가슴팍도
근육이 허리에 맞춰 움찔거리는데, 그 위로 걸린 남자의 얼굴은 지
나치게 태평하기만 하다. 이따금씩 눈썹을 들썩이는 것 이외에는.

"너무 좋나 봐?"

"아, 흐읏. 하, 거기."

손을 떼어 남자의 어깨를 잡았다. 깊게 안을 휘젓다가 소리가
더 커진 곳을 찾아 그곳을 집중적으로 박아 대자, 남자 어깨를 쥔
여자의 손가락에 힘이 들어가 손톱을 박아 넣었다.

"으읭! 아, 너무……."

"그러게 못 이길 거 왜 덤벼."

"아니, 하읏. 매번 그렇게, 아……."

몸이 부딪치는 소리가 격렬해졌다. 구석구석 숨은 감각이 깨어
나며 남자의 몸을 열렬히 탐했다. 태연했던 남자의 얼굴도 조금씩
일그러졌다. 그걸 보자 여자의 입꼬리에 쾌락의 미소만은 아닌 것
이 걸렸다. 의도적으로 아래에 힘을 줘서 그를 쥐어짜듯 물었다.

"이기고 싶어, 오늘은."

준혁의 눈이 묘하게 휘었다. 꿈에서 봤던 여자가 자신을 또 놀

426

려 대는 듯한 느낌에, 손을 올려 여자의 가슴을 움켜쥐었다. 옆으로 길게 늘여졌던 여자의 입꼬리가 제자리로 탄성을 찾더니, 위아래로 벌린 입술 사이로 달뜬 숨을 뱉어 냈다.

"하……. 누구 맘대로."

"읏! 으응, 아!"

정말 지지 않겠다는 기세로, 남자가 거세게 허리를 올려붙였다. 살이 찰박찰박 부딪치면서 파도 소리를 만들어 냈다. 머릿속에 머물던 갖가지 생각들이 그 움직임에 조각나서는 텅텅 비워졌다. 그야말로 눈앞이 파도처럼 하얗게 부서졌다. 무슨 소리를 내뱉는지, 자신이 어떤 표정을 짓고 있는지도 잊어버리고, 남자가 움직이는 대로 몸을 낭창거리던 여자의 몸이 가늘게 떨리더니 준혁의 몸 위로 흐느끼며 쓰러졌다.

"봐. 또 혼자만 벌써."

쓰러진 여자를 품에 안고 땀으로 젖은 여자의 머리에 입을 맞추면서 관자놀이에도 입술을 붙였다. 모든 걸 놓아 버린 듯 느른해진 여자의 표정과는 달리, 아래가 여전히 빠금거리며 남자의 몸에 달라붙어 왔다.

"하아, 진 거 아냐."

"그래. 내가 이겼을 뿐이야."

"읏, 아! 거긴 또, 왜……. 아으."

"절대 넌 나 못 이겨."

"아, 으읏……. 흐응."

"여기 내가 들어가 있을 때는."

여자의 입가에 입술이 계속해서 내려붙었다. 그 뒤로도 '밖에서는 다 져 줄 테니, 섹스 할 땐 이길 생각은 하지도 말라.'며, 승부욕을 자극하는 말들이 따라왔다. 생각할 겨를도 없이 자꾸만 귀찮게 달라붙는 입술 때문에, 정신이 아득해져 왔다.

"내가 싫다는 거……. 하아, 으읏! 안 한다고 했으면서."

"그래서 싫어, 지금?"

"앗! 으, 하아앗."

"봐. 좋다잖아."

"으응……. 시끄러, 읏."

남자가 또 한 번 거세게 몰아붙였다. 정작 지금 시끄럽게 소리 내는 게 누군데. 방 안을 가득 올리는 여자의 목소리가 점점 짙어지고, 탁해졌다. 남자의 몸 위에 붙어서 겨우 흔들리기만 하던 여자가 또 한 번 전율했다.

준혁이 쉬지 않고 여자의 몸을 뒤집으려고 하자, 여자가 밭은 숨 사이로 건조한 목소리를 내보냈다. 남자의 거친 움직임을 무력화하고자 뱉은 말이기도 했다.

"사랑해요."

등줄기를 훑던 남자의 손에 힘이 들어가자, 몸이 압박되며 남자의 몸에 더 찰싹 붙었다. 생리적인 자극인가, 다시금 눈물이 돌았다.

"얼마만큼."

뭐, 그런 걸 물어. 유진은 제 몸 밑에 깔린 남자의 옆구리를 꼬집었다. 준혁이 몸을 뒤집어서 여자를 바로 뉘였다. 흐트러진 잔머리를 정리해 주고 선홍빛 볼에 입을 맞추어 가면서, 남자는 허리를 다시 느릿하게 움직였다.

달라붙어서 남자를 물고 있던 질구가 우물거리며 남자를 잽싸게 끌어당겼다. 이어진 곳 위의 잔뜩 젖은 곳을 엄지로 돌리자, 허리를 뒤틀던 여자의 눈에서 고인 눈물이 흘러내렸다. 흐르는 눈가에 입을 맞추자 촉촉한 눈이 지그시 남자를 담았다가, 옅은 숨을 참아 내며 감겼다.

"눈 떠야지."

"하아, 읏."

안쪽 깊이 남자의 것이 닿자 저절로 눈이 뜨였다. 계속 이어지는 절정에 떨어질 곳도 없는데 자꾸만 떨어지는 기분이라, 매달리듯 준혁을 힘주어서 부여잡았다.

"그러는, 준혁 씬…… 읏, 얼마나, 하아……."

문장을 채 끝내지도 못한 탁한 음성이 방을 채웠다. 준혁이 바다라면 난 온몸이 소금이 되어서 다 녹아 버리는 기분이었다. 밀려들어올 때마다 녹아 없어졌고, 빠져나갈 때에는 다시금 채워졌다.

이대로 녹아 사라지는 건 아닐지, 말도 안 되는 쾌락에 잠겨 질식할 때쯤, 남자의 잇새에서 농밀한 소리가 부딪쳐 흩어지면서 몸을 겹쳐 내려왔다. 질구가 여운을 즐기는 듯 달싹이며, 빠져나가는 페니스를 붙들어 안았다.

옅은 숨을 내뱉던 준혁이 여자의 입술에 쪽 소리를 내며 키스했다. 유진이 그제서야 눈꺼풀을 들어 올렸다.

"뭐든 차유진보다 더 많이."

이마에도 쪽, 입술이 붙었다.

"더 깊게."

달아오른 볼에도 한 번.

"더 오래."

코에도 한 번, 그리고는 다시 마지막으로 도장을 찍듯이 입술에 쪽.

"그렇게 사랑하고, 사랑할게."

경쟁인가. 그렇다면 질 수는 없는데. 유진은 남자를 껴안고 입을 맞췄다가, 금세 떨어지면서 자잘한 키스를 아낌없이 쏟아부었다. 입술을 뗄 때마다 웃음이 새어 나왔다. 한참 동안 웃음을 머금어 삼키다가, 끝내는 누구 것인지도 모를 꼬르륵 소리가 배를 울리자 겨우 입을 떼 내었다.

"이제 씻고 저녁 먹어요."

"응."

"놔줘."

"나야말로."

준혁의 시선이 아래로 향하자, 여자가 가슴팍을 치면서 그를 옆으로 밀어냈다. 쓰러지듯 옆으로 누운 준혁이 여자의 손을 잡아서 얽었다. 일어나려던 유진이 그 움직임에 다시 남자 옆에 누웠다.

우리는 어디서부터 시작이었을까. 언제부터 끓어올랐을까. 아무래도 괜찮다. 지금 이 순간 여기, 우리 둘이 같은 곳을 보고, 같은 공기를 누리고, 같은 온도를 느낄 수만 있다면. 뜨겁고도 차가웠던 지난날의 기억까지 모두 같이 추억할 수만 있다면. 거센 파도 앞일지 언정 같이 휩쓸릴 수만 있다면. 앞으로 밟아 나갈 길들이 어떨지는 몰라도, 같이 손잡고 함께할 수 있음에 감사하며, 뜨겁지는 않더라도 따뜻하게, 완전하지는 않아도 온전한 사랑에 기꺼워하며…… 그렇게.

"그냥 라면 끓일까."

"내가 해."

"그래요, 그럼."

더 이상 재고, 따지고, 눈치 보고, 욕심낼 것도 없었다. 편한 게 익숙해지며 당연해졌지만, 이제 불안할 것도 없다. 준혁은 씻으러 가겠다는 유진을 안아 들어 올리며 욕실로 향했다. 대체 오늘 샤워만 몇 번인지. 샤워 부스 안에 여자를 고이 내려놓고, 샤워기 물 온도를 조절했다. 뜨뜻미지근한 물이 몸을 적셨다.

"그러지 마요."

"뭘."

"그거 또 세우지 말라고."

"그래."

의미 없는 준혁의 대답이 울려 퍼졌다. 거품 칠을 한 샤워 볼이 몸을 쓱쓱 성의 없이 오갔고, 새살거리는 웃음소리를 비집고 비눗방울이 날렸다. 이따금씩 족발이며, 피자며, 저녁 메뉴를 골라 대는 소리가 들렸지만 입술이 먼저 붙었고, 다른 곳을 핥으며, 시간이 하릴없이 흘러갔다.

배가 고프다던 두 사람은 사랑을 나눠 먹었다. 정작 채워야 할 건 배였는데, 넘치는 사랑에도 굶주려 하며……. 그렇게 또 한차례 둘의 저녁이 늦어졌다.

에필로그 1

꿈만 같던 여름날도 지나가고, 어느새 가지각색의 단풍잎이 길가를 장식했다. 공연장 주위로 울긋불긋한 나무들 사이의 가로등에는 '강주희' 이름과 그녀의 사진이 걸린 현수막이 가을바람에 휘날렸다.

"뭐라, 뭐라구요?"

하마터면 뜨거운 커피를 옷에 쏟을 뻔했다. 준혁은 여전히 놀란 상태의 유진의 손에서 흔들리는 커피 잔을 뺏어 테이블에 내려놓았다. 트레이 옆으로 강주희 독주회 프로그램 북이 비스듬히 놓여 있다.

"내 엄마라고. 강주희."

"거짓말."

"그런 걸로 내가 거짓말을 왜 해."

믿을 수 없다던 유진의 시선이 그제야 프로그램 북 표지의 강주

432

희와 맞은편의 준혁에게 번갈아 가며 닿았다. 그러고 보니 눈이며 코며, 똑 닮았잖아……. 여자의 표정을 읽은 준혁이 조금은 거북하단 식으로 눈썹을 비틀었다.

"왜 그걸 이제 말해요?"

"말할 기회가 없었을 뿐이지."

"그렇다고 오늘 말하는 건 뭐야."

"대기실에서 말하는 것보단 낫잖아."

"뭐?"

유진의 목소리가 커지자, 주위 사람들의 몇몇 시선이 쏠렸다가 흩어졌다. 주희의 성화에 언젠간 유진을 소개해 드려야겠단 생각을 하긴 했었다. 그게 오늘이 될 줄은 몰랐지만. 그 까다로운 사람과 어떻게 자리를 마련해야 하나 고민하고 있을 때쯤, 어디서 구했는지 유진이 강주희 공연 초대권을 가지고 왔고, 뭐라 거절하지도 못한 채 결국 당일인 오늘 공연장까지 와 버렸다.

몰래 공연만 보고 가려고 했지만 그마저도 로비에서 주희 매니저에게 들켜 버렸고, 그 소식은 자연스레 주희의 귀에 들어가서 결국 공연 끝난 뒤 공연장 옆 카페에서 보자는 문자까지 받았다. 물론 대기실에 찾아오라는 것과 극적 타협한 결과물이었다.

"좀 있으면 여기로 오실 거야."

"미쳤나 봐."

"그렇게 놀랄까 봐 지금 말한 거야. 공연 시작 전에 말했으면 집중도 못 했을 거잖아."

"차라리 대기실을 갔어야지."

진심인가. 여자를 보는 준혁의 시선이 곧이어 창밖 1층으로 향했다. 이제 1분 내로 주희가 들어올 거다.

"추석 때, 아버지 뵀을 때처럼만 하면 돼."

"미쳤나 봐. 그때 내가 얼마나 긴장한 줄 알아요?"

"그럼 그냥 첼리스트 강주희 만난다고 생각하든가."

"그건 그거대로 더 떨리잖아."

유진의 당황한 눈동자가 준혁의 어깨 너머로 옮겨지면서 어색하게 굳어 갔다. 곧이어 주희의 것으로 추정되는 하이힐 소리가 또각대며 준혁의 등 뒤로 가까워졌다. 준혁이 두 사람을 소개하려고 일어섰으나, 주희가 더 빨랐다.

"이렇게 보네요. 강주희예요."

"안녕하세요, 차유진입니다."

주희가 내민 손을 잡는 유진의 손이 바르르 떨렸다. 간단히 통성명을 끝낸 두 여자가 의자에 앉았다.

"뭐 드시겠어요? 티로 할까요?"

"그냥 아메리카노, 아이스로."

유진의 얼굴에 시선을 고정한 주희가 준혁에게 대충 주문했다. 준혁의 여자 버전 얼굴을 빤히 쳐다보는 건, 유진도 비슷했다. 한쪽은 지나치게 여유 있었고, 한쪽은 지나치게 얼어 있다는 것만 빼고는.

"공연은 잘 봤어요?"

"네? 네! 너무 좋았어요."

"구체적으로 어디가?"

주희의 질문에, 주문하러 가던 준혁의 시선이 제 엄마에게 날카롭게 꽂혔다. 뭐 저런 질문을. 유진을 곤란하게 만들려는 게 분명했다. 아들의 시선을 느낀 주희가 눈썹을 휘면서 어서 주문하러 안 가고 뭐 하냐는 눈빛을 보냈다.

"……브람스 3악장이요."

맞물린 두 모자의 시선이 유진에게 향했다. 주희의 입술이 준혁이 잘 짓는 표정과 비슷하게 휘어졌다.

"그래요?"

"네. 보통은 거기서 익살스럽게 가는데, 무심한 듯 폭발적으로 연주하시는 게 인상적이었어요. 제가 예전부터 좋아하는 곡이었는데, 이런 해석도 있구나 싶어서 사실 좀 짜릿했고요."

"브람스 좋아하나 봐요?"

"물론 다른 곡들도 다 좋았지만요."

준혁의 어머니가 아닌 첼리스트 강주희로 대하려니, 유진은 마음이 한결 가벼워지긴 했다. 실제로도 꽤 좋아하는 첼리스트이기도 했으니까. 연주가들 상대해 본 게 하루 이틀 일도 아니고, 이렇게 유명한 사람은 처음이긴 했지만. 굳었던 표정도 슬슬 풀려 갔다.

언제 긴장했냐는 것처럼 편하게 얘기하는 유진을 보며, 준혁이 겨우 등을 돌려 카운터로 향했다. 그러고 보면 아버지 만났을 때도 저랬다. 유진은 긴장된다고 호들갑은 다 떨어 놓고, 정작 마지막엔 아버지 시집에 사인까지 받아서 집에 들고 왔다. 어른들을 잘 상대하는 편인가. 어깨를 으쓱한 준혁이 직원에게 카드를 건네받으며 질문을 덧붙였다.

"여기 마감 시간이 몇 시죠?"

"11시 마감입니다, 고객님."

지금 9시 50분쯤 됐으니, 30분 정도 얘기하고 일어서면 될 것 같았다. 주문한 아메리카노가 나오자마자 발걸음을 재촉했다. 강주희가 무슨 말을 하고 있을지 모르는 상황이었다. 유진이 불편해한다면 갖은 핑계를 만들어서라도 빼내야겠다고 생각하며 계단을 올라갔다.

그런데 웬걸. 두 여자가 화기애애하게 웃고 있다. 이 생경한 그림은 도대체 뭐란 말인가.

"애, 왔으면 앉아."

멀뚱히 둘을 쳐다보고 있던 준혁이 주희의 말에 유진 옆으로 가서 앉는다. 준혁이 유진에게 괜찮냐고 물었고, 유진은 그냥 편안하게 웃었다. 그 둘을 쳐다보던 주희가 엷은 미소를 보이면서 머그잔을 집어 들었다.

"너 없는 동안, 우리 둘이 너 좀 씹었어."

그거야 뭐 어느 정도 예상은 했던 거였고.

"유진 씨가 전에도 내 공연 본 적 있더라구. 애, 너는 진작에 밝혔으면 대기실에서 사진도 찍고 했을 거 아냐. 미련하게 왜 말을 안 해."

"그러게나 말이에요."

이게 무슨. 준혁의 눈이 어느새 같은 편을 먹은 것 같은 두 사람의 얼굴을 번갈아 가면서 빠르게 훑었다.

"쟤가 얼굴만 날 닮았어. 근데 성격까지 나 닮았으면, 유진 씨 고생해서 안 돼. 남자는 좀 우직한 면이 있어야지. 그렇다고 저렇게 미련해서도 안 된다만."

혀를 차던 주희의 시선이 유진의 목걸이에 닿았다. 제 아들 녀

석과 처음으로 쇼핑다운 쇼핑을 하면서 고른 목걸이였다. 언제 다 커서 결혼할 여자가 생긴 건지. 제 손을 떠나서 번듯하게 자란 아들이, 어디서 또 저렇게 그와 비슷한 여자를 찾아낸 건지.

주희는 둘을 보고 있자니 흐뭇한 것과 별개로 씁쓸함도 같이 밀려왔다. 엄마로서가 아닌 강주희로서의 삶을 선택한 대가, 그게 이 정도로 쓰린 거라면 충분히 견딜 수 있을 것도 같고.

"예쁘네."

"아, 목걸이요?"

주희의 시선을 느낀 유진이 목걸이를 잡으면서, 준혁에게 선물받은 거라며 수줍게 웃었다. 준혁에게 절대 같이 골랐단 멍청한 말은 하지 말라고 신신당부해 뒀으니 유진은 아직 모르는 것도 당연했다. 주희가 유진의 귓불로도 시선을 옮겼다. 어쩐지 허전한 귓불을 보고 속으로 또 혀를 찼다. 그러게 귀걸이도 그때 같이 하라니깐, 고집은. 하여간 제 속으로 낳았지만 마음에 안 드는 구석이 많은 녀석이다.

"유진 씨도 예쁘고."

"감사합니다."

"오늘 이렇게 만나 줘서 고마워요. 갑작스러웠겠지만."

"아니에요, 저야말로 뵙게 돼서 영광이에요."

"강주희로 아니면 준혁이 엄마로?"

주희의 질문에 순간 당황한 기색이 여자에게 스쳤다. 정곡을 찔렀나. 선뜻 대답을 못하는 여자를 보며 준혁이 입을 떼려고 하자, 유진이 그의 손을 잡으며 저지했다.

"오늘은 강주희 교수님으로 뵙게 돼서 정말 영광이에요. 저, 정말 교수님 연주 좋아해서 유튜브로도 가끔 봤었거든요."

"솔직해서 좋네."

"다음번에 기회가 된다면, 준혁 씨도 원한다면⋯⋯. 그때는 어머님으로 또 뵙고 싶어요."

맹랑한 대답이었다. 준혁도 원한다는 단서가 붙는 이유는 엄마로서의 입지가 부족한 주희 본인 때문임을 셋 다 알고 있다. 야심차게 뱉어 놓고 유진은 곧바로 후회했지만, 주희는 오히려 그 점이 더 마음에 들었다. 준혁과 비슷하면서도 다른 성격이다.

"그래요. 언제 한번 독일에 놀러 오면 연락 줘요."

"언제 들어가시는데요."

'독일'이라는 말에 어리둥절한 유진과 달리, 준혁이 주희에게 심드렁하게 질문을 던졌다.

"연말에 들어가서 한동안은 쭉 있을 거야."

"계약은 제대로 잘 끝난 거 맞고요?"

"애, 내가 애니?"

주희가 머그잔을 집어 들면서 아치형의 눈썹을 더 휘었다. 잘 끝냈으면 다행이고. 준혁도 눈썹을 들어 올린다.

"애, 근데 내가 아이스 주문하지 않았니?"

"따뜻한 거 드시라고 바꿨어요."

"하여간 제멋대로야. 성격 이상해, 너."

"공연 끝나고 속 예민하시잖아요."

유진은 두 모자간의 대화를 들으면서 속으로 웃음을 삼켰다. 둘이 들었다면 서로 싫어할 법한 얘기겠지만, 어떤 면에선 성격도 상당히 비슷해 보이는 두 사람이다.

"속만 예민해? 지금 모든 게 예민해. 평소 같았으면 이렇게 너 보러 오지도 않았어."

"그럼 그만 일어나세요."

"안 그래도 갈 거야. 대니 도착했어."

주희가 말 나온 김에 겨우 입만 대었던 커피를 테이블에 놓고, 가방을 들며 일어섰다. 엉거주춤 따라 일어선 유진에게 주희가 악수를 건네며 인사했다.

"그 전에 볼 수 있으면 또 봐요."

결혼 날짜는 언제로 잡았는지, 어디에서 하는지, 묻고 싶은 것도 말하고 싶은 것도 많았지만 세 사람은 거기에 대해선 침묵했다. 여전히 정해진 게 아직 없기도 했지만, 그건 그대로 흘러가는 시간에 맡기면 될 일이라고 생각하면서.

주희를 보내고 한없이 냉랭한 기운만 내뿜던 유진은 피곤하단 말로 준혁의 말을 다 밀어내고 차에 타자마자 자는 척으로 일관했다. 그렇게 집에 도착해서도 그녀는 오늘 건드리지 말란 말만 내뱉고, 쌩하니 욕실로 들어갔다.

미리 말 안 해 줘서 화났나 보네. 준혁이 눈썹을 들어 올리며 한숨을 내쉬었다. 준혁도 오늘 일부러 의도한 만남은 아니었다. 그래도 30분 정도 짧게 만나는 건 괜찮지 않나 싶었는데, 역시 아니었나 보다. 주희와는 최대한 자리를 만들지 않는 게 좋겠다고 생각하며, 유진이 허물 벗듯이 벗어 던진 옷을 하나씩 손에 들었다.

바깥 욕실에서 대충 씻고 나온 준혁이 냉장고 구석에 넣어 둔 캔 맥주를 꺼내서 저벅저벅 걸어가 침대에 걸터앉았다. 다 씻었을 거라 생각했는데, 아직 유진은 침실 쪽 욕실에 있는 모양이다.

탁! 맥주 캔 따는 소리가 시원하게 들리고 한 입 마시려는 순간, 씻고 나온 유진이 맥주를 보고 눈썹을 휘었다.

"마실래?"

유진이 말없이 손에 든 맥주를 채 가자, 준혁은 두 팔을 뒤로 뻗어 침대 매트리스를 짚었다. 벌컥벌컥 맥주를 들이켜는 그녀를 보던 준혁의 입이 건조해졌다. 준혁은 제 곁에 서 있던 유진에게 발을 뻗어서 무릎 사이에 여자를 넣었다.

"건드리지 마, 오늘."

"이번엔 화가 얼마만큼 났을까."

분명 내려다보고 있는 건 유진인데, 상체를 비스듬히 뒤로 한 준혁의 시선이 되레 건방지다. 여자를 감싼 다리엔 힘을 얼마나 주는지, 쉽게 빠져나가지도 못할 정도다.

"다음부터 또 이러기만 해 봐."

"얘기 잘하기만 하던데, 뭘."

"놀랐잖아. 왜 자꾸 사람을 당황스럽게 만들어요?"

"강주희를 알 거곤 생각 못 했어. 중요한 얘기라고도 생각 안 했고."

"어떻게 그런 말을 해? 내가 강주희 교수님을 왜 몰라."

그런가. 남자는 뒤로 지탱하던 팔을 떼어 유진의 허리에 두르면서 여자의 몸에 얼굴을 기댔다.

따지고 보면 유진도 준혁에게 화가 난 건 아니었다. 그냥 당황했을 뿐. 이런 식으로 준혁의 어머니를 볼 거라곤 상상도 못 했다. 엄마에 대한 준혁의 그 애증의 감정을 알고 있기에 혹 흠이라도 잡힐까, 제대로 마음의 준비를 하고 만나고 싶었다. 그런데 이게 뭐야. 모든 게 갑작스러웠고, 무슨 말을 뱉었는지, 그래서 행여 실수라도 한 건 아닌지, 후회만 가득한 만남이었다.

미리 알려 줬다면 초대권을 얻어 오지도 않았을 텐데, 바보같이. 여자는 자신이 준혁의 상처를 들쑤신 것 같아서 괜히 스스로에게 화가 났다.

"고마워. 오늘 잘했어."

그래도 마음 복잡했던 건 준혁만 했을까. 남자를 밀어내려던 여자는 이내 포기하곤, 한 손으로 남자의 머리를 쓰다듬었다. 그러게 미리 말했으면 이렇게 속 끓일 만남도 없었지.

"또 속인 거 있으면 지금 말해요."

"속인 적 없어. 엄마 첼로 했다고 말했잖아."

"그거랑은 다른 얘기잖아."

고개를 들자 유진의 말간 얼굴 밑으로 목걸이가 달랑거렸다. 주희는 멍청하게 자기가 같이 골랐다는 얘기는 절대 말하지 말라고 했지만, 유진의 반응으로 봐선 이런 것까지 다 밝혀야 하는 건 아닐까. 준혁은 진짜 멍청해진 기분으로 여자의 품에 머리를 비비듯이 더 기댔다. 속인 건 없지만, 말하지 않은 건 아직 몇 개가 남아 있다. 예를 들자면……

"……다이어리."

준혁이 한숨 같은 숨을 내뱉으면서 속삭였다. 남자의 날숨이 만든 작은 바람에, 여자의 얇은 잠옷이 나부꼈다.

"다이어리?"

"공연용 다이어리. 까만 거. 전에 잃어버린 적 있을 거야."

유진이 깜짝 놀란 눈으로 남자의 어깨를 떼 내어 눈을 마주쳤다. 그걸 어떻게 알고 있지, 살갗에 소름이 돋아났다.

"내가 주워서 찾아 준 거야."

"어떻…… 어디서? 아니 어떻게?"

소름 돋은 것 좀 봐. 여자가 빈 맥주 캔을 쥔 손으로 자신의 다른 팔을 만지면서 남자를 쳐다봤다.

"내 건 줄 어떻게 알고."

"술집 앞에서 가방 쏟는 거 봤으니까. 물론 취해서 자는 것도 봤고."

허허, 유진이 황당한 웃음을 내뿜었다. 도대체 언제부터 자신이 준혁의 과거에 머물렀는지 모를 일이다.

"회사에서 잃어버린 줄 알았는데."

"내가 그렇게 말했으니까."

"직접 찾아 주지 왜?"

"그러게. 그랬다면 우리가 좀 더 일찍 만났으려나."

글쎄. 댁이 뭔데 남의 다이어리를 읽어 봤냐고, 싫어했을 것도 같은데. 데스크 직원이 우리 회사 직원은 아닌 것 같대서 의아하긴 했다만, 그 사람이 준혁이었을 줄이야. 그래도 회사 사람 손에 안 들어간 게 어딘가 싶고. 누군가 다이어리 내용을 읽었을지도 모른단 생각에, 한동안 얼마나 창피했던지. 그때 생각을 하던 유진의 눈이 갑자기 가늘어졌다.

"읽어 봤지?"

"읽었으니까 찾아 줬겠지."

"잠깐만, 거기 준혁 씨 공연 얘기도 있을 텐데."

그게 바로 우리가 여기 같이 있는 이유 중의 하나지. 일종의 괘씸함과 승부욕이 만들어 낸. 준혁이 입꼬리를 늘여 올리며, 황당한 표정의 여자를 올려다봤다.

"그것도 읽었구나."

"안 읽을 수가 없었지."

"이거 순전히, 어? 사진도 몰래 찍고, 남의 다이어리도 훔쳐보고?"

"변태, 스토커가 할 짓이지."

"그래요, 잘 아네. 왜 훔쳐봤어요?"

꿈인가. 준혁은 그를 그렇게나 괴롭혔던 꿈속의 여자가 같은 말을 하는 것에 왠지 모를 희열을 느꼈다. 그때는 아무 반응도 할 수 없었지만, 지금은 다르다.

"누구 건지 보려다가 봤을 뿐이야."

"거기 욕도 써 있었을 텐데."

"그래서 더 짜릿했어. 나한테도 욕해 줘 봐."

"변태."

준혁이 마주 선 여자를 빙 돌려서는 다리 사이에 앉혔다. 그리곤 뒤에서 여자를 안고 목덜미에 입술을 묻으면서, 여자의 잠옷 단추를 하나씩 풀었다.

"그냥 변태 할게. 다른 변태 짓도 하게 해 줘."

"……무슨, 무슨."

여자의 어깨 뒤로 벌써 뜨거운 남자의 입김이 느껴졌다. 언제 저렇게 됐는지도 모를 남자의 흉흉한 것도 엉덩이 뒤로 느껴졌다. 남자가 여자의 손에 들린 맥주 캔을 뺏어서 탁자 위로 올려 두려고 했지만, 모서리에 걸린 캔이 균형을 잃고 바닥에 떨어졌다.

그 소리에 여자의 시선이 바닥으로 향했고, 주의가 산만해진 틈을 타서 남자는 어느새 다 풀어 헤쳐진 여자의 앞섶을 활짝 열어 손을 넣었다.

"오늘 건드리지 말랬어."

"구체적으로, 어딜 건들지 말까."

여기, 아님 여기? 남자의 손가락이 여자의 몸을 기어가듯 짚었다. 유진이 남자의 손등을 치고는 단추를 다시 채웠다. 정말이지 몸이 피곤하기도 했고, 정신적으로도 고된 하루였다. 게다가 그 상태로 한 입에 들이켠 맥주는 알딸딸하니 몸을 축 늘어뜨리기 충분했다. 여자는 모든 게 다 귀찮아진 마음에, 갈 곳을 잃은 남자의 손을 대신 치우고 일어나서는 침대에 자리 잡고 누웠다.

진짜 싫나 보네. 이 정도로 나오면 어쩔 수 없다는 걸 안다. 준혁은 할 수 없이 간접조명만 켜 둔 채로, 유진의 곁에 마주 보고 누웠다. 이불을 덮어 주고 가만히 여자를 쳐다보다가 얼굴에 내려온 머리카락을 정리해 주려고 손을 뻗었다. 눈을 감고 있던 여자가 남자의 손이 닿자 눈꺼풀을 급하게 들어 올린다.

"이것도 안 돼?"

여자가 찌푸린 미간을 펴고는 말없이 눈을 다시 감았다. 괜찮다는 말이다. 준혁이 머리카락을 정리해 주고, 반듯한 여자의 이마에 입을 맞췄다. 유진이 움찔거리며 얼굴을 찡그렸지만, 뭐라고 더 말하진 않았다. 입술이 한 번 더 이마에 닿았다. 여자가 작은 한숨을 내쉬었다.

"그냥 안아 주기나 해요."

남자가 씨익 웃으며 팔을 둘러 여자를 품에 안았다. 여자의 볼로, 입가로 입술이 내려앉았지만 더 이상 싫은 기색을 내보이진 않는다. 다만, 여자의 심장이 점점 콩닥콩닥 빨리 뛰기 시작했다. 얼굴이 벌겋게 달아오른 것도 같다.

　"취했지, 지금."

　"그런 것 같아. 어지러워."

　관자놀이에서도 맥이 빠르게 뛰는 게 느껴졌다. 너무 오랜만에 마셔서 그런 걸까. 맥주 한 캔에 이러다니. 후, 하. 숨이 가빠져서 여자가 눈을 떴다. 어느새 눈앞까지 다가온 준혁이 보였다. 매끈하게 잘 뻗은 남자의 콧대를 눈으로 훑었다가, 자신을 빤히 쳐다보는 눈동자를 보고 눈꺼풀을 황급히 내렸다.

　후, 하고 남자가 여자의 얼굴에 바람을 불자 간지러워서 눈을 다시 떴다. 이번엔 남자의 입술이 눈앞에 보인다. 잘생긴 남자는 입술까지 완벽하다. 그 입술이 둥글어지며 잔바람을 일으킨다. 다시 눈을 감았다. 후, 남자가 만든 바람이 또 속눈썹을 간지럽힌다. 눈을 떴다. 남자의 입술이 옆으로 길게 휜다.

　왜 저러는지 모르겠다고 생각하면서, 여자가 남자의 입술에 제 입술을 겹쳤다. 남자는 먼저 달라붙은 여자의 입술을 쉬이 놓아주지 않았다. 애초에 그럴 계획도 아니었다. 준혁은 여자 옆자리 협탁 위의 시계를 확인하며, 붙인 입술 사이로 슬그머니 웃음을 흘렸다.

　12시 3분. 오늘 건들지 말란 말의 유효 기간도 넘긴 시간이었다.

　"차 대리님!"

안 그래도 작은 얼굴을 목도리로 칭칭 동여맨 보영이 환하게 웃으면서 들어왔다. 보영이 벗어 둔 장갑을 유진이 정리해 주면서, 보영 앞에 따뜻한 물을 따라 줬다.

"밖에 많이 춥지?"

"엄청요. 눈 올 것 같은 날씨예요."

"따뜻한 물 마셔. 먼저 주문했는데 돈가스 덮밥 괜찮지?"

"네. 차 대리님 보고 싶었어요, 진짜."

"아직 한 달도 안 됐는데, 뭘."

"그래두요. 차 대리님 퇴사하시고 나서 출근도 재미없어졌어요."

우는 소리를 하는 보영을 유진이 웃으면서 바라본다. 퇴사. 그저 긴 휴가를 받은 기분이었는데, 이제야 그만뒀다는 게 좀 실감이 나기 시작했다.

"김 대리 있는데, 뭐가 재미없어."

"그 아저씨 얘기는 하지도 마세요. 요즘 안 좋아요."

"싸웠어?"

"저희야 뭐 싸우는 게 일이에요."

뾰로통한 얼굴로 보영이 휴대폰을 확인하더니, 얼굴을 더 찡그리면서 화면을 덮었다. 김 대리 메시지인가 보다.

"차 대리님은요? 결혼 날짜 다시 나왔어요?"

유진이 눈동자를 크게 굴렸다. 겨울에 하려던 결혼은 준혁의 회사 일이다 뭐다, 갑작스러운 일들이 많이 터지면서 어쩔 수 없이 좀 미뤄진 상태다.

"내년에 할까 싶어."

"저 꼭 초대해 주셔야 해요."

"알겠어. 회사에 별일은 없지?"

"그때 그렇게 한번 뒤집어지고는 좀 조용해요. 아, 소문으론 하 과장님 잘릴 것 같대요."

웬일로. 덮고 넘어갈 줄 알았더니. 하상준 얘기에 유진의 얼굴이 잠깐 구겨졌지만, 그것도 잠시였다.

한 달 정도 전. 회식 때 시비를 걸어오는 하상준을 가만히 상대해 줬더니, 정도가 점점 지나쳐 갔다. 급기야 준혁 얘기를 들먹이면서 추태를 부리던 하상준은 유진의 몸에 손을 댔고, 거기서 꼭지가 돌아 버린 그녀는 혹시 몰라서 녹음하고 있던 것과 그동안의 녹취록 파일을 정리해서 상부에 제출했다. 물론, 사직서도 함께.

"다른 대리님들도 하나둘씩 모아 뒀던 파일까지 같이 넘기니까, 위에서도 어쩔 수 없었던 거죠. 근데 거기에 송 차장님도 엮인 모양이더라구요. 뭐, 접대…… 어쩌고 그러던데."

"가지가지 했네."

유진이 마침 나온 돈가스 덮밥을 받으며 '감사합니다.' 하고 낮게 읊조렸다.

"주 과장님이 괜히 애먼 사람이 퇴사했다고 그러셨어요. 차 대리님이 퇴사할 필요는 없었다고."

"맞아. 보통은 끝까지 버티는 게 맞지."

"근데 왜 그만두셨어요."

"그냥. 더 이상 더러운 꼴 보기도 싫고."

이참에 공부나 할까 싶고. 바로 지난주에 대학원 면접까지 봤지만 그 얘기는 합격하면 그때 전해 줘야지, 생각하면서 유진이 숟가락을 들었다.

"요즘 박 부장님 회의 때마다 짜증 내셔서 죽겠어요. 차 대리님 없으니까, 뭐 제대로 된 게 나오지도 않는다고."

"엄살이야. 그 자리 이제 보영 씨가 차지해 봐."

그래도 그토록 원하던 퇴사를 했더니 마음은 한결 편하다. 무작정 그만두긴 했지만 스카우트 제의를 받은 회사도 있다. 그게 준혁의 회사인 게, 문제라면 문제라지만. 일단은 간만에 주어진 휴식을 누릴 필요가 있었다.

"어, 차 대리님! 전화 와요."

보영의 말에 유진의 눈이 제 휴대폰으로 향하더니 입꼬리에 미소를 걸었다. 준혁의 전화다. 보영에게 눈짓으로 양해를 구하곤 전화를 받았다.

"응. 점심 먹고 있어."

-밖에 봐.

"밖에?"

준혁의 말에 유진이 창밖으로 시선을 돌렸다. 눈이다. 올겨울은 푹해서 눈 보기 힘들 거라더니. 유진의 시선을 따라간 보영도 눈을 보더니, 누군가에게 메시지를 보낸다.

-봤어?

"응, 눈 오네."

-밥 먹고 뭐 할 거야.

"글쎄. 서점 가 볼까 생각 중."

-다 먹고 나면 연락해. 같이 가.

"벌써 퇴근이에요? 차 막힐 텐데."

-표수용 대표가 퇴근하래. 그럼 지하철 탈까, 오랜만에.

"그래요, 그럼."

유진이 통화를 마무리하고, 눈 내리는 창밖을 쳐다봤다. 얼굴에 따스한 미소가 퍼지는 게 역시 퇴사가 만병통치약인 것인가, 아니면 방금 전화를 끝낸 상대 때문인 건가. 유진을 보는 보영의 얼굴에도 은근한 웃음이 걸렸다. 따뜻한 겨울일 거라는 예보는 꼭 틀린 것만도 아닌 것 같다.

계절이 또 한 번 바뀌려던 참이었다. 늦겨울 뒤늦게 찾아온 한파에 앙상한 나뭇가지가 세찬 바람을 견디며 바들바들 떨었다. 유진을 보는 준혁의 입가도 그렇게 떨렸다.

"그래서 또 만나겠다고."

"회식인데 나만 빠지면 그렇잖아. 교수님 오실 수도 있다는데."

"누가 그래, 그놈이 그래?"

잠자코 듣고 있던 유진이 때마침 그놈에게 쏟아지는 메시지를 슬쩍 확인하고는 별거 아닌 척 재빠르게 휴대폰을 뒤집으려고 했지만, 시선을 같이 내린 준혁이 한발 더 빨랐다. 준혁이 휴대폰을 뺏어 들고, 메시지를 로봇 말투로 읽어 내려간다.

"누나 꼭 오세요. 누, 나?"

준혁의 목소리가 급격히 올라갔다 내려갔다.

"누나 없으면 재미없어요."

"……."

"뭐 좋아하세요. 누나."

"……."

"누나 소고기 먹으러 간대요. 꼭 오세요."

"그냥 동기들 메시지예요."

"동기들 아니고, 그놈 한 명이잖아. 어쭈, 이모티콘에 하트까지 붙어 있어."

"나한테만 보낸 거 아닐걸. 그리고 나 공부 더 하라고 부추긴 거, 준혁 씨야."

이제 와서 왜 저래. 앞에 놓인 딸기 케이크를 한 입 떠먹는 유진의 손가락이 휑하다. 프러포즈 반지는 부담스러워서 화장대에 고이 넣어 뒀고, 추가로 커플링을 맞추긴 했지만 요즘 스트레스 때문에 살이 빠진 탓에 헐거워져서 잃어버릴 뻔한 뒤로는 빼고 다니는 중이다.

준혁은 새로 반지를 맞추자고 했지만, 좀 있으면 결혼반지도 할 텐데 뭐하려고 자꾸 반지만 맞추냐는 타박만 돌아왔다. 여자의 허전한 손을 보는 준혁의 한쪽 눈썹이 못마땅한 듯 한껏 들렸다.

"공부하라고 대학원 보냈지, 이런 놈 상대하라고 보낸 거 아니야."

"난 아무것도 안 했어. 봐, 답장도 안 했잖아. 걔가 그냥 혼자……."

"그럴 줄 알았어. 이 새끼 뭐 있지?"

뭐, 유진도 '그놈'에서 '이 새끼'로 전락해 버린 그 남자가 이성적으로 다가오는 걸 몰랐다면 거짓이다. 대학원 오티 때부터 노골적인 관심을 보이던 녀석이다. 그렇다고 여지를 주거나 한 적도 절대 없었고 오히려 철옹성을 쌓아 올리며 가을에 결혼한다는 말까지 전해 주었지만, 저렇게 혼자 공지 사항 따위를 가장한 연락을 주는 것까진 막을 수는 없었다. 젊은 놈이니 저러다가 제 풀에 지쳐 떨어지겠거니 생각했다.

"걔 나보다 7살이나 어려요. 어린놈이랑 뭘 하겠어, 내가."

"조금만 어렸다면 뭘 했을 거란 말로 들려."

게다가 자기보다 훨씬 못생겼는걸. 하아, 유진은 대답 대신 긴 한숨을 내쉬었다. 그 한숨에 준혁의 눈이 질투에 더 휩싸였다. 저럴 땐 뭐라고 변명해 봤자 통하지도 않는다는 걸 이젠 안다. 쫑알쫑알 원래 저렇게 말이 많았나 싶을 정도로 뭐라고 하는 준혁을 두고, 유진은 무심히 커피를 홀짝이면서 케이크를 집어 들었다.

그래도 저렇게 말도 안 되는 상대에게도 질투하는 거 보면 귀엽기도 하고. 이럴 때는 그래도 사랑한다고 해 주면 풀리긴 하는데.

"내가 미쳤지. 작년에 결혼을 미루는 게 아니었는데."

"준혁 씨."

"당장이라도 혼인 신고부터 했어야 했어."

"사랑해."

"나도. 아니면 반지를 이식이라도 해서 못 빼게 했어야 했는데."

"사랑한다고."

"그래, 나도 사랑해. 그렇게 먹는데 살은 왜 빠진 거야. 손가락까지 살 빠질 건 뭐야."

아, 이것도 소용없다. 질투 섞인 잔소리를 흘려듣던 유진이 남은 케이크를 포크로 크게 떠서 준혁의 입에 욱여넣었다.

표정을 구기면서 제 입가에 묻은 생크림을 손으로 닦으려는 준혁을 저지하고, 유진은 그대로 남자의 턱을 당겨 입술로 그의 입가를 닦아 주었다. 달콤한 입술이 떨어지자 남자의 한쪽 입꼬리가 비스듬히 기분 좋게 올라갔다. 구겨졌던 준혁의 표정도 입 안에서 살살 녹는 케이크처럼 스르르 녹았다.

"사람들 많은 데서 도발적이네."

"먼저 도발한 건 준혁 씨야."

드디어 잔소리를 멈춘 준혁을 만족스럽게 쳐다보며 여자는 제 입술에도 묻은 생크림을 혀로 핥았다. 여유롭게 윙크까지 날리는 여자를 보는 준혁의 눈빛이 맥없이 풀리는가 싶더니 돌연 반짝였다.

"옷 입어."

"왜, 아직 커피 남았어."

갑자기 일어선 남자는 테이블을 빙 돌아 와서 여자의 코트와 가방을 챙기곤, 한 손으로는 트레이에 잔을 올려 테이블을 정리했다. 트레이를 반납한 남자는 서둘러 여자의 어깨를 부여잡으며 카페를 빠져나갔다. 남자의 품에 강제로 안기듯이 들어간 여자의 총총거리는 구두 소리가 다른 테이블의 웅성대는 소리와 섞여 들어갔다.

카페를 벗어난 밖은 여전히 귀가 시릴 정도로 추웠다. 품이 커서 헐렁한 니트 사이로 찬바람이 들어와 몸을 움츠리자, 남자가 여자를 제 품에 더 당겨 안았다. 코끝이 빨개진 두 사람이 눈을 맞추고 웃는다. 바야흐로 본격적으로 뜨거워질 시간이었다.

에필로그 2

"그만 놀고 오라고 해야겠어. 추워. 저러다 감기 걸려."

"괜찮아. 도연이 따뜻하게 입혔어."

"아니, 도연이 말고."

나연이 표정을 한껏 일그러뜨리면서 제 옆에 앉은 준혁을 쳐다본다. 준혁의 시선이 줄곧 바닷가에서 도연과 노는 유진에게 고정된 게, 아주 농담은 아닌 것 같다. 새삼스럽지도 않지만 여전히 뻔뻔하게 애정을 과시하는 준혁을 보는 건 아직도 낯간지럽기만 하다.

"아직 신혼이네, 너희."

"그럼. 평생 신혼 같을 거야, 우린."

결국은 안 되겠다며 겉옷을 챙겨 유진에게 달려가는 준혁의 뒷모습을 보고는 나연이 못 말린다는 듯 도리질했다. 도연이랑 나진이 낳기 전엔, 나도 그럴 줄 알았지. 너희도 애 한번 낳아 봐. 나연이 잠든 나진을 한 번 더 살펴보고는 '그래도 엄마는 너희를 사랑해.' 하고 작게 읊조렸다.

그래도 준혁이 저렇게 좋아 죽는 걸 보면, 나연도 괜스레 덩달아 웃음이 나긴 한다. 하긴, 이제 결혼 1년 차 부부가 좋아 죽는 것도 당연하지. 구둣발로 모래사장을 성큼성큼 달려가는 준혁을 보고 '제 남편 도진은 언제 저렇게 열정적이었나. 15년은 됐을 법하다.'는 생각이 들어, 한숨을 뱉은 것도 당연한 반응이다.

"어, 준혁 씨 앉아 있지. 왜 왔어."

"이제 그만 가. 감기 걸려."

유진에게 겉옷을 입혀 주던 준혁이 '웃차!' 하고 도연을 가볍게 들어 올렸다. 아직 10월이라서 그렇게 안 춥다고 덧붙였지만, 모래로 엉망이 된 도연을 보면 이제 그만 가는 것도 괜찮겠다 싶다. 제게 입혀 준 옷은 입는 둥, 마는 둥 하더니, 도연이 감기 걸리는 건 걱정되는지 바람이 들어가지 않게 유진이 도연의 옷을 꼭꼭 싸맨다.

"도연이 오늘 오랜만에 숙모 만나서 신났네."

"숙모도 우리 도연이 만나서 너무, 너무, 너무 신났어요."

준혁의 옆에서 같이 걸으며 도연의 바지에 묻은 모래를 털어 주던 유진이 한층 콧소리를 내면서 도연과 눈을 맞추자, 준혁의 눈이 가늘어진다.

"가만 보면 도연이한테 애정이 과해."

"애기한테 질투하는 이상한 버릇 들이지 마요. 매력 없어."

"매력까지 따질 일이야?"

준혁의 말은 못 들은 척한 유진이 신발을 대충 털고는 모래사장을 벗어나 나연의 곁으로 쪼르르 달려가서 앉았다. 준혁을 턱짓으로 가리키며 '쟤는 또 왜 그러냐.'는 나연을 보고 그냥 슬쩍 미소 짓곤, 물티슈를 꺼내어 도연의 손을 닦고 제 손도 닦는 유진이다.

"유진 씨, 우리 애들 예쁘지."

"엄청 예쁘죠. 도연이도 예쁘고, 우리 나진이도 너무 예쁘고."

이렇게 천사 같은 애기들만 낳는다면야. 유진은 잠든 나진을 보고 휴대폰을 들어 사진까지 찍어 댄다. 찰칵대는 셔터 음 소리에 혹여나 나진이 깰까, 스피커까지 손가락으로 막으면서.

"남의 집 아기도 이렇게 좋아하는데……."

"우나연, 그만. 남의 부부 자녀 계획에 참견하지 마."

하여간 뭔 말을 못 한다니까. 준혁의 입막음에 나연이 또 한층 벌레 씹은 표정을 했지만, 뭘 그거 가지고 그러냐는 듯 준혁은 눈썹을 위로 들어 올릴 뿐이다.

아무튼 못 말리는 사랑꾼이다. 그 준혁이 저렇게 변할 줄 누가 알았을까. 나연은 이제야 저 멀리서 커피 네 잔을 사 들고 세월아, 네월아 걸어오는 제 남편 도진을 괜히 쏘아본다. 뛰어와야지. 군기가 빠져 가지곤. 나연과 눈이 마주치곤 눈치껏 잰걸음으로 '여보야!'를 외치며 달려오는 도진을 보면, 딱히 군기가 빠진 것 같지는 않지만 말이다.

"나연이네는 아주 염치가 없어."

"갑자기 왜 나연이 언니 욕이지?"

도연과 나진이 잠든 걸 확인하고 유진은 그제야 숙소 거실에 나와 준혁 옆에 털썩 쓰러지듯 앉았다. 고작 하루 반나절 도연을 본 거였지만 그것도 육아라고 에구구, 앓는 소리가 절로 나온다.

"왜 남의 부부 여행에 지들이 끼냐 말이야. 애들까지 데리고."

"말은 바로 해. 우리가 낀 거잖아요."

"어쨌든 애들 볼 사람 필요해서 끼워 준 거잖아. 지금도 둘만 데이트하러 나갔고."

으이그. 잘 놀아 놓고는 괜히 심통이야. 유진이 준혁의 헝클어진 머리카락을 손가락으로 빗어 주다가, 뺨에 손을 대고 얼굴을 당겨 가볍게 쪽 입을 맞췄다.

잔소리를 막으려는 목적으로 뽀뽀만 하고 떨어지려던 거였는데, 준혁의 손이 여자의 목뒤를 감싸더니 어느새 입술을 가르고 혀가 들어온다. 여자는 남자의 말캉한 살을 몇 번 받아 주다가, 입술을 겨우 떼어 냈다.

"애들 깰 수도 있어."

"그러니까 뽀뽀만 하는 거잖아."

여자의 입 주위로 입술을 계속 붙여 대던 남자가 이번엔 입술을 물었다가 놓는다.

"이런 뽀뽀하는 거 보는 것도 안 좋을 거 같은데."

"그럴 거면 '뽀뽀뽀'라는 노래가 왜 나왔겠어."

"이건 애들 정서에 안 좋은 뽀뽀 같아."

어느새 여자의 얼굴을 벗어나 목덜미를 타고 입술을 내리는 남자의 얼굴을 들어 올렸다. 유진의 얼굴에 단호함이 서린 게, 여기까지만 하라는 의미일 게다. 어쩔 수 없이 시계를 쳐다본 준혁은 9시쯤 되면 나연이든, 도진이든 전화해서 그만 너희 집 애들 좀 데려가라고 해야겠다, 생각했다.

"괜히 남 좋은 일만 시켰어."

"또 뭐가요."

"오랜만에 나연이, 도진이 오붓한 시간 보내라고 해 놓고, 나는 굶고 있으니까 하는 말이지."

"아직 시간 많아. 그리고 오늘 기대해도 좋을걸. 그때 산 그 속옷 입었거든."

어차피 듣는 건 준혁뿐인데 귓속말까지 해 가며 목소리를 낮추어 속삭이자, 찌푸린 미간 사이로 준혁의 한숨이 한층 더 짙어졌다. 시간을 더 당겨 8시 반에 전화를 해야겠다고 다짐하면서, 그야 말로 정직한 뽀뽀를 하며 여자의 얼굴에 입술을 붙여 대는 준혁이다.

"그만, 그만! 그동안 참으라고 해 준 말이잖아."

"역효과야."

"아, 옷에 손 넣지 마."

"계속 이렇게 쫑알거리면 시끄러워서 애들 깰걸."

그 수작질에 넘어갈 줄 알고. 유진이 힘껏 남자를 밀어내자, 준혁이 아쉽다는 듯 여자의 입술에 마지막으로 입을 붙였다가 뗀다.

아직 7시 반. 1시간을 어떻게 참을 수 있을지. 고문이 따로 없다.

그를 달래 보기라도 할 것처럼 눈을 접고 웃던 유진은 준혁의 오른쪽 어깨에 머리를 기대어서는 그의 오른손을 잡아서 꼼지락 거린다.

"우리도 애 낳으면, 우리 둘이 시간 보내는 건 줄어들겠지?"

"그렇겠지. 나연이 봐⋯⋯. 아까 애들 봐준다니까, 좋다고 뛰어 나가던 거."

"지금처럼 포기해야 하는 것도 많아지고."

"거봐. 아쉽지, 지금?"

다시 얼굴을 들이대는 준혁의 입술을 손가락을 대고 막으면서, 유진이 그와 시선을 맞추며 조심스럽게 운을 띄워 본다.

"근데, 나 아이 갖고 싶어."

"응?"

"갖고 싶어졌어, 우리 아이."

"언제부터?"

"글쎄……. 그게 중요해?"

그건 아니지만. 확고한 딩크까지는 아니었지만, 준혁은 출산에 대한 선택권이 전적으로 유진에게 달려 있는 거라고 생각했다. 유진이 먼저 아이는 아직 생각이 없다고 못 박기도 했기에, 결혼 후 1년, 동거까지 합쳐 2년여 간의 시간 동안 아이에 대한 얘기는 절대 먼저 꺼내 본 일이 없었다.

"괜찮겠어? 확실하게 마음 정한 거야?"

"응. 근데 논문까지 다 마무리되고."

"알겠어."

"뭐야, '알겠어.'가 끝이야?"

"힘들까 봐 그러지."

아이 갖고 싶다고 하면 반색하고 좋아할 줄 알았던 준혁이, 웬일로 걱정스러운 시선으로 유진의 얼굴을 쓸고 내려온다.

"맞아. 아직은 좀 무서워."

"그럼 더 생각해 봐."

"준혁 씨는 아이 안 갖고 싶어요?"

조카들은 예뻐해도 문득 아이에 욕심내지 않는 준혁의 반응을 돌이켜 보면서, 유진이 눈을 가늘게 뜬 눈으로 그를 쏘아봤다. 나만 원한 건가, 섭섭한 마음이 들기도 하고.

　　"나는 너 아픈 게 싫어, 그냥."

　　"핑계 같아."

　　"진짜로."

　　그 철부지 표수용도 제 와이프 출산하는 걸 보고 이대로 죽는 건 아닐까, 꺽꺽대고 울었다는데. 준혁이 유진의 머리를 다시 제 어깨에 누이면서 여자의 어깨를 쓰다듬었다.

　　"그래도 다들 그러고 낳던데요, 뭘."

　　"하나만 낳자, 그럼."

　　"준혁 씨는 그럼 딸이 좋아, 아들이 좋아?"

　　"누구든 난 안 닮았으면 좋겠어."

　　"왜? 난 준혁 씨 닮은 딸 낳고 싶어."

　　무슨 끔찍한 소리를, 그럼 리틀 강주희가 되는 거 아닌가. 준혁을 올려다보던 유진이 그의 찡그린 미간을 검지손가락으로 꾸욱, 누른다. 그렇게 웃으면서 쳐다보면 어쩌겠다는 건지. 아직도 8시 반이 되려면 까마득한데.

　　"지금 눈빛 너무 야해졌어."

　　"누가 할 소리를 하는 건지 모르겠어."

　　"빨리 보고 싶네, 그 속옷."

　　"참아."

　　"이제 아기 가지려면 더 열심히, 자주 해야겠어."

　　"그만. 도연이 다 들어."

입술 끝을 올려서 웃던 남자가 여자의 입술을 가벼이 물었다. 타액으로 촉촉이 젖은 입술을 가르면서 여자의 이를 두드리고, 마지못해 열린 틈으로 혀를 넣어 휘젓는다. 입천장을 혀끝으로 간질이다가 치열을 훑고 혀를 얽어 대면서 소파에 쓰러지다시피 몸을 겹쳤다. 그리고 키스를 막 퍼부었을 때, 기다리기라도 했다는 것처럼 방에서 도연의 울음소리가 으앙, 터져 버렸다.

제 몸 위에 있는 거대한 남자의 몸을 밀어 올리고는 도연에게로 향하는 유진을 잡으면서 입술을 집요하게 붙여 대던 준혁은, 엄마를 찾으며 더 커져만 가는 도연의 울음소리에 할 수 없이 방으로 향했다. 한숨을 크게 쉬면서 뛰어가는 준혁을 보던 유진이 도대체 언제 풀었는지도 모를 브래지어 훅을 채우면서 한숨인지, 웃음인지 모를 숨을 내뱉었다.

"······근데 안 생기면 어쩌지."

벌써 세 번째 이어지는 정사에 지쳐 버린 몸을 적신 수건으로 닦아 내자마자 침대에 축 늘어졌다. 속옷이 제 기능을 제대로 하기는 할까. 최소한의 가리개에 불과한 얇은 연보라색 레이스 천들은 여전히 여자의 몸에 헐겁게 걸려 있다.

"스트레스 받진 말자. 아이 없어도 지금처럼 이렇게······."

이렇게 둘이서 더 오붓하게 보내면 되니까. 언제 올라타서는 여자의 쇄골에 붙이던 입술이 점점 내려가 가슴을 베어 문다. 한껏 지쳐 있던 여자의 몸은 유두를 간질이는 자극에 허리를 또 튕기듯이 들어 올리며, 남자의 몸을 다리로 끌어안았다.

"나 힘들어, 이제."

"힘들다면서 다리는 왜 감싸는 건데."

"이러고 있으면……. 아, 좋거든. 자기가 꼭 바다에 뜬 부표 같고."

"부표?"

가슴에 묻혀 있던 남자의 얼굴이 위로 올라와 여자와 눈을 맞췄다. 바다가 되어 준댔는데, 고작 부표? 유진이 반쯤 뜬 눈으로 웃음을 흘리면서, 팔도 남자의 목에 걸어 매달린다.

"준혁 씨가 내 생명줄이라는 거지."

"그럼 생명줄을 틀어쥔 사람이 하자는 대로 따라야지."

"나 목 쉴 것 같아."

"그럼 입을 막고 해 볼……."

유진이 준혁의 등을 찰싹찰싹 때려 대자, 침대를 짚고 있던 팔에 힘이 풀려 여자의 몸으로 겹쳐지듯 쓰러진다. 따뜻한 체온이 서로의 맞닿은 살을 타고 전해졌다. 그 육체적 안온함에 노곤해져 눈꺼풀이 절로 감긴다. 밑으로 느껴지는 저것만 아니라면.

"씻고 싶어."

"조금만 더 이러고 있자."

"……무거워."

감은 다리와 팔을 풀면서 끙끙거리는 여자의 반응에, 준혁이 바로 몸을 굴려서는 여자를 제 몸 위로 포개어 올린다. 이러자는 말이 아니었는데. 제 허리를 잡은 손이 엉덩이를 틀어잡자 몸을 일으키려던 것도 그만, 남자의 몸 위로 쓰러지듯 겹쳐졌다.

"임신 중에는 이런 것도 못 할 거 아냐."

"이런 것만 빼고, 다 할 거면서."

"정답."

으이그. 남자의 옆구리를 찔러 대던 유진이 고개를 들어 준혁과 눈을 마주친다.

"준혁 씨도 아이 원하는 거 맞지?"

"차유진이 원하는 건, 다 원해."

"말만 그래 놓고, 자기가 하고 싶은 대로 하면서."

지금도 이렇게 남의 엉덩이나 주물럭거리면서. 유진이 남자의 손을 치운 뒤 옆으로 미끄러지듯 내려오자, 준혁이 여자의 몸에 다리를 척 올리며 어디라도 갈세라 꼭 끌어안았다.

"이대로 자자, 오늘은."

"갑갑해."

"내 사랑이 갑갑해?"

"이게 사랑이야?"

"내 행동의 모든 본질은 사랑이야. 그건 절대 잊으면 안 돼."

"웃기지도 않아, 정말."

말은 그렇게 해 놓고 피식거리는 유진의 숨에 준혁의 맨가슴이 간질거린다. 바람 빠진 듯한 웃음도 점점 멎어 들고, 어느새 무거워진 눈꺼풀은 이제 들어 올리지 못하는 유진이다.

낮에는 도연, 밤에는 준혁……. 그 에너지 넘치는 둘을 상대했으니 충분히 그럴 법도 하다. 씻어야 한다고 중얼거리는 것도 준혁이 등을 토닥이자, 말을 채 끝내지도 못하고 끝났다.

자신의 가슴팍이 오르락내리락하는 움직임에 따라 같이 새근거리는 여자의 숨소리를 귀에 담으면서, 준혁이 옆에 있는 이불을 조심스레 끌어 올려 덮었다. 하루쯤은 이렇게 뜨거운 흔적을 남긴 채로 잠드는 것도 나쁘지 않을 거라고 생각하며, 준혁도 여자의 머리에 입을 맞춘 뒤 눈꺼풀을 감았다.

사랑이라는 본질로 형성된 두 사람의 시간들은 그렇게 흐르고 있었다. 여전히 둘이서 뜨거운 상태로.

외전. 사랑이 진 그 자리 위에

부산의 여름 날씨는 지랄맞다. 기차에서 내리자마자 몸을 덮친 습기에 태훈은 미간을 좁혔다. 오늘 같은 날은 전국 어디를 가나 비슷한 날씨겠지만 간만에 쉬는 날 부산행을 택한 제 결정이 틀렸음을 직감한 탓이다. 지난 1년간 요르단 사업소에서 일하면서 웬만한 더위에는 익숙해졌다고 생각했지만 찌는 듯한 한국 여름 날씨는 도통 적응이 되지 않는다.

후우, 짜증 섞인 한숨을 내뱉은 태훈이 목 아래 셔츠를 펄럭였다. 사정이야 어떻든 보기 좋게 그을린 그의 피부는 햇빛을 받아 근사하게 빛난다. 서울에서 부산으로 내려오는 내내 들뜬 마음을 감추지 못하던 대학생 무리들이 태훈을 지나쳐 간다. 7월 초. 아직 휴가철은 아니지만 방학을 맞은 그들에게 이보다 더 여행하기 좋은 시기가 있을까.

찌푸린 얼굴로 플랫폼을 둘러보던 태훈도 마지못해 출구 방향으로 발을 돌렸다. 계단 옆 에스컬레이터 쪽으로 길게 늘어진 줄을 보던 태훈은 잠시 망설이다가 계단으로 발을 내디뎠다.

몸이 완벽히 회복됐다고 하면 거짓말이다. 겉으로는 사람들 눈을 속일 수 있을지라도 아직은 불편함이 감돈다. 그럼에도 내 의지대로 움직일 수 있다는 것은 기적과도 같은 일이다. 듀로제식디트란스패취, 아이알코돈. 사고 후 의식을 회복했을 때 달고 살던 마약성 진통제 이름은 왜 10년이 지난 지금까지도 잊히지 않는지. 지나간 일을 모조리 털어 내자니 아픈 기억들마저도 추억이 되어 버린 듯하다.

주머니에 손을 찔러 넣은 채 계단을 절반쯤 오르던 태훈이 발끝에 걸린 캐리어를 보고 멈추어 섰다. 삐딱하게 눈썹을 올리고 시선을 들자 낮게 욕설을 뇌까리는 여자가 시야에 걸린다. 무거운 캐리어에 짜증이 난 듯한 모양이다.

그리 무거웠으면 기다렸다가 에스컬레이터로 갈 것이지. 성격도 급하다. 하긴, 더운 날은 뭘 해도 짜증이 나기 마련이지. 태훈은 주머니에서 손을 빼 여자의 캐리어를 대신 들고는 계단을 올랐다. 어, 당황한 듯한 여자의 목소리가 뒤통수에 따라붙는다.

뭐가 이리 많이 든 건지. 안을 꽉 채운 듯한 캐리어는 족히 20킬로는 되는 듯하다. 계단 위까지 도착한 태훈 옆으로 손이 가벼워진 여자가 금세 올라왔다. 심술이 난 것 같은 여자는 태훈을 보고 고개만 까딱이고는 제 캐리어를 낚아채더니 걸음을 빨리해 멀어진다.

허. 입이 얼어붙었나. 고맙다는 말도 없이 떠난 여자의 뒷모습을 바라보던 태훈이 이마를 긁었다. 시작부터 이래서야. 오늘 일정이 생각처럼 순탄하지만은 않을 것 같다는 예감이 든다.

모처럼 한국에 들어와서 이른 휴가를 받았지만 딱히 갈 곳은 없었다. 해외라면 지긋지긋했고 그렇다고 서울에서만 보내기엔 지루했다. 근교로 짧게 여행이나 다녀올까 생각도 해 봤으나, 트라우마 탓에 핸들을 오래 잡는 것도 쉬운 일이 아니었다. 그리하여 조금은 충동적으로 선택한 부산행이었다. 바다라도 보면 기분이라도 시원해지지 않을까 하는 마음으로.

태훈은 부산항 대교를 배경으로 한 포토존에서 사진을 찍고 있는 대학생들을 물끄러미 바라봤다. 차유진 때문에 처음 부산에 내려왔을 때 자신도 저리 신난 얼굴이었을까. 어린 친구들을 보고 제 젊음을 추억하는 건 노인들이나 할 법한 짓이라고 생각했건만. 제가 지금 그러고 있다는 것에 허탈한 웃음이 맴돈다.

사실 바다를 보고 싶다는 건 핑계에 불과했지. 이미 쉬어 빠진 기억들을 붙잡고 청승이나 떨려고 내려온 것을 누가 모를까. 제 처지를 조소하던 태훈이 바다에 두었던 시선을 접은 채 대합실로 빠져나왔다.

저마다의 사연을 가진 사람들이 바삐 움직인다. 부산을 떠날 사람들과 다시 찾은 사람들, 그들의 표정의 간극이 재밌다. 태훈의 얼굴에 씁쓸함과 묘한 안도감이 섞인다. 한숨을 쉬듯 어깨를 들었다 내린 그가 조금은 가벼운 마음으로 부산역사 밖으로 걸음을 옮겼다.

정오를 넘긴 시간, 해가 머리 위로 뜨겁게 내리쬔다. 막상 부산에 도착했지만 뚜렷한 목적지는 따로 없다. 그냥 집에서 쉴 걸 그랬나. 이대로 시간을 허비하는 건 똑같았을 텐데. 태훈이 혀를 쯧, 차고는 방향을 가늠하기라도 하는 듯 부산역 광장을 넓게 훑었다.

순간 조금 전의 그 배은망덕한 캐리어가 눈에 걸렸다. 성격이 얼마나 급하신지 벌써 저기까지 걸어간 모양이다. 검은색 바탕에 요란한 무늬의 스티커를 덕지덕지 붙인 캐리어는 여자의 손에 이끌리는 듯, 혹은 땅에 저항하는 듯 여전히 말썽인 것 같다. 길을 멈추고 노려보던 여자는 급기야 캐리어를 발로 차기 시작했다.

저런다고 부서질까. 제 발만 아프지. 아무튼 더위가 사람 성격을 다 버려 놓는다. 안타깝다는 듯 고개를 내젓던 태훈이 여자와 반대 방향으로 발걸음을 틀었다. 왠지 저 여자 곁으로는 가까이 다가가면 안 될 것 같다는 생각이 든다.

"야, 이 쓰레기 같은 새끼야!"

난데없는 욕설에 태훈은 물론이고 그 주위의 사람들까지 목소리의 근원지로 고개를 돌렸다. 한낮의 광장을 울린 목소리는 그 여자의 것이다. 역시, 예감은 틀리지 않는 법이다.

"미친 새끼, 더러운 새끼, 걸레 새끼."

그 새끼는 대체 어떤 새끼길래 수식어가 저리도 많은지. 관심을 주지 않겠다며 방향을 틀었던 태훈이 여자 쪽으로 다시 고개를 돌렸다. 제 입으로 쏟아 내는 거친 말에 비해 금방이라도 무너질 것 같은 여자의 표정이 태훈이 선 자리에서도 선명히 보인다.

쯧. 쓰레기 같은 새끼 맞나 보네. 제대로 된 사연은 몰라도 이 넓은 공공장소에서 쪽팔림도 무릅쓰고 저리 악을 쓰게 만드는 남자가 좋은 사람일 리는 없을 거다. 문득 여자에게 주제넘는 동정심이 인다. 뭐 얼마나 봤다고 저 여자에게 같잖은 연민을 느끼는 건지 모르겠지만.

통화 상대에게 '열 번째 새끼', '열여덟 번째 새끼'라는 수식어를 붙여 주던 여자는 치미는 분을 이기지 못한 듯 제 휴대폰을 땅으로 내던졌다. 어우, 저러면 멀쩡한 휴대폰만 고장 나지. 태훈이 안타깝다는 듯 얼굴을 구겼다.

사람들의 관심 속에서 거친 숨을 몰아쉬던 여자는 앞에 놓인 캐리어를 발로 한 번 더 찬 다음 제 휴대폰을 주워 들었다. 액정이 깨져서 그런 건지, 마음이 깨진 건지 여자의 얼굴이 엉망으로 일그러졌다.

모르는 사람의 사적인 부분을 관람한 기분이 썩 좋지만은 않다. 역시 관심을 두지 않는 쪽이 나았다. 태훈은 조금은 무례했던 제 시선을 거두고는 버스 정류장으로 향했다.

바다를 보러 온 것이라는 명목이 있으니 바다가 있는 곳으로 가야겠는데. 서울에서도 잘 타지 않던 버스인데 부산이라고 익숙할 리가 없었다. 멀뚱히 안내판을 응시하다가 지도 어플을 보는 게 낫겠다 싶어 주머니에서 휴대폰을 꺼냈다. 계획 없이 부산을 찾은 그에게 짐이라곤 주머니에 있는 휴대폰과 카드 슬롯 하나가 전부다.

"저기요."

버스 번호를 검색하던 태훈에게 낯설지만은 않은 목소리가 들렸다. 저를 부르는 건가 싶어 고개를 들었더니 아까 그 여자다. 뭐야. 흠칫 놀란 마음은 뒤로 하고 무슨 일이냐는 듯 눈길을 던졌다.

"태종대 가려면 몇 번 버스 타야 해요?"

"어……. 잠시만요."

태훈이 지도 어플에 검색하던 것을 지우고 태종대를 검색했다. 서울 말투에 누가 봐도 타지 사람인 것이 티가 났는지 그의 옆에 있던 할아버지가 여자에게 말을 붙인다.

"태종대 갈라믄 여 말고! 건너가소!"

"아, 건너가서 타야 해요?"

"태종대는 영도 드가는 버스 타야지. 건너가서 30번 타소!"

"아니지, 아니지. 30번은 부산역 안 오는데예. 아가씨 태종대 갈라믄 반대편으로 건너가서 85번 타면 될 낍니더."

할아버지의 말에 답답했는지 옆에 있던 아주머니가 여자에게 한마디 붙였다.

"······아, 85번."

여자는 버스 번호를 외우려는 듯 입으로 숫자를 작게 되뇌었다. 그리고는 그들에게 감사하다는 인사를 짧게 건넨 뒤, 태훈에게도 눈인사를 살짝 하더니 그를 지나쳐 횡단보도로 향한다.

캐리어는 어떻게 처리했는지 홀가분한 모습에 그녀의 뒷모습을 좇던 태훈의 얼굴에도 괜히 싱거운 웃음이 걸렸다. 역시 이상해. 태훈은 횡단보도를 건너는 여자로부터 거둔 시선을 휴대폰으로 내렸다. 태종대를 검색한 지도 어플 화면을 물끄러미 보던 그가 뭐가 잘못됐다는 듯 혀로 볼 안쪽을 둥글게 쓸었다. 아주머니가 말한 85번 버스는 영도는 들어가지만 태종대로 가지는 않는다.

아, 신경 쓰고 싶지 않은데. 눈썹을 치켜올린 태훈이 썩 귀찮아졌다는 듯 혀를 차고는 신호등을 쳐다봤다. 건너가기엔 아직까지는 충분한 시간. 그는 고민할 시간도 아깝다는 듯 빠르게 발을 뗐다.

여자를 따라잡는 건 그리 어려운 일은 아니었다. 뭣보다 어지간한 남자만큼 큰 키에 이국적인 그녀의 얼굴은 멀리서 봐도 눈에 띄는 외모다. 간만의 뜀박질에 후우, 숨을 내뱉던 태훈이 그녀를 다시 불렀다.

"저기요, 태종대!"

용케도 자신을 부르는 걸 알아들은 모양인지 여자가 단번에 태훈을 돌아본다. 무슨 일이냐는 듯한 여자의 얼굴도 잠시, 남자들 참 지겹다는 둥의 표정으로 변하는 것도 한순간이다.

"무슨 일이시죠?"

위아래로 태훈을 훑는 시선이 곱지만은 않다. 허, 괜한 오지랖이 었나. 호전적인 시선을 맞받아치던 태훈이 제 휴대폰을 들자 여자 가 선수 치듯 코웃음을 치며 말했다.

"죄송하지만 저 휴대폰이 망가져서요. 어차피 그쪽이랑 연락하 기는 힘들 것 같은데요."

액정이 나간 제 휴대폰을 태훈의 눈앞에 친절히 흔들어 보이는 여자는 이런 일에 익숙한 듯, 아주 신물이 난 표정이다. 무슨 의미 인지 묻는 태훈의 표정을 보고 작게 한숨을 내쉬던 그녀가 그의 휴대폰을 턱짓했다.

"제 번호 따 가셔도 소용없다구요."

허, 대체 무슨 생각을 한 거야. 태훈이 어이없다는 듯 제 입술을 비틀었다. 팔짱을 낀 채로 저를 올려다보는 여자는 마치 치한이라 도 만난 얼굴이다. 아, 역시 이상한 여자랑은 엮이지 않는 편이 나 았는데. 버스를 잘못 탄든, 말든 내 알 바가 아니었는데. 태훈은 밀 려오는 짜증을 삼키며 제 휴대폰 화면을 슬쩍 보고는 여자에게로 시선을 올렸다.

"그쪽 번호가 어떻든 난 관심 없고. 태종대 가려면 88번 타시라고."

"아까 아주머니는 85번이라고 하셨는데요?"

"그럼 85번 타고 재주껏 가 보시든가."

오지랖도 떨어 보던 사람이나 떠는가 보다. 저답지 않은 짓에 면역이 없어 인상을 한껏 구기던 태훈은 할 말이 끝났다는 듯 등을 돌렸다. 괜한 짓이지. 캐리어를 들어 준 것부터가 잘못된 선택이었다. 아니, 애초에 부산을 찾는 게 아니었는데.

급격한 피로가 몰려온다. 서울로 다시 올라갈까. 그래도 이왕 내려온 거 바다는 보고 갈까. 해운대나 광안리는 사람이 많을 텐데. 허벅지 위를 휴대폰으로 두어 번 두드리던 태훈이 뭔가 생각난 듯 고개를 돌렸다.

태종대. 부산역에서 버스로 가기엔 그나마 제일 가까운 곳이다. 나쁠 건 없었다. 비록 십여 년 전 부산을 찾았을 때 차유진과 같이 놀러 갔던 장소라는 점만 뺀다면. 그리고 저 이상한 여자랑 목적지가 같다는 점만 뺀다면 말이다.

태훈은 발끝의 방향을 바꿔 걸음을 옮겼다. 목적지가 같대도 까짓 거 어차피 계속 엮일 사람은 아닌데 뭐가 대수랴. 게다가 그 여자는 지금 정류장도 모르는 모양인데. 버스나 제대로 타면 다행인 것을.

그는 지도 어플에서 본 대로 몇 개의 버스 정류장을 지나친 뒤, 마지막 정류장에 멈춰서 안내판을 훑었다. 88번 버스. 제가 타려는 버스가 곧 도착한다는 알림은 왠지 제 선택을 칭찬하는 듯도 하다. 완벽한 타이밍에 입꼬리를 길게 늘인 태훈은 고개를 살짝 뒤로 빼서 여자를 찾았다.

수많은 사람들 중 여자를 찾는 것도 힘든 일은 아니지만 그녀가 태훈을 찾는 것도 그리 어려운 일은 아닐 것이다. 우뚝 솟은 키에 체격까지 좋은 태훈은 여름날 습한 날씨에도 멋들어지는 옷차림을 시원하게 소화했으니까.

멀리서 태훈과 눈이 마주친 여자가 그를 물끄러미 응시했다. 그가 여기로 오라는 듯 턱짓하자 여자가 큰 눈을 데구루루 굴렸다.

못 믿겠다는 건가. 피식 웃던 태훈이 고개를 돌렸다. 뭐, 싫으면 말든가. 제 손해지.

마침 도착한 버스에 몸을 싣던 태훈이 여자를 한 번 더 쳐다봤다. 여전히 못 미덥다는 표정의 여자가 돌연 눈을 크게 키우고는 버스를 향해 뛰어온다. 이제야 종점지를 확인한 모양이다.

어쨌든 제가 할 일을 끝낸 태훈은 만족스럽다는 표정으로 버스 뒷좌석으로 향했다. 그는 두 사람이 앉는 좌석 중 창가 자리에 몸을 내리고는 눈을 감았다. 아직 시차 적응이 되지 않은 몸은 더위에 짓눌려 더욱 무거워진다. 그나마 에어컨 바람 아래에서 답답한 마음이 풀리던 것도 잠시.

"혹시 태종대 가는 버스 맞나요."

그 여자로 추정되는 목소리가 소음을 뚫고 귀에 박히자 태훈은 눈을 번쩍 떴다. 거참, 사람 말 더럽게 못 믿네. 어디 가서 못 미덥다는 소리는 안 들어 봤는데. 속에서 짜증이 울컥 치민다. 제게 닿는 날 선 눈빛을 느낀 건지, 버스에 오르던 여자가 태훈을 힐끔거리면서 안으로 들어왔다.

그래, 이걸로 끝이다. 더 이상 엮이지 말아야지. 태훈은 고개를 내젓고는 다시 눈을 감았다.

태훈이 눈을 떴을 땐 버스가 영도구청을 지날 때쯤이었다. 왼쪽으로 시원하게 펼쳐진 바다를 보자 그의 단정한 입매가 살짝 휘었다. 벚꽃이 필 때쯤이면 이 길이 그렇게나 예쁘다고 떠들어 대던 차유진이 생각난다. 결국 한 번도 같이 걸어 보지는 못한 길. 유독 짧았던 그때의 봄은 아쉬움을 길게 늘인다.

부산으로 내려오는 게 아니었다. 미련이 왜 미련이게. 결혼 소식까지 들은 마당에 추억이랍시고 미련하게 붙잡고 있는 꼴도 청승맞기 짝이 없다. 자조적인 웃음을 내뱉던 태훈이 문득 느껴지는 따가운 시선에 오른쪽으로 고개를 돌렸다.

"저기요."

하아. 대체 언제 옆자리에 앉은 걸까.

"저기요, 아저씨."

아저씨이? 군 복무 이후로 처음 듣는 호칭에 태훈이 미간을 한껏 좁히며 여자를 쳐다봤다. 저보다는 대여섯 살은 어려 보이지만 그렇다고 저를 '아저씨'라고 부를 정도는 아닌데. 난데없는 아저씨 취급에 태훈은 불쾌하다가도 불안함이 앞선다.

요르단에서 너무 고생을 해서 피부가 늙었나. 배가 나왔나. 머리숱이 적어졌나. 아닌데, 오히려 1년 전보다 지금이 훨씬 나은데.

제가 지금 태훈에게 어떤 충격을 던졌는지 알 리가 없는 여자는 대답 없는 그의 표정을 따라 하기라도 하는 듯 눈썹을 가운데로 모으며 말했다.

"혹시 태종대까지 가려면 아직 많이 멀었어요?"

"……아마도요."

"아저씨도 잘 아는 거 아니죠? 딱 보니 부산 사람도 아닌 것 같은데."

하, 또 아저씨래. 그렇다고 처음 보는 여자가 달리 부를 호칭은 없겠지만 그녀의 도톰한 입술에서 나오는 '아저씨'라는 말은 어쩐지 듣기가 거북하다. 태훈은 상대도 하기 싫다는 듯 시선을 창밖으로 던졌다.

"아저씨도 그럼 태종대 가요? 혹시 일행 있어요?"

무슨 질문이 이렇게 중구난방인지.

"네."

짧게 대답하는 태훈은 여간 귀찮은 기색이 아니다.

"일행 있다는 대답이에요, 태종대 간다는 대답이에요?"

"둘 다요."

흐음, 태훈의 대답이 썩 마음에 들지는 않은지 여자가 산을 크게 깎은 제 눈썹을 치켜들었다. 태훈의 옆모습을 바라보던 그녀의 시선이 그의 이마에서부터 콧대로 내려온다. 꼼꼼하게 염탐하는 눈빛이 짓궂다. 얼굴을 지나 그의 왼손까지 확인한 여자의 얼굴에 선 왠지 모를 감정이 서린 것도 같다.

"아저씨 일행 없는 거 다 알아요."

"마음대로 생각하시든가."

"어디서 왔어요? 서울? 경기도?"

그게 대체 왜 궁금한데. 태훈이 의아한 듯 고개를 돌려 눈을 맞추자 여자의 눈꼬리가 교태롭게 접혔다.

"그쪽은 내가 어디서 왔으면 좋겠는데."

"서울이면 난 좋죠."

"그럼 서울은 아닌 겁니다."

"아아. 서울에서 왔구나, 아저씨도."

또 그놈의 아저씨 소리. 아무래도 잘못 건드린 것이 분명하다. 지나친 친절이 몰고 온 피로에 머리가 지끈거린다. 상대를 말아야 지. 이러다간 아까 여자가 전화 상대에게 내뱉던 각종 새끼들이 자 신을 가리키게 될지도 모를 일이다. 태훈은 여자의 얼굴을 무감하게 훑던 제 시선을 창밖으로 돌렸다. 여자도 별다른 대화를 이어갈 생각은 없었는지 입을 꾹 다물었다.

이후 태종대까지는 10분 정도가 더 걸렸다. 에어컨 바람을 뒤로하고 버스에서 내리자 이내 숨통을 조이는 듯한 후덥지근한 열기에 태훈이 인상을 찡그렸다. 그나마 바닷바람이라도 불어서 다행이다. 그는 휴대폰을 들어 시간을 확인하고는 걸음을 뗐다. 이제 겨우 1시. 이왕 부산에 내려온 거니까 전망대까지는 가야겠다. 돌아갈 땐 비행기를 탈까 하는 생각을 하는 순간, 태훈의 옆으로 여자가 따라붙었다.

"이거 먹어요, 아저씨."

이건 또 언제 샀는지 여자가 제 손에 든 아이스크림과 같은 것을 태훈에게 내보이며 싱긋 웃는다.

"뭐 해요, 빨리 받아요. 녹아요."

여자의 재촉에 일단 받긴 받았다만 도대체 뭘 하자는 건지 모르겠다.

"고마워서 사는 거예요. 버스 알려 준 것도 고맙고, 계단에서 캐리어 들어 준 것도 고맙고요."

"네."

"고맙다구요."

"알겠습니다."

사무적인 태도로 응답한 태훈이 아이스크림 비닐을 벗기고는 꼭지를 땄다. 꽝꽝 단단히 언 것을 가지고 온 모양인지, 손에 든 아이스크림은 쉽사리 녹을 것 같지 않았다. 꼭지를 입에 물고 빨아올리자 초콜릿 맛이 입 속의 더운 열을 식힌다.

"오늘 하루 저랑 같이 다니는 건 어때요?"

얼어서 잘 나오지도 않는 아이스크림을 입에 문 여자가 태훈을 올려다보며 물었다. 노골적인 제안에 피식 웃던 태훈은 별 대답도 않은 채 여자를 지나칠 뿐이다.

"침묵은 긍정이라고 받아들여도 될까요?"

"거절입니다."

"에이, 제가 아이스크림도 사 드렸잖아요."

"고마워서 사는 거라면서."

"동행해 줘서 미리 고맙다는 것도 있어요."

귀찮다. 청승이나 떨 줄 알았던 부산에서 난데없는 동행자까지 달고 다니게 생겼다. 굳이 말씨름해 봤자 더운 날 기운만 뺏길 것 같아 태훈은 입을 다물었다.

"저는 사실 부산 처음이에요."

"네."

"아저씨는요?"

"처음은 아니-"

"어머! 이런 게 아직도 있구나."

태종대 입구로 향하는 길. 다트를 던져 인형을 뽑는 가게를 보고 여자가 흥미롭다는 듯 눈을 키웠다. 덥지도 않나. 참으로 에너지가 넘치는 사람이다. 태훈도 덩달아 가게 안을 쳐다보자 가게 주인이 심드렁하게 가격을 제시한다.

하고 싶다는 건가. 태훈은 아이스크림을 쭈욱 빨아올리며 인형 구경에 여념이 없는 여자를 슬쩍 내려다봤다. 구릿빛 피부에 앙칼진 눈매는 어느 할리우드 배우를 닮은 것 같기도 하다.

"하고 싶어요?"

태훈이 여자의 코끝에 두었던 시선을 끌어 올리며 물었다. 그와 눈이 마주친 여자가 눈동자를 굴리더니 그 정도까진 아니라는 듯 웃으며 고개를 저었다. 시원한 입매 끝에 걸린 보조개가 장난스럽다.

"그럼 가죠."

태훈은 턱짓하며 손에 든 아이스크림을 다시 입에 물었다. 제 옆으로 달라붙는 여자에게서 이제껏 못 느꼈던 향수 향이 은근하게 느껴진다. 캐리어와 씨름할 때와는 한결 다른 모습이다. 태훈이 저처럼 별다른 짐을 들지 않은 여자를 흘끗대고는 무심하게 입술을 뗐다.

"아까 그 캐리어는 안 보이네요."

"버렸어요. 주인이 알아서 잘 찾아갔겠죠."

불퉁한 말투. 여자는 생각하기만 해도 짜증 난다는 표정으로 손에 든 아이스크림을 주물럭거렸다. 묻지 않아도 뻔하다. 헤어진 남자 친구거나 헤어질 남자 친구거나 한 모양이겠지. 태훈도 제가 알 필요도 없는 정보를 굳이 따져 물을 생각은 없다. 그는 그저 고개를 주억거리고는 그녀와 나란히 공원 입구로 향했다.

태종대 입구 안으로 들어서니 매미 울음소리가 귀를 때릴 듯하다. 손에 든 아이스크림도 손의 열기 탓인지 어느새 많이 녹았다. 두 사람은 한동안 말없이 입에 문 아이스크림만 잘근대며 안내판 앞에 도착했다. 계획했던 일정도, 만남도 아니었지만 지금만 같다면 썩 나쁠 것도 없다는 생각이 든다.

"나는 전망대까지는 갈 생각인데."

그쪽은. 안내판을 훑어보던 태훈이 한쪽 눈썹을 치켜들며 여자에게 물었다.

"걸어서요?"

"난 그럴 생각인데. 그쪽은 저거 타든가."

태훈은 턱 끝으로 알록달록한 다누비 열차를 가리키고는 알아서 하라는 듯 발을 뗐다. 그를 따라 고개를 돌린 여자가 손가락으로 제 이마를 긁었다. 걷기는 싫은데. 그렇다고 태훈과 떨어져서 다닐 마음도 없다. 한숨을 작게 내쉰 여자는 멀어져 가는 태훈의 뒷모습을 보고 같이 가자며 소리쳤다.

"걷기엔 덥지 않아요?"

태훈을 따라잡으며 불만스럽게 물었지만, 여자의 목소리는 어쩐지 호쾌하다.

"난 걷는 거 좋아서."

경직된 턱 근육을 푸는 듯 태훈이 마른침을 삼켰다. 언제부터였을까. 다시 걸을 수 있을지 모른다는 희망이 보였던 날부터였던가. 계단 한 칸을 오르기 위해 하루 반나절 이상을 땀 흘렸던 시간들. 지금의 인생을 덤이라고 생각하던 때도 있었는데. 기적과도 같은 일도 시간이 지나니 무뎌진다. 이래서 인간의 욕심은 끝이 없다는 말이 나왔을까.

"사실 나는 태종사 수국 축제 보러 왔거든요. 원래 남자 친구랑 오기로 약속했는데."

"……"

"뭐, 인생이 다 계획대로 되지는 않네요."

오르막길에 지친 모양인지 후우, 거친 숨소리를 내뱉던 여자가 태훈을 보며 씁쓸하게 웃는다. 사연 없는 사람이 어디 있을까. 추억을 갈무리하는 방법도 제각각인 것을. 태훈이 인도 바깥 차도 쪽으로 자리를 바꾸며, 여자에게 닿았던 시선을 정면으로 옮겼다.

"전망대 가는 길에 태종사 들렀다 가죠, 그럼."

어차피 가는 길이니까. 태훈은 굉장한 선의를 베푼 것처럼 얘기했지만 여자는 되레 새삼스럽다는 표정이다.

"네에. 당연히 그럴 생각이었어요."

"허, 내가 싫다고 하면 어쩌려고."

"아저씨가 싫대도 같이 가려고 했죠. 사진 찍어 줄 사람이 필요했거든요. 아까 보셨다시피 제 휴대폰이 고장 나서."

그럼 사진 찍어 달라고 옆에 붙은 것이란 말인가. 생각보다 더 뻔뻔한 여자다. 삐딱한 태훈의 입술 새로 헛웃음이 흐른다.

"아이스크림 하나 사 주고, 요구하는 건 더럽게 많네."

"밥 살게요. 서울 가서."

"그럴 일은 없습니다."

"있을지, 없을지 어떻게 알아요, 아저씨가."

제발 그 아저씨 소리 좀. 태훈이 이를 악 물고는 발을 멈췄다. 그의 굳은 얼굴에 당황한 듯 목을 뒤로 뺀 여자가 뻘쭘하게 미소 짓는다.

"아까부터 자꾸 아저씨, 아저씨 그러는데……. 내가 그쪽한테 아저씨 소리 들을 나이는 아닌 것 같은데."

"그렇다고 오빠라고 할 순 없잖아요. 이름도 모르는 남자한테."

"홍태훈입니다. 굳이 이름까지 부를 일은 없겠지만."

모르는 사람에게 괜한 얘기를 했나 싶지만 아저씨 소리 듣는 것보다야 낫지. 눈썹 사이를 좁힌 태훈이 여자를 보며 턱짓했다.

"왜요?"

"가는 게 있으면 오는 게 있어야지. 그쪽 이름은 뭐냐고."

······아아, 이름. 그제야 알았다는 듯이 여자가 시원하게 웃음을 내건다. 그녀는 제대로 소개하겠다는 양, 오른손에 든 아이스크림을 왼손으로 옮기며 태훈에게 손을 내밀었다.

"슬희요. 윤슬희."

슬희가 태훈에게 내민 제 손을 흔들었다. 어서 잡지 않고 뭐 하냐는 표정이다. 그녀의 기다란 손가락 끝을 내려 보던 태훈이 제 시선을 천천히 끌어 올리더니 손을 맞잡으며 악수했다.

"만나서 반가워요. 태훈 씨."

슬희의 뒤늦은 형식적인 인사에 태훈도 어이없다는 듯 웃음을 터뜨렸다. 어디선가 시원한 바람이 이마에 맺힌 땀을 식힌다. 싱거운 웃음을 짓는 두 사람 뒤로 바다가 시원하게 펼쳐졌다. 누군가를 울고 웃게 만들었던 바다. 또 다른 누군가가 비우고자 했던 추억도, 그렇게 새로운 기억으로 덮일지도 모른다.

결말을 미리 알고 읽는 소설일지라도 과정을 밟는 재미마저 없을까. 더군다나 제 인연의 끝을 틀렸다고 단정 짓고 싶은 사람은 또 얼마나 있을까. 끝이 어떻고 시작이 어떻든, 새로운 인연과 동행하는 길이 그리 고된 여정은 아니었으면 싶다.

그렇게 모두가 꿈꾸는, 그들의 이야기도 어쩌면 해피엔딩.

-마침-